芥川龍之介の文学と〈噂〉の女たち

秀しげ子を中心に

中田睦美
Nakata Mutsumi

翰林書房

芥川龍之介の文学と〈噂〉の女たち——秀しげ子を中心に——◎目次

はじめに

本書は、〈秀しげ子〉という女性を基軸として構成している。

一般にはあまり知られていないが、秀しげ子は芥川龍之介の浮気相手となった既婚者で、人気作家・芥川に執拗にまとわりついた女性とされる。この醜聞は、大正期文壇内では周知の事実で、好奇の眼を注ぐ数人の作家たちが彼女をモデルとする小説を書いている。その作家たちは芥川の知己であり、そのためか彼女を描き出す筆致は、芥川側の立場からのまなざしに近いものとなった。芥川自身も当初こそ彼女を「愁人」と称して想いを寄せていたが、やがてその存在を疎ましく感じ始め、特に後年は彼女を半ば非難するような表現へと転じてゆく。こうして秀しげ子は、有名作家にまとわりつく文壇グルーピー的存在として、つまり芳しくない〈噂の女〉という人物像が形成され、そのイメージが近年まで流布してきた。

そのようなイメージが先行する一方、しかし彼女の実態はほとんど不明であった。主に森本修氏が『芥川龍之介伝記論考』（明治書院、昭39・12）や『新考・芥川龍之介伝』（北沢図書出版、昭46・11）等で彼女の短歌を十首紹介して、ひとまず「歌人」とし、その後『人間芥川龍之介』（三弥井書店、昭56・5）では歌誌「潮音」掲出歌の所在を一部伝えているが、その生涯や活動についてはさほど詳述されていなかった。私が秀しげ子という存在に出会った経緯は「あとがき」に述べるとおりであるが、修士論文のテーマとして秀しげ子を選んだ私は、事実もしくは実像としての彼女の足跡や文業を少しでも掘り起こすべく這いずり回った。彼女の故郷の長野県（埴科郡）を訪ね、彼女の実家や墓所について聞き取り、あるいは、秀家のあった東京・新大久保近辺を訪れ、彼女の御子息たちと連絡を取ろうと試みたり、また関連文献を漁り、秀しげ子の名を雑誌や新聞紙上に求めた。小著の中核は〈噂〉のベールの向こう側を覗こうとしたひたすら愚直な調査の結果である。片山広子についても同様の愚直な調査の結果である。いずれにしてもゴールに達したとはいえない道半ばの調査であるが、とかく男性的な一方的まなざしで括られる〈噂の女〉たちの実像のほんの一部でも明らかにしたいと願った結果である。芥川のテキストを論じた六本も、愚直な読みの結果である。

最後に本書の構成と概要について簡略に述べておきたい。

第一部は、芥川の生涯に深い影を落とした〈噂の女〉秀しげ子と直接・間接に交錯する三作品「秋」「六の宮の姫君」「お富の貞操」をそれぞれに考察した論考である。

第二部は、〈噂〉のベールに隠れて〈実像〉が見えにくかった秀しげ子の足跡をたどり、かつその活動ぶりや多くの短歌作品などの収集によって当時の歌壇では一定の評価を得る歌人であった事実を示そうと試みた。

第三部は、その時々に応じて執筆した芥川作品についての論考である。「蜘蛛の糸」は童話と小説のジレンマを、「或敵討の話」は菊池寛の作品との呼応関係を、「舞踏会」は執筆過程で永井荷風の随筆や短編「花火」との関連性を、それぞれ軸として考察した。

第四部は、もう一人の〈噂の女〉すなわち芥川の晩年を彩った片山広子（松村みね子）の文学活動の前半について考察し、資料として「片山広子拾遺年譜」を提示、加えて『堀辰雄事典』の「片山広子」の項目も掲出した。ほかに同事典から、広子の娘である「宗瑛」の項目も掲出した。

なお、第二部や第四部の資料類は、あくまでこの時点での中間的なまとめであり、近年の追尋も不十分なままである。ただ、今後の調査や研究の踏み台ぐらいにはと考え、ひとまず公刊した次第である。

大方の御批正を賜れば幸甚に存じます。

第一部

女性のまなざし／女性へのまなざし――「秋」とセルロイドの窓

1 〈女性〉小説としての「秋」

大正九年四月、雑誌「中央公論」に「秋」を発表してまもなく、芥川はその感想を瀧井孝作に宛て「案ずるよりうむが易かつたといふ氣がする。僕はだんだんあゝ云ふ傾向の小説を書くようになりそうだ」（大9・4・9付）と洩らす。「鼻」発表による文壇デビューからすでに四年の歳月が経過している。

「秋」発表より約八カ月前、芥川は自己の創作が「一種の自動作用」（「藝術その他」大8・10）、たとえば「龍」のような説話文学に材を借りた「マンネリズム」に陥っているという危機感を吐露していた。また、この発言に先立ち、芥川はマンネリからの脱却をはかろうとしてか、漱石の「三四郎」を下敷きとして自身の〈等身大〉に近い現代小説「路上」に取り組んだ。本郷の学生生活を舞台として青春ドラマを展開する予定だったこの長編は、しかし、三十六回の連載（大8・6・30〜8・8）で未完のまま幕を降ろし、試みはあえなく頓挫する。大阪毎日新聞社と専属作家契約を結び、入社第一作でもあった「路上」の中断に「気を腐らせ」（同7・30付、小島政二郎宛）た芥川は、いっそう危機感をつのらせ、一種の賭けに出る。すなわち、自作の「自動作用」をあえて公言し、その上で再び「路上」の続編ともいうべき現代小説の試みに挑んだのである。もっとも、長編「路上」の失敗は、彼の再挑戦の試みを前作よりはるかに規模の縮小した短編小説にしてしまう。三好行雄[1]の評をかりれば「仮構の生の崩壊するひそかな吐息を『現代の秋』のつめたい寂寥感とともにうつした」短編「秋」の誕生である。「秋」は作品のスケールからいえばたしかに小ぶりな完成品にすぎないが、一方では長編「路上」の失敗と「自動作用」の危機を乗り越えるために、作家芥川が並々ならぬ決意をもって挑んだ作であった。とすれば、冒頭に掲げた「秋」執筆直後の芥川の吐露――「だんだんあゝ云ふ傾向の小説を書くようになりそうだ」という文脈――も、そうした意欲とかかわる視点から再度その内実を検討し直してみる必要がある。

従来、芥川の現代小説に対する試みは、「路上」から「秋」への過程で頓挫し、その後は手なれた王朝物や開化物に舞い戻り、やがて自伝的な保吉物が登場するまで中絶してしまった、とされる。だが、「秋」以後の作品群は、ほんとうに現代小説への試みを回避しただけの創作行為だったのだろうか。

たとえば、初期から「秋」に至るまでの諸作品に現れた中心（焦点）人物を検討してみよう。すると、処女作「老年」から「戯作三昧」にいたる前期作品のほとんどが、男性を視座に据えた作品ばかりといってよい。もちろん、「手巾」や「尾形了斎覚え書」「奉教人の死」など、女性を機軸とする物語も散見されるが、描かれる女性たちはいずれも作中に登場する男性の語り（まなざし）を通した存在である。もっとも、「邪宗門」や「偸盗」「袈裟と盛遠」「舞踏会」に関していえば、男性のみに的を絞る描き方ではない。ただし、「邪宗門」でいえば、中御門少納言の姫君に対する愛を争う物語は、やがて堀川の若殿と摩利信乃法師の対決にドラマの焦点を移行し、姫君は後景に押し遣られる。何よりも姫君自身の言説が作中には乏しい。また、「偸盗」も、沙金自身の内面をさしおいて彼女をめぐる太郎と次郎の反目が前面に押し出され、彼女の死以後は兄弟の和解の物語へと力点を移す。沙金の養父猪熊の爺の子を身籠もる阿濃にしても、「白痴」という設定のためか、自身の内面を言説化する能力に乏しく、その無垢な性格も周囲の言動によってのみ保証される。こうした作品に比べれば、「袈裟と盛遠」の袈裟と情人盛遠による夫亘殺害直前の二人のモノローグ、あるいは、「舞踏会」の明子とフランス海軍将校ジュリアン・ヴィオなど、男女双方の視点や言説に筆を費やしたこれらの作品は、まだしも女性側のまなざしを考慮したものといってよい。だが、それにしても明子のまなざしはジュリアン・ヴィオに比べれば余りにも幼すぎるし、作者の眼も作家ピエール・ロチのそれに近い。袈裟と盛遠の場合にしても、死に赴く袈裟よりも残された同性（男性）盛遠のまなざしにより比重が置かれている。

要するに、「秋」以前の一連の作品を眺めてみても、女性の側に視座を置く物語はほとんど見当たらない。それに対して「秋」は、女子大時代から才媛の名声を担い、女流作家としての将来を嘱望され、秀才の従兄との結婚も噂されていた女性信子が、やがて女子大を卒業後、妹に従兄を譲ったつもりで高商出身の男性と結婚し、平凡な生活を甘受してゆく、という物語である。つまり、「秋」は、芥川が初めて取り組んだ女性自身による女性の物語なのだ。やや先走っていえば、作家としての行き詰まりを覚えていた芥川が、これまでの男性中心の視座をいったん留保し、もっぱら女性のまなざしに依拠する物語に新たな活路を見出そうとした試み、それが「秋」だったとはいえまいか。とすれば、「秋」発表直後の芥川の感想にある「あゝ云ふ傾向の小説」も、作品の意匠をさしていう〈現代〉小説を意味するのではなく、作品内部に新たに導入された女性のまなざしをさしての発言だったのではなかろうか。

2　変奏される「秋」

周知のとおり、「秋」には多くのヴァリアントが存在する。[2]「秋」に対する芥川の並々ならぬ執着ぶりは、推敲の細心さからだけでも十分に窺える（瀧田樗陰宛書簡、大9・3・13、16、23）。「路上」の中断と「発想の枯渇」に苦悩し、再び職業作家の力量を問われる緊張感を考えれば、そうした苦心も当然だったといえる。

ところで、別稿類に出現する女性たちは、定稿「秋」に描かれた信子像と大きく印象が異なる。その差異については、これまでにも別稿から定稿にいたる変遷過程とともに幾度か言及されてきた。[3]その趣旨は、別稿類を定稿「秋」が完成されるまでの未完成なプロセス（下書き）と位置づけ、おおむね登場人物名の類似や物語展開の共通性を指摘するに留まる。だが、「晩秋（一・二）」（「晩年未定稿断片」）および「車中」（「秋（別稿）」）にみられる描写と、定稿「秋」の描写を比較検討してみると、それは単に描写の完成度の違いではなく、むしろ物語の中心軸の変更にともなう差異という方がふさわしい。葛巻義敏[4]や神田由美子[5]も言及するように、これら三編はそれぞれ作者の意図する力点が大きく異なっているのではなかろうか。定稿「秋」の世界を「大正九年代の明るい憂愁と詩情」を「しつくりと描き上げた」「口籠るやうな哀愁」と形容したのは室生犀星[6]だったが、その情緒は先行作「路上」を包む空気や「秋」の別稿類に描かれた世界とも全く印象を異にする。では、定稿「秋」がヴァリアント「晩秋（一・二）」や「車中」から捨て去ったものとはいったい何だったのか。

たとえば、「車中」の書き出しとみられる断片には具体的な夫の像が描出されている。定稿では信子の「夫」とだけ記される男が、「車中」では谷口という名前を与えられ、「着実家」で「真面目」な「模範社員」であるばかりか、真面目な人間にありがちな「遅鈍」さもなく、「マルクス思想」に「同情」を抱きつつ「資本主義の美点」も「見逃さない」柔軟さをもつ人物として描かれる。冒頭に夫の好ましい風評を点描する「車中」は、しかし、「ダブル・ベッド」の上で「夫が好む」ままに「装つた、徒に美しい形骸」を横たえる信子の結婚生活を描出する予定だったようだ。現にその夫婦生活は、ある時「芝居から帰った」信子の「狂言の話しなどに耳を傾けようともしな」い夫が「執念く性交を求め」、事が済むと眠るまでの何分かを「事もなげに株式月報」の「活字」に目をやる、といった具合である。一方、信子も、夫婦のあり得べき姿を見出せないまま、何の「反逆もなしえ」ない「感傷的な心」を抱き、そのくせ「性に眼覚めたと云ふ事実だけはしつかり掴」む女性として描かれる。おそらく「車中」は、夫婦という関係性が妻である女性の意思を蹂躙しながら体裁を保つさまと、それでもなお性に目覚める女性の性（さが）を、夫の姿も点描しつつ信子という女性により比重を置いて描出するつもりだったはずである。

もうひとつのヴァリアント「晩秋（一・二）」も眺めておこう。「晩秋（一）」の「女子大学」生信子は、語り手によって「理智には縁のない」「衝動」を抱え、「聰明」さを否定された女性である。語り手は、信子の「内部生活」が「殆ど sensualite そのもの」でしかなく、その証拠に彼女が「学生時代に熱烈に何人かの友だちを愛」し「男女相愛の情と少しも変わらない」「情熱」を傾けたとし、信子の同性愛を匂わせる。「晩秋（二）」は、「女子大学を無事に卒業」した信子が「三千圓の持参金と一しよに商科大学を卒業した或事務家と結婚」する場面から始まる。その夫は「デパアトメントストア」という職業柄「文芸や美術をも愛してい」るが、信子は彼の「職務上」の「理解力」が自分より「一層劣る」男だと知りつつも結婚する。その理由は彼の「職業が派手」で「肉体が人並み以上に逞しい」という明確な動機であった。このヴァリアントにも「創作欲」のある従兄俊吉が登場するが、語り手は彼の創作への「衝動」が信子の「sensualite」と大差のない「情熱」だと述べる。定稿「秋」と同様、ここにも信子・妹照子・従兄俊吉の三人が「音楽会だの展覧会だの翻訳劇だの」に集う場面があるが、それは定稿と異なり、三人の意識が常に「戀愛」もしくはそれに「近い心持ち」を「弄」ぶ関係だとされる。前述の「車中」が、夫と喜怒哀楽を共有する「唯一の妻」を実感できないまま「生涯の寝台車」に乗った「感傷的な心もち」を引きずり、夫の情動に抵抗する術も持たないまま性に目覚める女性の嘆きを描くのに対し、「晩秋」は、経済的な庇護のもとで男性の「肉体」の「逞し」さを優先し、「理知には縁のない」快楽を追求する女性を描こうとしている。ひとくちにいえば、「車中」では女性の身体に刻まれる受動的な性の目覚め（哀しみ）が描かれ、「晩秋」では逆に、性の快楽を積極的に享受しようとする女性の奔放さ（欲望）が焦点となる。「晩秋（二）」はわずか八行程度の断片だが、その積極的な信子像には、「車中」に描かれた受け身の「性」の「目覚め」を故意に反転させようとする意図がうかがえる。

もちろん、全体像も執筆過程も詳らかでないヴァリアントから過剰な意味をくみ取るのは慎重さを要する。とはいえ、先に見た部分からだけでも、二種のヴァリアントが〈性〉にまつわる女性の身体の受動性と能動性にそれぞれ迫るべく、夫婦生活のディテールをリアルに描こうとしたことだけは確かである。そして、こうした別稿類のリアルな描写は、定稿「秋」の世界にはついに見出し得ない。

定稿の信子は、「車中」の信子のように紳士ぶった「夫の中に潜む他人の姿を発見」することもなく、夫の性欲を満たす性の道具と化した妻の姿態も持ち合わせない。ましてや「晩秋」のごとく「sensualite」な快楽をみずから追求するわけでもない。そこにはただ「翌日には、仲の良い夫婦に戻る」という希薄な上澄みだけが語られ、「昼に争って夜に和解することを覚えた」（三好行雄・前出）夫婦関係に自足する平凡な妻の像が点描されるにすぎない。定稿の信子は、別稿類に濃厚な性に目覚めた女性の面影をすっかり剥落させ、自身の女性としての身体を直視することもなく、ひたすら日常的観念もしくは感傷に埋没する女性と化している。女性の身体の去勢は、同時に男性からも生動する欲望の匂いを奪い、横暴な「性欲」の専制者である夫（谷口）も、信子と同質の「利己的」で「官能的」な「衝動」を有する俊吉の姿も、定稿から消えてしまう。かくして定稿「秋」の世界には三好行雄のいわゆる信子の「ボヴァリズム」だけが残される。このボヴァリズムは、平板な夫婦生活の日常にしのび寄る無聊が生んだ感傷の別名であり、その感傷を包む甘い自閉的なあやかしが信子の〈まなざし〉を曇らせ、彼女を幻影の世界へと導く。

3　ロールプレイングする信子

定稿「秋」の信子は、久しぶりに上京して妹の新婚家庭を訪問し、そこで予想だにしなかった蹉跌を味わう。従兄の俊吉は別としても、その新妻となった照子は信子が思い込んでいたような柔順な「少女らしい」妹ではすでになく、二人の世界に信子が入り込む余地はなかった。ひとり疎外された信子は、「寂しい諦め」に包まれ、「永久に他人になつたやうな心もち」を抱いて帰途につく。

ところで、信子のこの「寂しい諦め」は本当に彼女の目覚め（覚醒）を裏づけるものだろうか。すなわち、信子自身の思い入れが〈幻影〉にすぎないという事実を明確に認識した感慨だったのだろうか。たぶんそうではあるまい。

たとえば、照子の留守中、俊吉と差し向かいになった信子は、時々おとずれる「沈黙」のたびに「かすかに何かを待つ心もち」を抱く。つまり、彼女はひそかに俊吉からの愛の告白を夢想するわけだが、俊吉は「平然と」巻煙草をふかして別の話題を語り、そこに「格別不自然な表情を装つてゐる気色も見えな」い（三）。それも当然で、もともと信子と俊吉の愛というドラマ自体、周囲の〈噂〉や照子の「少女らしい手紙」の中に書かれているだけの実体のないものだからだ。信子の結婚にしても「妹の想像する」ような「犠牲的なそれ」かといえば極めて「疑問」で、その疑いが彼女の心に「重苦しい気持ち」を広げると、信子はそれを「避ける為に」「大抵はじつと快い感傷の中に浸つてゐた」にすぎない（一）。要するに、従兄と信子の愛も彼女の犠牲的な結婚も、大阪郊外の松林の中にある「寂しい茶の間の暮方」（三）の無聊が増幅する感傷的な幻影にすぎない。

たとえば、鶏小屋の前に二人で佇む前夜の様子を思い起こして泣く妹に、信子は「残酷な喜びを感じながら」「無言の視線を注」ぐ（四）。この視線は、俊吉との愛にひそかに凱歌を奏し、その高みから敗者を見下ろすまなざしである。このあと妹を慰めようとして語る信子のことばは、そうした彼女の〈倨傲〉を露骨なまでに物語っている。

「悪るかつたら、私があやまるわ。私は照さんさへ幸福なら、何より難有いと思つてゐるの。ほんたうよ。俊さんが照さんを愛してゐてくれれば――」（四）

妹照子の幸福を願うと言いつつ、信子はそのことばに重ねて、だから自分は身を引くのだという自己犠牲をほのめかすことを忘れない。この恩着せがましい発言が可能なのは、むろん信子の心底に従兄が真に愛するのは自分だという幻影が持続しているからだ。だからこそ信子は〈妹に愛を譲る姉〉という被虐的な自画像に酔えるし、「自身の言葉」に「感傷的に」浸ることもできる。しかし、信子のナルシスティックな幻影は、現実の生活に足場をすえた妹照子の「悲しみも怒りも」まじえない「抑へ切れない嫉妬」の炎に一撃される。自分と「一しよに泣いてくれる」（二）はずの妹から予想だにしない反撃をうけた信子は、その最も柔順なはずの分身的存在から初めて現実の「他人」の顔を見せられ、それだけにいっそう大きな衝撃をうける。

しかし、その衝撃的な他者の登場も、実は信子自身の幻影が遮蔽してきた、いわばみずから見ることを避けてきた現実の発露にすぎないことを彼女はまだ知らない。それゆえ信子は、自分を妹夫婦の世界から疎外した原因が自分の側にあるとは思わず、あらがいがたい〈現実〉に同調する彼らの生活意識の変化が懐かしい青春の日々に終止符をうたせたと考えている。信子の「寂しい諦め」は、妹夫婦の幸福を願うために自分が身を引き、従兄との愛をみずから断念し、その犠牲に甘んじてひとり「寂しい茶の間」に戻るのだという自閉的な感傷にとどまる。信子は依然として幻影の中の悲劇のヒロインであり、だからこそ俥上から見かけた従兄の姿になおも「心は動揺」する。

信子の感傷的な〈まなざし〉は決して自己の内なる〈幻影〉を直視し得ない。なぜなら、その〈まなざし〉の基盤となる欲望自体、もともと信子自身のものではないからである。信子は、「女子大学」を包む「才媛の名声」や「吹聴」、つまり女子大生趣味の〈噂〉の中に自身の才能を漠然と夢想し、「同窓たち」の想像する「未来」や「同窓たちの頭の中」にいつのまにか「焼きつけられ」た「写真」に将来像を空想し、また、「同窓たち」の勝手な「想像に過ぎない」「解釈」に人生の選択（結婚）の意味を委ねてきた。要するに、信子は他者である女子大生の欲望する物語を無意識のうちに自己の欲望とし、その欲望に基づく〈まなざし〉が開示する幻影を現実に投影させ、その落差から生ずる〈悲劇〉のヒロインをロールプレイング（役割を演じる）したのである。

　繰り返せば、定稿「秋」は信子が自身の幻影から覚醒するドラマを描いてはいない。事実、作品は信子の〈まなざし〉が現実世界の前に空転する〈嘆息〉を点描したものの、その原因や理由は問いかけず、彼女の人生に訪れる大きな転機を予告するふうでもない。信子の見つめる「冷やかな秋の空」も、新たに見出された現実ではなく、その感傷的な〈まなざし〉が決して交差することのない現実との〈距離〉を示している。たとえば、物語の末尾近く、俊吉とすれ違う直前の場面に以下のような一節がある。

　二三時間の後、信子は電車の終点に急ぐべく、幌俥の上に揺られてゐた。彼女の眼にはひる外の世界は、前部の幌を切りぬいた、四角なセルロイドの窓だけであつた。
　其処には場末らしい家々と色づいた雑木の梢とが、徐にしかも絶え間なく、後へ後へと流れて行つた。もしその中に一つでも動かないものがあれば、それは薄雲を漂はせた、冷やかな秋の空だけであつた。

　信子の「眼にはひる外の世界」とはむろんその〈まなざし〉に映じる現実世界を意味する。だが、その視界は「前部の幌を切りぬいた」「四角な」「窓だけ」の狭いスペースにすぎず、彼女の〈まなざし〉が現実から遠い閉ざされた視線だったことを物語る。しかも、その「窓」に掛けられた「セルロイド」の覆いは、彼女の〈まなざし〉が透明な視界を開くものではなく、どこか半透明の曇りに遮蔽されていたことを連想させる。現に「セルロイド」

の窓は、場末の家々や雑木の梢を「後へ後へと流」してゆくだけで、ほとんど鮮明な画像を結ばない。その視界でただ「一つ」定着されるのは、彼女の感傷的な気分を反映する「冷やかな秋の空だけ」である。信子の〈まなざし〉の内実は、何よりもこの象徴的な俥上の「窓」に鮮やかだろう。

定稿「秋」は、「車中」や「晩秋」にかいまみえる女性のリアルな身体的欲望をそぎ落とし、代わりにやや抽象的な女性の社会的欲望を反映する〈女のまなざし〉を前景化させる。定稿「秋」の冒頭に執拗に書き込まれた「同窓たち＝女子大生」たちの〈噂〉は、それが彼女たちのひそかな欲望を反映する〈物語〉だったことを暗示し、物語のヒロインを無意識に演じる信子は女子大生の〈まなざし〉をそれと知らずに体現するトリックスターであった。信子の内包する〈物語〉は「同窓たち＝女子大生」がその身分ゆえに生成し得る欲望を消費するための物語であり、その〈まなざし〉も女子大生という記号的意味を指示する視線にすぎない。信子の「眼」がまなざすべき対象は、「冷やかな秋の空」ではなく、他者の欲望する記号と化した自己の〈まなざし〉そのものだったはずである。

4　反転する「セルロイドの窓」

「路上」と同様、「秋」にも漱石文学の影がついてまわる。三好氏が指摘したように、「秋」の構想の発端が「それから」の「設定を下敷きに一種のパロディふうな置換にあった」ことはほぼ確実である。「それから」が二人の男と一人の女の三角関係を基調とし、しばらく大阪に移住していた平岡夫妻が主人公代助の住む東京へと戻るのに対し、「秋」は性別の反転した姉妹と従兄の三者を軸とし、主人公信子を東京から大阪に移住させ、たまたま帰京した信子を再び大阪に戻すという構図に変奏される。芥川の文壇デビューに漱石の推輓が重きをなしたのは周知の事実だが、すでに見たように「路上」にも「三四郎」の影響は露骨だった。いわば作家として岐路に立つ芥川が希求する指標として、漱石文学は最も大きな先蹤のひとつだった。「秋」構想の発端とされる「それから」はその典型だが、「秋」には別の漱石文学の影もちらつく。作品のクライマックス、「俥上」の信子と従兄の俊吉がすれ違う結末の場面だが、この直前の箇所（前章に引用した信子が「俥上」の人となった直後の場面）ともども注目してみたい。

彼女は従兄の帰りも待たずこの俥上に身を託した時、既に妹とは永久に他人になったような心もちが、意地悪く彼女の胸の中に氷を張らせていたのであった。

信子はふと眼を挙げた。その時セルロイドの窓の中には、ごみごみした町を歩いて来る、杖を抱へた従兄の姿が見えた。彼女の心は動揺した。車を止めようか。それともこの儘行き違はうか。彼女は動悸を抑えながら、暫くは唯幌の下に、空しい逡巡を重ねていた。が、俊吉と彼女との距離は、見る見る内に近くなって来た。彼は薄日の光を浴びて、水溜りの多い往来にゆっくりと靴を運んでいた。「俊さん」そう云ふ声が一瞬間、信子の唇から漏れようとした。実際俊吉はその時はもう、彼女の俥のすぐ側に、見慣れた姿を現していた。が、彼女は又ためらった。その暇に何も知らない彼はとうとうこの幌俥とすれ違った。

少々長い引用が続くが、この男女が〈すれ違う〉風景の横に漱石の「硝子戸の中」二十五の一節を並べてみたい。

人通りの少ない此小路は、凡ての泥を雨で洗ひ流したやうに、足駄の齒に引つ懸る汚ないものは殆んどなかつた。それでも上を見れば暗く、下を見れば侘しかつた。始終通りつけてゐる所爲でもあらうが、私の周圍には何一つ私の眼を惹くものは見えなかつた。さうして私の心は能く此天氣と此周圍に似てゐた。私には私の心を腐蝕するやうな不愉快な塊が常にあつた。私は陰欝な顔をしながら、ぼんやり雨の降る中を歩いてゐた。

日蔭町の寄席の前まで來た私は、突然一台の幌俥に出合つた。私と俥の間には何の隔りもなかつたので、私は遠くから其中に乗つてゐる人の女だといふ事に氣がついた。まだセルロイドの窓などの出來ない時分だから、車上の人は遠くから其白い顔を私に見せてゐたのである。

今は亡き大塚楠緒子との出会いを哀切に綴った章である。この「硝子戸の中」では道を歩く私（男）が車上の女に気づき、「秋」では車上の信子が往来を歩く俊吉に気づく。〈見る／見られる〉関係の男女を入れ換え、〈見る〉側の位置を反転すれば、路上と車上の間を〈まなざし〉で繋ぐという構図は酷似している。また、「硝子戸の中」の男は「雨の降る中」を「不愉快な塊」を抱えて歩き、「秋」では俊吉が「薄日の光を浴び」た「水溜まりの多い」〈雨上がり〉の往来を歩く。こうした〈雨中〉と〈雨後〉のズレは、かえって後者が前者の影響を隠蔽するための策ともとれる。また、「硝子戸の中」の男が歩く「小路」は晴れた日には「足駄の齒」に「汚ないものが引つ懸る」道であり、「秋」の俊吉が歩くのも「ごみごみした町」である。さらに前者の「周圍には何一つ私の眼を惹くものは見えなかつた」というフレーズを反転させると、信子の目をひいた「その中に一つでも動かないものがあれば、それは（中略）冷やかな秋の空だけ」という一節になろうし、「硝子戸の中」の「私の心はよくこの天気とこの周囲に似ていた」との一行を描写法として読めば、「秋」の信子が「疎らな家並み、高い木々の黄ばんだ梢」という「場末の町」を背景に「うすら寒い幌の下に、全身で寂しさを感じ」る心象風景となるだろう。

だが、これらさまざまな類似や反転やズレにまして特に興味深いのは、「硝子戸の中」の「まだセルロイドの窓などの出來ない時分だから、車上の人は遠くから其白い顔を私に見せてゐた」という一節である。芥川がここをヒントにそれを反転して「秋」の「セルロイドの窓」を着想したとすれば、両者の血縁は意外に濃い。もっとも、「硝子戸の中」の私は後続の文中で車上の「美しい人」と「鄭寧な會釋」を交わし、「相手」が大塚楠緒であることを確認しているのに対し、「秋」の俊吉は車上の信子についに気づかない。すれ違う男と女のドラマがその距離とまなざしの様態にあるとすれば、「遠くから」相手の姿に注目し、すれ違いざまに両者がまなざしを交差させた前者と、「セルロイドの窓」に半ば視界を遮蔽された車上の女が一方的に男をまなざす後者との違いは決定的である。とはいえ、これも「セルロイドの窓などの出來ない時分」をセルロイドの窓が出来た時代に反転させた結果だと見ることも可能だろう。とすれば、二人が〈まなざし〉を交わす漱石のドラマを、芥川は〈まなざし〉を交わすことのない一方的な視線のドラマに変容させたのかもしれない。そもそも信子自身、「同窓たち」のひそかな欲望が紡いだ物語の幻影に生きる存在であり、その〈まなざし〉も現実と交差することのない視線である。哀切な〈まなざし〉の交差を描いた漱石の一文にほぼ付け足しのように記された「セルロイドの窓」は、「秋」のクライマックスを演出する象徴的な小道具のヒントにとどまらず、案外、信子の一方的な〈女のまなざし〉という構想そのものを立ち上がらせる重要なキィ（鍵）だったかもしれない。

5 〈男のまなざし〉とヒロイン

「秋」送稿後、芥川は好意的な読後感を寄せた瀧田樗陰に「自分では不慣れな仕事なので出来が好いのか悪いのか更にわからなくて閉口してゐます」と洩らしている（大9・3・31）。その「不慣れ」が〈女のまなざし〉を描くことだとすれば、それは確かに以前にない新しい試みであり、作者自身も自作の「出来」の良し悪しをつかみかねたに違いない。しかし、予想外の好評に自信を得た芥川は、南部修太郎に「「秋」は三十枚なれど近々三百枚で感服させる事あるべし御用心御用心実際僕は一つ難関を透過したよこれからは悟後の修業だ」（大9・4・13）と書き送り、小島政二郎にも「或男「秋」の悪口を云つて来る貴様にはわからないのだと返事する／幽石を知らず三竿の竹の秋」（大9・4・15）と心境を吐露する。先の瀧田樗陰にも社から送付された「秋」読後に「一つ二つ気になる所なきには候はねどまづあの位ならば中央公論第一の悪作にても無之かる可き乎と聊安堵仕候」と記している。

もっとも、「難関を透過し」て「悟後の修業」に入ったはずの芥川は、それ以降も書き手からみて異性である〈女のまなざし〉を容易に描けたわけではなく、「感服」できる「三百枚」の大作を完成し得たわけでもない。私見では約一年半後の「藪の中」（「新潮」大11・1）や「お富の貞操」（「改造」大11・5〜9）に描かれる真砂やお富が登場するまで、女のまなざしや女へのまなざしを描く芥川の筆もさほど冴えるわけではない。というのも、おそらく芥川の得意に冷水を浴びせる一撃が意外なところから矢を放たれたからである。それは現実の姦通の共犯者ともいうべき秀しげ子からの批評である。

芥川氏の「秋」などを評判はよかつたやうでしたが、あゝ云ふ材料をあゝもすらすらと片づけてしまわずにもつと信子や照子の心理描写を深刻に解剖して知識階級にある現代婦人の人生に対する人間苦を如実に描いてほしいとおもいます。（「根本に触れた描写」「新潮」大9・10）

しげ子の批評が確かに「秋」の真意を衝いているか否かは別としても、おおむね評判の良かった「秋」を「すらすらと片づけ」た作品と酷評し、女性の「心理描写を深刻に解剖して知識階級にある現代婦人の人生に対する人間苦を如実に描いてほしい」という正面きった要求はやはり芥川にこたえるものだったであろう。しげ子の要求は、他者＝同窓の女子大生の欲望する記号と化した信子の〈まなざし〉が彼女自身によってまなざされ、その幻影から覚醒する「現代婦人の人生に対する人間苦を如実に描」くことだったのかもしれない。「秋」は、もしこう言ってよければ、「同窓たち＝女子大生」たちの〈噂〉に潜む欲望を反映した〈物語〉に躍らされた悲劇のヒロインを

〈男のまなざし〉から少しばかり突き放しすぎた物語だったかもしれない。

注

（1）『芥川龍之介論』（筑摩書房、昭51・9）
（2）葛巻義敏編『芥川龍之介未定稿集』（岩波書店、昭43・2）
（3）海老井英次「「秋」――〈認識〉による〈感動〉の解消――」（『芥川龍之介論攷――自己覚醒から解体へ――』桜楓社、昭63・2）
（4）前掲注（2）の編者による解説
（5）「秋」（『作品論芥川龍之介』双文社出版、平2・2）
（6）『芥川龍之介の人と作（上）』（三笠書房、昭18・4）

王朝世界へのオマージュ——「六の宮の姫君」管見

1

芥川龍之介の「六の宮の姫君」（「表現」大11・8）は、よく知られているように「今昔物語」を材源とする、いわゆる〈王朝物〉の一編である。すでに吉田精一[1]や長野甞一[2]の指摘があるように、話の大筋は巻第十九第五「六宮姫君夫出家語」に依拠し、巻第十五第四十七「造悪業人、最後唱念仏往生語」や巻第二十六第十九「東下者、宿人家値産語」の挿話を部分的にかりて構成された物語である。その物語内容も、多少の相違点を除けば、おおむね原典を忠実になぞるもので、見方によってはきわめて独創性の乏しい〈再話〉にすぎないともいえる。そのせいかどうか、「六の宮の姫君」は、これまで評価が大きく分かれる作品であった。すでに先行諸論が言及するところと重なる点も多いが、後述の私見とも関わるので、まず従来の評価を少し丁寧に見直しておきたい。

たとえば、芥川の死から二年後、東大国文科の卒業論文[3]で芥川文学を論じた堀辰雄は、「六の宮の姫君」について以下のように述べている。

> この作品は彼の歴史小説中の最高位を占めるべきものである。「鼻」その他の彼独自の逆説的な心理解剖の妙は無いが、いかにも華やかなしかも寂しい、クラシックの高い香を放った、何とも言えず美しい作品である。彼の最上の傑作である（後略）

また、室生犀星は[4]「「六の宮の姫君」／小説美。／典型的な小説美。大正十一年八月。」と述べている。堀辰雄や室生犀星らのこのような絶賛に対して、吉田氏は、まず出典を明らかにしつつ、素材を「殆どそつくり忠實に辿つて居り、たゞ最後に潤色を施して彼のモラルを寓した」作品だとして、次のように述べている。

六の宮の姫君の話は、今昔物語中最も悲劇的で、印象深いものである。呪はれた運命の支配下に置かれたか弱い女性のあはれな生活を、世相の背景のもとに如實に伝へてゐる。この題材を捉へたのは流石に彼の眼光の鋭さを語るものであらう。たゞ原話がすぐれてゐるだけに、彼の手柄はそれだけ少い。「極樂も地獄も知らぬ、腑甲斐ない女」のはかない一生を、憐れとは思ひつつも、敢へてさげすまうとしたのが、彼の心境だつた。

吉田氏は別の場でも[5]、原典と「殆ど全く同じ。その意味でこれを彼の創作中の傑作とする論は若干疑問がもたれる」とも述べている。

こうした吉田説に対して、進藤純孝[6]は「筋が殆ど同じでも、宿命のせんなさに脅かされながらも「懶い安らかさの中に、はかない満足を見出し」て生きて行く姫君の、「唯静かに老い朽ちたい」といつた気持ちは、今昔に描かれてゐるとは言ひがたい」と反論する。進藤氏はまた、「六の宮の姫君」を最傑作とする堀説も「論としては弱い」とし、堀が語る「美しさ」は「芥川のものではなく、堀のもの」で、その論は「論理的、説得的であるよりは、抒情的である」と指摘した上で、以下のように述べている。

芥川は、六の宮の姫君の心に、自身の心と共通するもの、「唯静かに老い朽ちたい」といふ気持ちをとらへ、その「猛烈な何物も知らずにゐる」生き方を嫌悪しながら、さういふ生き方をしなければならぬ宿命のせんなさに脅かされ、その果てに、「懶い安らかさ」「はかない満足」を見いだしてゐる姫君を凝視してゐるのに違ひない。いや、姫君の上と同じやうに、芥川自身の上にも、「その安らかさ」が「思ひの外急に尽きる時が来た」のを、彼はこの作品に表現せずにはゐられなかつたと言つた方があたつてゐるかも知れない。

こうした進藤説に対して、長野氏は、吉田説が芥川作品だけを「無制限にたたえること」への「警告」だとし、「平安朝の上流女性、ことにうだつの上がらぬ上流の女性」は大抵「六の宮の姫君」と大差のない境遇で、「あれだけ」が「特殊なケース」ではなく「類似の悲話が至るところに散在していたであろう」とした上で、次のように反論する。

されればこそ、この話が王朝女性の哀話として普遍性を持つのである。（中略）およそ今昔物語は、くだくだしい内面描写をほとんどしない。行為と事件の叙述だけで万事を片付ける。でいながら、そこに登場する人物たちの心情が彷彿するような描き方をしているのだ。（中略）これを芥川の創見としてことごとしく主張することはできないはず。芥川は単に古典の空白な行間を埋めたにすぎないのだ。

「今昔物語」をはじめ説話文学を主な研究フィールドとする長野氏にすれば、しごく当然な〈王朝〉の常識を述べただけだろうが、見るところ穏当な見解だといえる。つまり、姫君の「気持ち」は「今昔に描かれてゐるとは言ひがたい」とする進藤氏の主張はいささか強弁に過ぎる。とすれば、問題は以下のように問い直すべきだろう。「創見」に乏しく、極論すれば「単に古典の空白な行間を埋めたにすぎない」ような作品を、芥川がなぜ執筆したのか、と。

それにしても、「六の宮の姫君」の評価はなぜこのように大きく揺れるのか。

その理由のひとつは、芥川文学の読者＝評者たちの多くが無意識のうちに、近代小説の文学的価値として、作品の〈独創性＝オリジナリティ〉を重視するからではあるまいか。つまり、原典の「今昔物語」と比べて芥川作品がどれほど〈原典離れ〉を実現しているのか、あるいは、そこに〈芥川らしい独自性〉がどれほど表現されているのか、といった評価基準である。そして、その〈芥川らしさ〉をめぐる議論の背後には、つまるところ理知的な近代作家たる芥川の個性、という先入観的な規範がある。言い換えれば、自我や意志や主体性といったキィ・ワードが構成する〈内面〉によって保証される近代的な人間像の彫琢、そこにこそ価値があるという暗黙の前提が横たわっている。

しかし、そもそも「六の宮の姫君」は、そうした近代性を前提として描かれた世界といえるだろうか。作品の実態からうかがえるのは、むしろ「普遍性を持つ」「王朝女性の哀話」をそのままに、近代的な「創見」とは別に「腑甲斐ない女」のはかない一生」に寄り添おうとする姿勢だろう。ひとくちにいえば、それは嫋々《じょうじょう》たる王朝世界への理屈抜きの共感、すなわち「古典の空白な行間を埋めたにすぎない」という批判さえも厭わぬ〈再話〉的世界への意思ではなかろうか。

2

周知のように、かつて芥川は自作の原典にしばしば利用した「今昔物語」の特質について、次のように語っていた（「今昔物語に就いて」）。

この生まなましさは、本朝の部には一層野蛮に輝いてゐる。一層野蛮に？――僕はやつと「今昔物語」の本来の面目を発見した。「今昔物語」の芸術的生命は生まなましさだけに終わつてゐない。それは紅毛人の言葉を借りれば、brutality（野性）の美しさである。或は優美とか華奢とかには最も縁の遠い美しさである。

加えて芥川は、「今昔物語」に登場する人間たちの心理がたとえ「陰影に乏しい原色ばかり」であっても、それは「今日の僕等の心」に「響き合ふ色を持つ」もので、王朝時代の青侍や青女房の魂が現代の銀座を闊歩する「モダアン・ボオイやモダアン・ガアル」と「同じ」であるとして、以下のように結論づけていた。

「今昔物語」は前にも書いたやうに野性の美しさに充ち満ちてゐる。（中略）若し又紅毛人の言葉を借りるとすれば、これこそ王朝時代のHuman Comedy（人間喜劇）であらう。僕は「今昔物語」をひろげる度に当時の人々の泣き声や笑ひ声の立昇るのを感じた。

つまり、芥川が「今昔物語」に感じていた魅力とは、王朝末期の説話世界を生きる人々と、自身も生きる現代社会の人々との間に通底する生活の息吹や人間臭さであり、特にその「brutality（野性）の美しさ」として噴出する「Human Comedy（人間喜劇）」のリアリティであった。その「今日の僕等の心」に「響き合ふ」共通性や時代を超えた人間喜劇の発見こそ、芥川が「今昔物語」という王朝末期（昔）の世界に素材を仰ぐ動機の第一であり、その正当性を裏うちする論拠でもあった。現に芥川自身、そうした事情を、これもよく知られた一文「澄江堂雑記」の「三十一　昔」の中で次のように述べている。

今僕が或テエマを捉へてそれを小説に書くとする。さうしてそのテエマを芸術的に最も力強く表現する為には、或異常な事件が必要になるとする。（中略）僕の昔から材料を採つた小説は大抵この必要に迫られて、不自然の障碍を避ける為に舞台を昔に求めたのである。（中略）だが所謂歴史小説とはどんな意味に於ても「昔」の再現を目的にしてゐないと云ふ意味で区別を立てる事が出来るかも知れない。

こうした一連の発言から見えてくるのは、芥川が「今日の僕等の心」に「響き合ふ」〈内面〉を解析する近代的な「テエマ」を重視した結果、一般に王朝文化のエッセンス（精髄）とされる「優美とか華奢」といった心性から「最も縁の遠い」世界におのずと傾斜せざるを得なかったという事情である。裏を返せば、芥川が「小説に書く」ために「必要」とした「異常な事件」は、「『昔』の再現を目的」とする「所謂歴史小説」と異なり、単なる〈借景〉であったため、必ずしも王朝時代（昔）の中核的なエッセンスに即するものではなかった、と。

しかし、当然のことながら、「小説に書く」という「目的」を離れれば、芥川にしても決して〈王朝〉の「優美」や「華奢」に無関心・無理解だったわけではない。しかも、彼はやがてみずからが否定してきた「『昔』の再現を目的」とする新たな「歴史小説」への憧憬を語るようになる。たとえば、次のような「新機軸」への期待である。

歴史小説と云ふ以上、一時代の風俗なり人情なりに、多少は忠実でないものはない。しかし一時代の特色のみを、――殊に道徳上の特色のみを主題としたものもあるべきである。たとへば日本の王朝時代は、男女関係の考へ方でも、現代のそれとは大分違ふ。其処を宛然作者自身も、和泉式部の友だちだつたやうに、虚心平気に書き上げるのである。（中略）しかし日本の歴史小説には、未だこの種の作品を見ない。日本のは大抵古人の心に、今人の心と共通する、云はばヒユマンな閃きを捉へた、手っ取り早い作品ばかりである。誰か年少の天才の中に、上記の新機軸を出すものはゐないか？
（「澄江堂雑記」「九　歴史小説」）

芥川は呼びかける――「現代」と「大分違ふ」「王朝時代」の「男女関係の考へ方」、そうした「一時代」の「道徳上の特色」を「主題」とする「新機軸」の「歴史小説」に挑戦する若い作家はいないか――、と。それは芥川自身がこれまで書いてきた「古人の心に、今人の心と共通する、云はばヒユマンな閃きを捉へた、手っ取り早い作品」の、まさに逆を行く新たな「歴史小説」への誘いであった。この呼びかけは、やがて芥川に私淑した「年少の天才」堀辰雄の「かげろふの日記」（「改造」昭12・12）や「曠野」（「改造」昭16・12）の世界へと遥かに反響してゆくのかもしれない。だが、芥川自身、ただ手をこまねいて後代の台頭をまつだけだったのだろうか。彼にもまた、新たな歴史小説になぞらえるひそかな〈一歩〉はなかったのだろうか。

この点に関連して、堀辰雄に次のような指摘がある。堀は「六の宮の姫君」などの「比較的後期の歴史小説」が「初期の『鼻』や『芋粥』などの歴史小説と頗る面目を異にしている」とし、初期の諸作がほとんど「ヒユマンな閃きを捉へた、手っ取り早い作品」なのに対し、芥川の「後期の歴史小説」が前掲の「九　歴史小説」に言う「歴史小説に近いもの」だと述べている。もっとも、堀はそうした歴史小説論議に深入りせず「僕は『六の宮の姫君』等においては」「あの作品の中に漂って『華やかにして寂しい美しさ』が重大である」と結論づける。いずれにせよ、堀は「六の宮の姫君」を初期の歴史小説と「頗る面目を異にしている」後期の歴史小説の代表作と見なしている。

つまり、現代と大きく異なる王朝時代の男女関係のモラルをそのまま再現する歴史小説、そのささやかな試みが「六の宮の姫君」だった。そういえば、芥川は最晩年、「古典」について「あらゆる詩人たちの問題は恐らくは『何を書き加へたか』よりも『何を書き加へなかつたか』にある」（「文芸的な、余りに文芸的な」「三十七　古典」）と語ったが、それは「古典の空白な行間を埋めたにすぎない」と批判される〈再話〉的作品の可能性を示すものともいえよう。とすれば、王朝時代の女性一般にありがちな「腑甲斐ない女」の一生をそのままに描き、「今昔物語」に「何」も「書き加へなかつた」「六の宮の姫君」こそ新たな「歴史小説」の端緒だったということになる。

3

「六の宮の姫君」を論ずる際にしばしば引かれる書簡がある。作品発表直後と思われる大正十一年七月三十日付の渡辺庫輔宛書簡である。

> 一夕話は一夜漬なり但し僕は常にあの小ゑんの如き意気を壮といたし六の宮の姫君の如きを憐れむべしと致し候

文中の「一夕話」は、「六の宮の姫君」と相前後して執筆され、前月（大11・7）の「サンデー毎日」に発表された短編小説の題名で、その女主人公が芸者「小ゑん」である。彼女は金も教養も豊かな実業家若槻を捨て、粗野で下品な浪花節語りのふところへ飛び込んでゆく。いわば六の宮の姫君と対照的な、強い意志をもつ女である。芥川はこうした二人の女性を並べ、「小ゑんの如き意気を壮」とする一方、「六の宮の姫君の如きを憐れむべし」と語ったのである。

ところで、あらためて問うべきほどの問題かどうか、いささか心もとないが、この書簡の一節で少し気になる点がある。それは、六の宮の姫君のような存在を「憐れむべしと致し候」とある部分をどのような意味にとるのか、という問題である。

たとえば、先に見た吉田氏は「「腑甲斐ない女」のはかない一生を、憐れとは思ひつつも、敢へてさげすまうとしたのが、彼の心境だつた」と芥川の心境を忖度している。これは明らかに上掲書簡の「憐れむべし」という一節をふまえた見解で、「憐れとは思ひつつも、敢へてさげすまうとした」という言い回しの中に、可愛想とは思う（同情はする）が侮りの気持ちも否定できない、といったニュアンスがうかがえる。

また、同じ書簡をふまえた長野氏は次のように述べている。

むろん芥川は、六の宮の姫君のように、はっきりとした自我を持たず、また生活力の全くない人間ではない。しかし養父と養母と伯母とに義理を立て、堅実に堅実にと生きた彼の人生行路は、「小ゑん」の如く冒険に充ちたものでは決してない。未来に多少の危険があっても、今の刹那に生命の充実を求めた彼女の生き方とは、雲泥の相違がある。どちらかといえば六の宮の姫君の側に寄り添ったものである。すれば芥川が、姫君の生き方を倫理的にさげすみつつも感情的にあわれんだということは、自身のそれを倫理的には自嘲しつつ、感情的にあわれんだということに外なるまい。

長野氏の「倫理的にさげすみつつも感情的にあわれんだ」という表現は、「憐れむべし」という一節を、倫理的には軽蔑せざるを得ないものの感情的には同情の余地がある、というほどの意味に解したことを示している。

さらに、勝倉寿一(7)はこの一節が「彼の望み続けた『壮』の世界と、『憐むべ』き現実生活との剥離に苦悩する作者の胸中と、本篇に託されたもの」とを物語るとした上で、そこに「姫君の生の在りようの愚かさと、積極的に人生に関わることなく衰亡を待つ生の無意味さ」を見ている。「愚かさ」と「無意味さ」という否定的なニュアンスの表現は、芥川の「憐れむべし」という一節が、姫君を同情に値しない情けない存在と見なしていたという勝倉氏の理解を示している。

このように見てくると、従来、論者の多くは、芥川が姫君の「腑甲斐ない」生涯を〈見下ろす〉ような〈さげすむ憐憫や同情〉で見ている、そうしたまなざしが「憐れむべし」との一節になった、と受け止めているようである。

しかし、「僕は常にあの小ゑんの如き意気を壮といたし六の宮の姫君の如きを憐れむべしと致し候」との一節は、「壮」とする前者を肯定し、「憐れむべし」とする後者を否定する、という文意にとるべきだろうか。両者（小ゑんと六の宮の姫君）は、確かに対照的な個性であり、一見すると相反的な対立概念として語られているように見える。だが、人生の選択をみずから決断した前者の積極的な「意気」は確かに「壮」だとしても、もう一方の、「はかない」運命をひたすら甘受する後者の嫋々たる姿にもまた強く魅かれる、として〈並列〉されているとはとれないだろうか。つまり、六の宮の姫君のような存在を「憐れむべしと致し候」という一節は、姫君のような人生もまた「憐れ」の情を捧げるに値する珍重すべき女の姿だ、というほどの意味である。小ゑんも六の宮の姫君も、二人はともに掬すべき人生の二種の味（本質）をにじませる女性で、双方ともに愛すべき存在だ、と芥川は語っているのではないか。

六の宮の姫君に注ぐ作者芥川の〈まなざし〉について、三好行雄[8]はきわめて簡略に「作者はなかば愚かと思いながら、彼女の運命のたよりなさを哀惜している、というより、ほとんどなつかしんでいる」と述べている。肯定でも否定でもなく、そして冷淡さや侮蔑のこもった〈見下ろす〉視線でもなく、さらに〈内面〉の解析などとも無縁な、この「哀惜」の情や「なつかし」む気持ちこそ、芥川が王朝時代の「腑甲斐ない女」の一生に注ごうとした「憐れ」の謂にほかならない。その「憐れ」の情が、「今昔物語」に何も「書き加へな」い〈再話〉的世界へと芥川を向かわせる源泉でもあった。

4

「六の宮の姫君」の発表からほぼ二年後、芥川は「文放古」（「婦人公論」大13・5）という小品を書いている。主人公は、東京の女学校を卒業したらしい「一知半解」の若いインテリ女性で、彼女は故郷の九州に戻り、そこから東京在住の女友だちに宛てて田舎暮らしの「退屈さ」や「結婚難」をめぐる男性作家たちの「不見識」を訴える手紙を書きかけた（書いた）らしい。物語は、その反故を作者芥川が日比谷公園で拾ったという設定になっている。本文全体の八割ほどが女性の手紙文で、冒頭と末尾に作者の感想が付せられるという構成である。その後半部分は以下のようなものである。

「（前略）芥川龍之介と来た日には大莫迦だわ。あなたは『六の宮の姫君』つて短篇を読んではいらつしやらなくて？（中略）作者はその短篇の中に意気地のないお姫様を罵つているの。まあ熱烈に意志しないものは罪人よりも卑しいと云ふらしいのね。だつて自活に縁のない教育を受けたあたしたちはどの位熱烈に意志したにしろ、実行する手段はないんでせう。お姫様もきつとさうだつたと思ふわ。それを得意さうに罵しつたりするのは作者の不見識を示すものぢやないの？あたしはその短篇を読んだ時ほど、芥川龍之介を軽蔑したことはないわ。……」／　この手紙を書いた何処かの女は一知半解のセンティメンタリストである。（中略）わたしは大莫迦と云はれた代に、勿論彼女を軽蔑した。しかし又何か同情に似た心もちを感じたのも事実である。彼女は不平を重ねながら、しまひにはやはり電燈会社の技師か何かと結婚するであらう。結婚した後はいつの間にか世間並みの細君に変るであらう。（中略）――わたしは机の抽斗の奥へばたりとこの文放古を抛りこんだ。其処にはわたし自身の夢も、古い何本かの手紙と一しよにそろそろもう色を黄ばませてゐる。……

少々長すぎる引用となったが、ここには作家自身による屈折した「六の宮の姫君」への自作自註があるだけでなく、別の興味深い問題もかいま見える。

まず長野氏は、「六の宮の姫君」を論ずる文脈の中で、この「文放古」について次のように述べている。「これは作者芥川の、一見自嘲に似ているが、決してそうではない。笑われているのは作者自身ではなく、この手紙を書こうとした一知半解のインテリ女性である」とし、さらに「六の宮の姫君」に対する彼女の「罵倒」は逆に芥川の「なみなみならぬ自負」さえ物語っていること、そして、その背景には「女学校教育が普及しはじめた」大正後期の空気が反映していること、などを指摘している。簡潔にして要を得た長野氏の見解をふまえつつ、問題をもう少し掘り下げてみたい。

注目したいのは、「文放古」で真に笑われている対象が手紙の書き手だとすると、彼女の綴る「六の宮の姫君」への感想は、作者芥川の意図を全く取り違えた〈誤読〉だということになる。たとえば、作者が「意気地のないお姫様を罵つている」とか「熱烈に意志しないものは罪人よりも卑しいと云ふらしい」（傍点筆者）とかいう彼女の〈読み〉は、逆に芥川の意図が姫君を〈罵る〉ものでも〈卑しむ〉ものではないことの証しだろう。王朝時代の「意気地のない」「熱烈に意志しない」姫君の一生に敢えて「哀惜」と「なつかし」さを捧げた芥川の意図には、まず現代人と共通する「ヒユマンな閃き」からまなざすのとは「大きく違ふ」「古人の心」そのものへの深い共感があり、その心情を源泉とする新たな「歴史小説」へのひそかな憧憬がこめられている。そうした意図を全く理解できず、浅薄な〈誤読〉を吹聴して得意がる「一知半解」の「女」に、わざわざ自身を「軽蔑」させ、自作「六の宮の姫君」を「罵倒」させた芥川の皮肉の背後には、痛烈な〈毒〉が含まれている。この〈毒〉には、古人の心への共感や新たな歴史小説への憧憬とはまた別種の、どこかリアルな生々しさがうかがえる。

5

「文放古」の「女」は、「自活に縁のない教育を受けたあたしたちはどの位熱烈に意志したにしろ、実行する手段はない」と述べ、六の宮の姫君も同じ境遇だとも主張している。そして、そんな姫君を「得意さうに罵しつたりするのは作者の不見識」だと断罪し、作者「芥川龍之介を軽蔑」する。こうした「一知半解」の〈理屈〉を振り回す「女」ほどではないが、かつて芥川は、「教育」のある一人の「女」を皮肉なまなざしをもって描いたことがある。「六の宮の姫君」に先立つこと約二年前、「秋」(「中央公論」大9・4)と題する一編がそれである。(9)

ところで、夏目漱石の推輓をうけ、華々しい文壇デビューを果たした芥川は、その作家人生の分岐点となる節目で、しばしば漱石もしくは漱石文学を指標とした。たとえば、横須賀海軍機関学校の英語教官と作家という「不愉快な二重生活」からの脱却を考えたとき、芥川は師漱石が朝日新聞社の専属作家であったひそみにならい、自身も大阪毎日新聞社と社員契約を結び、創作に専心できる生活スタイルを整えた。注目された入社第一作も漱石を意識し、「三四郎」を下敷きにした現代物の長編小説「路上」に着手した。しかし、「三四郎」と同様、当代の学生や青春群像を描くはずだった「路上」は、前編三十六回の連載で中絶・頓挫する。この失敗に懲りたせいか、芥川は長編小説への挑戦を留保し、再び手慣れた短編小説の制作にたちもどる。「秋」は、そうした「路上」の失敗を糧とし、物語の幅や人間関係を縮小し、彼が得意とする精緻な描写と堅固な構成に力をこめた短編小説であった。作品自体のスケールこそ小さくなったが、芥川は「路上」で試みた新たな可能性のすべてを捨てたわけではない。事実、「秋」完成に至るまでの彼の念の入れようは、瀧田樗陰への再三にわたる加筆訂正の申し入れ(大9・3・13、16、

23）に明らかで、苦心惨憺を重ねた意欲作であった。

「秋」は、女子大時代から才媛との評判が高く、女流作家としての将来を嘱望された女性信子を主人公とする。彼女は秀才の従兄との結婚も確実視されていたが、女子大を卒業後、妹の照子に従兄を譲った〈つもり〉で高商出身の平凡なサラリーマンと結婚する。新婚当初こそ小説の執筆を試みるが、完成はおぼつかなく、夫の冷たい視線もあって、まもなく平凡な家庭生活に埋没してゆく、という物語である。だが、信子の「才媛」という「名声」も、女流作家としての将来も、妹への〈恋譲り〉も、それはまぎれもない〈事実〉というわけではなく、むしろ「女子大学」の「同窓たち」の〈噂〉や〈憶測〉が紡ぎ出した〈幻想＝物語〉にすぎない。にもかかわらず、そうした〈物語の役割〉を無自覚に演じていた信子は、やがて現実との落差にとまどい、寂しさを感じ始める。ひとくちにいえば、「秋」の世界を包むのは、「女子大」出身という「教育」ある女性の幻想を冷ややかに眺める皮肉なまなざしである。因に、この「秋」もまた、三好行雄の指摘[10]によれば漱石の「それから」をモデルとしている。

「秋」は、確かに芥川の得意な短編ではあったが、それでも先に述べたように苦心惨憺を重ねた意欲作だった。苦心の原因の一つは、説話を典拠とする手慣れた〈王朝物〉や歴史物ではなく、「路上」で失敗に終わった〈現代〉の若い男女をめぐる物語という素材に執着した点であろう。しかし、最大の難関は、主人公信子を視点人物とする「秋」が、芥川にとって初めて取り組む本格的な〈女性自身による女性の物語〉だったことである。この新しい取り組みは、それまで無意識のうちに依拠してきた〈男性〉的視点による言説を棚上げにし、全く別の〈性〉（＝女性）に依拠する新たな言説によって物語を構築し直す試みでもあった。

6

こうした新たな挑戦（「秋」）が概して好評だったことに芥川はひとまず胸をなでおろし、気分も昂揚したらしい。たとえば、「『秋』は三十枚なれど近々三百枚で感服させる事あるべし御用心御用心実際僕は一つ難関を透過したよこれからは悟後の修行だ」（南部修太郎宛書簡、大9・4・13）という吐露はそうした心境を物語るし、瀧田樗陰宛書簡（大9・3・31）でも「中央公論第一の悪作にても無」いと公言している。

ところが、その「難関を透過した」という安堵や自信を打ち砕く批判が、思わぬところから発せられた。秀しげ子の「根本に触れた描写」（「新潮」大9・10）である。

> 芥川氏の「秋」などは評判がよかつたやうでしたが、あゝ云ふ材料をあゝもすらへと片づけてしまはずにもつと信子や照子の心理状態を深刻に解剖して知識階級にある現代婦人の人生に対する人間苦を如実に描写してほしいと思ひます。

実は、この一文の筆者秀しげ子こそ、当時芥川と関係のあった人妻であった。[11] 秀しげ子は、現日本女子大学の前身を卒業し、工学士と結婚した人妻であり、同時に一定の評価を得る女流歌人であった。そうした身には、「女子大」を卒業し、高商出身の夫をもち、小説家を夢見る「秋」の信子像は、決して他人事ではなかったろう。それゆえ、作家の〈皮肉なまなざし〉が自身にも向けられていると感じたとしても不思議ではない。だからこそ、彼女の「秋」評は、「知識階級にある現代婦人」を自認する一人として、いやが上にも痛烈さを増幅させた。自身の愛人である当の女性から「知識階級にある現代婦人の人生に対する人間苦」を「あゝもすら〳〵と片づけ」たと批判された芥川の衝撃は大きく、その脳裡に深く刻まれるものとなったに違いない。

並々ならぬ苦心を重ね、「知識階級にある現代婦人」の一人である「女子大」卒の〈女性〉を主人公とし、その現代インテリ女性に内在する〈虚妄〉を摘出した女性の物語が、自身と愛人関係にある〈女性〉当人から痛烈に批判される――この事実は、〈男性〉でもあり〈作家〉でもある芥川の内面に複雑な波紋を呼び起こしたに違いない。「秋」発表直後、「僕はだん〳〵あゝ云ふ傾向の小説をかくやうになりそう」だ（瀧井孝作宛書簡、大9・4・9）と自信を見せていた芥川だったが、この衝撃のせいか、以後、現代日本の新たな〈インテリ女性〉を主人公とする小説からは大きく遠ざかってしまう。古代を題材とした「素戔嗚尊」や「老いたる素戔嗚尊」、江戸時代を背景とする「或敵討の話」、後妻の母の臨終を囲む家族像を描いた「お律と子等と」、「影」「奇怪な再会」「妙な話」などの奇談のたぐい、中国やロシアなど外国を舞台とする「南京の基督」「杜子春」「秋山図」「山鴫」「アグニの神」「奇遇」「母」など、「秋」以後の作品はいずれも「知識階級にある現代婦人」とは無縁の内容の作品ばかりである。

翌大正十年、三月から七月中旬まで中国旅行に出かけた芥川は、帰国後もしばらくは体調不良が続いた。旅行直前の「往生絵巻」も、帰国後の「好色」（「改造」大10・10）も（その前に小品「母」があるが）、再び手慣れた〈王朝物〉だった。ただし、作家芥川の本格的な復活は翌大正十一年一月で、新年号を飾った四編のうちの二編も、「今昔物語」などを材源とする「藪の中」（「新潮」大11・1）と、「源平盛衰記」ほかを材源とする「俊寛」（「中央公論」大11・1）で、広義の〈王朝物〉だった（ほかは「将軍」と「神神の微笑」）。その後、「トロッコ」「報恩記」「お富の貞操」「庭」など多彩な作品を発表したのち、最後の〈王朝物〉として執筆されたのが「六の宮の姫君」（「表現」大11・8）であった。中国旅行前後の作品を駆け足で一瞥したが、これらの作品のどれにも、あの意欲作「秋」でとりあげた「知識階級にある現代婦人」の姿は片鱗すら見えない。

のちに芥川は、小穴隆一宛遺書の中で次のように語っている。

僕等人間は一事件の為に容易に自殺などするものではない。僕は過去の生活の総決算の為に自殺するのである。しかしその中でも大事件だつたのは僕が二十九歳の時に□夫人と罪を犯したことである。（中略）僕は支那へ旅行するのを機会にやつと□夫人の手を脱した。（中略）その後は一指も触れたことはない。が、執拗に追ひかけられたのには常に迷惑を感じてゐた。

この「□夫人」が秀しげ子をさすのは周知の事実だが、芥川は先の中国旅行をきっかけにこの愛人との関係をようやく断ったと語る。しかし、その後も二人は顔を合わせており、この「手を脱した」「その後は一指も触れたことはない」という表現はやや微妙である。いずれにせよ、「執拗に追ひかけられ」「迷惑を感じてゐた」と語っている以上、彼女が芥川に何か精神的負担をもたらす存在だったことは確かだろう。

こうした二人の関係の中で、〈作家〉芥川にとって最も〈痛手〉だったのは、みずから「難関を透過した」と自負した意欲作「秋」への痛烈な批判だったのではあるまいか。なぜなら、それは〈作家〉としての歩みを停滞させ、迂回を強いる発言だったからである。たとえば、「文放古」の女が口にする芥川への「罵倒」には、かつて「秋」を批判した秀しげ子の口吻に似たものがある。とすれば、彼女の「秋」批判に〈苦いもの〉を感じていた芥川が、対照的な「姫君」のような女性像を敢えて提示し、ひそかな反噬《はんぜい》とした可能性もある。つまり、嫋々たる王朝説話の〈再話〉的世界は、昔日の「秋」批判に対する芥川の逆説的な反批判であり、心の奥のわだかまりをみずから清算しようとする一編だった。「文放古」で「六の宮の姫君」を〈誤読〉する「一知半解」の「女」に向けた皮肉の痛烈な〈毒〉には、そうした屈託した思いの生々しいリアルさが感じられる。

いずれにせよ、「六の宮の姫君」のモチーフの一角には、王朝時代の「憐れ」やモラルをただ否定し、「腑甲斐ない」女にこめた作者の意図を〈誤読〉し、むやみに「一知半解」の批判を浴びせる現代インテリ女性に手向ける〈挽歌〉の思いがある。それはとりもなおさず、秀しげ子への〈挽歌〉でもあった。「文放古」の末尾で、「わたし」は「机の抽斗の奥」にある「自身の夢」や「古い何本かの手紙」が「もう色を黄ばませてゐる」と語る。その「黄ば」みは、甘くも苦くもあった秀しげ子の思い出やわだかまりがもはや過去の記憶であって、急速に色褪せたとみずからに言い聞かせる思いの暗喩だったろう。

7

むろん「六の宮の姫君」が、かつて愛人だった女性への〈挽歌〉という特殊なモチーフのみで執筆されたと主張するつもりはない。そこには後述するような芥川の重大な転機とその地点で抱く〈王朝〉への特別な思いがあったと思われる。そうした問題をめぐる手掛かりとして、ひとまず「六の宮の姫君」と原典「今昔物語」の違いを検討してみよう。中でも最大の相違点は、原話末尾の〈出家譚〉的結語を削除し、それに代えて「内記の上人」を登場させたことである。したがって、芥川が「六の宮の姫君」にこめた意味を論じようとすれば、この点を黙過するわけにはいかない。むろんこの改変については先行文献にも種々論じられてきた。まず、「内記の上人」を「この題材に理智的なしめくくりをつけ」る「作者の代弁者」とみる長野氏をはじめ、「仏教説話である原話から、この一条のあることによって近代の短篇小説としての形式的充足がなされ」たとみる海老井英次、[12]また、姫君の「運命のたよりなさを哀惜している、というより、ほとんどなつかしんでいるその心情を過不足なく表現するため」とみる三好氏[13]などの見解がある。さらに、「作者の目的の一つが、内記の上人という『やん事ない高徳の沙門』の力をもってしても救済し得なかった、姫の生の『腑甲斐な』さを語ること」だとすれば、「悟道の聖である内記の上人」は「姫君の生の愚かさと哀れさを見詰める第三者、理性的な批判者の位置」にあると述べる勝倉氏の見解、やや別の視点から、「『極楽も地獄も知らぬ女』という言葉」は「内記の上人」という「仏教的価値観で統合された共同体内でのみ通用する」「一人物の〈解釈〉」だとし、〈内面〉が〈解釈〉の結果にすぎない以上、上人は小説の語り手に先行する「一次的〈解釈〉」として「姫君の『はかない』〈内面〉」という〈物語〉を語る存在だとする篠崎美生子の見解などもある。[14]

こうした諸説にはそれぞれ傾聴すべき点もあるが、その前に「法師」(内記の上人)の登場ぶりとその後を記した小説本文を虚心に見直してみよう。

「内記の上人」はまず「物乞ひらしい法師」姿で登場し(五章)、臨終の姫君の為に何か経を読んでくれという乳母の望みにこたえて「姫君の枕もとへ座を占め」る。しかし、彼は「経文を読誦する代りに」「往生は人手に出来るものではござらぬ。唯御自身怠らずに、阿弥陀仏の御名をお唱へなされ」という「言葉をかけ」る。つまり、上人は哀れな瀕死の姫君を前に、乳母が誦経を必死で頼んだにもかかわらず、いわば自己の信ずる教義を厳格に保守し実践したのである。そうしたリゴリズムは、火の燃える車に脅える姫君に向かってそんな物を恐れず御仏さえ念ずればよいと「やや声を励ました」り、金色の蓮華が見えるという姫君に対して「何か云はうとした」あと、暗い中に風がばかり吹くと訴える姫君になぜ一心に仏名を唱えないのかと「殆ど叱るやうに云つた」彼の態度に明らかだろう。少なくとも、五章の彼は、自身の信ずる仏道の在り方に熱心に心をくだくあまり、姫君の声に全く耳を傾けようとしない存在だったといってよい。

一方、終章(六章)の上人はどんな様子なのか。以下はその冒頭である。

それから何日か後の月夜、念仏を勧めた法師は、やはり朱雀門の前の曲殿に、破れ衣の膝を抱へてゐた。

月夜に「破れ衣の膝を抱へ」て同じ場所に沈黙する法師は、何か思案をめぐらしている。それは、数日前（五章）、瀕死の姫君を励ましたり叱咤したりした雄弁な彼と明らかに異なる寡黙ぶりと沈んだ物腰である。事実、朱雀門の女の泣き声について侍から問われた法師は、「お聞きなされ」と「石畳に蹲《うずく》まつた儘、たつた一言返事をした」だけである。ここには、極楽往生を説くためとはいえ、念仏を強いるだけで姫君その人の嘆きを聞こうとしなかった自身への自問自答や後悔の念があるのではあるまいか。だからこそ、侍が女の声に身構え、太刀に手をかけた際も法師は無言を保ち、女の声が消えるのを待ってから一言「御仏を念じておやりなされ。――」と呟く。注目すべきは、彼がその後にようやく「月光に顔を擡げた」事実である。それまで「蹲まつた儘」だった法師が、ここで初めて「顔を擡《もた》げた」のは、ひとえに信じてきた仏道のリゴリズムを脱し、姫君という人間そのものを直視する重要さを覚知したことを意味する。その「顔を擡げ」た法師であればこそ、「あれは極楽も地獄も知らぬ、腑甲斐ない女の魂でござる。御仏を念じておやりなされ。――」との言葉を発し得たのではあるまいか。そして、五章と六章との間に横たわる「何日か」は、「法師」が「内記の上人」に生まれ変わるための、つまり、仏道の必死な修行に心をくだくあまり〈人〉を見ることのなかった「法師」が「腑甲斐ない女」の「魂」の声にも耳を傾ける「上人」へと転生するための時間だった。急いで付け加えるなら、そうした「内記の上人」の姿は、古人＝古典の「魂」に耳を澄まして〈王朝〉の〈再話〉的世界を構成しようとした作品「六の宮の姫君」そのものの姿勢とも重なるだろう。

ところで、少しもどって、「法師」が登場する最初の場面をふり返ってみよう。

すると何日か後の夕ぐれ、男はむら雨を避ける為に、朱雀門の前にある、西の曲殿の軒下に立つた。其処にはまだ男の外にも、物乞ひらしい法師が一人、やはり雨止みを待ちわびてゐた。雨は丹塗りの門の空に、寂しい音を立て続けた。

たとえば、ここにもう一編、別の作品の一節を並べてみるとどうだろう。

或日の暮方の事である。一人の下人が、羅生門の下で雨やみを待つてゐた。
広い門の下には、この男の外には誰もゐない。唯、所々丹塗りの剥げた、大きな円柱に、蟋蟀が一匹とまつてゐる。羅生門が朱雀大路にある以上は、この男の外にも、雨やみをする市女笠や揉烏帽子が、もう二三人はありさうなものである。それが、この男の外には誰もゐない。

後者は周知の「羅生門」冒頭の一節である。この二種の引用を較べてみると、意外に近似性が高いとはいえまいか。時間が「夕ぐれ」と「暮方」で同じ、法師と下人は大きな「門の前」と「門の下」でたたずみ、等しく「雨止み」と「雨やみ」を待っている。単なる表現の重なりでいえば、「丹塗りの門」と「丹塗りの剥げた」円柱、そして「まだ男の外にも」と「この男の外にも」といった具合である。むろん、全く同じではない[15]が、この近似性にはいささか突飛な連想を喚起させるものがある。比喩的にいえば、この「法師」は、かつて老婆を引剥しつつも人生の決断に迷ったまま「黒洞々たる夜」の町へ「行方」をくらました、あの「下人」の、遥かな〈後身〉と見ることはできないか、と。つまり、芥川の〈王朝物〉は、「ヒユマンな閃き」をとらえた羅生門のドラマから、古人の「魂」の声に耳を澄ます朱雀門前のドラマまで、いうなれば朱雀大路を南の端から北の果てまでさまよい、その終幕を迎えたのだ、といえる。

8

「六の宮の姫君」は、「藪の中」や「お富の貞操」などの力作をさしおき、第六短編集『春服』（春陽堂、大12・5）の巻頭に配された。これを芥川の高い評価のあらわれとみるむきも多いが、果たしてそうだろうか。たとえば、二年後の『現代小説全集第一巻　芥川龍之介集』（新潮社、大14・4）は、それまでの作家活動をほぼ網羅する大きな作品集で、四十編もの作品が収められている。そこでも「六の宮の姫君」は、「羅生門」（二番目）や「地獄変」（六番目）などの代表作を押しのけ、巻頭を飾っている。前者はまだしも、後者のケースは、芥川の「六の宮の姫君」に対する単なる評価の高さだけを物語るものとはとても考えられない。そこには自作の〈評価〉とは異なる別種の〈思い〉があったと思われる。先に述べた秀しげ子や「知識階級にある現代婦人」と関わる事情はその一つだが、それも含めて、「六の宮の姫君」にはやはり芥川が自身の〈作家〉人生にみずから区切りをつける特別の感慨があったのではなかろうか。

繰り返せば、「六の宮の姫君」は芥川の〈最後の王朝物〉となった。それは芥川が自己の作家人生を切り開き、長く親しんできた〈王朝物〉という馴染みのスタイルに別れを告げることを意味する。その別れに際して、芥川は自己の〈作家〉人生を支えてくれた〈材源〉王朝説話に自分なりのオマージュを捧げようとしたのではあるまいか。そして、その敬意と哀惜をこめたオマージュにふさわしい形象として、六の宮の姫君の「憐れ」な一生が選ばれた。芥川が原典末尾の〈出家譚〉的結語に代えて「内記の上人」を登場させたのは、近代小説の〈体裁〉を整え、その声価を高めるためではない。自身の仏道修行にのみ心をくだいていた「法師」が、やがて「腑甲斐ない女の魂」に心を開く「上人」へと転生する姿は、「現代」と異なる「昔」の心そのままに王朝の〈声〉に深く耳を傾けようという作者の姿勢に重なる。そして、それが〈最後の王朝物〉に対する芥川の〈謝辞〉であり、かつ自身の作家人生を支えてきた古典に対する〈誠意〉でもあった。

数多い芥川作品の中で他をはるかにしのぐ〈最傑作〉とも思えぬ「六の宮の姫君」が、にもかかわらず第六短編集『春服』と重要な『現代小説全集第一巻』の巻頭を二度までも飾ったのは、芥川の〈作家〉人生の中核をなす〈王朝物〉への決別と、深くなじんできた王朝世界への〈惜別〉を意味する記念碑だったからではあるまいか。

大正十一年八月、芥川は「六の宮の姫君」と同時に、小品「魚河岸」（「婦人公論」大11・8）を発表する。それはまもなく芥川文学の主流となる作家の身辺を素材とする〈保吉物〉の先鞭[16]をなす作品だった。したがって、「六の宮の姫君」は、王朝の「昔」を背景に「ヒユマンな閃き」を彫琢する〈王朝物〉と、息苦しい作家の現実を合わせ鏡とする〈保吉物〉と、その分水嶺に立つ一編だったといってよい。〈王朝物〉から〈保吉物〉へ、その大きな分岐点にあって、芥川は近代〈作家〉としてのくびきを一瞬とき放ち、みずから親炙してきた〈王朝〉世界へのオマージュを吐露した、それが「六の宮の姫君」だった。もっとも、それはあくまでも一瞬の吐息であり、彼はまもなく近代〈作家〉としての苦難の道に再び帰ってゆくことになるのだが……。

注

（1）『芥川龍之介』（三省堂、昭17・12）
（2）『古典と近代作家——芥川龍之介』（有朋堂、昭42・4）
（3）昭和四年提出「芥川龍之介論——芸術家としての彼を論ず——」、ただし『現代日本文學大系43　芥川龍之介集』（筑摩書房）所収による。
（4）『芥川龍之介の人と作（上）』（三笠書房、昭18・4）「七　龍氏作品の解説」

（5）『芥川龍之介案内』「芥川龍之介の生涯と藝術」（岩波書店、昭30・8）
（6）『芥川龍之介』（河出書房新社、昭39・11）
（7）『芥川龍之介の歴史小説』（教育出版センター、昭58・6）
（8）『トロッコ・一塊の土』「作品解説」（角川文庫、昭44・7）
（9）「秋」については本書「女性のまなざし、女性へのまなざし――『秋』とセルロイドの窓」で述べたところと重なる部分がある。
（10）『芥川龍之介論』「ある終焉――『秋』の周辺――」（筑摩書房、昭51・9）
（11）秀しげ子については本書第二部を参照されたい。
（12）「『六の宮の姫君』の自立性」（「語文研究」昭42・10）
（13）前掲注（8）に同じ。
（14）「『六の宮の姫君』論――〈内面〉の『物語』の躓き――」（「文学」平8・1）
（15）「六の宮の姫君」では法師が姫君を探す男と「二人」であるのに対して下人は「一人」、また、同じ「門」でも「朱雀門」と「羅生門」という違いがある。
（16）「魚河岸」初出の語り手は「わたし」で、のち『黄雀風』（新潮社、大13・7）に収録された際、「保吉」と改められる。

「お富の貞操」への道程——〈貞操〉のゆくえ

1

芥川龍之介が〈貞操〉に関する素材を最初に採り上げた作品は「袈裟と盛遠」（「中央公論」大7・4）である。周知のようにこの作品は「源平盛衰記」第十九の文覚発心に材を得ており、盛遠に横恋慕された袈裟が夫・渡に対する貞節を守るため、夫に扮して身代りとなり、命を落とすという筋である。芥川は、こうした〈貞女の物語〉の枠組みを借りながら、内実を袈裟の美貌の衰えを契機とする女と男（袈裟と盛遠）の微妙な意識の変化や女の自死ないし男の殺意の動機を内省する心理劇とした。物語の鍵は人妻の貞節にあるとはいえ、いわゆる〈貞操〉問題、すなわち姦通や不貞をはらむドラマではなく、男女における双方の存在理由の差異を問う内容となっている。[1]

それから約半年後、芥川は「開化の良人」（「中外」大8・2）と題する一編を発表する。これは枠組みを〈貞女の物語〉にとった「袈裟と盛遠」と異なり、人妻の不貞すなわち〈貞操〉問題を主眼としている。物語は本多子爵が古い友人の三浦直樹とその妻にまつわる昔話を「私」に語るというスタイルである。常々「愛のない結婚」を拒んでいた理想主義者の三浦が、本多の韓国赴任中に商人の娘である藤井勝美と結婚する。従来の冷静な学者肌にも似つかぬ快活な調子の便りを受け取った本多は、三浦の幸せな結婚生活を想像していたが、一年後、帰国してみると、三浦の表情は沈鬱であった。勝美夫人の動静をうかがうと、その背後には従弟と称する男の影が揺曳し、やがて夫人の不貞が明白となったので本多は離縁を進めるが三浦は承諾しない。その理由は、夫人を誘惑した男の気持ちはどうあれ、夫人の心は純粋な「愛」かもしれない、というものだった。だが、夫人には別の男の影も見え、結局、三浦は離縁を決断する……。

　上述の梗概に明らかなように、「開化の良人」はもっぱら妻に不貞された夫（男性＝三浦）の内面だけが照射される。作中には勝美夫人の具体的な言葉がないばかりか、彼女の内面に言及する叙述もなく、女性の不貞が男性側の視点に立つ一方的なまなざしのみで語られる。つまり、「愛のある結婚」を望んだ三浦の理想主義的な理念が実際の結婚生活で妻の不貞のために瓦解してゆく悲哀（観念と現実の相反ないし乖離）ばかりが焦点化される。作家の筆も、三浦夫妻の生活実態がどうであったのか、また、女性（勝美夫人）の内面や彼女がなぜ不貞に走ったのかなどに全く踏み込もうとしない。要するに「開化の良人」における〈貞操〉問題とは、女性の不貞によって被害者的存在となった男性の無辜《むこ》の内面が一方的にクローズアップされるだけで、結果として男性本位の保守的な結婚観によって矮小化された女性を見下ろすまなざしが露呈している。

　ところで、作中に本多が友人のドクトルと「於伝仮名書《おでんのかなぶみ》をやつてゐる新富座を見物」した際に勝美夫人を見かける場面がある。夫人の隣りには「楢山の女権論者」と呼ばれる「盛に男女同権を主張した、兎角如何はしい風評が絶えた事のない」「代言人の細君」が同席しており、夫人の不貞（自由恋愛）を扇動したと覚しき存在として描かれている。当日の演目は仮名垣魯文らの実録物を参照した[2]河竹黙阿弥脚色の「綴合於伝仮名書《とじあわせおでんのかなぶみ》」（新富座初演、明12・5）であり、[3]〈毒婦〉として名高い高橋お伝をモデルとする物語である。お伝は夫の病死後、妾や街娼となり、やくざと同棲して困窮し、古物商後藤吉蔵と同衾したのち彼を殺害して金を奪ったとされる。多くの男がその肉体を通過した女の波乱に富む行跡は、好奇の目を集める扇情的な読み物として新聞紙上にも連載され、彼女の名は〈毒婦〉として広く喧伝された。この著名な〈毒婦〉と「風評」の絶えない「女権論者」という取り合わせには、「女権論者」に対する芥川の冷淡なまなざしがうかがえるが、そうした「女権論者」のイメージはどこから得られたのだろうか。

作中の「女権論者」が勝美夫人の〈不貞＝自由恋愛〉を扇動したらしい気配や「盛に男女同権を主張した」という叙述から推察すると、四、五年前の「青鞜」同人たちを中心とする〈貞操論争〉あたりから連想されたのは想像に難くない。

論争は雑誌「反響」（大3・9）に発表された生田花世の「食べることと貞操と」を発端とする。そこで生田は職場の上司に処女を奪われたことを告白、弟を養いつつ自分も食べてゆくには貞操（処女）を捨てるのもやむを得ないと述べた。「反響」は、当初、生田長江と森田草平の共同編集になる雑誌であった。森田は、平塚雷鳥との心中を企てたいわゆる煤煙事件（明41・3）の当事者として事件を報じる新聞の厳しいバッシングをうけ、翌年（明42）に連載した小説「煤煙」でも物議をかもした。それとともに、芥川にとっては師漱石に対する兄弟子であり、森田の作品「煤煙」「自叙伝」「輪廻」なども読んで周知の名だった。[4] 貞操論争は、生田花世の一文に対して安田（原田）皐月が貞操は女のすべてだと反論、伊藤野枝は女子に貞操が必要なら男子にも必要なはずとし、結婚は両人の愛によって定まるものだとして習俗の打破を訴え、雷鳥は処女を適当な時期にみずから捨てること、すなわち自己決定の重要性を強調し、形式的な結婚を批判した。この論争をうける形で、翌年（大4）九月には「讀賣新聞」が婦人附録で「生命か貞操か」を特集する。[5] こうした議論や事象は芥川の視野にも入っていたはずだが、何の反応も示してはいない。というのも、芥川の女性観が上記のような女性像と相容れないものだったからではあるまいか。当時の芥川の好ましい女性像は、たとえばやがて妻となる塚本文宛書簡中にうかがえる。

えらい女――小説をかく女や画をかく女や芝居をかく女や婦人会の幹部になつてゐる女や――は大抵にせものですえらがつてゐる馬鹿ですあんなものにかぶれてはいけませんつくろはずかざらず天然自然のままで正直に

生きてゆく人間が人間としては一番上等な人間です　（大5、推定）

安井婦人が文ちゃんに幾分でも面白かつたのは何よりです（中略）安井夫人はえらいですね僕はああ云ふ人の方が、今の女学者よりどの位えらいか知れないと思ひます　（大6・9・5）

大抵の事は文ちゃんのすなほさと正直さで立派に治ります　それは僕が保証します　世の中の事が万事利巧だけでうまく行くと思ふと大まちがひですよ、それより人間です　ほんとうに人間らしい正直な人間です　それが一番強いのです　この簡単な事実が、今の女の人には通じないのです　殊に金のある女と利巧な女とには通じないのです　（大6・9・28）

時々不良の女みたいな女流作家や作家志望者に遇ふとしみじみ文ちゃんがあんなでなくてよかつたと思ひます　作家にはああ云ふ種類の女と結婚してゐる人が大ぜいあります　僕には気が知れません　（大6・10・30）

結婚を控えた婚約中の甘さを差し引いても、当時の芥川の好ましい女性像の基本的な姿が家庭的な良妻賢母型だったことをうかがわせる。事実、後年にも「私一人の好みを云へば、（中略）やはり、子供を育てたり、裁縫したりする優しい牝の白狼が可い(6)」とも述べている。こうした女性観からすれば「男女同権を主張」する「女権論者」の「青鞜」同人たちや、奔放な女流作家や女流画家、また「女学者」など、世間的に「利巧な女」は忌避の対象であったろう。不貞（自由恋愛）を指嗾する「女権論者」の背景に〈毒婦〉を重ねたのも、勝美夫人の不貞を紋切り型の一方的な男性的視点に終始したのも、芥川の男性優位の保守的な女性観がもたらす当然の帰結であった。したがって、「開化の良人」は、〈貞操〉問題を採り上げたとはいえ、テーマ的には切実さや掘り下げが浅く、人妻の不貞は興味本位の単なる素材にとどまる。「開化の良人」は、先行作「開化の殺人」(「中央公論」大7・7)の懐古的な〈開化〉の空気や奇譚の〈趣向〉を引き継いだにとどまり、〈貞操〉問題はリアリティの乏しい観念的な主題でしかなかった。

2

芥川自身、〈貞操〉問題に切実なリアリティを感じていなかったためか、「開化の良人」以後、しばらくはそうした主題が作品の前面に浮上することはなかった。しかし、三年後の「藪の中」(「新潮」大11・1)において、切り口はやや異なるものの、突然、人妻の〈貞操〉にスポットが当てられることになる。

「藪の中」は、話の主筋を「今昔物語」巻二十九第二十三話「具妻行丹波国男於大江山被縛語」に仰ぎ、フランス十三世紀の散文物語(作者不詳)「ポンチュー伯の娘」やブラウニングの「指輪と本」、アンブローズ・ビアスの「月明かりの道」などの影響も指摘されている。[7] 物語は、若い武士金沢武弘とその妻真砂が若狭の国へ向かう途中、山科の奥の藪の中で、盗人多襄丸の策略に騙され、夫武弘が木に縛りつけられている面前で真砂が多襄丸の手ごめにされ、翌朝、武弘の死体が発見されるというものである。作品の形式は事件の関係者の証言(陳述)が並記されるスタイルだが、当事者の述べる証言が食い違う(多襄丸は武弘と立ち会い後、自分が殺したと告白し、真砂は自分が刺したと語り、武弘は自刃したと述べる)ことから真相は謎に包まれる。

ここで「藪の中」を論ずるわけではないが、この問題作をめぐってはさまざまな証言や多くの議論や解釈がなされており、その一端を見直しておきたい。芥川の身近な存在では、小穴隆一[8]と瀧井孝作[9]に創作動機とかかわる証言がある。小穴は、自分の読んだ雑誌の王と王妃と画家の話をしたら、それを読み直した芥川がすぐに「藪の中」を書いたが、思い当たるのは一人の女をめぐる芥川と南部修太郎の関係について当時の「芥川のこころのなかをひとごとのやうに書いてゐる悲痛な作品」だとする。瀧井は、「今昔物語」の当該箇所を芥川に話したのは自分だと語り、南部との一件から芥川は「女のことで兜の内を見透かされた痛手を負つたが、兜を脱ごうとしたやうで」その気持ちを吐露したのが「藪の中」を書いた時分だったと述べている。ここで言及された問題の「女」とは芥川の関係した人妻秀しげ子と推測されるが、これについては後述する。

「藪の中」をめぐる議論のなかでも特に注目されるのは、文学に精通する三人の読み巧者（中村光夫・福田恆存・大岡昇平）による論争である。口火をきった中村は、「強制された性交によっても、女は相手に惹きつけられ」ることがあるという女性不信のテーマが「異常な事件によって破壊された夫婦間の愛情のもつれ」として描かれた作だが、構成上の乱れがあるとして否定的評価を下した。[10] これに対して、福田は一編の主題が「事実、或は真相といふものは、第三者にはつひに解らないものだ」というもので、「藪の中」はその主題を充分に描き得ていると反論した。[11] 大岡は、作者の意図が「当事者の陳述を併置して、その間の矛盾と一致によって、緊張と緩和の交替を作り出すことに」あり、それを通して、「一人の女を争う二人の男、三角関係と呼ばれる男女間の永遠の葛藤」を主題とした作品として高く評価し、芥川を擁護した。[12]

「強制された性交」云々という中村のやや強引と思える読みにも全く根拠がないわけではない。それは「手ごめ」後の真砂の次のような言動や表情があるからである。

女は突然わたしの腕へ、気違ひのやうに縋りつきました。しかも切れ切れに叫ぶのを聞けば、あなたが死ぬか夫が死ぬか、どちらか一人死んでくれ、二人の男に恥を見せるのは、死ぬよりもつらいと云ふのです。その内どちらにしろ、生き残つた男につれ添ひたい、――さうも喘ぎ喘ぎ云ふのです。（中略）〔私を残酷だと思ふのは〕あなた方が、あの女の顔を見ないからです。殊にその一瞬間の、燃えるやうな瞳を見ないからです。（多襄丸の白状）

盗人は妻を手ごめにすると、其處へ腰を下した儘、いろいろ妻を慰め出した。（中略）自分の妻になる氣はないか？　自分はいとしいと思へばこそ、大それた真似も働いたのだ、――（中略）／盗人にかう云はれると、妻はうつとりと顔を擡げた。（中略）妻は確かにかう云つた、――「では何處へでもつれて行つて下さい。」（長き沈黙）

「妻の罪はそれだけではない。（中略）妻は夢のやうに、盗人に手をとられながら、藪の外へ行かうとすると、忽ち顔色を失つたきり、杉の根のおれを指した。「あの人を殺して下さい」（巫女の口を借りたる死霊〔武弘〕の話）

真砂の「その一瞬間の、燃えるやうな瞳」や「うつとり」した顔や「夢のやう」な表情などがさしあたり中村論の論拠だろう。しかし、中村論のはるか以前、宮島新三郎の同時代評[13]がすでに同様の見解を示している。宮島は、死霊〔武弘〕の「観察」が「貞操を無上のものとしないで、男に手ごめにされたといふ是認を根拠とし」ており、多襄丸が「女に情の動いたといふ事實を是認して、自己を肯定してゐる」のに対し、「貞操本位に動いたと主張するのは、女自身である」ことなどから「貞操観念と色慾の情との錯綜混戦をにらんだ處」がこの作品の「動機」だと解釈し、「結婚問題とか婦人問題などを研究してゐるもの」の参考になると述べる。

「手ごめ」という男性による力づくの性行為はいうまでもなく暴力的な犯罪そのものでしかない。にもかかわらず、それが男女間のデリケートな問題として再構成されるのは、その背景に近代の家父長制的な男性優位の社会構造が存在し、その社会が醸成する女性を低く見るまなざしや、性的対象としても女性を男性の従属的存在として捉える意識が底流していたからである。男女間の性差における不均等は、たとえば旧刑法（明13・明40）の「姦通罪」で「有夫の婦」すなわち人妻（女性）だけが処罰の対象とされ、それが戦後（昭22）の法改正に至るまで継続していたことにも明らかである。とはいえ、そうした男性優位の歴史を厳しく批判する現代の性規範を性急に当てはめ、裁断するところに〈文学〉の問題はない。現に「開化の良人」や「藪の中」が書かれた大正期の結婚制度や夫婦関係では、〈貞操〉観念はきわめて重いものであったし、それは家父長制を基盤とする家族国家観（国民は天皇の赤子）の核となる夫婦関係を護持するための倫理観、言い換えれば社会常識として深く浸透していたからである。ともあれ、芥川が「藪の中」で描いた男の女に対する「強制的な性交」（手ごめ）を契機とする〈貞操〉問題は、そうした当時の社会常識に一石を投じ、同時に女自身や二人の男の存在理由を根底から揺さぶる深刻な内面のドラマとなっている。それはかつて「開化の良人」に描かれた紋切り型の観念的な〈不貞〉と大きく異なり、作家自身の内面とも密接に交響するきわめてリアルなテーマのように感じられる。前述の小穴や瀧井の証言は鵜呑みにできないとしても、芥川の身辺に起きていた人間関係が〈貞操〉問題の急激な深化を促す契機だった可能性は否定できない。

小穴や瀧井が示唆する芥川と関係のあった人妻とは秀しげ子である。二人の出会いは、大正八年六月十日、岩野泡鳴主宰の十日会で、以前からの会員であったしげ子を見かけた芥川は広津和郎を介して挨拶を交わす。翌十一日、芥川は書簡を添えて自身の創作集をしげ子に送った。二人は、同年九月十日に十日会で再会したのち、同月十五日、二十五日と個人的な逢瀬を重ねている。芥川は彼女を「愁人」[14]と称して思慕の念を募らせ、その後も同様の記述を繰り返したが、やがてその存在は大きな負担となり、大正十年前半の中国旅行を機に関係を断つことができたとされる。のちに芥川自身、小穴宛〈遺書〉の一節で以下のように述べている。

〈自分の生涯の中でも〉大事件だつたのは僕が二十九歳の時に□夫人と罪を犯したことである。僕は罪を犯したことに良心の呵責は感じてゐない。唯相手を選ばなかつた為に（□夫人の利己主義や動物的本能は実に甚だしいものである）僕の生存に不利を生じたことを少なからず後悔してゐる。

ところで、「藪の中」の創作動機に関わるとされるしげ子や南部との三角関係について『芥川龍之介新辞典』[15]は「秀しげ子を巡る南部と芥川のいわゆる〈女性共有事件〉」と「藪の中」に関連して先の小穴証言をあげ、芥川は大正十一年になって「初めてその事を知ったらしい」とし、同年八月七日付、南部修太郎宛芥川書簡の一節「お互いに何の悪感も持つてゐない。その癖かう云ふ事になる」を引いている。引用の前段には「君の手紙は有難く讀んだ。君はあの手紙を書いて好い事をした。しかしもつと早く書いてくれるとなお好かつた」云々の一節があり、引用の直後は〈五十九字の削除〉を挟み「それだけは承知してゐてくれ給へ。交を絶つ絶たないは僕がきめるべき事ではない。君の判断に一任すべき事だ」云々と続いている。この文面からすると、芥川は何か重大な一件を南部からの手紙で初めて知らされ、それは「交を絶つ」ほどの深刻な問題であったところを見ると、南部としげ子の関係の告白以外には考えられない。だが、それが事実なら、芥川が二人の関係を知ったのは「藪の中」発表（大11・1）より半年以上も後ということになり、この三角関係が「藪の中」のモチーフだとする見解は成立しない。先の小穴や瀧井の「藪の中」成立の背景にまつわる証言は、芥川の死後約二十五年のおぼろげな回想であり、その根拠も明確ではない。第一、芥川・しげ子・南部の関係にはもう一人重要な人物すなわち妻を寝取られたしげ子の〈夫〉秀文逸（工学士）が存在するわけで、厳密には四角関係といえる。小説が武弘・真砂・多襄丸の三角関係であることからすれば、南部との関係よりも、しげ子・夫・芥川の関係が相当するわけで、とりわけ真砂の〈貞操〉を問題とするなら〈夫〉の存在こそ重要であろう。しげ子と関係をもった芥川の脳裏には不貞をされた夫への複雑な思いがあってそれが武弘の心情に転移され、一方、その夫婦関係を犯した自身の姿を偽悪的に描いたのが多襄丸だったように思われる。「藪の中」における〈貞操〉問題は、そうした秀夫妻と自身との三角関係を自省・煩悶し、当事者として自己の内面を凝視するところから生まれた切実でリアルなテーマだったのではなかろうか。

3

しげ子が、芥川との関係がありながら作家として格下の南部と関係をもったことに芥川のプライドはひどく傷ついたに違いない。それでなくともすでに熱は冷め、その存在が負担になっていたしげ子との濃密な関係は、上述のように大正十年前半の中国旅行をきっかけにひと、ま、ず、途絶えている。そのためしげ子に関する煩悶も沈静化し、芥川における〈貞操〉問題の意識も大きく後退したと思われる。ところが、その約半年後、「お富の貞操」（「改造」大11・5、9）と題する一編が発表される。ただし、物語は少女の〈貞操〉が危機に瀕する場面はあるものの、危機がすぐに回避されると、あとは何事もなかったかのように後段（二）の大団円へと流れてゆく。ちなみに、ここでの〈貞操〉とは〈処女〉（純潔）の謂であって、人妻の不貞ではなく、それゆえ三角関係の複雑な情況がからむ〈貞操〉問題が追究されるわけでもない。にもかかわらず、なぜ芥川はタイトルに「貞操」の文字を含む、見方しだいではいささか生々しい刺激的な題名をもってきたのだろうか。

「お富の貞操」の約半年前、「藪の中」発表の前月に瀧井孝作の「良人の貞操」（「新潮」大10・12）と題する一編が発表されている。のちにその大半が「無限抱擁」（改造社、昭2・9）第三章の一節に吸収される短編で、若い夫婦と妻の母親が同居する三人暮らしの家庭が舞台である。妻は小説家らしき夫（彼）の帰宅が毎晩のように遅いことを気にかけている。胸を患っている妻はふだんから寝込みがちで夫婦の営みもままにならないため、夫が外の悪場所などで遊んでいるのではないかと疑い、嫉妬する。夫は友人の誘いにも乗らず、みずから出掛けても引き返し、書きかけの原稿を妻に示して「兎も角僕は外では何もないのだから」と告げると、妻は「あなたに限って、そんな事無いと思つてゐますワ」と答える。つまり、これは「開化の良人」や「藪の中」とは逆に、男性（夫）の〈貞操〉に焦点が当てられた物語なのである。

一般に「貞操」問題では、女性（人妻）の不貞が問われるのに対し、男（夫）の〈貞操〉が問われるという珍しいケースである。当時、人妻しげ子との不倫関係に頭を悩ませ、人妻真砂の〈貞操〉を疑う「藪の中」を執筆しかけていた芥川にとって、男（夫）の〈貞操〉を問うという逆のパターンは、むしろ芥川自身の行動を問いただす、虚をつかれる視点であり、その予期せぬ切り口が印象に残る作品だったのではなかろうか。

瀧井孝作は、大正八年三月に時事新報文芸部記者となり、四月に芥川と出会って以後、日曜日ごとに頻繁に芥川宅を訪ねるようになり、小説に目を通してもらったりもしている。

ぼくの文筆生活への第一歩は、大正八年三月に、時事新報記者になつた。（中略）文芸欄の消息を集めるための文士や美術家を戸毎に訪問して歩いた。色々の人に会つてみた。芥川さんはぼくにすぐ俳句の話を持ち出したりして、話が面白くて、日曜毎には必ず田端へ行くやうになつた。そして芥川さんの創作熱に感化されてぼくも創作の文章をみてもらつたりした。

（「文学的自叙伝」二「新潮」昭11・5）

以後、書簡のやりとり（芥川の瀧井宛書簡は少なくとも二十三通ある）や交際が続き、句作では芥川が瀧井を「折柴先生《せっさい》」と呼んで師匠扱いし、二人は俳句談義や画談も交わしているが、二人の創作をめぐる対話の一端は瀧井宛芥川書簡にも見られる。

(1)「新潮の僕の小説南部などとは品が違ふと思ふが如何　君の小説は果して白眉だつたではないか」（大9・8・9）

筆者注：「僕の小説」は芥川「拾子」（「新潮」大9・8）、「南部」は芥川の「南京の基督」（「中央公論」大9・7）を酷評した月評「最近の創作を読む」（「東京日日新聞」）のとは別に芥川本人宛書簡の言及と異なることを「不快」と述べた一連のやりとりをさし、「君の小説」は瀧井の「祖父」（「新潮」大9・9）をさす。

(2)「一体に今度の小説むづかしき漢字少からず　何卒校正が念を入れて頂きたし」（大9・12・6）

筆者注：「今度の小説」は「秋山図」（「改造」大10・1）をさす。

(3)「君の小説改造へ出て結構だつた　僕は六月号もとうとうすつぽかしてしまつた」（大11・5・26）

筆者注：「君の小説」は瀧井「妹の問題」（「改造」大11・6）を、「僕」のすっぽかした作品は「お富の貞操」の完結編（のち「改造」大11・9）をさす。

右掲の書簡をみると、二人が互いの作品に注目し合っていたのは確実であり、その関係はきわめて親密であった。「良人の貞操」執筆時に近い大正十年十月にも二通の書簡があり、特に(3)の一節は「お富の貞操」の執筆とも絡む瀧井作品への言及である。これらの情況を勘案すると、「お富の貞操」というやや大胆なタイトルが、瀧井の「良人の貞操」にヒントを得た可能性がみえてくる。加えて、瀧井作品に見える「良人」の語はかつて芥川自身も「開化の良人」で用いており、その類縁からくる連想も働いて、瀧井作品の題名にちなむ「お富の貞操」のタイトルを着想したのではないだろうか。また、両作品がともに〈貞操〉の守られた物語であることも、そうした推測をたくましくさせる（傍点筆者）。

いまだ南部としげ子の関係を知らず、しげ子との関係も途絶えて一年以上が経過し、やや気持ちの軽くなっていたはずの芥川にとって、〈貞操〉問題はもはや重苦しいものではなかったように思われる。そのためもあってか危機を回避して〈貞操〉が守られる明るくピュアな物語が構想されたのではないだろうか。その先蹤となったのが約二年前に発表された同じ〈開化物〉である「舞踏会」（「新潮」大9・1）であろう。

「お富の貞操」の構成は、「舞踏会」と同様、物語の主筋である本編と後日譚の二章から成っており、その後日譚でヒロインの相手である男性の素性が明かされるという仕掛けも共通している。「舞踏会」の本編（一）で明子のダンスパートナーとなったフランス人海軍将校はジュリアン・ヴィオと名乗るが、後日譚（二）において青年作家によって「御菊夫人」を書いた有名作家のピエル・ロティの本名だったことが明かされる。「お富の貞操」では、本編で乞食とされる新公が後日譚では維新に功のあった顕官として正装姿の村上新三郎が行列に堂々と伍している。加えれば、明子のジュリアン・ヴィオその人に対する無垢な信頼感は、〈貞操〉の危機に遇いつつも新公が「唯の乞食ではない」ことをお富が「なぜかわかつてゐた」心情に通じており、両作品のヒロインがともに相手の男性に信をおいている点も共通しているといえるだろう。

4

物語は、明治元年五月の上野戦争開戦前日、近隣の住民がすべて退去し、空き家となった小間物店に始まる。そこに身を潜めていた乞食の新公が一匹の三毛猫を相手にひとりごちつつ、短銃の手入れをしていると、一人の若い女・お富が闖入してくる。面識のあった二人が言葉を交わすうち、彼女がこの家のお上さんの願いで猫を取り戻しにきたとわかる。新公がこのような場では若い女が襲われかねない危険を語ると、立腹したお富は新公を打ちすえようとし、揉み合いから新公がお富を組み伏せると、彼女は帯に隠し持っていた剃刀で切りつける。すると、新公は懐から短銃を取り出し、猫に狙いを定め、その命と交換にお富の肉体を要求する。新公の要求に、彼女はふて腐れたように茶の間へ行って帯を解き出すが、新公は横たわったお富に冗談だと告げたあと、「肌身を任せると云へば、女の一生ぢや大変な事」なのに「猫の命と懸け替に」するのは「乱暴」すぎないかと尋ねると、お富は「唯あの時はああしないと、何だかすまない気がした」と答える。やがて一人残った新公は「今日だけは一本やられた」と呟く。以上が「一」で、その後、「二」に相当する後日譚が続く。明治二十三年三月の第三回内国博覧会の開会式当日、群衆の前を開会式帰りの顕紳たちの行列が通りかかり、子どもたちや夫と行列を見物していたお富は、立派な正装に身を包んだかつての新公の姿を見出し、「何か心の伸びるやうな氣がした」……。

こうした物語の内容を検討する前に、少し気になる点に触れておきたい。たとえば、物語の出発点は明治元年であるが、後日譚が明治二十三年の第三回内国博覧会では時間の経過がやや長過ぎるきらいはないだろうか。明治元年のお富が何歳かは不明だが、「若い女」で「召し使ひ」とあり、「堅太りの体つき」で「新しい桃や梨を聯想させ」、新公の性欲を刺激するからには、十六、七歳ぐらいと見るのが穏当だろう。だとすると、明治二十三年のお富は四十歳前後ということになるが、三人の子どもを産み、「老を齎《もたら》した」ともあって、それなりに整合性はとれており、それ自体、特に問題があるわけではない。とはいえ、芥川は後段（二）の舞台としてなぜ「第三回内国博覧会」を選んだのだろうか。

「お富の貞操」冒頭シーンに関連して、妻文の弟塚本八洲宛書簡（大11・3・31）で芥川が次のような問い合わせをしたことが知られている。

どうか下の三項につき御祖母様に伺つた上二三日中に御返事して下さい。

(一) 明治元年五月十四日（上野戦争の前日）はやはり雨天だつたでせうか

(二) 雨天でないにしてもあの時分は雨降りつづきだつたやうに書いてありますが、上野界隈の町人たちが田舎の方へ落ちるのにはどう云ふ服装をしてゐたでせう？ 殊に私の知りたいのは足拵へです（中略）

(三) 上野界隈、今日で云へば伊藤松坂あたりから三橋へかけた町家の人々は遅くも戦争の前日には避難した事と思ひますがこれは間違ひありますまいか？ 念の為に伺いたいのです　皆面倒な質問ですがどうかよろしく御返事下さいから云ふ点判然しないと来月の小説にとりかゝれないのです

ディテールにこだわる芥川の創作姿勢があらわな文面だが、物語の始まりを時代が大きく転換する上野戦争前日に設定することは当初から決めていたことがわかる。悲惨な戦いが目前に迫る明治維新前日という歴史的な劇的緊張感と、一方、その背後で人知れず展開された小さくも真剣なお富と新公のドラマは、鮮やかな対照の妙を描き出している。

ただ、「お富の貞操」は右の書簡の翌月、雑誌「改造」五月号に発表されるものの、それは第「一」章のほぼ半分「一目に処女と感ずる、若若しい肉体を語つてゐた。」までであって、文末は「（未完）」と記された。掲載部分には、この状況での「若い女の一人歩き」の「危」うさや「冗談」まじりに新公が「妙な気を出したら」などの対話もなく、したがって、お富と新公の接触には進んでおらず、猫を標的としてお富の身体を差し出せる場面にもほど遠い。要するに、新公の前にお富が現れただけの段階で筆は止まり、物語の実質的な展開にはまったく及んでいない。続稿を含めた全体が一括発表されるのは、それから四ヶ月後の「改造」九月号である。いささか厳しい見方をすれば、この時の芥川には前掲の書簡に見える「明治元年五月十四日（上野戦争の前日）」の設定だけは決まって

いたものの、その先の物語展開はおよそ定まっていなかったように思われる。ましてや物語の〈落ち〉ともいえる後段(二)の情景はいまだ見えておらず、それは想定外の材料との偶然の出会いから思い付いたのではあるまいか。そして、その出合いが終幕の第三回内国勧業博覧会開会式終了後の行列の場面を生んだのではなかろうか。

内国勧業博覧会は、明治十年に第一回、続いて明治十四年に第二回が開催されており、場所はいずれも上野であった（ちなみに第四回は京都）。第二回では博覧会に合わせてジョサイア・コンドルの設計になる煉瓦造り二階建の建物が造成され、博覧会終了後には上野博物館となり、翌年三月、明治天皇が行幸して開館式が行われている。

第三回内国博覧会は、「お富の貞操」にもあるように明治二十三年三月二十六日に明治天皇臨席のもと開会式が行われ、四月一日より一般入場が許された[16]。お富とその家族が出会わしたのはその開会式の帰りの行列である。明治二十五年生まれの芥川にとって、明治元年も同二十三年も誕生以前の歴史的事象であり、矚目の光景ではない。ところで、第三回内国博覧会が開催された明治二十三年はもう一つ大きな国家的イベントがあった年で、それは帝国議会が開設（同年十一月）されたことである。冒頭の明治元年の上野戦争前日が明治維新の夜明けを告げる第一歩だったとすれば、明治二十三年は実質的な近代国家体制の出発を告げる第二の維新の年ともいえる。直接には殖産興業を勧める内国博覧会に天皇がわざわざ行幸したのも、八ヶ月後に控える国会開設という第二の維新を遂行するための政治的プログラムの一環だったのかもしれない。明治元年と明治二十三年という構成がそうした日本の近代化における二段階の維新を暗示する歴史的意味を、果してどこまで芥川が意識していたかどうかはわからない。

それにしても〈開化物〉の先行作品があるとはいえ、芥川はなぜ大正十一年に〈明治維新〉を強く印象づける物語を執筆したのか。その鍵のひとつとして、たとえば物語の視覚的なハイライトともいえる後段の行列シーンをあげることができよう。「二頭立ちの馬車」の中の新公を彩る誇らしげな「駝鳥の羽根の前立て」や「金モールの飾緒」や「勲章」や「名誉の標章」を一例とし、そこから連想されるいかめしくも仰々しい行列の姿が浮かぶ。芥

國葬參列の文武官

2・10東朝　左より東郷元帥、高橋首相、内田外相、井上元帥、山本農相、床次内相

川作品は、多くの場合、典拠となる材源が探索され、明らかにされている。しかし、「お富の貞操」に関してはこれといった材源の指摘がなされていない。もちろん、芥川の独創的な物語であっても少しの不都合もないわけだが、あまり先行きの見えていなかったこの作品には、先述のごとく何か想定外の材料との偶然の出会いがあって、ラストシーンが着想されたとは考えられないだろうか。たとえば、上述の晴れやかな行列シーンとは全く逆の葬列を反転させたものだとしたらどうだろう。実はこの年、明治維新の大立者二人が相次いで亡くなっている。大隈重信（一月十日没）と山縣有朋（二月一日没）だが、彼らの相次ぐ死は、それこそ「明治」の決定的な終幕を感じさせたであろう。このうち山縣が二月九日に国葬で送られている。霊柩は儀仗兵に護られて日比谷斎場と音羽護国寺を移動するが、「この盛な葬送の行列を見やうと集まつた人々は堵を作してゐる」と翌日の新聞（「讀賣新聞」大11・2・10）は伝える。また、別紙（「東京朝日新聞」大11・2・10）には東郷平八郎ら「国葬参列の文武官」の写真（上の掲出写真参照）が掲載されるが、その礼装はあたかも新公の晴れがましい正装を連想させる。もしかすると、芥川はこの明治維新の終焉を象徴する盛大な葬列から「お富の貞操」における〈二段階の明治維新〉という物語の時代設定やラストのハイライトシーンを着想したのではないだろうか。

さて、「お富の貞操」が提示する主題は、末尾近くの次の一節に明示されている。

彼女はあの日〔二十年以前の雨の日〕無分別にも、一匹の猫を救ふ為に、新公に体を任さうとした。その動機は何だつたか、——彼女はそれを知らなかつた。新公は亦さう云ふ羽目にも、彼女の投げ出した体には、指さへ触れる事を肯じなかつた。その動機はなんだつたか、——それも彼女は知らなかつた。が、知らないにも関らず、それらは皆お富には、当然すぎる程当然だつた。

新公の行動はさておき、第一義的な問題は、お富が「無分別」にも猫の命と引き換えに「女の一生」に「大変」な「肌身を任せる」（貞操＝純潔を捨てる）行動に出た事実であり、その「動機」とはどのようなものだったかである。注目したいのは、お富の身体の描写、すなわち「何処か新しい桃や梨を聯想させる美しさ」や「野蛮な美しさ」を感じさせる「一目に処女を感ずる、若若しい肉体」がきわめて丁寧に描写されていることである。お富の「無分別」な行動は、その処女性の顕著な「若若しい肉体」の「美しさ」にふさわしい清新でピュアな精神が瞬時に下した判断である。それは損得を量る社会常識や倫理的な是非やコトの後先を考える思慮分別などがいっさい入る余地のない、若さだけがもたらす特権的な一回性の決断であるともいえよう。一般的には「動機」なるもののほとんどが、行動の結果、あとづけの論理から導き出されたもので、そこには大抵不純な要素が混入する。裏を返せば、純粋な行動とは「動機」すら入る余地のない「当然すぎる程当然」のごとくなされる行動のことであり、それが可能なのは「若若しい肉体」のみにふさわしい若々しい清新な精神だけなのである。つまり、お富の〈貞操〉とは肉体の謂ではなく、若々しいピュアな精神が下した一回性の決断の意味であろう。秀しげ子との関係に揺れた芥川の〈貞操〉問題は、ここに至って、きわめて観念的で平穏な純粋精神のドラマに回収される。後年のお富が夫に向かって「活き活きと、嬉しそうに」「頬笑んで見せ」るのは、平凡な「炉辺の幸福」（「西方の人」）が芥川の思い描く幸福の形にほかならなかったからであろう。

注

（1）浅野洋「『袈裟と盛遠』の可能性」（「近畿大学教養部紀要」昭62・3）参照
（2）『高橋阿伝夜叉譚』（明12年刊）
（3）『芥川龍之介全集　第3巻』（筑摩書房、昭42・1）「注」参照
（4）「「輪廻」読後」（「女性」大12・9）
（5）『日本女性史大辞典』（吉川弘文館、平20・1）ほか参照
（6）「お富と貞操」発表より三ヶ月前の一文「世の中と女」（「新家庭」大11・2）
（7）『作品と資料　芥川龍之介』（双文社出版、昭59・3）の資料編参照
（8）「『藪の中』について」（「芸術新潮」昭25・11）
（9）「純潔——『藪の中』をめぐりて」（「改造」昭26・1）
（10）「『藪の中』から」（「すばる」昭45・6）。
（11）「公開日誌——『藪の中』について」（「文學界」昭45・10）
（12）「芥川龍之介を弁護する——事実と小説の間」（「歴史と人物」昭45・11）
（13）「芥川龍之介氏『藪の中』その他」（「新潮」大11・2）
（14）別稿「我鬼窟日録」（大8・9・12）
（15）『芥川龍之介新辞典』（翰林書房、平15・12「南部修太郎」の項）
（16）國雄行『博覧会の時代　明治政府の博覧会政策』（岩田書院、平17・5）

第二部

秀しげ子のためにⅠ――芥川龍之介との邂逅以前

序

秀しげ子は、芥川文学に微妙な影を落とし、どこか異彩を放つ女性として、これまでにもしばしば言及されてきた。だが、彼女をめぐる言説は、果たして秀しげ子その人や芥川との関係を正当に伝えるものだったろうか。たとえば二人の関係にしても、彼女の方から強引にまとわりつき、芥川に災厄をもたらすだけの存在、という見方が一般的である。芥川自身、「愁人」から「狂人の娘」へと呼称を変え、遺書にも「やつと□夫人の手を脱した」と記したせいもあり、彼女はスキャンダラスな〈噂の女〉に甘んじてこなければならなかった。こうした言説は、ひとり芥川ばかりでなく、同時代の作家たちにもおおむねひきつがれている。しかし、現実の秀しげ子は、ビアトリス社など大正期文学の一翼を担った〈新しい女〉のひとりであり、歌人としての活動も相当に活発だった。にもかかわらず、従来の言及は、彼女の具体的な〈足跡〉にほとんど触れることもなく、いわばバイアスのかかった一方的なまなざしと先入観によって、その人間像を構成してきたのではないだろうか。

たとえば、秀しげ子を〈歌人〉と呼びながら、彼女の歌（本文）は実際にはわずか十首が紹介されたにすぎない。ところが、現在までの粗雑な調査だけでも全く未紹介の三百余首の短歌と短文二編を新たに見ることができた。加えて題（詠）や歌数だけが紹介されてきたものを併せると、計四百首を優に超える歌が確認できたことになる。また、彼女の消息は、当時の女性誌「ビアトリス」や「讀賣新聞」および歌誌「潮音」等に意外に多く見られ[1]、その活動の範囲や人脈も、文壇・歌壇から劇界および女性運動にと多岐にわたる。

　秀しげ子のそうした多彩な足跡の一端に触れてみるだけでもそのことはわかる。たとえば、彼女は太田水穂主宰の潮音社の催しにも積極的に参加し、歌誌「潮音」に毎号のように歌が掲載された時期もある。また、茅野雅子を中心とする春草会にも意欲的に参会していたようで、歌会の模様が月に一度「讀賣新聞」に掲載されており、彼女の歌も随所にみられる。ちなみに、彼女は春草会五十回記念（大11・2・27）や百回記念（大15・6・27）にも参加しており、大正期の一時期、歌壇で相応の地歩を占めていたのは確かだろう。なかでも大正十一年一月一日「讀賣新聞」に、これまで未紹介の「早春」と題する十首が単独で掲載されている。こうした扱いからも当時の彼女の注目度が推し量れよう。また、『現代婦人詩歌選集』（正富汪洋担当執筆「明治大正婦人詩歌小史」婦女界社、大10・5）にも彼女の出身地と歌三首の紹介が見え、ほかに「婦人公論」（昭2・1）にも現代女性歌人の一員として「現代女流百人一首」にもその名と歌が掲げられている。

　上記以外にも秀しげ子の姿は「讀賣新聞」紙上にしばしば登場する。[2] 福永挽歌の短篇集出版記念会「「夜の海」の會」が永楽倶楽部で開かれ、彼女の姿とキャプションにその名が見られる（大9・4・25）。そのほか、雑司ヶ谷開泉閣での「故岩野泡鳴氏追悼會」にも参列していたことが「讀賣新聞」（大9・6・9）および「新潮」（大9・7）で確認でき、さらに「岩野泡鳴氏七週《ママ》忌記念會」にも彼女の名が記されている（大15・5・9）。また、神奈川県大磯海岸で海水浴を楽しむ「十日會々員の大磯行」写真に付されたキャプションにもその名がある（大10・8・14）。ほかに、「讀賣新聞」「よみうり抄」では、「秀しげ子夫人」として彼女の旅や帰京の消息、自宅電話番号の変更などが散見され、彼女の存在が相応の注目を集めていたことがうかがえる。

　今回の調査では、夫・秀文逸の経歴を示す資料も散見できた。これまでほとんど知られていなかった文逸の人間像やその風貌、および職歴なども多少明らかにすることができ、秀夫妻の結婚生活をめぐるいくつかの事実も訂される必要があるようだ。

同時代作家の描いた秀しげ子像もまた再検討の必要がある。彼女の肖像を伝える作品といえば、広津和郎の「彼女」（「小説新潮」昭25・3）がよく引かれてきた。しかし、後述するように同じ広津の手になりながらこれまで言及されることのなかった短篇「哀れな女」（「文章倶楽部」昭2・1）もまたしげ子を素材とする一篇だと思われる。とすれば、彼女をモチーフとする構想は、広津の内部で芥川自裁直前の昭和二年にすでに作品化が試みられていたわけで、広津は二十余年もの間〈秀しげ子〉というモチーフを反芻していたことになる。そのしげ子像の変化や落差も興味深い。

ともあれ、こうした足跡に接すれば接するほど、〈秀しげ子〉その人と芥川文学およびその周辺の文学者たちが描いた彼女の姿にはズレが生ずるように思える。

広津だけではない。芥川の死後、矢継ぎ早に発表された瀧井孝作・宇野浩二・村松梢風らによる交友録風の作品は、秀しげ子に関する限り、芥川の残した「動物的本能」というイメージをそのままうけつぎ、むやみに増幅していく。芥川側の、あるいは男性側の、こうした言説に最も驚いたのは、秀しげ子自身だったのではあるまいか。後年のしげ子が、江口渙の「我が文學半生記」（青木文庫、昭28・7）を読んで、「あなたが書いているようなことは無かった」との手紙を寄せ、江口が詫びを伝える返事を出したところ、彼女は自分の胸中を聞いて貰いたい旨を再び江口に伝えたという。当時すでに数え六十三歳、老齢となったしげ子がなおも真剣に訴える以上、われわれはもっと〈彼女自身の声〉に耳を傾けるべきではあるまいか。

そこでまず、秀しげ子の実像をふり返ってみたい。本章では彼女の生涯の前半、すなわち、芥川との出会い以前に限定し、調査し得たところを報告する。

なお、秀しげ子の生涯については、従来、主として以下の文献によって言及されてきた。本稿もこれらの先行研究に負うところが少なくないので、その主要文献をまず掲げておく。

（A）森本修「作家時代」（『芥川龍之介伝記論考』明治書院、昭39・12）。秀しげ子に関する基礎的な素描は本書から出発する。ちなみに、本書の内容は『新考芥川龍之介伝』〈増補改訂版〉（北沢図書出版、昭46・2）として改訂されており、本稿でもこの改訂版に従う。

（B）森本修「芥川をめぐる女性」（『人間　芥川龍之介』三弥井書店、昭56・5）。ここでは、「潮音」・「新潮」・『岩野泡鳴全集』・「新小説」・「我鬼窟日録（別稿）」・日本女子大学の『桜楓会会員名簿』が紹介されている。ちなみに「芥川をめぐる女性」の初出は、「論究日本文学」（第十号　昭34・4）所載のものだが、『人間　芥川龍之介』収録時に大幅な加筆がなされており、本稿ではこの三弥井書店刊単行本の記述を採用した。

（C）森啓祐「「愁人」から「狂人の娘」へ」（『芥川龍之介の父』桜楓社、昭49・2）。ここでは、佐々木茂索に宛てた芥川の書簡や「手帖　八」、また秀しげ子の没年時などが記されている。

（D）浅野洋「秀しげ子の〈足跡〉二、三」（「鑑賞現代日本文学11　芥川龍之介（月報）」角川書店、昭56・7）。ここでは、「ビアトリス」・『日本女性録』・「東京朝日新聞」などから彼女に関する新たな知見が紹介されている。

（E）「芥川龍之介事典」（419頁―久保田芳太郎担当　明治書院、昭60・12　菊地弘・久保田芳太郎・関口安義編著）。本事典の内容は主として森本修氏の「新考・芥川龍之介伝〈改訂版〉」（前出）などの記述が参照され、秀しげ子の概要が述べられている。

（F）関口安義「第五章　女性」（『芥川龍之介　闘いの生涯』毎日新聞社、平2・7）。主として森本修・浅野洋らの成果をふまえたもので「女の世界」との関連が新資料として提示されている。

右記の主要先行研究を参照したものについては、符号（A、B、C等）をもって示しておく。また、それ以外の主要関連文献については、そのつど（注）を付し、当該記事との関連性や出典を後掲することとする。
なお、先行研究との混同を避けるために、「讀賣新聞」およびその他から得られた新たな知見に関する典拠や論者の推測する根拠などは、そのつど注記（ ）として後掲することとした。また、秀しげ子の作品については、「潮音」および「よみうり婦人欄」の「春草會詠草」掲載作品など、未紹介および紹介済みの作品をも含め、本書「秀しげ子の著作」で改めて紹介している。

1　誕生から結婚まで

秀しげ子は、明治二十三（一八九〇）年八月二十日、小瀧顕八の次女、小瀧しげ子として生まれている。しげ子の旧姓の呼び方に関して、日本女子大学名簿の該当箇所を見ると、「戸田」から「小野・小瀧・小野」と続き、次に「和田・渡邊」となっており、氏名がイロハ順で並べられていると考えられるので、その呼び名（小瀧）は「ヲダキ」もしくは「ヲタキ」ではなかったかと思われる（「（櫻楓會會報）花紅葉」第十集　明45・6）。ただし、後述する秀しげ子と安成二郎との会見記では、「本姓は小瀧《コタキ》」のルビが添えられているが、ここでの本文は総ルビとなっており、編集者の見解である可能性が高いように思われる。また、先行研究では小瀧ではなく、「小滝」としている。

小穴隆一の「二つの繪」では秀しげ子のことを「S」と称し、「高利貸の娘。（中略）藝妓の娘。」と記す。(3) この言を信ずれば、父・顕八は、高利貸業を営み、母（姓名不詳）は芸妓であったらしい。関口氏は、後年のしげ子の派手な行動から「裕福な家で甘やかされて育った」と推定しているが、幼い頃に生い育った家庭の経済状態など詳細は不明である。

ところで、父・顕八は長野県埴科《ハニシナ》郡南条《ミナミジョウ》村の出身と伝えられてきた（C）が、平成九年九月十六日の調査で入手し得た登記簿謄本によって、その正確な住所は「埴科群南条村参百七番地」と確定できた。一方、しげ子本人の出身地あるいは出生地も必ずしも一致してはいない。たとえば「日本女性録」（D）によると、東京都千代田区出身とのみ記載され[5]、一方、長野県埴科郡南条字横尾三〇七に生まれる（E）とする記述もある。吉田精一は東京神田の生まれとだけ記しているが典拠は明らかでない[6]。関口氏は、彼女の出身地を東京市神田区錦町二十番地とするが、従来の記述では彼女の出身地あるいは出生地に関して以上のような諸説があり、その事実関係が錯綜していた。そこで関口氏が新資料として紹介している「女の世界」（大6・3）から、「秀夫人の片影」と題された秀しげ子の会見記を参看したところ、しげ子の出生地が「神田區錦町二十番地」であることが有力となった。また、そのほかの資料として、大正六年五月号の「女の世界」に「大正婦人録[7]」という項目が設けられ、そこにも秀しげ子の略歴が見られ、彼女の出身地が「神田區錦町二十番地に生る」と記されており、会見記と同様の記述となっている。

父の出身地が長野県であったことから、戸籍の上では便宜的にその地を彼女の出生地としたため、先行研究（D・Eなど）のような異同が生じたのかもしれない。だが、前掲「秀夫人の片影」および「大正婦人録」などの記述によって、ここでは「神田區錦町二十番地」をしげ子の出生地と考えたい。

◉明治四十二（一九〇九）年（19歳）

四月十三日、しげ子は日本女子大学校（現日本女子大学）家政学部に第九回生として入学する[8]。日本女子大学蔵の学籍名簿には、小瀧しげ子ではなく、「小瀧しげ」と記されている。いまのところそれ以前の学歴は分からないが、「高等女學校から目白の女子大学へ入って」（前出「秀夫人の片影」）とあり、同記事中で「學校にゐて甘へた間が長う御座いましたので」といったことばもあることから、高等学校も日本女子大学校付属高等女学校と考えられる[9]。

◉明治四十五（一九一二）年（22歳）

四月十三日、日本女子大学校家政学部を卒業する。大学部第九回・高等女学校第十一回・豊明小学校第一回を併せた合同の卒業証書授与式が、当日午後一時より新講堂で行われている。式は成瀬校長が送辞を述べ、ほかに井上哲次郎や大隈重信らが祝辞を述べている（「（櫻楓會會報）花紅葉」第十集　明45・6）。ちなみに彼女が日本女子大付属の高等女学校の卒業生だとすれば、同誌中の記事「母校通信」から逆算して高等女学校は七期生か八期生であったかと推測される。

四月二十日、秀文逸と結婚し、秀姓を名乗る。彼女は女子大学卒業後、七日目にして秀家に嫁いでいる（前出「秀夫人の片影」）。しかし、これまでしげ子の結婚は、なぜか大正元（一九一二）年十一月とするものが多かった。たとえば、夫婦の結婚年月日を大正元（一九一二）年十一月と言及するもの（B・C）もあれば、年月日を具体的に示していないもの（E）、さらに大正一《ママ》年とのみ記しているもの（Fや『日本女性録』）などである。ちなみに『日本女性録』は、その成立過程があまり確かでなく、印刷状態が復刻に見えること、また、各項目の執筆者が無署名であることなどから、元版の存在が考えられるが、詳らかにしない（D）。

一方、夫・秀文逸の略歴を記す杉浦善三の「電氣主任　秀文逸君」[10]によれば、秀文逸は欧米各国の劇場へ照明装置の見学のために帝劇から派遣されて「約半歳に亙り」渡欧し「大正二年二月九日を以て無事歸朝」したとある。この資料の記述が正しいとすれば、秀文逸の出発は大正元（一九一二）年の七月下旬から八月の上旬、おそくとも九月初旬までに出国したと考えられる。もちろん秀文逸がいったん欧米から帰国し、大正元年十一月にしげ子と挙式をあげた可能性も皆無ではない。もしくは杉浦善三による「約半歳に亙り」という記述について、実際の滞在期間は三カ月程度だったとみなせば、十一月結婚説と辻褄が合うかもしれない。

しかし、先にも記したように、安成二郎との会見「秀夫人の片影」では、「卒業後七日目にはもう、秀夫人になつてゐた」との言及があり、当然のことながら、この記述はしげ子自身によって容認されたものであろう。つまり、この記事から、彼女が明治四十五（一九一二）年四月二十日の時点で秀文逸の妻になっていた可能性が高い。また、日本女子大学校を卒業した学生たちの校友会として組織される桜楓会の「會員宿所姓名簿」には、「家生《ママ》学部九回生」として、同（一九一二）年六月の時点で、すでに「秀しげ子」として名簿に登録されており、その傍らには旧姓「小瀧」と付記されている（前出「（櫻楓會會報）花紅葉」228頁）。しかも、彼女の住所が「小石川區大塚窪町二十四」と記されており、この場所が秀夫妻の新居ではなかったかと推測される。

明治四十五（一九一二）年四月二十日の時点で「秀夫人になつてゐた」という言及が、仮に婚約だけを意味するものだとし、十一月に正式な結婚式が行われたのだとしても、同年六月の桜楓会会報の名簿に「旧姓小瀧」と付記されているのは、いささか腑に落ちない。また、夫・文逸の渡欧期間が現実に約半年間におよぶもので、大正二年二月九日の帰国（前出「電氣主任　秀文逸君」）が事実だとすれば、彼の出国はおそらく大正元（一九一二）年八月末か九月上旬になるが、その間に秀文逸がしげ子との結婚のためにわざわざ帰国したというのも、当時の交通事情や費用などを考えるとあまり現実的ではない。

以上の点から、十一月結婚説の可能性はきわめて薄く、この頃のしげ子の足跡は、明治四十五年四月十三日に日本女子大学を卒業し、同年四月二十日に秀文逸と結婚、大正元年八月頃、夫・文逸が欧米各国の劇場を視察するために出発、翌大正二年二月九日に帰国した、と考えるのが順当ではなかろうか。

ところで、ここに妙な挿話がある。それは秀夫妻があまり似合いの夫婦でなかったとする説である。その理由として、秀文逸という人物が「堂々とした外見で、事実まさに紳士であったが、穏やかな人柄というより、むしろ茫洋として何を考えているのか外に表わさない風」な人であったために、「とにかく彼等夫婦はだれの目にもあまり似合いの組み合わせにはみえなかった」と伝聞形式で書かれ（C）、あたかも彼らが形ばかりの夫婦関係であったかのような物言いである。何を典拠とするのか不明だが、こうした伝聞が一方でひとり歩きをし、しげ子の人間像をゆがめてきたのではなかったろうか。

しかし、安成二郎との会見では「毎晩、旦那さんを帝劇にお迎ひにお出でになるさうですね。」と聞かれ、その質問に対してしげ子は「初日だけで御座いますのよ。前にはちつとも二人で歩けないのをつまらないと思ひましたけれど」と答えている。夫を劇場まで迎えに出ることが、わざわざ会見で質問されるほど目立つ行動であったようだが、当時の婦徳という常識にふさわしく甲斐甲斐しい妻の役割を演じた結果にせよ、また、しげ子自身が外出好きであったにせよ、そこには周囲の評判などを気にも留めず、忙しい夫と少しでも一緒に居たい気持ちを素直にあらわす人物だった可能性が高い。「前にはちつとも二人で歩けないのをつまらないと思ひましたけれど」という口振りには、慕っている夫とともに帰路だけでも一緒に歩いていたいという、新婚生活の新妻の気持ちが回想の口調で現されているといえないだろうか。にもかかわらず、「茫洋として何を考えているのか外に表わ」さない夫との結婚生活を、そのまま彼ら夫婦の冷淡な関係だと決めつけるのは、むしろ先入観に縛られすぎた見解とはいえないだろうか。

2 夫・秀文逸

ここでさきほど掲げた杉浦善三の「電氣主任　秀文逸君」を中心に、しげ子の夫である秀文逸に若干触れておきたい。序でも述べたように夫・文逸については、これまでほとんど言及されたことがなく、彼の人間像が不明であることも妻・しげ子像に必要以上のバイアスをかける一因になったと思われるからである。先にも述べたように杉浦の記した資料には、秀文逸の略歴が掲げられ、また彼の鮮明な写真も掲載されている（写真①）。

電氣主任　**秀　文逸　君**

君は岡山縣の出身にして、明治十六年十二月を以て生る。明治四十二年東京高等工業學校電氣科を卒業し、直ちに横河工務所に入り、帝國劇場*

*を初め三越呉服店其の他大建築の照明工事を擔任し、優秀なる少壯技術者として先輩に嘱目せられしが、果然、西野前專務及横河博士は帝劇電氣主任として君を推擧したり。入社後幾莫もなくして歐米に派遣せられ、約半歳に亙りて、各國劇場に於ける照明裝置を見學し、大正二年二月九日を以て無事歸朝す。帝國劇場が照明の點に於て遙かに群を拔くは、君の如き新進技術家の在ればなり。

① 杉浦善三『帝劇十年史』（玄文社　大9・4）

しげ子より七歳年上の文逸は、明治十六（一八八三）年十二月に岡山県小田郡陶山村《スヤマソン》に生まれた(11)（C）。明治四十二年、二十六歳で東京高等工業学校の電気科（現東京工業大学）を卒業し、その後横河工務所に入社する。秀文逸は横河工務所の社員として、帝国劇場をはじめ三越呉服店その他大建築物の照明工事を手掛けており、少壮気鋭の電気技術者として注目された。文逸は同社の西野前専務や横河工学博士らに推挙され、帝国劇場株式会社に転職し、帝劇の電気主任となって着任する。

たとえば雑誌「帝劇」に、大正十二年や大正十五年の「社務多忙に付年始の禮を缺申候(12)」と題された劇場からの年始挨拶状があり、そこに社員一同として秀文逸の名前も掲げられている。同じく、大正十五年八月の劇場からの「暑中御見舞申上候(13)」という挨拶状にも、同様の形式で秀文逸の名が見られる。また、大正十一年一月十一日(14)には、帝劇の山本久三郎専務の発議によって「帝劇舞臺裝置研究會」の発会式が行われ、秀文逸も出席している。ほかに大正十三年十月の「帝劇營業演出兩方面の新陣□容《ママ》(15)」には、劇場専属の俳優や技術社員らが新しく配置された部署の報告が掲げられており、秀文逸の名も「電機《ママ》主任」として記されている。

これらの資料から、秀文逸が横河工務所から帝劇へ移り、帝劇の社員となったことが跡付けられるが、彼が正式にはいつごろ帝国劇場に入社したのか、具体的な期日は特定できない。だが、文逸が帝劇に「入社後幾莫もなくして、歐米に派遣(16)」されたという記述から推せば、その時期は、人事移動の多い年度替わりの時期である大正元（一九一二）年の春先（四月頃）から渡航直前の初夏（六月頃）あたりと考えるのが妥当ではなかろうか。

さきほど秀夫妻の結婚期日についての言及でも触れたように、文逸は欧米各国の劇場を視察して帰国後、電気工学に関する最新の情報を学んだ新進技術者として、帝國劇場の照明や電気設備の充実に貢献した。たとえば大正十四年八月号の「帝劇」に、文逸は「アドソール應用冷房装置に就いて(17)」という原稿を寄せ、大規模な劇場空間を夏場どのように冷却しているのか、その冷房方法について説明をしている。冷房装置がまだ世間にあまり普及しておらず、またその汎用性も少なかったであろう時代に、いち早く新技術を導入した証ともいえ、このことからも文逸が電気主任として劇場の電気機器業務に携わる主要な社員であったことがうかがえる。

3 〈新しい女〉への接近

前述に続いて再びしげ子の足跡に戻ろう。

◉大正三（一九一四）年（24歳）

この年、しげ子は長男・不二彦を出産（B・C・F）。ただし、誕生月日は不明である。しげ子は心臓が弱かったらしく、その為に子供に母乳を与えたり、抱いて歩くことも出来なかった（前出「秀夫人の片影」）。長男の不二彦は、早稲田大学理工学部を卒業し、大正五年生まれの県立高知高等女学校を卒業した女性・岐美子（旧姓不詳）と結婚、日刊スポーツ社に勤務した（前出『日本女性録』）と伝えられる。

◉大正四（一九一五）年（25歳）

十月、「青鞜詠草」に輌音で六首掲載されている（「青鞜」5巻10月号）。

十一月、同じく「青鞜詠草」に輌音で一首掲載される（「青鞜」5巻11月号であるが、表紙中扉には10《ママ》月号）。この時期、「青鞜」は、「百首詠」の部立の内で会員外にも「ひろく短歌を募る」と誌面の半分のスペースを使って大々的に呼びかけている（「青鞜」大4・9）。青鞜社は、会員数や補助団員数らを増やし、雑誌刊行の拡大を計ろうと企図したのだろうか。一方、発行責任者が平塚雷鳥から伊藤野枝にバトンタッチし、青鞜社内での離合集散が激しかったせいか、刊行年月と刊行時期がズレ始め、創立当時の発起人や社員の退会者などもあり、広く会員（会費）を募る必要もあったようだ。いずれにしても、秀しげ子は「青鞜」晩期の公募に応じ、その歌が掲載されたと思われる。

●「新《あた》しい女」の新《あた》しい團體

▲意志の男で

▲新らしい女

▲青鞜程大膽

▲戀の飽滿に

◆新しい女の團體◆

◆新《あた》しい女《をんな》の團《だん》體《たい》◆

後列右より二瓶貫子・山田邦子・岡田八千代・山田たづ子・杉浦翠子・紫月れい子

前列右より生田花世・五明倭文子・瀬沼悦子・久保田富江・秀しげ子・岡本かの子

② 東京朝日新聞（大5・10・23、第5面）

◉大正五（一九一六）年（26歳）

九月、「大正婦人録補遺（三）」に秀しげ子の略歴が載せられ、記載された住所には「下谷區上野櫻木町」とある（「女の世界」2巻9号、大5・9）。結婚当初に住んでいた「小石川區大塚窪町二十四」から、大正五年九月までに上記の住所に転居したのであろう。十月頃、有楽座の廊下で、青柳（有美—筆者注）[18]から安成二郎を紹介される（前出「秀夫人の片影」）。

十月十五日、秋雨のなか午後一時から東京市芝区にある青松寺で、ビアトリス社主催の第一回「故女流作家追慕會」が行われ、五十名以上の参加者があった。そこに安成二郎も来会しており、秀しげ子も出席している。この会は、樋口一葉・大塚楠緒子・瀬沼夏葉ら優れた才能を抱きながら惜しくも夭折した明治以来の閨秀作家を追慕するものであったらしく、当日の天候も会の趣旨にふさわしい時雨空と記され、会は午後五時すぎに散会している[19]。同月二十三日付の『東京朝日新聞』第五面に「「新しい女」の新しい団體」という記事が載り、ビアトリス社の活動とその機関雑誌「ビアトリス」が紹介され、そこに会員としてしげ子の姓名と写真が掲載されている（写真②）。

十一月、鞆音《トモネ》という号で「まぼろし」八首を詠んでいる（「ビアトリアス」1巻5号・64頁）。吉田精一氏は、しげ子が「泉鏡花を崇拝」していたために、雅号の鞆音も鏡花の作品中にある人名からとったと記す[20]。しげ子自身、学生時代のひと頃に泉鏡花の作品に傾倒したと述べており、鏡花作中の女性の性格に惹かれ、雅号の鞆音は「鏡花さんの小説の中の綺麗な娘の名をとつた[21]」と語っている。

◉大正六（一九一七）年（27歳）

一月三日、「女の世界」が主催する第一回の「かるた會」に出席している。散会は午後十一時過ぎであったらしいが、琴平町に帰る人々とともに、豊川稲荷前から赤坂見附まで歩いた。そこから外濠線の電車に乗るつもりであったが、三人の男性たち（姓名不詳）がさらに歩くことを主張したため、三人の女性も同意して随分と歩いたよ

③「女の世界」(3巻3号、大6・3) より

うだ（前出「秀夫人の片影」）。同月中旬、五反田にあるビアトリス社同人の岡田幸子宅で開かれたビアトリス社の新年会にも出席している。散会後、しげ子は、当日の会にビアトリス社から招待されていた安成二郎とともに五反田から新橋まで山の手線に乗り合わせ、帰路についた（前出「秀夫人の片影」）[22]。

二月、「歌留多會の後に」と題し、前月に催された「かるた會」の印象記を寄稿している（「女の世界」大6・2）。

三月、秀しげ子の会見記（全六頁にわたる）ならびに写真が「秀夫人の片影～新しき文学を愛する新しき夫人」と題して掲載された（「女の世界」）（写真③（F））。

四月、「病みてある日」十首を秀鞆音で発表する（「ビアトリス」2巻3号）。

五月、「大正婦人録」に、秀しげ子の略歴も掲載され、記載された住所が「芝區櫻川町八」とある（「女の世界」3巻5号）。前々月掲載された安成二郎との会見記（前出「秀夫人の片影」）にも、取材のために秀の家がある「芝の櫻川町のお宅を訪れて」とあるので、大正五年九月の「大正婦人録補遺（三）」（前出）に記載された「下谷區上野櫻木町」の地から、大正六年二月までに「芝區櫻川町八」に転居したのであろう。

六月、秀鞆音で「白菖蒲」十二首を発表（「女の世界」3巻6号）。

八月十四日前後、勝浦（現千葉県勝浦）へ旅行している[23]。

九月、秀鞆音で「堪へがたき日に」十二首を発表（「女の世界」3巻9号）。

十一月、秀鞆音で「霧の流」十四首を発表（「潮音」3巻11号）。

この頃からしげ子の歌が太田水穂の主催する短歌雑誌「潮音」に載せられ始めている。ちなみに「霧の流」の掲載誌はいままで「潮音」の三巻四号（大正六年四月）と記されてきた（A）が、同誌に当該作は掲載されておらず、同名の作品は前述の通り三巻十一号（大正六年十一月）に載せられている。この歌の掲載月にこだわるのは、しげ子の「潮音」への参加時期を問題とするためで、潮音社および同人たちといつから関わりを持ち始めたのかが検討材料となるからである。

同月十一日の第二日曜日、潮音社主催の「植物園の歌會」に出席する。この日の天候は先日来の雨が上がった晩秋の青空であったらしく、また街の雑音は立ち並ぶ木立の向こうから「わずかな音律を響かせる」といった状況のなか、紅葉した木立を背景に歌会が開かれている。当日の参加者は十三名であり、「虫穴に入る」「墓」「黒髪」などの難題が含まれた探題のなかから各人が抽選によってそれぞれの題を引いた。小春日和に照らされた暖かい芝生の上に坐って果物を食べながらも、出席者は句作に苦労したらしい。その後、社友らの詠んだ歌は太田水穂によって批評や添削がなされている。星空のもと、植物園[24]付近の竹早町の停留所で散会している（「潮音」3巻12号）。

十二月、「秋の日ざし」十首を秀輌音子で発表（「潮音」3巻12号）。先月の潮音社の催し「植物園の歌會」の報告があり、会に参加した十三名のうち十一名が入選し、一首ずつ載せられている。しげ子は「秋の夜」が探題であったらしく、その歌が載っている（「潮音」3巻12号）。

◉大正七（一九一八）**年**（28歳）

一月、「冬枯る、頃」八首を秀輌音子で発表（「潮音」4巻1号）。同月、「女の世界」（4巻1号）巻末に新年挨拶として九十三名の名が記され、秀輌音で名を連ねる。

二月、「新らしき日に」九首を秀輌音子で発表（「潮音」4巻2号）。

三月、「鶫の聲」十首を秀輌音子で発表（「潮音」4巻3号）。

四月、「早春の歌」九首を秀輌音子で発表（「潮音」4巻4号）。同月七日、川俣慶一や中尾末承らとともに「十日會[25]」の幹事として川甚へ遠足会を催している。[26]しげ子が歌壇や文壇との交流が活発になり始めたきっかけとして、この「十日會」やビアトリス社同人らとの交流が大きかったと思われる。

五月、「春の悩み」十首を秀輌音子で発表（「潮音」4巻5号）。「春の悩み」の八首目に、「春深み父が御墓の盛り

④「讀賣新聞」（大7・9・8、第7面）より

⑤「讀賣新聞」（大7・10・6、第7面）より

土のくろみそめけりうれゐしまに」と詠まれたものや、続く九首目に「切り髪の母のうなぢにやせみえて又新しき涙おぼゆる」という表現がみえ、また、四首目に「信濃路の雪」の直後に「(帰郷)」と付記されていることなどから推して、大正七年四月以前の頃、しげ子の父・小瀧顕八が亡くなったと思われる。同月十七日前後、京阪地方および奈良へ旅行している。(27)

六月二十三日午前十時より、小石川区三軒町清水谷の道庵で催された潮音社三周年記念短歌会に出席している。この日の午前中は連日の梅雨空が止み、一時の晴れ間だったらしい。会の出席者は総数二十三名であり、午前十一時過ぎには道庵の二室が出席者で埋まり、廊下の端にまで人が溢れていたとされ、社友らはあらかじめ課された「夏草」と「燈」の兼題を清書して当日携えている。兼題以外に「梅雨」や「雀」・「曇り」などの即題が昼前から詠われるが、昼食の寿司が午後一時過ぎまで届かず、出席者は空腹を抱えて互選による選歌を交互に朗詠しあったという。その後、遅い昼食を終え、一通りの披講も済んで各人の詠んだ歌の批評に移った。そのころから、次第にあやしくなりはじめた空模様は、散会の午後六時ごろまで持ちこたえたようで、各人は大急ぎで帰宅の途に向かったと記されている(「潮音」4巻7号)。

七月、「一途の聲」八首を鞆音で発表(「潮音」4巻7号)。この「一途の聲」には、前々月に関西へ旅した風景が織り込まれ、「春日野の藤」・「仁和寺の鐘」・「清水の舞臺」・「鴨川の水」・「住吉の磯」など、京阪や奈良の景観が詠まれている。同号に、先月潮音社が催した三周年記念短歌会の報告がなされ、しげ子の歌は即題で洩れているが、兼題の「夏草」で選歌されている。また当日の出席者の氏名が列挙されているが、女流歌人では最初に秀鞆音子の名前が上がっている(「潮音」4巻7号)。

八月、「鳥かげ」九首を秀鞆音子で発表(「潮音」4巻8号)。

同月十二日前後、信州安代温泉山口屋に滞在し、二十日頃軽井沢へ赴き、八月末帰京する予定であったらしい。(28)

同月二十六日に「岩野泡鳴氏筆禍慰問懇親會」が雑司谷の開泉閣で催された。岩野泡鳴の小説が「新小説」と「雄辯」に掲載される予定であったが、発売禁止の措置を受け、その筆禍を慰めるための懇親会であった[29]。この懇親会の模様を撮影した写真が「讀賣新聞」紙上に掲載されており、そこに秀しげ子らしき人物も同席しているように思われる。当該記事のキャプションには全員の名前が記されておらず、しげ子の名前も見当たらないが、彼女が泡鳴主催の「十日會」に初期のころ（二回目）[30]から参加していたことや同会の趣旨などからして出席していた可能性は高いのではないか[31]（写真④）。ただし、十月号の「潮音」に「秀輌音子は信州澁温泉より歸京」（4巻10号「編輯消息」）との記事があり、滞在先が違うことから再度の信州行かと考えられるが、もしかすると岩野泡鳴の慰問懇親会に出席せず、八月十二日前後から九月半ばまでの約一ヶ月余り、信州に居続けで避暑に及んだという可能性も否定できない。いずれにせよ、同号の歌はおそらくこの信州旅行の風景を詠み込んだと思われる。そこにはまた、「一人旅」という表現も織り込まれている（「潮音」4巻10号）が、実際に一人旅であったかどうかは定かではなく、また、約一ヶ月余の間、家庭を空けることが可能だったろうか。

九月、「眞夏の夢」九首を秀輌音子で発表（「潮音」4巻9号）。

同月十日、「十日會」の九月例会に出席している。当日の出席者は、岡本かの子や蒲原英枝らのほか、しげ子も含めて十三名であった。翌月六日付けの「読売新聞」には、この「十日會」例会の写真が掲載され、そのキャプションが付されている[32]（写真⑤）。

十月、「秋風篇」九首を秀輌音子で発表（「潮音」4巻10号）。

十一月、「草紅葉」七首を輌音で発表（「潮音」4巻11号）。

十二月、「熱に惱みて」十首を秀輌音子で発表（「潮音」4巻12号）。

注

（1）本章も含め、本書では雑誌や新聞からの引用が多いが、なるべく原文通りにとの趣旨から旧字体が少なくないことをお断りしておく。
（2）「読売新聞文芸欄細目」（索引）に「秀しげ子」の項（サ行で「秀（しゅう）しげ子」となっている）があるが、本紙を調査した結果、他の人名の読み間違えも少なくなかった。
（3）小穴隆一「二つの繪」（『鯨のお詣り』中央公論社、昭15・10）
（4）西津武彦「長野県の地名（埴科郡）」（『日本歴史地名体系第二十巻』平凡社、昭54・11）
（5）『日本女性録』（国際総合調査事務局、昭43・4）
（6）吉田精一「三　芥川龍之介の恋人」（吉田精一著作集第一巻「芥川龍之介Ⅰ」桜楓社、昭56・11）による。ちなみに、本書の初出は「歴史と人物」（中央公論、昭46・11）に掲載されたものであるが、ここでは、著作集による。
（7）「日本近代文学大事典」第五巻（昭52・12）の「女の世界」の項目にも「「大正婦人録」が役立つ」とある。
（8）日本女子大学図書館に学籍調査を依頼し、その調査結果に基づく。
（9）大正六年三月号の「女の世界」に、秀しげ子の「小學校は何處か知らないが、高等女學校から目白の女子大学へ入って、そこの大學の家政科を卒業された」とある。
（10）杉浦善三「電気主任　秀文逸君」（『帝劇十年史』玄文社、大9・4）
（11）西澤武彦「岡山県の地名（小田郡）」（『日本歴史地名体系第三十四巻』平凡社、昭63・4）
（12）「社務多忙に付年始の禮を缺中候」（「帝劇」大12・1および大14・12）
（13）「暑中御見舞申上候」（「帝劇」大15・7）
（14）「讀賣新聞」（大11・1・13、第7面）「よみうり文藝〔よみうり抄〕」に〔帝劇舞臺装置研究會〕として、秀文逸の名前がある。
　山本専務發議で岩村和雄、伊坂海雪、井上弘範、鳥居清忠、横河民輔、吉田健夫、田中良、並木玉風、濱村米蔵、邦枝完二、久米秀治、福地信世、宇野四郎、平岡權八郎、秀文逸、薄拙太郎、鈴木大助、平岡晋吉、阿竹繁俊、

竹柴龜三郎、荒井金太郎、稲垣治太郎、浦木毅氏等二十三氏を會員に一昨日帝劇に於て發會式を興行した。

(15) 「帝劇榮業演出両方面の新陣□容」(「帝劇」大13・10)

(16) 前掲注(10)

(17) 秀文逸「アドソール應用冷房装置に就いて」(「帝劇」大14・8)

(18) 青柳有美。明治六(一八七三)年~昭和二十(一九四五)年。「女の世界」の発行者。

(19) 「故女流作家追慕會の記」(「ビアトリス」第1巻5号、大5・11)

(20) 前掲注(6)に、秀しげ子は「泉鏡花を崇拝し、雅号の鞆音も、その作品中の人名からとった」とある。また、吉田氏は「文学を談じる相手としては同じく鏡花好きの芥川にとって、しげ子はウマのあう話相手だったのかも知れない」と推測している。

(21) 秀しげ子「根本に觸れた描寫」(「新潮」大9・10)の本文にも以下のようにある。「其の頃の誰れでもの大凡が通る過程でゞもあつたやうに、私自身も學生時代の一と頃を鏡花氏の作に囚はれて居りました。つまりあゝした女性の性格に興味を傾倒して居た結果の自然として。」とある。ほかに、「秀夫人の片影」(「女の世界」大6・3)にも彼女の言及が以下のようにある。「何といふ題でしたか、題は忘れてしまいましたが、題は忘れましたが、早い頃に讀みました鏡花さんの小説の中の綺麗な娘の名をとったので御座います」「誰れでも一度は、鏡花さんの物に夢中になる時代がありますやうですね」

(22) この日時は、安成二郎の執筆から推した結果であり定かとは言えないが、本文に以下のようにある。「親しく夫人とお話をしたのは、此のかるた會の帰路が最初であった。そして、此の稿を草する迄に、私は又三度、夫人にお目にかゝつてゐる。一度は道で。一度は此の稿(秀しげ子との会見記―筆者注)の為に芝の櫻川町のお宅を訪れて。一度は一昨日、五反田の岡田幸子さんのお宅のビアトリス社の新年小集の席で」とあるので、一月中旬ごろに新年会が催されたとみたい。

(23) 「讀賣新聞」(大6・8・14、第7面)「よみうり文藝〔よみうり抄〕」

(24) 東大付属の小石川の植物園。

(25) 潮音社にも十日会があったが、この十日会は泡鳴主宰のものである。
(26)「讀賣新聞」(大7・3・13、第7面)「よみうり文藝〔よみうり抄〕」
(27)「讀賣新聞」(大7・5・17、第7面)「よみうり文藝〔よみうり抄〕」
(28)「讀賣新聞」(大7・8・12、第3面)「よみうり文藝〔よみうり抄〕」
(29)「讀賣新聞」(大7・9・8、第7面)「日曜附録」
(30)「讀賣新聞」(大7・10・6、第7面)の記事「文藝家の集まり」◇十日會◇」(岡落葉氏談)による。
(31) 前掲注(29)および(30)
(32)「讀賣新聞」(大7・10・6、第7面)「日曜附録」

※ なお、写真②は、浅野洋氏(D)がその所在を指摘し、その顔部分が旧版『新潮日本文学アルバム』(昭58・10)に掲出された。写真③は関口安義氏(F)が石割透氏の教示によってその所在を指摘、その一部(顔部分)が新版『新潮日本文学アルバム』(平6・4)に差し換えられた。いずれも、未紹介とは言い難いが、掲載紙(誌)の原画の復刻にもそれなりの意味があると考え、参考のために供した。

秀しげ子のためにⅡ――〈噂〉の女の足跡

本章は「秀しげ子のためにⅠ」に続き、秀しげ子が大正期の文壇に接近し、芥川龍之介と出会った大正八年以後の彼女の動向、特に歌人としての足跡を中心に述べるものである。(1)

4　芥川龍之介との邂逅

◉大正八（一九一九）年（29歳）

四月、太田水穂の選によって、「祈」六首がともね子で載せられている（「潮音」「潮音社選集」5巻4号）。「祈」五首目に「御柩を送りかへれば」という表現がみられるが、これはしげ子の近親（肉親）である可能性は低い。たとえば芥川との出会い（六月）以後の作「深霧」（「潮音」7巻9号）の一首「ははそばの母の情けに云ふまじき秘言さへも明しぬるかな」には母が登場する。頻繁に〈愁い〉をも詠んだこの時期の「秘言」が、芥川との関係を指すか否かは微妙だが、「秘言」を打ち明ける相手となる母は彼女の実母であろう（実父は先述のとおり前年四月以前に死亡）。「御柩」の主が秀夫婦にゆかりの近親とするなら、文逸側の人物だったのかもしれない。同月、潮音社社友の宮澤雨紘選者によって、前月（三月）号に発表したらしい秀しげ子の歌一首が選ばれている（「潮音」「潮音前月抄」5巻4号）。(2)

五月、「朝雀」八首を秀しげ子で発表（「潮音」「一人八詠」5巻5号）。同月七日頃、大森海岸停留場傍四二の須山に「轉地」静養し、(3)二十一日頃には逗子葉山にある「堀内高井」方にしばらく滞在している。(4)

六月十日、「十日會」例会の席上で芥川龍之介（当時27歳）と出会う。当日はじめて「十日會」に出席した龍之介は、その席上で古くからの「十日會」会員であった秀しげ子を見かけ、そこで彼女の紹介を、これも以前から「十日會」の参加者であった広津和郎に願い出て、二人は挨拶を交わしたらしい。そして、この会の翌日（十一日）には、しげ子のもとに芥川から書簡と創作集が送られている。彼らの出会いは「文壇風聞記　芥川氏の社交振り」（A）として、当時の文壇ゴシップに取り上げられ、注目を浴びた。しげ子の紹介を芥川にせがまれたという経緯は、広津和郎が短篇「彼女」に具体的な光景として描いている。同月、社友の齊賀琴子の選によって、前月掲載の「朝雀」より一首が取り上げられている（「潮音」「潮音前月抄」5巻6号）。

六月二十七日の「よみうり抄」によると、しげ子の消息として「兩三日前歸京」とあり、六月二十三・四日あたりの帰京を伝えているが、旅先や出発時期は不明である。同月十日の「十日會」に出席していることなどから、五月後半の逗子葉山の滞在からいちど帰京し、「十日會」へ出席、その後さらにどこかに赴いたのであろう。引き続き同記事は、しげ子の八月の避暑地先が信州であると伝えている。

七月、「夕雲」八首を秀しげ子で発表（「潮音」「一人八詠」5巻7号）。同月十三日（日曜日）午前十時より北多摩郡滝野川村田端二八三番地（太田青丘『太田水穂と潮音の流れ』短歌新聞社、昭54・8）の潮音社新居で開かれた潮音社創立満四周年記念短歌会に出席する。出席総数は二十三名で、会費は四拾銭、兼題「夏草」を各自披講している。当日の即題は「光」と「瓦」であった（「潮音」5巻8号）。

八月、「宵闇」八首を秀しげ子で発表（「潮音」「一人八詠」5巻8号）。また、先月の「潮音社記念短歌會」の報告がなされ、出席者にあらかじめ課されていた兼題「夏草」の歌は競詠のため入選していないが、即題の「光」でしげ子の歌が掲載されている（「潮音」5巻8号）。同月、避暑のために信州へ赴く（前出六月二十七日の項参照）。

九月十日、「十日會」で芥川と再会する。「我鬼窟日録」によると、しげ子のことを芥川は「愁人」と呼んでいる。

同月十五日にも、二人は個人的に出会っており、その約束はこのときの「十日會」の席上でかわされたものかもしれない。また、同月二十五日にも、二人は逢瀬を交わしている（「我鬼窟日録」）。同月、「深む思」八首を秀しげ子で発表（「潮音」5巻9号）。

十月六日、岩野泡鳴主催の「月見會」へ出席、[5]泡鳴の日記によると、当日は「雲《ママ》」り空であった（A）。同月二十日前頃、しげ子は芥川宛に書簡を送っているらしい。このことは芥川から佐佐木茂索に宛てた同月二十一日付書簡の文面「丁度この手紙を出して一日位すると君（佐佐木――筆者注）の書いた封筒の手紙が届く筈だから返事をするのは見合わせてくれ」とあることから推測される。この文面によると、芥川は佐佐木の来信を装った封書によって、しげ子と書簡のやりとりをしていたことになる。同じく二十八日付の佐佐木宛芥川書簡に「この頃君の手紙が一週に二三通来る」）とあり、この前後、しげ子は盛んに芥川宛書簡を送付したらしい。同月、「山の湯」八首を発表（「潮音」「一人八詠」5巻10号）。

十一月十八日付の佐佐木宛芥川書簡によれば、「今日茂索二世より来書その返事のやうな顔をして君に手紙を書」いたとあり、同月十五日前後にも、しげ子は芥川に手紙を送ったと思われる。このやりとりは、同月二十五日、芥川がしげ子の自宅に「夜おそくまで（中略）すはりこみ」、しげ子から「意氣な紙入れまで貰つて歸つた」という（岡栄一郎「芥川の短冊」「文藝春秋」昭26・3、A）訪問をめぐるものかもしれない。六月に続き、この月の「文壇風聞記」にも二人についての言及がある。[6]この時期の佐佐木茂索と芥川との交流が、しげ子と芥川との関係をよく映し出すひとつの手がかりと考えられる。同月、「木の葉の音」五首が秀しげ子で、太田水穂の選によって選ばれている（「潮音」「潮音社選集（其三）」5巻11号）。

十二月、「冬近し」七首が秀しげ子で掲載（「潮音」「潮音社選集」5巻12号）。

5　鞆音からしげ子へ

◉**大正九**（一九二〇）**年**（30歳）

二月、「沼の夕」八首を秀しげ子で発表（「潮音」6巻2号）。なお、これ以降は特に断らないかぎり、歌の署名はすべて「秀しげ子」である。彼女は、秀鞆音子・秀鞆音・鞆音・ともね子といった雅号を大正八年四月までしか使用しておらず、以降は、もっぱら秀しげ子という本名を用いている。この時期、彼女に心境の変化をもたらす何らかの事件があったのか、また、鞆音という雅号がしだいにしげ子の心境には合わなくなってきたのか、あるいは、当時、画壇で活躍する小堀鞆音との錯誤を避けるためか、その理由はまだ不明である。[7]芥川と出会う一カ前に本名を使用し始めたことから考えると芥川との出会いが原因になった可能性は少ない。むしろ、しげ子自身の内面に即して、鞆音という雅号からイメージされるどこか中性的な仮面を脱ぎ捨て、一個の人間として、あるいは一女性としての内実を率直に歌うという意志の表明であるようにも思われる。

三月、「伊豆山荘」七首が掲載される（「潮音」「潮音社選集」6巻3号）。

四月、「春の雪」八首を発表（「潮音」「一人八詠」6巻4号）。同月十日午後二時から、しげ子を含む六名（泡鳴、翠子、英子、しげ子、駒子、落葉）が、森ヶ崎鑛泉旅館大金での「十日會」春季大会に参加したが、しげ子はその世話人として出席している。[8]同月十九日、馬場孤蝶・若山牧水らが発起人となり、福永挽歌の短篇集出版を記念する「「夜の海」の會」と称する会が永楽倶楽部にて午後五時より開かれ、しげ子も出席している。[9]この「「夜の海」の會」の全体写真と秀しげ子の名前が同月二十五日付けの読売新聞第七面の上段に掲載されている（写真⑥）。

同月、「伊豆の海」の題で何首か掲載されているらしいが未確認である（「中央文学」4巻4号）。

「夜の海」の會

「寫眞の說明」―（前列右二番目から）山崎斌、若山牧水、松島泰三、馬場孤蝶、福永挽歌、秋庭俊彦、徳田秋聲、谷崎精二、吉川穰氏等（其他中列及び後列に）秀しげ子夫人、田中貢太郎、尾瀬敬止、安成貞雄、藤森成吉、永代静雄、竹久夢二、長田秀雄、須藤鐘一、土岐哀果、中村白葉、舟木重信、舟木重雄、加藤武雄、岡田忠一の諸氏が居る。

⑥　讀賣新聞（日曜附録）（大 9・4・25）

五月、潮音社の唐木田李村による「品評録（十）」に前月の「一人八詠」に対する批評があり、そこでしげ子の「春の雪」の一首「故もなきものかなしみに幾日かも囚はれてあり甲斐なき身かも」について「女性固有の歌ひ振りで頗る感傷的でいけない。對者をチャームするやうな内的観照が足りない。今少し表現を微細にして貰い度い。」と酷評されている（「潮音」6巻5号）。

六月、「眞間の堀割」八首を発表（「潮音」「一人八詠」6巻6号）。同月九日、「故岩野泡鳴氏追悼會」が、「徳田秋聲・田山花袋（中略）菊池寛」らを発起人とし、雑司谷の開泉閣で午後五時から開かれている。(10) 四、五十人が集い、しげ子も列席している。食事の途中に、記念帳へ寄せ書きをしたらしいが、現物は未確認である。駅までの帰路を三嶋章道とともにする。(11) 以後、毎月九日の泡鳴忌日に巣鴨一〇八二の故人宅で「泡鳴會」が行われているが、(12) 毎月の泡鳴忌にしげ子が列席していたのかどうかは不明である。

八月、「籠り居」八首を発表（「潮音」「一人八詠」6巻8号）。同号に潮音社の橘友孝による「品評録（十四）」が前月号に触れた「特選及び八詠」として載り、そこでしげ子の作品「眞間の堀割」の一首「赤々と夕陽うつれりこゝに見ると眞間の堀割の水の底ひに」を取り上げ、「技巧のみに於ては得難い境地である。澄み切つた氣分が透明に現はれてゐる。堀割の水に寫つ《ママ》た日と作者との情が一つになつて來る。私の敬意を表せるのは此點である」とし、叙景と心情とが得難い境地で詠われ、敬意を表したいと評価している（「潮音」6巻8号）。

九月、「息安く」八首を発表（「潮音」「一人八詠」6巻9号）。

同月、「桐の雨」十四首を発表（「太陽」「秋季大附録　創作」26巻10号）。附録「創作」内には、田山花袋、小川未明、室生犀星など当時の文壇的中心人物ら全十二名の作家や詩人が居並ぶ中、女性でただ一人、彼女の短歌が掲載されている。

十月、雑誌「新潮」に批評「根本に觸れた描寫」を寄せ、有島武郎の「或る女」や芥川龍之介の「秋」を論評、これらと比べてトルストイ・ドストエフスキー・ゲーテ・イプセンらの描く女性たちの個性は「歴然として讀後の心を領さずにはをりません」と述べ、花袋や芥川らの作品には女性の本質が丁寧に描かれていないと批判している。同月九日、慶応義塾大学・三田ホールで、間宮茂輔らの同人雑誌「ネスト」主催の文芸講演会が開かれ、講師として呼ばれた芥川は「文藝雑觀」と題する講演を行っている。講演後、主催者側が「三田通のカフヱ」に講師や知名の来賓を招待したが、その席上に秀しげ子も居た。大橋房子（佐佐木茂索の妻）と共に芥川の傍らに座っていたらしい[13]（A）。同月、「残るあつさ」八首を発表（「潮音」6巻10号）。

十一月、「秋思」五首が選ばれている（「潮音」「潮音社選集」6巻11号）。

◉**大正十**（一九二一）**年**（**31歳**）

一月、二男一彦を出産する（A・B・C・F）。二男・一彦は、早稲田大学商学部を卒業し、東京急行電鉄会社に勤務したと伝えられる。[14]

二月、「籠り居」八首を発表（「潮音」7巻2号）[15]。

四月、「春浅く」八首を発表（「潮音」7巻4号）。

五月、「落ち居ぬ心」三首が掲載される（「潮音」「潮音社選集」7巻5号）。同月十五日『現代婦人詩歌選集』が婦女界社より刊行される。同書中の正富汪洋執筆による「明治大正婦人詩歌小史」の中で、秀しげ子の出身地と歌三首が確認できる。本書において、彼女が春草会の会員であり、また、どの派にも属さない歌人のひとりであることも紹介されている。[16]ただし、この時期、依然として彼女の短歌は「潮音」に掲載されており、この点も改めて考察する必要がある。

六月、「をりをり」五首掲載（「潮音」「潮音社選集」7巻6号）。

七月、「雨」八首を発表（「潮音」「一人八詠」7巻7号）。

八月二日、「よみうり婦人欄」（「讀賣新聞」第4面）の〔春草會詠草〕七月例会の項に無題の一首「すべからく命捧げてその罪をあがなうべしや反逆の子は」が掲載されている。芥川との関係を背景にしてみると相当に意味深長に思える。同月七日の日曜日、十日会の会員らと共に大磯にある三島章道の別荘へ赴き、大磯海岸で海水浴を楽しんでいる。この催しが「十日會々員の大磯行」として同月十四日の読売新聞に掲載され、当該記事の副題に「どんとつく波」と記され、大磯海岸の浜辺に坐る水着姿の十日会会員らの写真と、おそらく三島章道の別荘と思われる場所での会員らの写真二点があり、そこに秀しげ子の名前も見られるが[17]、当人の姿は確認できない。

九月、「深霧」八首を発表（「潮音」7巻9号）。

十月、「秋」五首が載せられる（「潮音」「潮音社選集」7巻10号）。同月五日、「よみうり婦人欄」（「讀賣新聞」第4面）〔春草會詠草〕「北川浅二夫人追悼会」の項に一首掲載。同月十日、潮音社の東京地区での催しとして、「潮音社十日會（十月例會）」が田端の潮音社で午後六時より開かれ、しげ子も出席している。潮音社例会の出席者は十九名であり、十月号の歌について互いの感想を交換し合い、また現代歌壇が「外界」から受ける感覚や感動にのみ終始している傾向を批判し、「實感に就て」注意すべき二、三の問答が交わされ、その例は西行や實朝や芭蕉にもおよんだとされる。散会は午後十一時である（「潮音」7巻12号）。

十一月、「那須野」八首を発表（「潮音」7巻11号）。同月十八日、「よみうり婦人欄」（「讀賣新聞」第4面）〔春草會詠草〕に兼題「瞳」で一首掲載される。

十二月、「行樂」六首が掲載される（「潮音」「潮音選集」7巻12号）。同号の「感想と雑録」に、福原廣という潮音社同人の投書が寄せられている。福原は「潮音の社友の人々」で印象の深い人々が十数人いると述べ、そのなかで「安達不死鳥・秀しげ子・松澤いそえ、中村霞水・野村鳴淑・福井忠雄」らの名を挙げ、彼ら社友が「妙に私の頭を占領してゐます」と記す。さらに、印象的な作として、前月号所載のしげ子の「那須野」中から一首「うらぶれ

春草會記念會

◇初回以來第五十回

新しい歌人の社交團に春草會さいふのがある、大正七年二月に初會を開いてから、今度で恰うど五十回目に當るので、廿六日午後一時清水谷公園の皆香園で其の集りを催した、出席の同人十五名中女流歌人が六名上の寫眞は其の記念の撮影である集つたところを伺つて見た順序を記せば（右より茅野雅子、秀しげ子、高野春子、水町京子、秋元まつ子、深井節子）

小流れの名知らぬ草に寄る蟲一つとまりて暖き日のさす　秋元まつ子

園生來ぬ月立ちて伸びぬ草の芽は花壇にあるも緑下なるし　高野　春子

萠え出づる此の野がそりき草の香に降り下りけり春の陽しみらに　秀　しげ子

如月の風や、寒く海近き相模山に日は落ちにけり　深井　節子

蓬萊のさゝへられつゝさきへつる膝に身をふせ春の日を瞰ふ　茅野　雅子

此朝け見て過ぎにたる道のべの草なるらんか子等のさざめる　水町　京子

⑦「讀賣新聞」（大11・2・27、第4面）

の心かなしも逢ひがたきむなしさをなほたのみけるかも」をあげている（「潮音」「潮音選集」）。同月六日、「よみうり婦人欄」（「讀賣新聞」第4面）〔春草會詠草〕に兼題「旅」で一首掲載されている。

◉大正十一（一九二二）（32歳）

一月一日の「讀賣新聞」第四面に、しげ子の「早春」と題する十首が単独で掲載されている。同月十日、しげ子と土方輿志が幹事となって、夕刻から神田にある中華料理店第一楼で十日会の一月例会を催している[18]。同月二〇日、「よみうり婦人欄」（「讀賣新聞」第4面）〔春草會詠草〕の項に兼題「新年雑詠」で一首掲載されている。しげ子は一月一日の「讀賣新聞」に掲載された十首のうち一首を再び詠んでいる

二月、無題で六首が掲載される（「潮音」「潮音詠草」8巻2号）。同月二十六日午後一時から清水谷公園の皆香園で開催された春草会の五十回記念会に出席している。出席者は十五名で、そのうち女性は六名であった。翌日の「讀賣新聞」に「春草會記念會」と記された女性六名のみの大写しの写真とキャプションが付され、しげ子の姿も鮮明に写っている[19]（写真⑦）。

三月一日、「よみうり婦人欄」（「讀賣新聞」第4面）〔春草會詠草〕の項に兼題「水」で一首掲載。掲載日から推すと、前月二十六日に催された春草会の五十回記念会をさすとも考えられ、まぎらわしい。ただし、詠草のサブキャプションには「五十回記念會」の記述はなく、即題も「水」であり、しげ子の掲載歌も二十六日に詠まれたものと異なるので、定例の三月例会における詠草とみてよいだろう。

四月、「特選」という項目で「春寒」八首が掲載される（「潮音」「感想と雑録」8巻4号）。同月二四日、「よみうり婦人欄」（「讀賣新聞」第4面）〔春草會詠草〕の項に即題「色」で一首掲載。

五月、無題で八首が掲載される（「潮音」「潮音詠草」8巻5号）。同月二十五日午後五時から神田萬世橋にある西洋料理店ミカドで、春草会が〔歌集「黄水仙」の會〕として会員の秋元松子の歌集出版記念会を催し、しげ子も出席

している。[20]同月三十一日、「よみうり婦人欄」（「讀賣新聞」第4面）〔春草會詠草（下）〕「黄水仙の會」の項に兼題「黄」で一首掲載。

八月十八日、「よみうり婦人欄」（「讀賣新聞」第4面）〔春草會詠草〕八月例会の項に即題「手」で一首掲載。

十月十日、秀しげ子と長谷川零餘子が十日会の幹事となって、午後六時から西洋料理店ミカドで十月例会を催している。[21]同月二十八日、「よみうり婦人欄」（「讀賣新聞」第4面）〔春草會詠草〕十月例会の項に即題「病」で一首掲載。十二月二十六日、「よみうり婦人欄」（「讀賣新聞」第4面）〔春草會詠草〕「納会」項に即題「林檎」で一首掲載。

この年、しげ子は小唄を井上光子に師事し、二年後（大正十三年）には名取となって「井上光代」を名乗り、小唄教授の看板を掲げることになる。また、時期は特定できないが、茶道の裏千家や邦舞の坂東流についても師範の免許を取得したらしい。[22]たとえば、「潮音」二月号に載せられた歌のなかに「ひとすじに踊りつかれて」と詠む歌があり、この年の一月ごろには舞いに打ち込む日々があり、坂東流の免許取得もこの時期だったのかもしれない。

6　震災前後

◉大正十二（一九二三）年（33歳）

一月十四日、潮音社主催の「新年短歌會」が田端の潮音社で開かれ、これにも出席している。当日の出席者は二十六名であり、兼題はなく、個々人の雑詠が詠まれ、競詠をしている。社友らの詠んだ歌に対し、太田の批評や余興が夜まで続き、散会は午後十時になった（「潮音」9巻2号）。同月十八日、「よみうり文藝」（「讀賣新聞」第7面）〔春草會詠草〕「新年發會」の項に即題「一」で一首掲載。

二月、潮音社の「新年短歌會詠草」に秀しげ子の歌も掲載されている（「潮音」9巻2号）。同月十三日、「よみうり婦人欄」（「讀賣新聞」第4面）〔春草會詠草〕二月例会に「無」で一首掲載。

三月十三日前後、京都に旅行している。[23] 同月二十七日、「よみうり婦人欄」（「讀賣新聞」第4面）〔春草會詠草〕三月例会に席題「中」で一首掲載。

四月二十四日頃、秀家は、現・東京都新宿区の「大久保百人町宅」の電話番号を「四谷一一六番」に変更している。[24]「よみうり抄」でも、秀しげ子個人の情報として番号変更が通知されている。この電話番号の変更とともに、自宅の住所も「大久保百人町宅」と記されていることから、大正六年五月時点での現住所「芝區櫻川町八」は、大正十二年四月末頃までに東京都新宿区（大久保）百人町二ノ二二五の場所に移されたということになろう。[25] あるいは、大正十二年二月の「潮音詠草」（8巻2号）に掲載された歌に、「移り住みいまだなじまぬ此の家に」という表現がみられることから、大正十一年一月までにこの大久保町に転居したとする方が正しいのかもしれない。また、江口渙[26]によれば、彼自身、大正九年八月に「谷中清水町一番地から上野桜木町一七番地」へ越しており、そのころ偶然にも江口の家の「眼と鼻のあいだ」に、しげ子の弟の家があったらしく、時折そこへ「大久保百人町から」弟の家へ訪れる彼女の姿を、江口渙が往来越しから見かけることがあったようである。そのため、大正九年八月には、秀家が大久保町に越していた可能性も考えられる。ただし、江口渙が彼女のことを小瀧家の「長女」と記していることや、江口自身が「何しろここに書いた事柄が、ふるいのになると三十年から、にもなるので、日時や場所の記憶にはっきりしないところや、まちがいがあった[27]」と付記していることなどから、江口家が越して間もない大正九年八月以前に秀家が大久保町に越していたかどうかは判然しない。仮に、大正九年八月以前に秀家が大久保町へ移っていたとすれば、「移り住みいまだなじまぬ此の家に」と詠まれた大正十一年一月から、江口渙がいうところの大正九年八月まで約一年四ヶ月の隔たりがある。

六月九日午後六時から、春草会臨時晩餐会が市内丸の内有楽町の「山水樓」で催され、これに出席して歌を詠んでいる。この晩餐会は春草会会員らのうち、渡欧する小野つる子の送別や上京した神尾光子の歓迎、ほかに課長に就任した高野六朗博士や歌集『不知火』を出版した宮坂みち子らの祝いなどを兼ね、臨時に催されたものであった。[28]八月十六日頃、三浦三崎町に滞在、いったん自宅へ戻ったのち、信州へ避暑に赴いたらしい。[29]九月一日、午前十一時五十八分、関東大震災が起きた。当日のしげ子の消息は不明だが、芥川には周知の通りその惨状の見聞や影響を記したいくつかの短文（「大震前後」「大震雑記」など）があり、のち「大正十二年九月一日の大震に際して」としてまとめられる。

十月二十八日、春草会会員の畑耕一と竹久夢二が幹事となり、正午から本郷三丁目の「燕樂軒」にて、先の関東大震災で助かった会員たちと「春草會いのち拾ひの會」を開いている。[30]この「いのち拾ひの会」で震災に類する歌が詠まれていた可能性もあるが、震災による都市機能の打撃は壊滅的であり、詠草を紙面に載せる余裕などあろうはずもないため、後日の詠草記事はない。ただ、この会の知らせが前日の「よみうり抄」に掲載されているが、そこには春草会会員らの互いの無事を確かめ合うことを目的とした呼びかけの意味もあったのではないだろうか。とすれば、しげ子もこの会に出席していた可能性が高いが確認できていない。

十一月、潮音社は関東大震災で被災した社友らの義捐金を、九月二十二日付けで同人に呼びかけ、十二月十日までの受け付けを行うと記している（「潮音」9巻11号）。なお、東京雑誌協会の申し合わせで関東大震災による臨時措置として、「潮音」十二月号は休刊となっている（「潮音」9巻11号）。

十二月二十六日、潮音社は集った義捐金を被災した社友ら二十六名に渡している（「潮音」「被災社友への義捐金収支報告」10巻1号）。

ところで、関東大震災は、帝国劇場にも多大の損失を与えた。帝劇は大正九（一九二〇）年九月に有楽座を買収するなど、当時の興行界に向けて意欲的な商業的劇場経営の先陣を切っていたが、この大震災で二つの劇場を焼失させ、その改築費用や震災で奮闘した社員に出した報奨金・従業員への震災見舞金・解雇者への六ヶ月ないし二ヶ月の解職手当の支払いなど、巨額の負担を強いられた。再び劇場の経営が軌道に乗りかけた時期には金融恐慌（昭2・3）や世界恐慌（昭4・10）による不況が劇場経営にも影響し、昭和四（一九二九）年末には松竹株式会社と十年間の賃貸契約を結んだが、再び昭和恐慌（昭五）に巻き込まれ、契約期間がまだ終わらない昭和十二（一九三七）年末、東宝株式会社に買収された。こうした諸般の事情も契機となり、時期は特定できないが、秀文逸の帝劇から電工社への転職（もしくは独立）があったのではないだろうか[31]。

◉大正十三（一九二四）年（34歳）

一月、前年の十一月に潮音社が呼びかけた被災社友らのための義捐金収支報告が大正十二年十二月十六日付けでなされ、報告欄に義損金収入と各同人の名前が受け入れ順に記されている。義捐した社友は全部で二百六名にのぼり、一口「弐拾五銭」から受け付け、全部で「千七百二十口」になり、総額「四百三十圓」が集められた。被災社友二十六名のうち自宅を焼失した同人には「金拾八圓」が、寄宿先を焼失した同人には「拾圓」が供与され、その総額は「四百弐拾八圓」、残金「弐圜」は送費にあてられた。義捐金供出者総覧の後ろから十五番目に秀しげ子の名前も挙がっており、彼女は二十口（五円）の義捐に応じている（「潮音」「災者友への義損金収支報告」10巻1号）。

二月二十四日、「よみうり婦人欄」（「讀賣新聞」第4面）〔春草會詠草〕二月例会「竹内薫兵博士祝賀會」の項で一首掲載。この例会は、春草会会員である竹内薫兵が京都大学に提出していた医学論文が前年十一月中頃に認められ、医学博士を授与された祝賀を兼ねて催されたものであった[32]。

三月十三日、「よみうり婦人欄」（「讀賣新聞」第4面）〔春草會詠草〕の項、即題「根」および「うごく」のうち、「根」の題詠で一首掲載。

五月十一日、「よみうり婦人欄」（「讀賣新聞」第6面）〔春草會詠草〕五月例会の項、即題「初木」で一首掲載。

八月三日、「よみうり日曜附録」（「讀賣新聞」第6面）〔春草會詠草〕即題「川（大川）」で一首掲載。同月十三日に日光の中禅寺湖に出掛けている。その後、信州へ赴き、しばらく滞在したらしい。例年のこの時期の彼女の行動から推して、おそらく避暑だと思われる。同月十七日の「讀賣新聞」に、十三日の行動とその後の予定を記した「日光にて」という短文を寄せている。(33)

前述の通り、この年しげ子は「井上光代」名で小唄の名取となっており、教授免許も取得しているらしいが、詳細はあきらかでない。(34)

◉大正十四（一九二五）年（35歳）

二月二十四日、「よみうり婦人欄」（「讀賣新聞」第7面）〔春草會詠草〕二月例会の項、即題「電燈」で一首掲載。場所は、会員の竹内薫兵の開業する竹内病院で行われている。

三月一日、夕刻、「華やかな春の灯に八十餘人」の人々が「紅葉館」に集い、泉鏡花の全集出版記念会が開催されている（A）。この祝賀会に、秀しげ子と芥川龍之介の両名が参加している。祝賀会は、鏡花全集の出版元である春陽堂が主宰しており、「鏡花會記事」として、「新小説（臨時増刊）」号（春陽堂、大14・5、第30年第5号）に当日の会の模様が記されている。まず、発起人を代表し笹川臨風が挨拶し、それに応える形で鏡花が答弁し、その後、鈴木三重吉の音頭で泉夫妻の祝福を祈念してシャンパンの杯が交わされ、直ちに、里見弴の口上で余興が始まり、「歌澤」や「長唄」などが唄われ、参加者らに「歡びの色が溢れた（中略）まさに文壇近頃の美は《ママ》しい集」まりであったと伝える。続く、当該記事には、会の「出席者芳名」として、参加者六十六名の名前を掲げている。ところで、この会は文字どおり「文壇近頃」の集まりであったようで、出席者は各方面における歴々たる人物が並んでいる。ちなみに、参加者には、折口信夫や柳田國男を始めとして、芥川周辺の同人たちや、しげ子と関係のある人々らも名を連ねている。同月二十三日、「よみうり婦人欄」（「讀賣新聞」第7面）に〔春草會詠草〕三月例会兼「岡田道一氏結婚祝賀会」の項で兼題「嫁」で一首掲載。

六月二十八日、春草会会員の北川浅二郎宅で春草会の月例会が正午より催され、この日は会員以外の久米正雄、吉井勇、里見弴らも参加し、しげ子も「雲」の席題で詠んでいる。[35]

七月、岡本かの子第三歌集『浴身』（越山堂、大14・5）出版祝賀会に参加、その姿が「婦人グラフ」（国際情報社、大14・8）誌上に見える（写真⑧）。

同月二十六日、「よみうり婦人欄」（「讀賣新聞」第11面）に〔春草會詠草〕七月例会の項で一首掲載される。席題は無題であった。

十一月十日、「よみうり婦人欄」（「讀賣新聞」第7面）に〔春草會詠草〕の項で一首掲載される。この春草会は、会員の阿部龍夫の上京を歓迎する会として開かれている。同月二十五日の夜、日本橋にある「カフヱー興樂」で、九日に欧州から帰国した茅野蕭々雅子夫妻を迎える春草会「歸京歡迎歌會」[36]が開かれ、これにも出席している。同月三十日、「よみうり婦人欄」（「讀賣新聞」第7面）に〔春草會詠草〕の「茅野蕭々、茅野雅子両氏歡迎歌會」項で一首掲載される。

十二月八日、夕刻より安成二郎の「「子を打つ」の出版記念會」が本郷の燕樂軒で催されている。当夜の様子を伝える記事には「春草會一派の華やかな女性の多數」と記され、また春草会の男性会員も高野六郎・竹内薫兵の名前が挙げられている。大正六年三月に安成二郎の編集する「女の世界」からインタビューを受けた事実やその後の交流ぶりも考慮すると、しげ子も参加していた可能性は高いが、その名は見当たらない。[37]同月二十八日、「よみうり婦人欄」（「讀賣新聞」第7面）に〔春草會詠草〕の「歳暮雜感」項で一首掲載される。

剪りたての花のつめたき重味をば食後のたゆき手にうけにけり

夏草の茂みのなかに白らばら咲きむるゝ野を撲《う》つあめ粗《あら》し

西の海の濱の眞砂を焦す陽にすゞしき涙ながれけるかな

幾人《いくたり》の子に交《まじ》れども吾子《あこ》のこゑ聞き違へずてじつと聞きたり

今ぞわれぢんばりすとの彈く前にまつたけくこそかぐはしき女《をんな》

「浴身」より

『浴身』の出版記念會

閨秀歌人岡本かの子女史は漫畫家岡本一平氏の夫人で、閨秀歌人として有名な方。先頃夫人の新歌集『浴身』の出版を記念する爲め東京神田多賀羅亭に、文壇歌壇の才人佳人を集めた氣持ちのよい會が催され、なかなかの盛會でした。寫眞は當夜列席の婦人で左より今井邦子、關口冬子、與謝野晶子、秀しげ子、三宅やす子、岡本かの子、吉屋のぶ子、小寺菊子、及び中川幹子の各女史。

⑧「婦人グラフ」（国際情報社、大14・7）

7　晩年の芥川としげ子

◉大正十五（一九二六）**年**（36歳）

一月二十六日、「よみうり婦人欄」（「讀賣新聞」第7面）に〔春草會詠草〕の「正月雑詠」の項で一首掲載される。会員の山川柳子宅で開かれている。

二月二十一日、「よみうり婦人欄」（「讀賣新聞」第7面）に〔春草會詠草〕二月例会の項、兼題は「顔」と「面」であり「面」の題詠で一首掲載される。

三月十八日、「よみうり婦人欄」（「讀賣新聞」第7面）に〔春草會詠草〕三月例会の項、兼題「春風」で一首掲載。

四月六日の夜（あくまで小穴隆一の「二つの繪」を信じれば）、秀しげ子が自笑軒の帰りに芥川の自宅を訪問しているらしい。そこでしげ子は、自宅で建築中の茶室の図面を差し出し、自笑軒の茶室の間取りも説明し、茶室に掛ける茶掛けを描いてもらいたいと小穴に頼み、用件を済ませると連れてきた妹とともに帰ったらしい。しげ子が帰宅した後、芥川は小穴に掛け軸を描いてくれるように頼んでいる。同月二十二日、「よみうり婦人欄」（「讀賣新聞」第11面）に〔春草會詠草〕四月例会の項、兼題「芽」で一首掲載される。

五月九日、午後六時から日本橋室町にある三共エムプレスで開かれた岩野泡鳴の七回忌を追憶する会に出席している。同月十一日の「讀賣新聞」に「岩野泡鳴氏七週《ママ》忌記念會」と題された写真には彼女の姿は見当たらないが、キャプションに秀しげ子の名前が挙がっている。[38] この三共ビルディングは、三越百貨店前に位置する建物で、その七階に三共エムプレスの本店があったが、それ以外にも支店が帝国劇場の南別館の二階や、銀座の尾張町角の三共ビルにもあった。[39] この仏蘭西料理店エムプレスは、当時相当に有名なレストランだったと思われるが、「帝劇」と

◇…寫眞說明…◇

春草會の女歌人

與謝野晶子夫人が名づけ親の歌の集まり「春草會」は今月の例會が第百回になるので二十五日の夜、内幸町の中山文化研究所で記念の歌會を開いた。集まつたのは茅野蕭々、片岡鐵兵、高野六郎、吉井勇、竹久夢二氏等二十三人、[illegible]で歌を作り、レエンボー食堂で食卓を開いて岡田道一、太田[illegible]雄氏等の思ひ出話があつた。十時散會（寫眞は當夜の婦人會員、右から井上まつ子、秀しげ子、[illegible]島百合子、[illegible]光子、[illegible]元まつ子、福井せつ子）

⑨『讀賣新聞』（大 15・6・27、第 7 面）

夫・文逸との関わりなどから、しげ子がこの会場設営を提案した可能性もあるのではなかろうか。同月三十一日、「よみうり婦人欄」（「讀賣新聞（夕刊）」第11面）に〔春草會詠草〕五月例会の項、「木」の兼題で一首掲載。東京ステーションホテルで開かれている。

六月二十五日、内幸町の東洋ビルディング中山研究所談話室にて「春草會第百回祝賀會」が午後五時より開催され、参加している。談話室で「百」という席題の歌を作り、レヱンボー食堂で食卓を囲み、岡田道一・永田龍雄らによって会の思い出話しなどがなされたらしく、散会は午後十時とある。当該記事には春草会の婦人会員としてしげ子も含めた七名の写真とキャプションが見られる。[40]（写真⑨）同月二十八日の「よみうり婦人欄」（「讀売新聞」第11面）に「春草會詠草〔第百回例会〕」が載り、一首掲載される。当日の参加者は、茅野蕭々・竹内薫兵・高野六郎・吉井勇・竹久夢二ら二十三名であると伝えている（「讀賣新聞」大15・6・27）が、詠草には二十九名の歌が掲載されている。

七月十三日、「よみうり婦人欄」（「讀賣新聞」第7面）の〔春草會詠草〕七月例会「夏の歌」の項に一首掲載。特に席題は指定されなかったようで、夏を現す歌を各自が随意に詠んだらしい。同月中旬、しげ子は鵠沼海岸の東屋旅館に滞在しており、東屋旅館近くにある貸家「イの四号」に家を借りていた芥川に、病気見舞いで訪ねている[41]（F）。

九月二十五日、「よみうり婦人欄」（「讀賣新聞」第7面）の〔春草會詠草〕九月例会の項に一首掲載される。「果」と「物」が即題であったが、しげ子の歌に題詠そのものは詠み込まれていない。

十一月三日夜、六月の春草会百回例会の祝賀会が行われた中山文化研究所で、昨年十一月初旬に上京した会員の阿部龍夫の渡欧送別会が催され、出席している。[42]同月一五日、「よみうり婦人欄」（「讀賣新聞」第3面）の〔春草會詠草〕「阿部龍夫君送別會席上詠」の項に一首掲載される。

◉昭和二（一九二七）年（37歳）

一月、「現代女流百人一首」という項目に、秀しげ子の歌も一首掲載される(43)。同月二十六日、「よみうり婦人欄」（「讀賣新聞」第3面）の〔春草會詠草（下）〕一月例会の項、「和む心」の兼題で一首掲載される。

二月二十一日、「よみうり婦人欄」（「讀賣新聞」第3面）の〔春草會詠草〕二月例会の項、即題の「雪」で一首掲載。

三月十五日、「よみうり婦人欄」（「讀賣新聞」第3面）の〔春草會詠草〕三月例会の項、即題「飛ぶ」で一首掲載。同月同日に、春草会の歌集として、会員三十五人の自選歌による『ざつさう（雑草）』（大学書房）が竹久夢二の装幀により発行された(44)。この歌集は、昭和二年一月までの春草会詠草中より集められたもので、一人十八首づつを各人が精選し、選歌に相当する作品のない者は新作を詠んでいる。また、目次の人名は入会順に掲げられている(45)。目次では、茅野雅子・茅野蕭々・水町京子・神尾光子らに続く五番目にしげ子の名が挙げられ、「穂すすき」で十八首詠み、そのうち、八首を選歌している。

五月二十四日、「よみうり婦人欄」（「讀賣新聞」第3面）の〔春草會詠草〕五月例会の項、「パラソル」の席題で一首掲載されている。

七月二十四日未明、芥川龍之介自裁、享年三十五歳。しげ子は、芥川の葬式に弔問しているらしい(46)（A）。この前後におけるしげ子の姿をやや興味本位に伝える周辺の伝聞については後続「文学作品に描かれた〈秀しげ子〉像」の章を参照されたい。だが、社会的反響も大きかった芥川の自殺について、しげ子自身の内面を吐露した著作は見当たらない。偶然かどうか、八月、九月、十月の読売新聞紙上には春草会の詠草も掲載されていない。

十一月十七日、「よみうり婦人欄」（「讀賣新聞」第3面）の〔春草會詠草〕十一月例会の項、席題「垣」で一首掲載。

◉昭和三（一九二八）年（38歳）

三月、「現代女流三十六佳選《ママ》」（「婦人倶楽部」9巻3号）に彼女の短歌一首とその自筆短冊と写真・略歴が掲載され

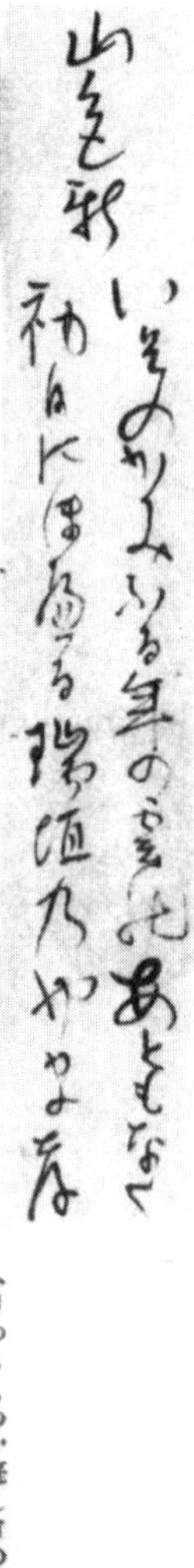

山色新

いそのかみふる年の雲のあともなく
初日にほへる瑞垣のやま　孝

→

矢澤孝子様は、雑誌「あけび」の牛耳をとつて居られるお方で、関西の歌壇では唯一の女流です。御主人は大阪商船の重要な職に居られます。

あめつちの
すへての母に
たまひつる
愛のこころを
ゆるかせにすな　雅子

↓

茅野雅子様は、慶大教授にして文壇にも令名ある茅野蕭々氏の夫人で、御良人と共に洋行され、二三年前に帰朝なさいました。女流歌人として立派な立場に居られます。

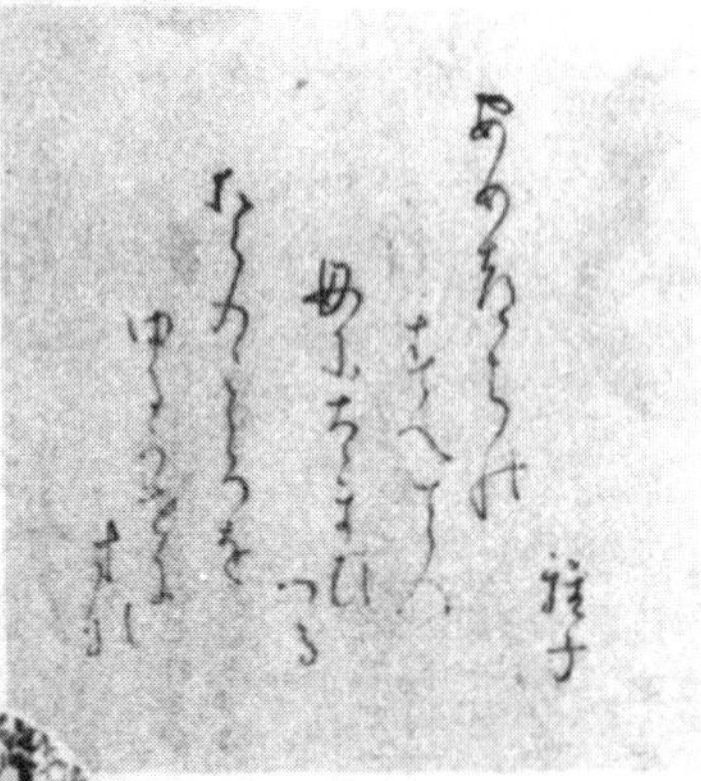

ふりつゝもわか庭しはのいつくにも
すかたとゝめぬゆきのかそけさ　阿佐緒

←

原阿佐緒様は、女流歌壇に出色した御一人で、「死を見つめて」「白木槿」などの歌集の御著作があり、理學博士石原純氏と、房州保田にお住ひになり、専ら歌作に想をねつて居られます。

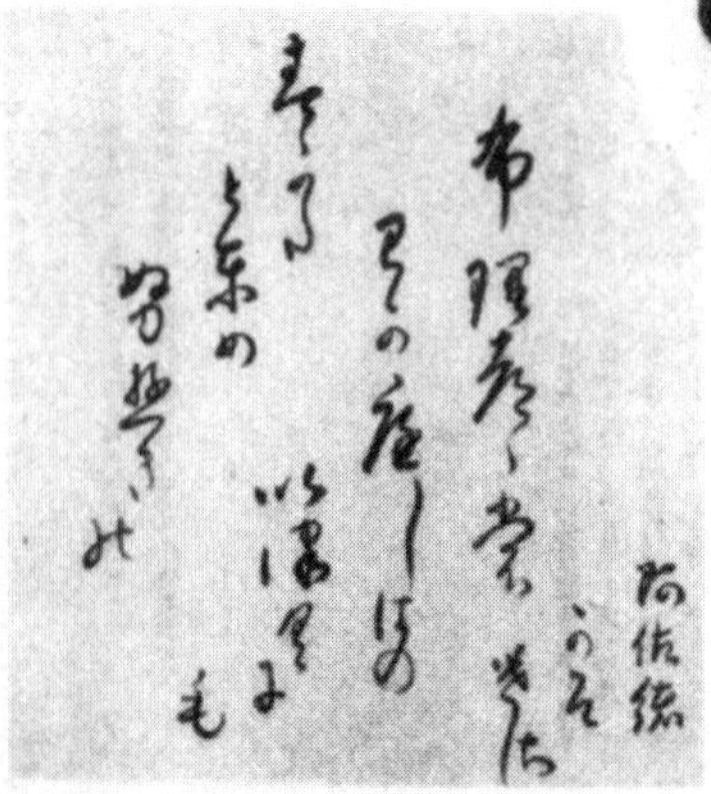

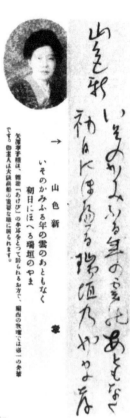

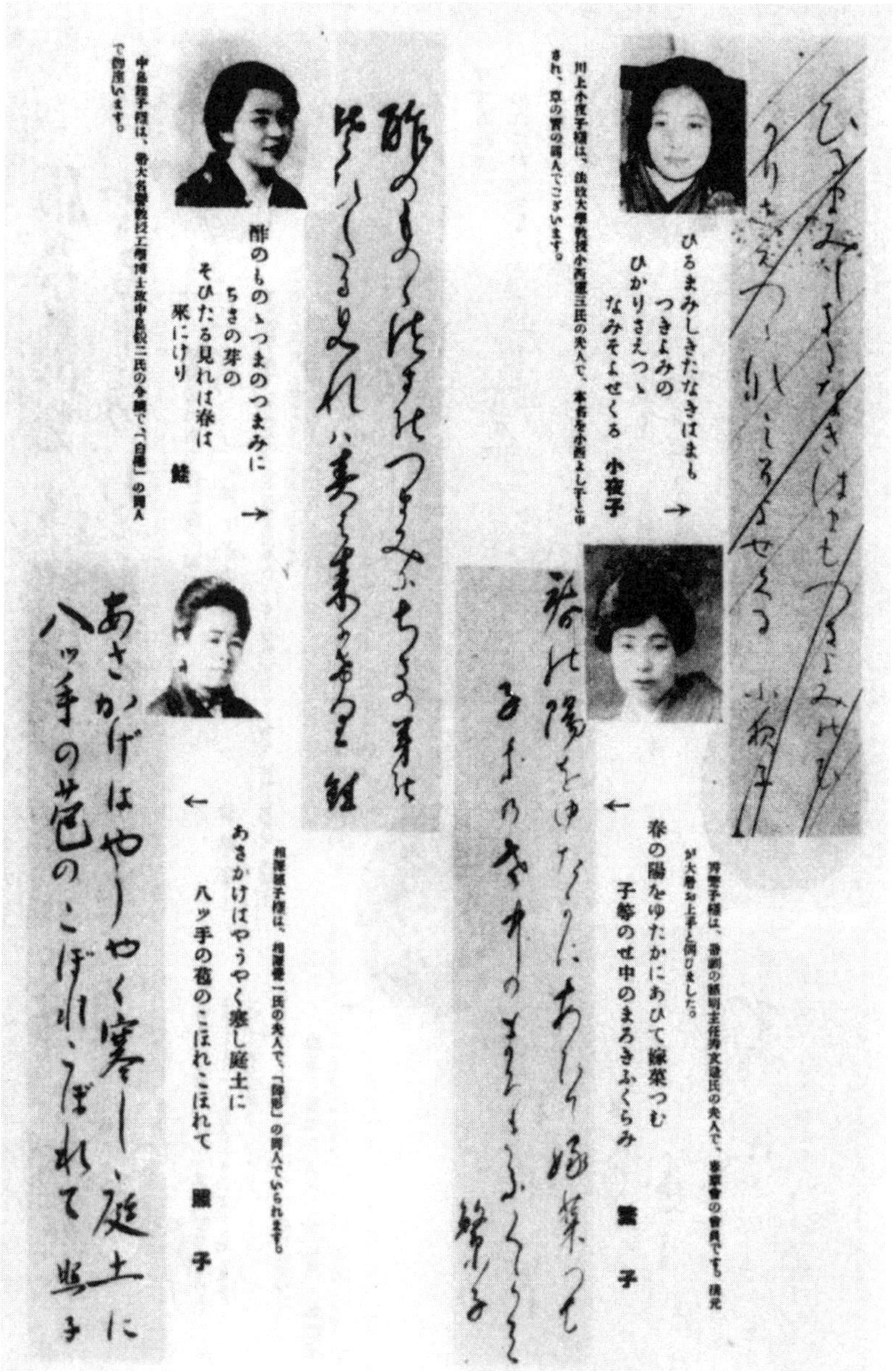

ひろまみしきたなきはまも
つきよみの
ひかりさえつゝ
なみそよせくる　小夜子

川上小夜子様は、法政大學教授小西重三氏の夫人で、本名を小西よし子と申され、草の實の同人でございます。

酢のものゝつまのつまみに
ちさの芽の
そひたる見れは春は
來にけり　銈

中島銈子様は、帝大名譽教授工學博士故中島鋭二氏の令嬢で、「白檮」の同人で御座います。

春の陽をゆたかにあひて嫁菜つむ
子等のせ中のまろきふくらみ　蕾子

芳子様は、帝劇の照明主任芳文雄氏の夫人で、紫草會の會員でも…が大層お上手と伺ひました。

あさかけはやうやく寒し庭土に
八ッ手の蕾のこほれこほれて　照子

相澤照子様は、相澤春一氏の夫人で、「醍醐」の同人でいられます。

⑩「婦人倶楽部」（大日本雄弁会講談社、大3・3）

る（写真⑩）。

●**昭和四**（一九二九）**年**（39歳）

四月、二男一彦の豊島師範付属小学校の入学式に出掛けている。そこに芥川の二男多可志を連れた文も居合わせ、入学式終了後、講堂を出たところでしげ子の方から文に声を掛けたらしく、二人は言葉を交わしている。[47]

●**昭和六**（一九三一）**年**（41歳）

十月、「婦女界」第二附録の「婦女界ノート」に表題「秋をうたふ」の項に一首掲載される。

●**昭和二十五**（一九五〇）**年**（50歳）

十月一日、夢二会の会長である長田幹雄（岩波書店元取締役）宅にて、「夢二会の集ひ」が催されている。春草会の会員らも参加したらしく、その時の寄せ書きには、岡田道一や納秀子（桜井八重子）・小池孝子・酔香ら春草会会員の名前があげられている。寄せ書き現物を未確認のため、しげ子が出席しているかどうか定かではないが、しげ子にとって同時期の会員である夢二を追慕する意味合いや、岡田道一などの顔ぶれから推して、この会に出席していた可能性も少なくない。[48]ただし、すでに作歌の現場から遠ざかっていたとも考えられ、詳細は明らかではない。

●**昭和二十八**（一九五三）**年**（63歳）

三月十一日、江口渙のもとに秀しげ子から書簡が送られている。手紙には、芥川と自分とのことを聞いて貰いたい趣旨が述べてあり、自宅の住所と交通機関が書き記されていたらしい。だが、江口は訪れなかったようである。[49]

●**昭和二十九**（一九五四）**年**（64歳）

十一月、「江戸川乱歩還暦記念号」「乱歩萬華鏡」特集に「祝言」と題し、四首が掲載される。（「別冊宝石」昭29・11）

●**昭和四十八**（一九七三）**年**

三月、享年八十四歳で没している（C）。当時の住所は、「新宿区百人町一―二十二」であった。[50]

十二月、春草会の発会から五十五年目を迎えたことを記念して『五十年集』（金剛出版）が刊行されている。現会員四十七名も含め、全五十三人の自選歌が編まれた。「序」「あとがき」によると故人の会員の作品は遺族から供出されており、しげ子の歌も十七首収録されている。(51)

8　〈歌人〉秀しげ子の足跡

最後に秀しげ子の〈歌人〉としての足跡を簡略にまとめておく。秀しげ子の消息を求めて新聞や雑誌などの調査を試みたところ、これまで未紹介の短歌も併せ四百五十四首と短文二篇アンケート式インタヴュー一篇を新たに発掘することができた。次章「秀しげ子の著作」で彼女の作品（歌や随筆インタヴュー記事等）を掲げるが、本章では題名と掲載誌（紙）に絞り、その作歌活動の軌跡を図表として示しておく。（資料〔図表〕A～G後掲二七頁～一二一頁参照）

ところで、しげ子の作歌活動は、その発表誌からビアトリス・潮音・春草会（よみうり婦人欄）の時期に分けられる。彼女の〈歌人〉としての資質は、上記のうち、主な活動の場として「潮音」時代に最もよく発揮された。「潮音」の時代は、その歌風によってさらに三期（大正六年から七年末・同八年から同九年末・同十年から同十二年）に分けられる。新進歌人として繊細な写実風の作品を発表し、同人中に着実な地歩を占めていく第一期の清新さも捨て難いが、彼女の個性はやはりもっぱら恋歌がその大半を占める第二期にあるといえよう。第二期前半の恋の歓びは、芥川との出会いと前後してその作品に徐々に〈愁い〉の色を濃くし、率直な恋の歓びはやがて身動きのとれぬ自身の立場を〈愁〉う〈哀しみ〉へと変化し、さらにつれない「人」との距離を確認しながら孤独の色を深めていく。以下に掲げる歌はすべて「潮音」である。

月見草仄かに匂ふ夕まぐれおもひ堪へなむわが憂かも　（「山の湯」五巻十号、大正八年十月）
いつしかも肌につめたき風ふけば心やうやく我が物となる　（木の葉の音」五巻十一号、大正八年十一月）
秋の日のわびしく暮れて灯ともれば人を遠しと思ひけるかも　（冬近し」五巻十二号、大正八年十二月）
うす情おもひいづれば些かはいきどほろしき心わくかも
さびしさをあつめて咲くか野のはての露いちじるき白萩の花
つれなかる人にはあらず一輪の野菊は我に背きてさけり　（「秋思」六巻十一号、大正九年十一月）

こうした詠風の変化は、彼女の歌人としての成熟とともに、やはり背後の芥川との関係も微妙に影響していると考えずにはいられない。ひとくちにいえば、しげ子の歌は、いわば社会的に抑圧すべきほの暗い私の情念を核としながら、その噴出は結局のところ伝統的な和歌の表現の枠によって抑制され、その責めぎ合いのなかからもう一歩新しい表現の地平を獲得する、というところまでには至らなかったように思われる。そうした彼女の孤独な歩みは、やがて歌壇結社として太田水穂の『短歌立言』（大正十年四月刊）に示された理念を掲げる潮音社の流れから次第に遠ざかり、むしろ個としての作歌の楽しみを優先し、ゆるやかなつながりをもとめる春草会の方へと向けられていく。そして、それは同時に秀しげ子が文壇や歌壇の表舞台からしだいに退場していくしるしでもあった。

ちなみにしげ子の作歌は晩年まで続けられたはずだが、芥川没後のしげ子の足跡についてはまだ十分な調査を行えておらず、今後の課題としたい。ただ、彼女の表舞台における活動もおおむね関東大震災前後までの時期と考えられるので、ここまでの調査をもってひとまず一区切りとし、本書にまとめることとした。

注

（1）本章の（A・B・Cなど）も、先の「秀しげ子のためにI」と同様、主たる先行研究を示す。
（2）この年の「潮音」は、一月号（五巻一号）から三月号（五巻三号）までが未見のため、この間の掲載歌その他については確認できていない。
（3）「讀賣新聞」（大8・5・7、第7面）「よみうり文藝〔よみうり抄〕」
（4）「讀賣新聞」（大8・5・21、第7面）「よみうり文藝〔よみうり抄〕」
（5）岩野泡鳴「巣鴨日記（第三）」（第十二巻『岩野泡鳴全集』）なお、『岩野泡鳴全集』は大正十〜十一年に国民図書株式会社から発行されているが、本稿では、昭和四十六年十一月に広文庫から刊行された復刻版を採用している。
（6）XYZ「文壇風聞記」134頁（「新潮」大9・6）
（7）当時、文展の審査員などを歴任した画家・小堀鞆音と重なる混乱へのおもんぱかりがあったかもしれない。
（8）「讀賣新聞」（大9・4・5、第7面）「文藝〔よみうり抄〕」
（9）「讀賣新聞」（大9・4・11、第7面）「日曜附録〔よみうり抄〕」。また、同様の記事が大正九年五月の「新潮」（「文藝時報」153頁）にもみられる。
（10）「讀賣新聞」（大9・5・28、第7面）「よみうり文藝」〔よみうり抄〕。また、同様の記事が大正九年七月「新潮」（「文藝時報」153頁）にもみられる。
（11）三嶋章道「六月の日記」（「新潮」大9・7）
（12）「文藝時報」（「新潮」大9・7）
（13）間宮茂輔「芥川龍之介斷片」（「新日本文學會」第5巻第5号、昭25・7）また、この講演会の日時は、鷺只雄『年表作家読本　芥川龍之介』（河出書房、平4・6）を参照した。
（14）『日本女性録』（国際連合調査事務局、昭43・4）
（15）大正十年二月号「潮音」（7巻2号）の目次では「籠居」となっている。
（16）ただし、筆者が参照したのは、同年六月刊（348頁）の再版である。

(17)「讀賣新聞」（大10・8・14、第7面）「〔日曜附録〕」
(18)「讀賣新聞」（大11・1・5、第7面）「よみうり文藝〔よみうり抄〕」
(19)「讀売新聞」（大11・2・27、第4面）「よみうり婦人欄」〔春草會記念會（初回以来第五十回）〕
(20)「讀賣新聞」（大11・5・14、第11面）「文藝」〔よみうり抄〕〔歌集「黄水仙」の會〕として、「秋元松子さんの歌集出版を記念す可く春草會の主催で來る廿五日午後五時から神田萬世橋のミカドに開催される」と告知あり。
(21)「讀賣新聞」（大11・10・7、第7面）「よみうり文藝〔よみうり抄〕」
(22)『日本女性録』（前掲注（14））
(23)「讀賣新聞」（大12・3・13、第11面）「よみうり文藝〔よみうり抄〕」
(24)「讀賣新聞」（大12・4・24、第7面）「よみうり文藝」〔よみうり抄〕
(25)『日本女性録』（前掲注（14））に、秀しげ子の現住所が番地まで記されているのでそれに準ずる。
(26)江口渙「その頃の芥川龍之介」（『わが文學半生記』昭28・7、青木文庫）
(27)江口渙「作者の言葉」（前掲注（26））
(28)「讀売新聞」（大12・6・12、第4面）「よみうり婦人欄」〔春草會詠草（小野つる子氏送別歌）於山水樓〕。会の模様は「讀賣新聞」（大12・6・5、第7面）「よみうり文藝」〔よみうり抄〕に詳しい。
(29)「讀賣新聞」（大12・8・16、第7面）「よみうり文藝」〔よみうり抄〕
(30)「讀賣新聞」（大12・10・27、第4面）「よみうり婦人欄」〔よみうり抄〕に〔春草會いのち拾ひの會〕「畑耕一竹久夢二の兩氏が幹事となり二十八日正午から本郷三丁目燕樂軒に開催」とある。
(31)『日本女性録』（前掲注（14））では、秀しげ子を株式会社電工社専務取締役夫人と伝えている。
(32)ただし、名前が柳しげ子となっているが、春草会でしげ子という名前の会員は見当たらない、また秀と柳と一文字の表記も含めてこれは誤植であろうとあもわれる。
(33)「讀賣新聞」（大13・8・17、第6面）「よみうり日曜附録」
［本文］秀しげ子「日光にて」昨日は中禪寺まで上りましたといふと大變な元気さうですが、皆な自動車と車と乗

物の厄介になるのですからあんまりえばれた話では御座いません、これから信州へ行って暫くあそんでまゐります。（十三日）
(34)『日本女性録』（前掲注（14））
(35)「讀賣新聞」（大14・7・3、第7面）「よみうり婦人欄」〔春草會詠草（席題「雲」於北川浅二郎氏宅）〕。また、「讀賣新聞」（大14・6・26、第4面）「よみうり文藝」〔よみうり抄〕に、春草会例会の告知がなされている。
〔本文〕二十八日正午鎌倉北川浅二郎氏方で開催、久米、吉井、里見氏等が出る。
(36)この時期の茅野雅子らの消息として以下の数点が挙げられる。「讀賣新聞」（大14・11・11、第4面）の「よみうり文藝」〔よみうり抄〕、「讀賣新聞」（大14・11・12、第4面）の「よみうり文藝」〔よみうり抄〕、「讀賣新聞」（大14・11・21、第4面）の「よみうり文藝」〔よみうり抄〕などがある。春草会が催した歓迎会は以下の記事による。「讀賣新聞」（大14・11・26、第3面）〔茅野雅子夫人を迎えて〕とあり写真も掲載されている。
(37)「讀賣新聞」（大14・12・10、第4面）「よみうり文藝」
(38)「讀賣新聞」（大15・5・11、第4面）「よみうり文藝」
(39)この仏蘭西料理店エムプレスの広告記事が、「帝劇」大正十二年五月号や大正十五年二月～七月号にみられる。
(40)「讀賣新聞」（大15・6・27、第7面）「よみうり子供のページ」欄
(41)芥川文『追想　芥川龍之介』（昭56・7　中公文庫）
(42)「讀賣新聞」（大15・11・2、第4面）「よみうり文藝」〔よみうり抄〕〔春草會〕「阿部龍夫氏渡歐送別會を三日夜中山文化研究所に開催」とある。
(43)「婦人公論」（第12年第1号、昭2・1）「現代女流百人一首」。同欄には、與謝野晶子、柳原白蓮、岡本かの子、九条武子らが居並ぶ。
(44)青木生子「後半生」（『茅野雅子』明治書院、昭45・6）。また青木生子氏の御教示により、『ざつさう』の一部を複写した文献を参照した。
(45)「編輯後記」（『ざつそう』前掲注（44））

(46) 宇野浩二「芥川龍之介」(初出は、文藝春秋社から昭二十八年五月に刊行されているが、本稿では、昭和四十二年八月刊行の筑摩書房版による。)
(47) 芥川文『追想　芥川龍之介』(前掲注(41))
(48) 長田幹雄「序文」(春草会『五十年集』金剛出版)なお、この資料も青木生子氏の御教示による。
(49) 江口栄子「解説～晩年の芥川龍之介未発表ノート」(江口渙『晩年の芥川龍之介』落合書店　昭63・7)
(50) 岡田道一「あとがき」(春草会『五十年集』金剛出版)
(51) (前掲注(50))による。

◆なお、「秀しげ子のためにⅠ」「(同)Ⅱ」で言及した彼女の歌を発表誌(紙)別に整理し、一覧表としてまとめれば、以下のようになる。

【A】「青鞜」「ビアトリス」「女の世界」「潮音」

題	首数	署名	発表誌(紙)巻号	刊行年〔元号〕月		備考
無題	6	鞆音	青鞜(第五巻十月号)	大正四年十月		「青鞜詠草」
無題	1	鞆音	青鞜(第五巻十一月号)	大正四年十一月		「青鞜詠草」
まぼろし	8	秀鞆音	ビアトリス(第一巻五号)	大正五年十一月	○	
病みてある日	10	秀鞆音	ビアトリス(第二巻三号)	〃六年四月	○	
白菖蒲	12	秀鞆音	女の世界(第三巻六号)	〃六年六月		
堪へがたき日に	12	秀鞆音	女の世界(第三巻九号)	〃六年九月		
霧の流	14	秀鞆音	潮音(三巻一一号)	〃六年十一月		
秋の日ざし	10	秀鞆音子	潮音(三巻一二号)	〃六年十二月		
秋の夜	1	秀鞆音子	潮音(三巻一二号)	〃六年十二月	○	(兼題)(前月短歌会の報告)

冬枯る、頃	8	秀鞆音子	潮音	(四巻一号)	〃七年一月		
新らしき日に	9	秀鞆音子	潮音	(四巻二号)	〃七年二月		
鴨の聲	10	秀鞆音子	潮音	(四巻三号)	〃七年三月		
早春の歌	9	秀鞆音子	潮音	(四巻四号)	〃七年四月		
春の悩み	10	秀鞆音子	潮音	(四巻五号)	〃七年五月		
一途の聲	8	鞆音	潮音	(四巻七号)	〃七年七月	○	「一人八詠」
夏草	1	鞆音	潮音	(四巻七号)	〃七年七月	○	(兼題)(前月短歌会の報告)
鳥かげ	9	秀鞆音子	潮音	(四巻八号)	〃七年八月		
眞夏の夢	9	秀鞆音子	潮音	(四巻九号)	〃七年九月		
秋風篇	9	秀鞆音子	潮音	(四巻一〇号)	〃七年十月		
草紅葉	7	鞆音	潮音	(四巻一一号)	〃七年十一月		「潮音社選集」
熱に悩みて	10	秀鞆音子	潮音	(四巻一二号)	〃七年十二月		
祈	6	ともね子	潮音	(五巻四号)	〃八年四月		「潮音社選集(其三) 太田水穂選」
(無題)	1	秀しげ子	潮音	(五巻四号)	〃八年四月		「潮音前月抄」(宮澤雨絃選)
朝雀	8	〃	潮音	(五巻五号)	〃八年五月	○	「一人八詠」
(無題)	1	〃	潮音	(五巻六号)	〃八年六月		「潮音前月抄」(齊賀琴子選)
夕雲	8	〃	潮音	(五巻七号)	〃八年七月	○	「一人八詠」
宵闇	8	〃	潮音	(五巻八号)	〃八年八月	○	「一人八詠」
光、瓦	1	〃	潮音	(五巻八号)	〃八年八月	○	(即題)(前月短歌会の報告)
深む思	8	〃	潮音	(五巻九号)	〃八年九月	○	
山の湯	8	〃	潮音	(五巻一〇号)	〃八年十月	○	「一人八詠」

木の葉の音	5	〃	潮音	（五巻一一号）	〃 八年十一月	○	「潮音社選集（其三）太田水穂選」
冬近し	7	〃	潮音	（五巻一二号）	〃 八年十二月	○	「潮音社選集」
沼の夕	8	〃	潮音	（六巻二号）	〃 九年二月	○	
伊豆山荘	7	〃	潮音	（六巻三号）	〃 九年三月		「潮音社選集」
春の雪	8	〃	潮音	（六巻四号）	〃 九年四月		「一人八詠」
眞間の堀割	8	〃	潮音	（六巻六号）	〃 九年六月		「一人八詠」
籠り居	8	〃	潮音	（六巻八号）	〃 九年八月		「一人八詠」
息安く	8	〃	潮音	（六巻九号）	〃 九年九月		「一人八詠」
残るあつさ	8	〃	潮音	（六巻一〇号）	〃 九年十月	○	
秋思	5	〃	潮音	（六巻一一号）	〃 九年十一月		「潮音社選集」
籠り居	8	〃	潮音	（七巻二号）	〃 十年二月	○	目次では「籠居」
春浅く	8	〃	潮音	（七巻四号）	〃 十年四月	○	
落ち居ぬ心	3	〃	潮音	（七巻五号）	〃 十年五月		「潮音社選集」
をりをり	5	〃	潮音	（七巻六号）	〃 十年六月		「潮音社選集」
雨	8	〃	潮音	（七巻七号）	〃 十年七月		「一人八詠」
深霧	8	〃	潮音	（七巻九号）	〃 十年九月	○	
秋	5	〃	潮音	（七巻一〇号）	〃 十年十月		「潮音社選集」
那須野	8	〃	潮音	（七巻一一号）	〃 十年十一月	○	
行樂	6	〃	潮音	（七巻一二号）	〃 十年十二月		「潮音選集」
	6	〃	潮音	（八巻二号）	〃 十一年二月		「潮音詠草」無題
春寒（特選）	8	〃	潮音	（八巻四号）	〃 十一年四月		「感想と雑錄」の枠外

雑詠	8	〃	潮音（八巻五号）	〃十一年五月	○	「潮音詠草」無題
	1	〃	潮音（九巻二号）	〃十二年二月	○	「新年短歌會詠草」（會者二六名）

※備考欄の○は、森本修・浅野洋らによって、それぞれ部分的に紹介済みのものを示す。

【B】「桐の雨」 14首（「太陽・秋季大附録（創作）」博文館、大正九年九月）

【C】「明治大正婦人詩歌小史」 3首（『現代婦人詩歌選集』婦女界社、大正十年五月）

【D】単独発表「早春」 10首（『讀賣新聞』大正十一年一月一日・第四面）

【E】新年特別「現代女流百人一百」 1首（「婦人公論」第十二年一号　婦人公論社、昭和二年一月）

【F】『ざつさう』 18首（「春草会歌集」大学書房、昭和二年三月）※一八首のうち、八首は詠草に既発表である。

【G】「現代女流三十六佳《ママ》選」 1首（「婦人倶楽部」9巻3号　昭和三年三月）

【H】第二付録「婦女界ノート――秋をうたふ」 1首（「婦女界」44巻4号、婦女界社、昭和六年十月）

【I】「乱歩萬華鏡――祝言」 4首（「別冊宝石　江戸川乱歩還暦記念号」岩屋書店、昭和二十九年十一月）

【J】『五十年集』 17首「春草会五十周年記念歌集」（金剛出版、昭和四十八年十二月）

【K】春草會詠草

〔以下、いずれも発表紙は『讀賣新聞』・署名は「秀しげ子」・各一首である〕

題ほか	掲載日	掲載面・欄	備考
無題	大正十年八月二日	第四面「よみうり婦人欄」	七月例會
鎌倉にて	大正十年十月五日	第四面「よみうり婦人欄」	北川浅二氏夫人追悼會
『瞳』	大正十年十一月十八日	第四面「よみうり婦人欄」	
「旅」	大正十年十二月六日	第四面「よみうり婦人欄」	
『新年雑詠』	大正十一年一月二〇日	第四面「よみうり婦人欄」	兼題
『水』	大正十一年三月一日	第四面「よみうり婦人欄」	兼題
色	大正十一年四月二十四日	第四面「よみうり婦人欄」	四月例會即題
手	大正十一年八月十八日	第四面「よみうり婦人欄」	八月例會即題
病	大正十一年十月二八日	第四面「よみうり婦人欄」	十月例會即題
『林檎』	大正十一年十二月二十六日	第四面「よみうり婦人欄」	納會即題
『一』	大正十二年一月十八日	第七面「よみうり文藝」	即題新年發會
『無』	大正十二年二月十三日	第四面「よみうり婦人欄」	二月例會
『中』	大正十二年三月二十七日	第四面「よみうり婦人欄」	席題三月例會
小野つる子氏送別歌	大正十二年六月十二日	第四面「よみうり婦人欄」	於山水樓
竹内薫兵博士祝賀會	大正十三年二月二十四日	第四面「よみうり婦人欄」	二月例會
『根』『うごく』	大正十三年三月二〇日	第四面「よみうり婦人欄」	即題
『初木』	大正十三年五月十一日	第六面「よみうり婦人欄」	即題五月例會
「大川」	大正十三年八月三日	第六面「よみうり日曜附録」	即題
『電燈』	大正十四年二月二十四日	第七面「よみうり婦人欄」	即題於竹内病院二月例會

『嫁』	大正十四年三月二十三日	第七面「よみうり婦人欄」	兼題三月例會兼岡田道一氏結婚祝賀會
『雲』	大正十四年七月三日	第七面「よみうり婦人欄」	席題於北川浅二郎氏宅
無題	大正十四年七月二十六日	第一一面「よみうり婦人欄」	七月例會
阿部龍夫君上京歡迎會	大正十四年十一月十日	第七面「よみうり婦人欄」	
茅野蕭々、茅野雅子 両氏歡迎歌會	大正十四年十一月三十日	第七面「よみうり婦人欄」	
歳暮雑感	大正十四年十二月二十八日	第七面「よみうり婦人欄」	
正月雑詠	大正十五年一月二十六日	第七面「よみうり婦人欄」	一月例會於山川氏邸
『顔』『面』	大正十五年二月二十一日	第七面「よみうり婦人欄」	兼題二月例會
『春風』	大正十五年三月十八日	第七面「よみうり婦人欄」	三月例會兼題
『芽』	大正十五年四月二十二日	第一一面「よみうり婦人欄」	四月例會兼題
『木』	大正十五年五月三十一日	夕刊第一一面「よみうり婦人欄」	五月例會兼題
『百』	大正十五年六月二十八日	第一一面「よみうり婦人欄」	第百回例會兼題
夏の歌	大正十五年七月十三日	第七面「よみうり婦人欄」	七月例會兼題
『果』『物』	大正十五年九月二十五日	第七面「よみうり婦人欄」	即題九月例會
阿部龍夫君送別會席上詠	大正十五年十一月十五日	第三面「よみうり婦人欄」	
(下)『和む心』	昭和二年一月二十六日	第三面「よみうり婦人欄」	一月例會
『雪』	昭和二年二月二十一日	第三面「よみうり婦人欄」	二月例會即題
『飛ぶ』	昭和二年三月十五日	第三面「よみうり婦人欄」	即題三月例會
『パラソル』	昭和二年五月二十四日	第三面「よみうり婦人欄」	席題五月例會
『垣』	昭和二年十一月十七日	第三面「よみうり婦人欄」	席題十一月例會

秀しげ子の著作

はじめに

昭和二年七月二十四日未明、芥川龍之介は、多量の睡眠薬をあおいで三十五年余の短い生涯にみずから終止符をうった。菊池寛に宛てた遺書「或旧友へ送る手記」（昭2・7）には、自殺の動機をめぐる〈三面記事〉的な憶測を避けるために「生活難」や「病苦」や「精神的苦痛」などの理由を列挙したあと、あたかも近代から現代への曲がり角を象徴するような「ぼんやりした不安」という言葉を残した。「或旧友へ送る手記」が、ひとまず有名作家の社会に対する〈公〉的な遺書だとすれば、芥川はそれとは別の〈私〉的な遺書も二通残している。そのうちの一通は家族（とりわけ子供たち）に宛てたもので、もう一通は小穴隆一に宛てたとされる遺書（昭2・7）である。後者の中で、芥川は「過去の総決算の為に自殺」するのだとした上で、特に「大事件だつたのは僕が二十九歳の時に□夫人と罪を犯したこと」だと記し、「□夫人」との関係が自分の「生存に不利を生じた」とも語っている。

この遺書中に記された「□夫人」が、「秀《ひで》しげ子」という名前の女性であることは、今日ではほぼ定説となっている。秀しげ子は、芥川龍之介にとって、出会いから死に至るまでその脳裏を離れることのない存在であった。だからこそ、芥川自身、彼女との関係を生涯の「大事件」と述べ、晩年に最も心を開いていた友人小穴宛ての遺書にその存在を刻印せざるを得なかったのである。

秀しげ子の生涯については、本書第二部の「秀しげ子のために」Ⅰ、Ⅱで述べたが改めて二人の関係を簡略にふりかえっておきたい。

芥川が秀しげ子と最初に出会ったのは、大正八年六月十日、岩野泡鳴主宰の十日会例会の席であった。当日、初めて十日会に出席した芥川は、古くからの会員であったしげ子を見かけ、広津和郎を介して挨拶を交わした。翌十一日には芥川からしげ子のもとに書簡をそえた彼の創作集が贈られ、二人の出会いはたちまち「文壇風聞記　芥川氏の社交ぶり」（「新潮」大8・9）というゴシップ記事に取り上げられた。二人は、同年九月十日に十日会で再会したのち、同月十五日、二十五日には個人的に逢瀬を重ねている。別稿「我鬼窟日録」（大8・9・12）では、しげ子を「愁人」と称して思慕の情をもらし、その後も同様の記述が繰り返される。前掲の小穴宛て遺書には「僕は支那へ旅行する機会にやつと□夫人の手を脱した」とあることから、大正十年三月に出発した中国旅行の前にひとまず関係を絶ったことになる。二人の蜜月期間は出会いから一年ほどで、以後、彼女の存在は徐々に芥川の負担になっていったらしい（ただし、旅行後も二人が会う機会がなかったわけではない）。

秀しげ子は、出会った当初こそ「愁人」と呼ばれたが、晩年の芥川作品では「狂人の娘」（「或阿呆の一生」）や「復讐の神」（「歯車」中「二　復讐」／「三　夜」）などと表現され、そのほかでは「秋」（『中央公論』大9・4）や「藪の中」（「新潮」大11・1）との関連性が指摘されてきた。しかし、私見によれば、さらに「路上」（大8・6〜8「大阪毎日新聞」）や「女」（大9・5「解放」）、また、「黒衣聖母」（大9・5「文章倶楽部」）や「或恋愛小説」（「婦人グラフ」大13・4）、「文放故」（「婦人公論」大13・5）などにもしげ子との葛藤が影を落としていると思われる。さらにまた、芥川の生前および死後、芥川の周辺にいた作家たちによって彼女を素材とする作品も少なからず発表されている。岡本かの子「鶴は病みき」（「文學界」昭11・6）、広津和郎「彼女」（「小説新潮」昭25・5）、瀧井孝作「純潔」（「改造」昭26・1）、村松梢風「芥川と菊池」（「文藝春秋社」昭31・5）、松本清張「芥川龍之介」（「昭和史発掘2」『文藝春秋』昭40・9）、小島政二郎『長編小説　芥川龍之介』（読売新聞社、昭52・11）などである。そのほか、同時代人のさまざまな回想類などを含めると彼女に関する言及は相当な数にのぼる。

以上のようにみてくると、「秀しげ子」という女性が芥川文学およびその周辺の文学者たちにとって、けっして黙過し得ぬ存在だったことは明らかだろう。にもかかわらず、秀しげ子は、もっぱら芥川の「生存に不利を生じ」させた〈厄介〉な女として、〈三面記事〉的なまなざしのもと〈噂の女〉であることを強いられてきた。そうした状況に対し遅々たる作業ながら全く未紹介の三百余首の短歌と短文二編（他にインタヴュー一篇）を新たに拾うことができ計四百五十首を超える歌を確認できたが、諸般の事情と生来の怠惰とから、そうした秀しげ子の〈生の声〉（歌自体や本文）を紹介する機会がなかなか得られなかった。そこで、今回、本書を通して第二部第三章にて、「秀しげ子の著作」として現時点までの調査結果を掲げる。ちなみにこの間、単行本『芥川龍之介の愛した女性――「藪の中」と「或阿呆の一生」に見る』（高宮檀著、二〇〇六年七月、彩流社）が刊行され、再び秀しげ子の存在が注目されてもいる。

1 資料紹介の前に

これまで秀しげ子の著作については、吉田精一・森本修・浅野洋らの諸氏によってそれぞれ部分的に紹介されてきてはいる。しかし、今回の調査によって、これまで紹介されてきた作品数をはるかに超える数の短歌と短文二編を新たに発掘することができた。そこでまず、現時点までに管見に入った作品群を「掲載誌（紙）・紹介者・作品数・紹介内容」などの項目によって一覧表として整理しておきたい。というのも、諸氏による紹介は、明確に本文を紹介している場合、または一部の代表的な歌を掲げ、そのほかは詠数や掲載誌（巻号）だけを示す場合、あるいは題詠のみを紹介する場合などが混在しているからである。ここでは便宜的に、全く未紹介のもの、題および掲載誌（紙）などの所在は明示されているが本文未紹介のもの、本文が既紹介のものの三種に分類しておく。なお、『讀賣新聞文芸欄細目索引』に「秀しげ子」の項（ただし、サ行で「秀（しゅう）しげ子」となっている）があるが、編集サイドで読み間違えたのだと思われる。

　ここに紹介するのは、これまでに見ることのできた秀しげ子の全著作（ただし、「秋」批判を含む周知の評論「根本に触れた描写」は除く）である。まず最初に前述の一覧表を掲げ、そのあとは発表紙（誌）別に「青鞜」「ビアトリス」「潮音」「春草會詠草」「そのほか」の順で歌本文を編んだ。

掲載誌	紹介者	作品数（未紹介）	作品数（本文未紹介）	既紹介	小計
青鞜	中田睦美	7			7
女の世界	中田睦美	24			24
ビアトリス	浅野　洋			8（題2）	18（題2）
	中田睦美		10		
潮音	森本　修		題18、歌数119を示唆	10	327（題46）
	中田睦美	208（題28）			
讀賣新聞（春草会詠草）	中田睦美	50（題42）			52（題42）
新潮	森本　修			1（評論）	1
そのほか（太陽）	中田睦美	14			14
（別冊宝石）	中田睦美	4			4

（婦人倶楽部）	中田睦美	1			1
（婦人公論）	中田睦美	1			1
（現代婦人詩歌選集）	中田睦美	3			3
（ざつさう）	青木生子	10		8	18
（婦女界）	中田睦美	1			1
（女の世界）	中田睦美	短文1			1
（讀賣新聞・日曜附録）	中田睦美	印象記1・聴取1			2
合計		326（うち文3）	129	27	474

現在、管見に入った秀しげ子の著作は、短歌四百七十一首、評論一編、短文二編の合計四百七十四編である。ほかに、未紹介写真と「伝記」で注記する「よみうり抄」ほかの消息にも接することができた。なお、本文が先行研究によって既に紹介済みのものは、各歌の下に【既】として記した。さらに、各作品に関連する必要事項については注（1）（2）…の形で後掲した。

以下、主な発表誌について、ごく簡略に説明しておく。

「ビアトリス」は、大正五年七月に創刊された女性を社員とする文芸雑誌で、編輯兼発行人は山田たづ、ビアトリス社の発行、誌名はダンテの『新曲』に因み、第二巻第三号（大6・4）までの存在が確認されている。賛助員として、生田長江や与謝野晶子や窪田空穂や平塚明子のほか、長谷川時雨、太田水穂、徳田秋声、森田草平、若山牧水らの名前が見える。

「潮音」は、大正四年七月、太田水穂が創刊主宰、潮音社発行、当初は水穂系の人々と若山牧水系の人々が合流したグループであったが、大正五年十二月、牧水が第三次「創作」を復刊し離脱したので、以後は水穂の単独主宰となった。大正期の「潮音」で短歌や短歌評以外で注目すべきは、芭蕉の研究と評価に力を注いだことで、水穂に幸田露伴や阿部次郎や和辻哲郎や小宮豊隆らが加わり、大正九年秋より四年半も合評研究会がもたれ、その記録が五年間同誌上に連載された。戦後は水穂が没した昭和三十年以降、四賀光子が主宰、太田青丘が編集に当たった。「讀賣新聞」紙上の「春草會（詠草）」は、「明星」の歌人として出発した茅野蕭々と茅野雅子の夫婦が大正八年より主宰した短歌会である。

2 「青鞜」発表作(1)

無題　鞆音

川添ひの二階座敷のおぼしまに月のでしほをまつ身うれしも
大川の灯影つづきの君が宿訪はまほしやとおもひ暮らしぬ
やすけさのたえてなきまに玉章は文箱にみちて秋かぜふくも
さらさらと秋かぜわたる縁に出て足袋はくわれの瘦せにけるかな
わがふたり紅指染めしつまぐれのまた忘れなとさきいでにけり
いくたびか胸おどらしし思ひ出の浴衣うとまし初秋の日は

（「青鞜詠草」第五巻十月号99頁、大4・10）

無題　鞜音

雨ふれば師匠の家の御神燈けぶるがごとく灯影くらかり

（「青鞜詠草」第五巻十一月号《ママ》70頁、大4・11）

3　「女の世界」発表作

「白菖蒲《しらあやめ》」十二首　秀鞆音

涼《すず》しもよ軒《のき》のあやめに吹《ふ》く風《かぜ》と素袷《すあはせ》きたる女《をんな》のうなじ

澄《す》み渡《わた》るいさゝ小川《をがは》のせゝらぎにほつかり田螺《たにし》一《ひと》つ居《を》るなり

何時《いつ》しかに青葉《あをは》となれば遙《はる》かなる愛宕《あたご》の塔《たふ》のかげろひにける

音《おと》もなく忍《しの》び入《い》りけるそよ風《かぜ》が吾《われ》の宵寝《よひね》の後《おく》れ毛《げ》なぶる

とことはに癒《い》へずと聞《き》けば今更《いまさら》に生《い》き甲斐《がひ》も無《な》き此《こ》の身《み》のろはし

罪《つみ》も無《な》きくすしの顔《かほ》も情《つれ》なかるきはみにぞ見《み》ぬそのたまゆらを

爪弾《つまびき》の糸《いと》さへ切《き》るゝはかなさにいとゞ遣《や》る瀬《せ》なき思《おも》ひかも

そこはかとあやめ香《かを》りぬほのかにもたれこめにける閨《ねや》のあさあけ

五月《さつき》ばれ空《そら》のあかるしひたすらに本《ほん》よみ居《を》れどしづ心《ごゝろ》なや

朝《あさ》まだき板戸《いたど》をくれば遠《をち》の池《いけ》すが〳〵しうも白菖蒲《しらあやめ》さく

もやの中《なか》にすが〳〵しき香《か》かよひ來《き》ぬ此《こ》の朝《あさ》あけの白菖蒲《しらあやめ》よし

御瞳《みひとみ》のもゆらむ風情《ふぜい》あか〳〵と霧島《きりしま》つゝじ陽《ひ》に照《て》りはゆも

（第三巻六号23頁）

「堪《た》へがたき日《ひ》に」十二首　秀鞆音

月《つき》しろと我《わ》がはかなさをかい比《くら》べうつろ心《ごころ》に土《つち》の香《か》をかぐ

そよ風《かぜ》にチリリ〳〵と風鈴《ふうりん》がさゝなる音《ね》より日《ひ》はかげろひぬ
涼風《すゞかぜ》が湧《わ》くかも鉢《はち》の秋風《あきかぜ》に蝶《てふ》の羽袖《はそで》をいこふてありき
夕《ゆふ》なぎに身《み》のやりどなく椅子《いす》により風《かぜ》をおくれど堪《た》へがたきかも
みはるかす遠《とほ》の山々《やま〳〵》かげませば吾《われ》の旅情《たびごころ》そゝりやまずも
おだまきが心重《こゝろおも》げに咲《さ》き出《い》でぬ脊戸《せと》の垣根《かきね》のつゆ草《くさ》の邊《へ》に
いそ〳〵と宿下《やどさが》りゆくはしためを羨《うらや》むほどに立《た》ちつくしける
夕立《ゆふだち》に團《だん》七縞《しま》のしとぬれて暗《やみ》にきらめく刄渡《はわた》しるしも
たへがたの暑《あつ》さとなればそゞろにも海《うみ》に行《ゆ》く日《ひ》のひるまたれぬる
ふうわりと水色絹《みずいろきぬ》の羅物《うすもの》をまとひてたてばはれがましかり
くら〳〵と眼《まなこ》くらみぬ此《こ》のまひる大日輪《だいにちりん》をあびてたてれば
魂迎《たまむか》へ仕《つか》うまつりし日《ひ》も過《す》ぎてしめやかにこそ送《おく》り火《び》たくも

（第三巻九号33頁）

4　「ビアトリス」発表作

「まぼろし」八首　秀靹音

さびしらの河原に立ちて舞妓らのまぼろし追ふやかのたはれをは
又してもす京をしたふてこがれゆく君にしあるが身のやりどなき
やめる日も尚化粧しておはしける君にしあるがいとしいぢらし【既】
うつとりと病みつかれたるめをあげて絶えす《ママ》もおふか君のまぼろし【既】

きまぐれの君のすさひ《ママ》に一しほのおもむきそへしお六ぐしかな【既】
たはむれに姉とよばれて姉らしき便りをかけば淋しさのわく【既】
我が心さだめかねつるたまゆらを君はかたへに苛ちおはす
小指はもからめ合ひつゝ誓ひける嬉しき日にも桐の花さく

（第一巻五号64～65頁、大5・11）

「病みてある日」十首　秀輌音

雪もよひいつか薄日も消えぬがに一しほ寒さ身に迫りきぬ
夜をこめて板戸打ちけりさらさらと雪かみぞれかあられか雨か
ほろほろと南天の實の散りしけば夕の鐘の音はもしのばゆ
現身の運命はかなし共々に死なまじものと誓い來つれど【既】
君おきて一人さびしく土くれに歸るといふも深きさだめか【既】
此最後望みあらねば悔もなし、ひた悲しきは一人行く事【既】
これやこの現身なれば死なむ日も運命とおもひ知れどたゆたふ【既】
ぬかづきて神をおろがむ思ひとも病みてすぐなる心くらべぬ
かい巻の友禪模様華やかに病める我心慰めてけり
ひいやりと吾に歸り來ぬわが涙、《ママ》身じろきならず病み續れば

（第二巻三号48頁、大6・4）

5　「潮音」発表作（森本氏が所在を指摘したものについては、◇印を付す。）

「霧の流」十四首　秀靹音

おもひわびうき寝の床の起きふしも秋としいへばわびしいやさら
うつとりとうつけ心にすさまじき野分のあとにたゞすみてけり
落葉松の影一様に細々し此の植林に月のてれゝば
隧道の近づくらしも汽笛して風冷々と吹きて來にけり
夕されば月をながめて物おもふ此のならはしも幾夜經にけむ
すみ渡る空に隈なき月影をながめあかせどしづ心なや
あかとどを河畔に立てば此のあさけ靜やかにこそ霧の流るも
たはれをが舟まちわぶる姿さへあかとき近き頃はよろしも
たわゝなる秋告げ顔に柿の實のまことめでたく色つけるかも
此の深夜浅間の山の山なりは戀に死にけむ人のうめきか
みすゞかる信濃の山の峯々にはやおく霜の白きをぞ見る
秋の空仰げば深しあでやかにうすゐの峯はもみぢそめけり
はる〴〵と旅にしあればしみ〴〵と遠ゐる人を忍びこそすれ
てる月は靜かにてれり秋ぐさは崖の高みにそよぎてゐるも

＊歌の最後に選者の評価あり。〈評自由自在なる詠歎に驚く〉

（三巻十一号25頁、大6・11②）

「秋の日ざし」十首　秀鞆音子

日一日物足らなきに馴れゆきてわが一人居に鷹の音をきく
はかなさは帯にひそめし小鏡のわれてわびしくせまる宵闇
うらふれて秋の深夜にしよんぼりと都おちする人に泣きそね
久方の空のはるかにほつかりと千切れ雲見ゆ日のてりはえて
珍らしき晴れ間なりしか納屋のはみ聲はりあけてこほろぎのなく
ゆき行けば此の街路樹の大方は根こそぎ陽をばあびてゐにけり
子雀のちゝとはかりにむれつどふ日かげゆくめくにわたつみかも
あきふかみ尾ひれ打ふり只一つ生きのこりをり鉢の金魚は
長雨のはれし庭ぬちそこはかと木犀の香の流れやまずも
秋の陽はあまねくわびし鷗うく隅田河原の水のひえかな

（三巻十二号60頁、大6・12）

「秋の夜」一首　秀鞆音子

秋の夜もさすがに更けぬ物語いつを果てとし思ひわかなく

（三巻十二号93頁、大6・12）

＊（植物園の歌會）大6年11月11日（第二日曜）（於竹早町）［本文］歌題を探題にして抽選を以て色々の題を引くことにした。植物園を出て竹早町の停留所で別れた（以下略）當日の會者左の如し　日向澄雄、尚田乍人、大館寄山、四賀光子、岩淵要、北町歌二、山賀龍美、太田水穂、大西さよ子、橘樹千代瀬、世良田優子、秀鞆音子、百瀬眞里の十三氏。

（筆者注：十三名のうち、十一名が入選している。）

「冬枯るゝ頃」八首　秀鞆音子

暮れなづむ隅田川原にたゝずめばきりひたくとよせて來るはや
子等追へど大木の鴉専念に實をついばみて動かざりけり
かれ枝にひたとゝまりてある小鳥薄日はさせどなかむともせず
薄氷の底にひそめるひとひらの落葉の色の色こかりけり
わびしさになける心のいや更に野火におびえておのゝけるかも
やうくに登りつめたる丘の上岩根によりて息づくしばし
峡さへ草なぎ伏しぬ山鳴りて怪しうも風の吹きたつる夜半
無念さにはふりおとせし涙かもつめたき月に光るもわびし

（四巻一号30頁、大7・1）

「新しき日に」九首　秀鞆音子

朝戸あけて心すがすが東雲の空を望めば初日そのぼる
初春をことほぐ胸に云ひしらぬさびしさぞある老いやしぬらん
おそろしき人のそしりにいつしらず相さかりつゝ逢ふよしのなき
なつかしき歌の心を思ひつゝ忍びてあれば面影たつ
華やかに心のまゝをふるまひし我が若き日も今過ぎんとす
元朝のちまたをゆけば軒並に大戸とざしてねむりふくるも
橋詰《はしづめ》の並倉の屋根しろ〴〵とおく霜深し鴉陽になく
一群れの火事場がへりの消防夫息吐きてゆくその息白し

隅田川冬がれ葦か霜霧らふ月の光に遠白く見ゆ

（四巻二号46頁、大7・2）[2]

「鴨の聲」十首　秀鞆音子

しん〳〵と外の面に雪の降りしきり身内そゞろに冷えやまぬかも[2]
群れなきて鴉わたりぬ暮れなづむ野の上に映ゆる夕あかき空
頻降《しきふ》れるみ雪うれしみ聲あげて打興じけりこの朝まだき
この朝の板戸をくればさ庭べに雪白々とふりつもり居り
とま舟のかしぎの煙川の面を流れて空の白みそめける
雪もなき空にほつかり月暈のかゝりて冬の海靜かなり
ほりばたの並木の柳一様に雪消の水をしたゝらし居り
鴨の聲よ立ちいで見れば築山の藪柑子の實啄ばみてあり
破垣に人をぢもなくみそゞい來なげる家の晝のしづけさ
いちはやく春のおとづれ告げ顔に下枝をかけて芽ぐむ梅かも

（四巻三号65頁、大7・3）

「早春の春」九首　秀鞆音子

心やゝ和みそむれば歌聲のもれいでにけりおのづからにも
幾度かふきまくられつやうやうに吹雪の中を我は來にけり
やうやうに暗きになれて見えわかぬかそけき文字をよみをへにしか
やゝしばし暗きに立てば月光に白々《しらじら》浮ぶ棣の花かも

春雨を見あきるばかり立ちつくす此のをばしまの一時がほど
雪兎薄日にとけて南天のはかなく残る夕のさみしさ
おほどかに鳶まふ空の雪はれて我が影さやにつちに落ちたり
晴れ〴〵し空に吸はるか我が心うれしきまゝにたゝずむ暫し
飛ぶ雲の我が頬にふれてたちまちに雨をよびけり尾上に立てば

（四巻四号62頁、大7・4）

「春の悩み」十首　秀鞆音子

そゞろにも花のたよりのおもはるゝこのまひる日のほのぬくみかも
香に立ちて丁字にほへばしつとりと白き額の汗ばみおぼゆ
靜やかに朝日子のぼるアルプスの山脈の空を仰ぎ見しかも
いつしかと花の便りをまちわびし眼にいたましき信濃路の雪（歸郷）
一つらの山の峯々おごそかに雪いたゞきて春の陽に立つ
眞手ひぢて甘泉くめば速かに氷るおもひす春たちぬるを
夜のしゞま一人のがれて湯にあれば身のおとろへのおもはるゝかな
春深み父が御墓の盛り土のくろみそめけりうれへゐしまに
切り髪の母のうなぢにやせみえて又新しき涙おぼゆる
さ庭べの柴の葉がくれほつかりと頭もたぐる蕗の臺かも

（四巻五号33～34頁、大7・5）

「一途の聲」 八首　鞆音

たわゝにもゆかりの色を池水にうつして咲ける春日野の藤
たそがれの暗を渡りて仁和寺の鐘しづやかにひゞき來るかな
清水の舞臺に立てば雲ひくく足下ゆ湧く思ひするかも
鴨川の水の流れの藍色に瘠せて細れば春もさびしき
住吉の磯の松ゲ枝汐風に打ちふるえつゝ雨曇りすも
たま〳〵の旅の宿りをま悲しやこの朝雨に雨の音をきく
青葉一つ小川に落ちてくる〳〵とまひつゝ沈む晝のしづもり
足曳の山の棚田になく蛙一途に鳴くをきけばかなしも

（四巻六《ママ》号67頁、大7・7）

（兼題）「夏草」 一首　鞆音

かそけくも夏草渡るいさゝ風夕かたかげに涼しさの湧く

＊大正七年六月二十三日午前十時より於小石川區清水谷至道庵にて

（四巻六《ママ》号88〜89頁、大7・7）

「鳥かげ」 九首　秀鞆音子

稗まけばはやも芽ぐみてこのねぬる朝けの風にゆれもやまざり
旅づかれ籠らひ居りて現なくまみとづるなり生きの此の身は
夏草のしげみゆ蝶のまひいでぬかすかに草はゆれにけるかも
ふもと路はまつたく暮れぬ湖はしばしを惜しみ光りやまずも

月明き夜のしゞまの底にして湖水は蒼くたゞへたりけれ
なやましき梅雨のひと日を黒かみの亂れわびしく物思ひをり
きその夜の思ひづかれの瞳伏せて二人は居れど一人なるかも
すみ渡る高きみ空よ鳥かげのさやかに見えて白き雲わく
歩み來て道おのづから絶えにけり一面白き河原よもぎに

（四巻八号24〜25頁、大7・8）

「眞夏の夢」九首　秀輣音子

晝の野の花より花に蜜あさる蜂の營みを見守りにけり
しまらくは幼心にたちかへり竹に色紙を結ひてあそべり（七夕の日）
ゆく人の足音たゆればひるすらに温泉の流れ聞え來るかも
行きつかれ草に憩へば草いきれむし暑くしてたへがたきかも
木がくれの葡萄はいまだ熟れざれば瑞青房は風にゆれをり
夕されば水ぎはの葦の葉がくれにたまく〱螢まひ出でにけり
小川邊の白百合の花一齊に今朝すがしくも咲きいでにけり
岩が根に清水たまりて時じくにかけひにおつる音の涼しき
みはるかす遠の山邊を一しきり雨乞の火ののぼりゆく見ゆ

（四巻九号20〜21頁、大7・9）

「秋風篇」九首　秀輣音子

いつしらず人影たえて身をめぐる川原蓬に露の光れる

いで湯の香ほの〴〵と身にまつわりてそよ風ふけば匂ひぬるかも
眉近く星のまたゝくおもひせりこの山上の夜のしづもり
音もなく小夜のくだちにこぼれける草の實なれば人は知らじな
耳なれぬ音をともしみ人まねに葭の葉苗《ママ》をふきならしける
一人旅ひたにもだしてしきりにも汗ぬぐひつつゆきにけるかも
おもひわびおもひつかれの目をあげてゆくさの道をながめ入りしか
黒かみを風の吹くにぞいやさらに思ひはつのる月の出しほに
さや〳〵と秋風ふけばひとしほに人ぞこひしき山のいで湯に

＊［本文］秀鞆音子は信州澁温泉より歸京せられたり（80頁）

（四巻十号58頁、大7・10）

「草紅葉」七首　鞆音

秋晴の青空きよし柿の木の梢に柿は色づきにけり
山峽の雜木にまじる一本の紅葉の梢色づきにけり
草紅葉野分の朝をつゝがなく立ちてゐたりき朝日に映えて
山住みの柴のとぼそををり〳〵にたゝきて過ぐる野分なるかも
街道の並木の梢いちはやくすがれて秋のわびしさまさる
露ふかき道わけ行けば野のはてに枝もたわゝに萩の花さく
行く手はや踏みどもあらずきはまりぬ道に色づく草紅葉かな

（四巻十一号35頁、大7・11）

「熱に悩みて」十首　秀鞆音子

さら〳〵と木々の梢を吹く風にさやかに秋の來るを覺えし
すみ渡る秋の御空をながむれば心やうやく晴れてゆくかも
秋寒き室に籠りてたゞ一人針を運びぬひたに默して
心いま無念無想となりにけりたま〳〵光る針の鋭し
照る月に梧桐のかげのくつきりと地上にそびえしつもり深し
聲高に別れ告げつゝかへりゆく子等に交りて小犬しきなく
おもふ事切ににそめて何氣なく振舞ふ我に秋の陽のさす
身に籠る熱氣を吐けば忽ちに炎となりて君もやかまし
つく息の胸にこもらひ刻々に苦しさましぬあやふきかなや
昨の夜の悩みわすれて此の朝明け空の茜を打ちながめけり

（四巻十二号20～21頁、大7・12）

「祈」六首　ともね子

早春のほそき小雨に袖ぬらし野の道遠く行く心かも
樫の木の根元に春の陽をあびてはつ〳〵小草萠え出でにけり
雪解水川にあふれて春をまつ心やう〳〵豊かなるかも
その示現《しめし》いや高ければ我が祈りいよ〳〵深くなりまさるかも
御柩を送りかへればすでにかも空暮れそめて一つ星見ゆ
薄日さす空のくもれば雑木原又冬がへる思ひしるしも

（五巻四号 太田水穂選75～76頁、大8・4）

無題一首　秀しげ子

ほの〴〵と明けゆく空に香りつゝさ庭の楪の花さきにけり

（五巻四号 宮澤雨紘選21頁、大8・4）

◇「朝雀」八首　秀しげ子

朝床のしづけさにひゞく子雀のそのさへづりも春となりたり

櫻さく春の街にあそぶ子等日はかたむけどいなむともせず

ひつそりと春のおぼろの夜のくだちはるかにきこゆ續經《ママ》のこゑ

春雨のはれゆくひまを待ちあえず梢はすでに色めきにけり

並倉をてらす夕陽の光りさへ春はなまめくおもひするかも

くもり日の此の春の日をむらきもの心すゞろにいらたちやまず

あたゝかき春の日和を野にいでゝ雪解の若菜つみにけるかも

ことごとく楪の梢は若葉してこの朝の風にそよぐなりけり

無題一首　秀しげ子

並倉をてらす夕陽の光りさへ春はなまめくおもひするかも

（五巻五号47頁、大8・5）

（五巻六号 齋賀琴子選111頁、大8・6）

◇「夕雲」八首　秀しげ子

破れ垣に三つ四つ咲ける晝顔花足音につゆのこぼれけるかも

くちずさむ歌の三つ四つ自らの聲のうるみになみだぐまるゝ

わりなくも涙にぬれし眼にうつるたそがれ時のほの白き壁
砂原に吾子とし居りて打ち見れば夕の雲の黄なるかゞやき
夏深み貸別荘の垣の間ゆたま〳〵人の聲音きこゆる
大空の雲心なくうごきゆくいさゝ流れの水ぬるむ頃
一ぱいに風をはらみてゆく舟の帆布の音の快きかな
たちまちに霧まき來り雨となる空おも〳〵し蛙しきなく
（五巻六《ママ》号29頁、大8・7）

◇「宵闇」八首　秀しげ子

掛け鏡しばし緋ぶさのゆれゆれて朝ぎりはるる山の湯の宿
白百合の花の吐息にくもりたる玻璃戸と思ふ山のあかつき
あをあをと此の苗床に朝顔の二葉の色のあざやかに照る
かきつばた利根の流れに影やどし今が咲くらん思ひいぞ《ママ》づる
しとしとと雨降る眞晝向日葵は一途に黄にさきさかりたり
ゆたかにも汽笛ならしてわたつみの沖のはるかを器械船ゆく
消えのこる遠の山嶺の白雪に野火赤々と照りにけるかも
はかなげに身をひそめたる晝蛍たまたま光る夏草の蔭に
（五巻八号67頁、大8・8）

（即題）「光」「瓦」一首　秀しげ子

薄日さす楳雨の晴間を山裾の蓮田につゆの光りこぼるゝ
（五巻八号91〜92頁、大8・8）

＊大正八年七月十三日午前十時より於田端潮音社新居
（「潮音社記念短歌會」）

◇「深む思」　八首　秀しげ子

身の願ひたりたらひつゝ安らけくねむるわが頬に笑の上れる【既】
名も知らぬ紫小草つみゆけば思ひ深みてかなしきものを
ゆあみして月待つほどの夕暗に露おく草をめでにけるかも
てりてらひ咲きさかりたる花葵いよく色の深みゆくかも
いたづらに丈のびにける紫蘭草風なき宵をひとりそよげる
さらくと河原蓬に風立ちて夏の夜空の更けにけるかも
いつしかに日照雨晴れて雨の空夕焼け雲のさやぎあへるも
朝明けの外面に近く展けたる海の青きにめざめけるかも

（五巻九号23頁、大8・9）

【既】「山の湯」　八首　秀しげ子

砂濱の磯の小道の夕やみにしるくもさけり白粉の花【既】
ひた〳〵とふもとゆのぼる山の霧いよ〳〵深き眞晝なるかも
月見草仄かに匂ふ夕まぐれおもひ堪へなむわが憂かも
はれやかに心あかるき高原の花野に立ちて君をおもへる
みはるかす野尻の湖は霧ぬちにひかりきらめき見の堪へがたし

いつしかに青葉若葉の鬱蒼と繁るを見つゝ病み臥してをり
はら〳〵とおちてこぼるゝ病葉に秋の日ざしの近よるをしる
野を行きて羊齒の芽あまた踏みしかば心やうやくやわらぎ來る

（五巻十号69頁、大8・10）

◇「木の葉の音」五首　秀しげ子

秋深み椎の根元に生ひ出たる茸を見れば山の戀しき
遠くより小夜の子床にきこえ來る嵐の後の人の呼ぶこゑ【既】
野に來れば小春日和の富士青したま〳〵鳶の聲もきこえて
いつしかも肌につめたき風ふけば心やうや〳〵我が物となる
さわ〳〵と木の葉の音のわびしきに夕戸を早く閉しけるかも

（五巻十一号72〜73頁 太田水穂選、大8・11）

◇「冬近し」七首　秀しげ子

秋の日のわびしく暮れて灯ともれば人を遠しと思ひけるかも【既】
秋ばれの此の野ひそけき音立てゝ草の實いまやこぼれゆくなり
ほのぼのと月をかすめて流れ雲小夜のくだちをひろごりゆくも
日だまりに尚開き得ぬ濱菊のつぼみのありて晝しづかなる
晴れわたる星の夜空のたゞ中に眞白き雲ぞ湧き出でにける
枯葦は間なくしさやぎ川の面やうやく冷ゆる夜のしゞまかな

まつさをに空は晴れたり此の眞晝戸ぼそに立ちて深々息す

（五巻十二号51〜52頁、大8・12）

◇「沼の夕」八首　秀しげ子

枯葦にひたく沼の水よせてさえゆく空をうつしてゐたり
うるし葉の赤きにそゝぐ雨の色見ゐつゝ心暗かりしかも【既】
薄日さすこのおばしまの日だまりに今日は吾が居て衣縫いそぐ
月よみの月の光にそびえたつ樹々の梢のあきらけきかも
この春のけふのよき日を家居してしづけき心君にたよりす
うち見やる遠の山嶺の白雪に入り日のかげのしばしうつれる
天ぎらふ空にひとひら雪わけば地上のひえのまさりゆくかも
戸ざせども歌ふ聲音の流れ來ていつしか心ひかれゐしかも

（六巻二号28〜29頁、大9・2）

「伊豆山荘」七首　秀しげ子

此の朝のそぼふる雨にぬれそぼち楳しらじらと咲きにけるかも
わびしさのきわまるときにかそけくもひそまりてまつ歡喜《よろこび》ごとを
島一つはるかに見えて朝凪の海の面たゞに靜かなるかも
梅笑ふ伊豆の荒磯に東風ふけばいとしも人の戀しかりけり
玉あられたばしる磯のさゞれ石みつゝしゐるもをどる心に
なぐさまぬ心に見れば山の湯の春の小雪もあはれなるもの

青き木の梢しみゝに橙の色づく頃を雪ふりしきる

（六巻三号60頁、大9・3）

「春の雪」八首　秀しげ子

軒に吊す干葉のあられのたばしりて夕寒空とまたなりにけり
たそがれの山の焚火の火の色に照りはゆる木々のけざやかなるも
玻璃戸うつ春の淡雪さら〳〵とさら〳〵と身にせまる寒けさ
沈丁花匂へる庭の夕づけばほのけきうれひ胸にさし來る
あどけなき子の片言に笑みかはす春の一日に心足らふも
山ひだにつもれる雪は解けたれど解けぬうれへを持ちてかなしも
故もなきものかなしみに幾日かも囚はれてあり甲斐なき身かも
熊笹の根元にのこるはだら雪まぶしきほどにかゞやく眞晝

（六巻四号33頁、大9・4）⑹

「眞間の堀割」八首　秀しげ子

枝蛙梢ひそかに鳴き出づる夕かたまけて霧の雨ふる
散りいそぐ梢の花にさん〳〵とかゝりて寒き春の雨かな
赤々と夕陽うつれりこゝに見る眞間の堀割の水の底ひに
赤々と青木の梢に實のりたるつぶらなる果に春の雨ふる
朝早く松原ゆけばむらがりて生ふる松露に露しげきかも
打ち仰ぐ空やうやくに雲はれて薄日さしきぬ夕づく頃を

青葉若葉のびゆくものを我が心何ゆゑ暗くなり來るらん
薄日さすとぼそに立てりはら〳〵と小米櫻の散りゆく見つゝ
（六巻六号39頁、大9・6）(7)

「籠り居」八首　秀しげ子

卯の花の咲き散る垣の朝明けて細細かかる霧の雨かも
藤波のちるを惜しみて夕闇に尚立ちつくしあかざりにけり
ひたむきに默して籠る夏の日の長きに心惱みぬるかも
一人來て月の出しほを野に立てば蟲細細となきいでにけり
野茨の香に醉ひしれてとびゆかぬ眞白き蝶をめでにけるかも
日照雨此の斷崖にふりそゝぎ茱萸の色よき眞晝なりけり
枝蛙聲をひそめて此のよるの月の出汐をうたひでにけり
ひたすらに默してあゆむ頑の心々にへたたりを知る
（六巻八号30頁、大9・8）

「息安く」八首　秀しげ子

汗の香と酒の匂とたゞよへる夜の電車をわびにけるかも
青々と芋の葉しげる此の畑に露深々と下りにけるかも
一本の桐の木梢に晝の月白々としてかゝりけるかも
音もなくふりいでにける磯濱の日照の雨も心に暗らし
山一つ越えて此の夜に見ゆべき君をおもへば心ときめく

夜となればつく息安ししみ〴〵と木の間ゆ月をながめけるかも
戸をくれば風ふきいりぬ朝明けの涼しき風の快きかな
高々と蟬なきいでゝて一しほのあつさおぼゆる眞晝なりけり
（六巻九号42頁、大9・9）

◇「残るあつさ」八首　秀しげ子
喧しく蟬鳴き出でゝ一しほの暑さをおぼゆ此の晝餉時
暑き日のしなえ草葉を眺めつゝ想ひはるかに遠かりしかな【既】
海の青草の青さへ夕ざれば一つとなりてわれをうれへしむ
一齊に小田の蛙の鳴きいづれば此の夜の心また重り來る
名なし草ま白く小さくつゝましく芝にこもりて咲きいでにけり
細々と草に消えゆく一筋の道をわびしくたどりけるかも
稲光り近づきくれば雷の音ものすごし宵寝の床に
小雨なすこの高原の夕霧に親しき思ひあゆみてゐたり
（六巻十号32頁、大9・10）

「秋思」五首　秀しげ子
うす情おもひいづれば些かはいきどほろしき心わくかも
くるくと輪を畫がきつゝ赤とんぼ群れとびにけり夕づく空に
さびしさをあつめて咲くか野のはての露いちじるき白萩の花
つれなかる人にはあらず一輪の野菊は我に背きてさけり

穂にいでゝ憂を見する糸すゝき夕べとなれば露しげきかも

（六巻十一号65頁、大9・11）

◇「籠り居」八首　秀しげ子

さりげなく此の初春の青空を窓より眺め堪へにけるかも
夕ざれば池の面しるく風立ちて蓮の枯葉のざわめく音す
身のめぐりととのへ終へてきたるべきさだめを待てるこの心なり
嬉しさはきわまりにけむ言もなし思ひもかけぬ君とま見えて【既】
一連の干葉にあられのふりきたり夕べ荒れ立つ風のいろかも
裸木のかこめる丘の一つ家に赤くともりて灯よ静かなる
歌おもふ心みだして凧数多うなりを立つる冬空の晴
いら立ちて止めどもあらぬ心よりつのりて來たる悔ごころかも

＊目次では「籠居」となっている

（七巻二号34頁、大10・2）⑧

◇「春淺く」八首　秀しげ子

ほのぼのと小床に匂ふ梅が香に朝の目ざめを樂しみにけり
やうやうに病おとろへすくすくと身内ととのふ日に逢ひにけり【既】
一つ星我を守るか今宵亦はるかの空にまたたきにけり
あたたかく晴れたる縁の日だまりに病いえたる身をばおきけり
薄日さす此のまひる日を大き音におびやかしつつ雪なだれせり

山焼くと打連れいゆく人の息白々としてつづきけるかも
雪代は河にあふれてきらきらときらめきにけり春日は照りて
涙なりただひたすらに身を伏せてなげき給へる君をし見れば
（七巻四号46頁、大10・4）

「落ち居ぬ心」三首　秀しげ子

死を思ふ心やうやう薄らぎぬ再び春に逢ひたるわれは
落居ざる心いだけば幾日か空しく過ぎぬただに悔いつつ
灌佛會此のふる雨にぬれて立つ花の御堂のあはれなるかも
（七巻五号83～84頁、大10・5）

「をりをり」五首　秀しげ子

赤々と入陽流れて今しばし此の山峡の明らけきかも
立ちづれどまなかひとほし君がのる汽車はひたすら過ぎゆけるかも
自らさびしき人と向ひ居て心足らへるきのふけふかも
あらぬ方にあらぬ噂の立ちそめぬ此の人の世の住みがたきかも
此空のあかるさよりも尚あかき心に吾子はかがやきわたる
＊選者の評価が〈評。よし〉として末尾にあり。
（七巻六号90～91頁、大10・6）

「雨」八首　秀しげ子

此の道の案内知らねばひたすらに先きゆく人にしたがひゆけり

細々と雨降りくればこの平日路のかぎりはおぼろなりけり
野のなかの御堂をこめてつゆしぐれ細々とふる夕づく頃を
いちはやく夏はきにけり鉢うゑの絹糸草にそよぐ風かも
ややつよき風ふきくれば寸ほどの絹糸草はいたいけなるも
病める子をおもふ心の一すぢに祈るまことを天地もしれ
夜となればいやまし迫るかなしみに一しほ心たよりなきかも
灯の影のとどかぬ縁に端居して想ふこと遠き夕べなりけり

（七巻六《ママ》号69頁、大10・7）(9)

◇「深霧」八首　秀しげ子

快く雨にうたれて眞白なる李の小花露しとどなり
打ちつづく河邊の葦の葉うらより吹き出づる風をなつかしみけり
ことごとく霧にこもればさながらに心おぼろとなりにけるかも
深々と流るる霧を洩れ來る人の聲音のかすかなるかも
晝されば山の端こめし深霧のやうやう晴れてひろびろしもよ
ははそばの母の情けに云ふまじき秘言さへも明しけるかな
生き生きと葉うらかへして一しきり時雨の後を風渡る見ゆ
山ひだにたたなはる霧ながめつつ一日を我れの過ぎにけるかも

（七巻九号44頁、大10・9）

◇「秋」五首　秀しげ子

荒れつのる波高々とくだけちる濱の夕ぐれに人影もなし
白々と水泡くだくる磯濱をはるかに見つつさわやけきかも
降りいでし雨に何時しか風をよび荒れつのりゆく木々を打ちつつ
しめやかに長き夜かけて語らへば中空高しこのよの月の
一途にもおもひひそめて離り居のわびしき秋に逢ひにけるかも

（七巻十号83頁、大10・10）

◇「那須野」八首　秀しげ子
うらぶれの心かなしも逢ひがたきむなしさをなほたのみけるかも
踏みわけて秋の落葉の山ゆけば木洩の日ざしやうやくわびし
月よみの月の光りに糸すすきぬれつとばかりきらめけるかも
むくつけき男の子居むるる那須の野に深々いりし車かなしも
たまたまに晴れぬと思ふ眞晝より尾の上はいつか霧がくれけり
おばしまに居よりて向ふ山の峰さし出る月の明らけきかも
月見ればそぞろたぬしもなぐさまぬ心一つのあきらめを知る【既】
秋草の茂りの中にいちじろく穂に出てなびく野邊の薄葉

（七巻十一号43頁、大10・11）⑽

「行樂」六首　秀しげ子
居並びて陽に向ひつつ言もなし心足へるおもふどちかな
仄かにも夕蔭つくる草の道細々かかる空の月しろ

いつしかに日あし遠のき灯火はまたたきそめぬはるかの家に
別れ來てありし思ひの幻をうつつに追へどたよりなきかな
ありし日の人の姿をしのびつつ香焚くきくらす秋雨の宵
小庭べの木々いちはやく葉を落し冬の景色の目に新たなり

（七巻十二号97頁、大10・12）⑾

無題六首　秀しげ子

移り住みいまだなじまぬ此の家に散りゆく冬の花をわびしむ
驛名よぶ聲をつたへて夜の霧はひたひた我れをまきにけるかも
ありがたき陽にいだかれて些かの思ふ事なき身をかしこみぬ
安らかに想和ごめる身をまきて降りそそぎけり初春の陽は
土やせて木々の緑も色あせぬたまたま洩るるかよわき日ざ
ひとすぢに踊りつかれて身をまかす夜床のねむり安らかなるも

（八巻二号76～77頁、大11・2）

「春寒」特選八首　秀しげ子

かりそめの病とおもふを春七日籠りつくしてをとろへにけり
眼に入れど心は暗しもゆる緋のカーネーションを押しやりにけり
片だより今はた書かむすべもなし心かたまけ思ひつのれり
久々にぬくき日ざしに身をおけばそぞろに心足らふなりけり
やわらかき土のしめりをかへしつつ草の實まきぬそよ風の庭

萌え出づる此の野の草の香にしみて降りそそぎけり三月の春日
かろがろと振りの袂をひるがへし心もゆらに踊り出でけり
この一日靜けさに居て茶を立つる樂しさありて足らひたりけり

（八巻四号99頁、大11・4）

◇　無題八首　秀しげ子

やうやくに思ひつめたる心には我が名も惜しくおもはざりけり
日の光り芽ぶく若葉にかぎろへばみどりの色にむせばんとする
昨の日のあそびづかれか云ひしれずさびしき日なり馬も來啼かず
色はゆる濱見の山の松かげに食べしわりごを忘れかねつも
波高み沖には船のかげもなし大空ひくくいゆく雲かな
ともすれば人によりゆく心をばをさへて籠り書をよみつぐ
春雨のはれて日ざせば小庭邊の下萠草は勢ひづきぬ
しづかなる朝の寢ざめにすみゆける心は歌を思ひて居たり

（八巻五号67頁、大11・5）

◇　雑詠一首　秀しげ子

たまたまに訪ひこし君の庭の木の冬枯しるくさびまさりけり【既】

「新年短歌會詠草」（九巻二号117頁、大12・2）⑿

6 「春草會詠草」欄掲載作品

「春草会詠草」凡例

一　春草会詠草の発表はすべて「讀賣新聞」である。
二　署名はすべて「秀しげ子」である。
三　掲載紙の発行年月日・兼題（席題・即題を含む）・関連記事などは［出典］あるいは「本文」として作品の後ろに記した。
四　例外として、秀しげ子個人の題詠「早春」のみは作品の前に記した。
五　なお、兼題や席題、即題の『　』・「　」などの区別は発表紙の表記に準じた。
六　そのほか特記すべきことは、そのつど［注］として記した。

すべからく命捧げてその罪をあがなふべしや反逆の子は　（「七月例會」大10・8・2、第4面）

月見ればそゞろたのしも慰まぬ心一つの諦を知る　（北川浅二氏夫人追悼會　鎌倉にて　大10・10・5、第4面）

御瞳に別れきつれば秋の風しみじみとしてわれをめぐれる　（『瞳』大10・11・18、第4面）

旅なればいよよなつかし御文は丈にあまりて我をまくかも　（「旅」大10・12・6、第4面）

「早春」十首

星一つはるかの空にまたゝけり我が道遠くはて知らぬかも
苫舟の炊飯の煙細々と水の面流れて空の白める
おゝらかにさし出る初日をろがみて思ふ事なき朝明けなりけり
みはるかす峰の白雲ほのぼのと紫匂ふ空の明けかな
早春のかぼそき雨にぬれて立つ上枝ははやも芽ぐみそめけり
春の海凪をはるかに行く舟のたまたま帆布さやに光れる
みかはほり一本柳芽をふけば春をたゝへておぼろなるかも
築地かげ今日を小鳥の聲もなし想ひふかみて堪へがたきかも
暮れ迫りいよいよはげしき汐騒に遠居る人をしのび止まずも
ぬば玉の夜のしゞまの底にしてはつ□□《ママ》咲ける白梅の花

（「読売新聞」新年巻頭歌　大11・1・1、第4面）

みはるかす峰の白雪ほのぼのと紫匂ふ空の明け哉

（『新年雑詠』新年發會　大11・1・20、第4面）

萌え出づる此の野かそけき草の香に降り下りけり春の陽しみらに

（大11・2・27　記念會（初回以来第五十回）として掲載、秀しげ子の歌、写真そのキャプションあり）

＊「新しい歌人の社交團に春草會といふのがある、大正七年二月に初會を開いてから、今度で恰うど五十回目に當るので、廿六日午後一時清水谷公園の皆香園で其の集りを催した、出席の同人十五名中女流歌人が六名上の寫眞は其の記念の撮影である坐つたところを向つて見た順序を記せば（右より茅野雅子、秀しげ子、高野春子、水町京子、秋元まつ子、澤

井節子)」とある。

みかはほり干潟みちはに水鳥は春の陽あびて眞晝こもれり　(『水』大11・3・1、第4面)

色糸のもつれわびしむ心にも春のうれひのかよひたりけり　(四月例會　色　大11・4・24、第4面)

願事をかけてたのめば一度の相手さへもをろそかならず　(八月例會「手」大11・8・18、第4面)

身の中に病ひそむと思ふ時ほとほとくらき暗にひかる、　(十月例會『病』大11・10・28、第4面)

さくさくと林檎を噛めばさながらに湧き返るかも思出一つ　(納會『林檎』大11・12・26、第4面)

高らかに一二三とよばはれつ子等馳せいだす一目散に　(「よみうり文藝」新年發會『一』大12・1・18、第7面)

花なくに今日を過せばいとどしく我が淋しさはきはまりにけり　(二月例會『無』大12・2・13、第4面)

中日のいとなみすれば自ら心しみじみ人に行くかな　(三月例會『中』大12・3・27、第4面)

一すじに又逢ふ日のみ思はれてしみじみ別れ身にそはぬかも　(小野つる子氏送別歌於山水樓　大12・6・12、第4面)

＊『讀売新聞文芸欄細目索引』（1165頁）によると、大正十三年の春草會詠草短歌会は、「ほぼ毎月一回、ただし五月以後は、新設の「日曜附録」に移る」と記載されている。

なにやらむ謎めかしくもぽつかりと盆に置かれし眞つ赤な小箱　（竹内薫兵博士祝賀會二月例會　大13・2・24、第4面）

＊ただし、この歌の署名は「柳しげ子」となっているが、「秀しげ子」の誤植か？

ほかほかと春あたゝかき陽をあびて草の根わけに心奪わる　（『根』『うごく』大13・3・20、第4面）

苗木賣る夜店の翁黙々と飯を食み居り灯の下　（五月例會『初木』大13・5・11、第6面）

大川の流れの末に舟うけて晝寝の人に風吹きめぐる　（「よみうり日曜附録」大13・8・3、第6面）

電燈の光まばゆき中にして淋しき事を思うて居たり　（二月例會於竹内病院『電燈』大14・2・24、第7面）

新嫁はきよく氣高く美くしく春のたよりを持て參せるさま　（三月例會兼岡田道一氏結婚祝賀會『嫁』大14・3・23、第7面）

たゞよへる雲の彼方に向ふ峰見えそめて旅の心しみじみ　（於北川浅二郎氏宅『雲』大14・7・3、第7面）

若草さへいつかみどりとなりにけり椎の葉ゆれに風立つ夕べ　（七月例會　大14・7・26、第11面）

たわたわと蘆の湖の面に枝たれて夕陽はのこすうす紅葉かな　（阿部龍夫君上京歓迎會　大14・11・10、第7面）

ぬりかへし壁のしめりに一段の落着みせて時雨來にけり　（茅野蕭々、茅野雅子両氏歓迎歌會　大14・11・30、第7面）

そゝり立つ鹿島の宮の大鳥居みの蟲一つ風にゆらるる　（歳暮雑感　大14・12・28、第7面）

月ながら葦の枯葉にかゝる雨年始の客も今日は絶えたり　（正月雑詠　一月例會於山川氏邸　大15・1・26、第7面）

面賣りの翁のまゆの何かなしくもれる様の時雨するなり　（二月例會『顔』『面』大15・2・21、第7面）

梅が香るさそはれてゆく川べりや目立たぬほどに春の風吹く　（三月例會『春風』大15・3・18、第7面）

芍薬の芽だちの色にひかれつつたまたま庭に向ひて居たり　（四月例會『芽』大15・4・22、第11面）

湯づかれの瞳ひらけば向ふ峯の木立ゆるがせ風渡る見ゆ　（五月例會『木』（夕刊）大15・5・31、第11面）

雨後の庭色を深めてすつきりと百合の青莖のびそろひたり

（第百回例會『百』大15・6・28、第11面）

＊「春草會の女歌人」と題する写真が大15・6・27（第7面）「よみうり子供のページ」欄に掲出されている。

＊［写真キャプション］與謝野晶子夫人が名づけ親の歌の集まり『春草會』は今月の例會が第百回になるので二十五日の夜、内幸町の中山文化研究所で祝賀の歌會を開いた。集まつたのは茅野蕭々、竹内薫兵、高野六郎、吉井勇、竹久夢二氏等二十三人、談話室で歌を作り、レヱンボー食堂で食卓を開いて岡田道一、永田龍雄氏等の思ひ出話があつた。十時散會（寫眞は當夜の婦人會員、右から井上まつ子、秀しげ子、東島百合子、神尾光子、秋元まつ子、澤井せつ子）

庭中に甘酢き香たゞよはせうれつくしたるつぶら梅の實

（七月例會　夏の歌　大15・7・13、第7面）

熟ばみし頰をよせたりすべらけくつめたき林檎うれのたのしく

（九月例會『果』『物』大15・9・25、第7面）

歌聲の洩るるをきゝつおくれきてしばしを我のはいりかねたり

（阿部龍夫君送別會席上詠　大15・11・15、第3面）

子等に和してしづやかにとる歌留多にもひそみて居たり春のよろこび

（春草會詠草（下）一月例會『和む心』昭2・1・26、第3面）

校庭の晝しづかなり雪だるまおどけし顔に立ち並ぶかな

（二月例會『雪』昭2・2・21、第3面）

飛ぶものを教へてみれど中々に歌にはならず雛の宵かな

（三月例會『飛ぶ』昭2・3・15、第3面）

流行のパラソルなれば何となく買ひかねてしばしながめて居たり　（五月例會『パラソル』昭2・5・24、第3面）

はひ出でて又這ひ入りぬ垣の中大き蟇かなただのつそりと　（十一月例會『垣』昭2・11・17、第3面）

7 そのほか

「桐の雨」

風薫る皐月の庭にしみ〴〵と戀のなげきを聞きにけるかも
苫舟の炊飯の煙ゆるやかに青葉の岸に吸はれゆくかも
梨の花仄かにゆれて葛飾の野の面しづかに夕づきにける
仄かにも夕づく頃を桐の花たわ〳〵として紫匂ふ
一山の青葉の中を一人《ひとり》ゆくすがしき心もちて吾が生く
水さびし小田の若葦丈のびて降りつぐ雨にそよぎ止まずも
或る朝の君が文などしみ〴〵と旅のめざめにおもひぬるかも
落葉松（ルビ：からまつ）のしげみにひくゝ流れよる淺間の煙今朝《けさ》ゆたかなる
おそ夏は鬱蒼として病み臥る我に迫りて惱ましきかな
たまきはる生きの命のしみ〴〵と病つのりて尊まれぬる
踊りの輪くづれて後の潮騒をいよゝわびしく聞きにけるかも
現なくいづちもわかず時しらずたゞひたすらに逢ひにけるかも

山峡眞晝しみじみ《ママ》時雨してほの〴〵青葉かをるなりけり
枝蛙木梢ひそにか鳴きいづる夕ほのかに桐の雨降る

（「太陽」附録（創作）二十六巻十《ママ》号、大9・9）

離り居て切におもへばありし日の一言すらもおもひかかる、
さやさやと秋風わたる山の湯に人を遠しとなけきけるかも
いつしかに人影たへて身をめぐる河原蓬に露しげしげし

（正富汪洋執筆担当「明治大正婦人詩歌小史」348頁『現代婦人詩歌選集』婦女界社　大10・5）

＊「秀しげ子夫人、明治二十三年八月神田錦町に生れた女子大學出出身」と付記されている。また、別の箇所、茅野雅子の紹介部内に（308頁）に「夫人は、近年『春草會』という歌の會合を催して居る。」「春草會には、アラヽギ派の人もあれば、覇王樹の人もある、別記、高野、秀夫人其他も會員である」として、秀しげ子の所属が付記されている。大正十年のこの時期、秀しげ子の歌は「潮音」にも毎月のように掲載されている。

竹叢《たけむら》の葉《は》うれのゆれに陽《ひ》はゆらぎあかあか椿色立《つばきいろた》ちにけり

（「現代女流百人一首」302頁『婦人公論』第十二年一号、昭2・1）

「穂すすき」

梅が香に誘はれてゆく川べりや目立たぬほどに春の風ふく（詠草掲出）
多摩の水岸にぬるめば春の風さゞ波立てゝ渡るさまなり
月ながら葦の枯葉にかゝる雨年始の客も今日は絶えたり（詠草掲出）

子等に和し静やかにとる歌留多にもひそみていたり春のよろこび（詠草掲出）
陽の光り土手にかげりてほ《ママ》つかりと白玉椿うきいでけり
日だまりに尚開きえぬ濱菊のつぼみのありて晝しづかなる（詠草掲出）
春の陽をゆたかにあびて嫁菜つむ子等の脊中の丸きふくらみ
庭ぬちに甘酢き香りたゞよはせうれつくしたりつぶら實の梅（詠草掲出）
竹むらの葉うらにゆれに陽はゆらぎあか〳〵椿色立ちにけり（詠草掲出）
風渡る麥生の色のだんだめきついと上りてなく雲雀かな
雨後の庭色を深めてすつきりと百合の青莖のびそろひたり（詠草掲出）
七夕の今宵をかけて君を待つとぼその竹のなよやけきかな
切りぎしの青葉をうつす海の面一しほ波のさやぎよる見ゆ
日盛りや麥の穗うれの香にしれて群れ來て遂に動かぬとんぼ
細々とかげを落してろうそくの光りゆらめく一人居の室
面賣りの翁の眉の何かなしくもれる程に時雨そめけり（詠草掲出）
虫干や人の嬉しき話などふと聞こえ來る風の吹きやう
露じめり燈籠の灯の一きわに葉越しにゆれて秋づくしるし

（『ざつさう』31～40頁、大學書房　昭2・3）

＊「編集後記」の第一項に、「本歌集は昭和二年一月迄の春草會詠草より集められしものなり」とあるが、第三項に「第六十二回（大12・2）以前の詠草は震災に焼失《ママ》ために加ふるを得ず」と付記されているので、同書刊に収められているしげ子の歌は、大正十三年以後のものである。

春の陽をゆたかにあひて嫁菜つむ子等のせ中のまろきふくらみ　繁子

（「現代女流三十六佳選《ママ》」頁数記載無、「婦人倶楽部」昭3・3）

＊「写真と手筆短冊の掲載。前章「Ⅱ」で供出。

「秋をうたふ」

さやさやと秋風わたる山の湯に人を戀しとなげきけるかも

（第二付録「婦女界ノート——秋をうたふ」「婦女界」16頁、婦女界社　昭6・10）

「祝言」

功績《いさを》なり名をあげたまひ悠然と君還暦を迎へたまへり
御齢《おんよはひ》われは思はず栄光はいよよまさけき君にこそあれ
冴えわたる月の光の中にしてかゞやくばかりおほらけき君
歓びの祝言述べん美しき花の数々束ね送らん

（「乱歩萬華鏡——祝言」73頁「別冊宝石　江戸川乱歩還暦記念号」岩屋書店　昭29・11）

「歌留多會の後に」　秀輌音

安成二郎様、先夜は失禮いたしました。さすが強情の私もあなたには何となく負けて上げたいような氣持がいたしましたので、口でこそあんなに否定はして居りましたが、何か書けたらソーッと御送りしようかしらなどと考へ乍ら歸りました。けれどもそれはやつぱり駄目でした。あの日以後も相變らず引續いての御客來でちつとも落ちつけませんでした。御約束の日も過ぎてしまひましたので今更御役に立たうともおもはれませんから又何かでその埋合せをさせて頂く事といたしましてたゞ一言御詫びの代りまでに――。

あの日御使を頂きました時も御言傳して申しました通り朝から御客様でした。もし伺へたらと申上げましたので御客様の御立ちばかりを氣にしてゐました。けれども五時になつても六時が打つてもとんとそんな御様子も見えませんのでもう好い加減にあきらめて居りましたところが、七時になつて不意に御歸りになりました。それからではあんまりおそすぎやしないかとはおもひましたけれど、もし間に合へば家に居るよりましだといふやうな氣がしまして支度もそこそこに出かけました。突拍子もない時分に御伺ひいたしました罰とはいひ乍ら、期せずして皆様の視線が一様に私に注がれました時、私はお恥かしさにをの、いてしまひました。高なる胸をじいつと抱いておくにさん（山田邦子――筆者注）の影にかくれておりますと、いきなり私の前へ大きな唐紙がのべられました。それは何でも寄書をとの御諚なのでした。何にも女だつて私一人ぢやあるまいし、さつきから見えていらつしやる方々からでも廻して下さる事が、まだ席もきまるかきまらないでおどおどしてゐる私へ無理やりにやい〳〵との御言葉何をどうして書いたのやら全く夢中で御座いました。安成様！その時はたしかあなたも横から見て御出でになつたようで御座いましたのね。止めて下さらうともなさらずにやがて次第に目にはい《ママ》て來る皆様のおちつき拂つた御様子がどんなに御羨しかつた事で御座いましたらう。

それから暫くして又歌留多が始まりましたんでしたね。それは私が曾て手にした事もない標準歌留多でしたので、馴れもしいものをして御歴々の方々の前で仕損じでもあつてはとさし控へました。又一方ではじまりましたお遊びも不得手でしたのでとうく雜談のお仲間入を願つてしまいました。皆様御話達者な方々の御集りの事とてどんなにか面白い事出したらう。かるたにも疲れお遊びにもあきた方がいつとはなしに此方へよつていらして雜談はとうく會の中堅になつてしまつたのでしたね。その中にもあの美人採点表では大分お話がはづんだようでした。そのせいかおもはずも時が經つてしまひました。あんまりおそくなつてもと言つて立ち上がつたのが十一時頃でしたらう?、消え殘りの雪も吹き渡つて來るつめたい風も上氣した頬には又なく嬉しいもので御座いました。

（「『女の世界』かるた會の記」「女の世界」三巻二号、大6・2）

「此の夏は」

一、子供の學校がお休みになり次第信州方面へ参る筈にいたしてをります
二、七月廿一日から卅日迄井の頭藝術教育夏期學校へ遣はします
三、平常の讀書の延長としてチエホフ短篇集、漱石全集（部分的に）今昔物語、宇治拾遺等

＊「掲載順に、秀しげ子、飛田廣子、川路せい子、立松房十、四名へのインタビュー記事「此の夏は」一、どうしてお暮らしになりますか、二、今年特にお子さん達のために計畫なさつたこと、三、お選びになる讀み物

（「讀賣新聞」大13・7・22、第7面）

「日光にて」

昨日は中禪寺まで上りましたといふと大變な元気さうですが、皆な自動車と車と乗物の厄介になるのですからあんまりえばれた話では御座いません、これから信州へ行って暫くあそんでまゐります（十三日）。

（「讀賣新聞」大13・8・17、第6面「よみうり日曜附録」）

終わりに

以上は、あくまでも現在まで管見に入ったかぎりでの秀しげ子の〈全〉著作である。筆者の疎懶から、芥川没後のしげ子の作歌についても調査は及んでいない。その意味では「全著作」と言うにはほど遠いが[13]、これまでほとんど黙殺されてきた秀しげ子の著作の大半は紹介し得たように思う。したがって、実際の〈足跡〉や〈生の声〉に接することもなく、従来の一方的な〈噂〉に依拠しただけの「秀しげ子」のイメージを、多少は訂し得たように思う。幾重にも塗り重ねられた〈噂〉に惑わされるのではなく、その〈生の声〉にまず耳を傾け、対象と直に向き合うこと――そこにしか我々の夢想する人間の〈実像〉はないように思われる。

注

（1）この七首については、すでに確認済みであったが初出稿段階では「青鞜」全冊を未見だったため発表を控えていたところ、岩田ななつ氏より御教示を得た。

（2）森本修氏の『芥川龍之介伝記論考』（236頁、明治書院、昭39・12）によると、「霧の流」の初出が〔三巻四号、大6・4〕と記されている。だが、「霧の流」は〔三巻十一号、大6・11〕に掲載されている。

（3）1―出典の表記は、四巻六號（大7・7）となっているが、四巻七號の誤植であろう。また、この「潮音社三週年記念短歌會」大正七年六月二十三日午前十時より於小石川區清水谷至道庵／「潮音」四巻七號（大7・7）に、「女流には秀鞆音子氏世良田優子氏岸田しづ子氏渡邊ゑい子氏四賀光子氏天野龍子氏佐藤菊子氏岸田光子氏の諸氏にして總計二十三名なり」とある。

（4）出典の表記は、五巻六號（大8・7）となっているが、五巻七號の誤植であろう。

（5）「潮音」五巻七號（大8・7）26頁に「記念短歌會開催」の知らせとして、以下のようにある。
「來七月十三日（日曜日）午前十時より府下田端二八三番地潮音社の新居に於て本社創立滿四周年記念短歌會相開き申すべく候まゝ萬障御繰り合せ御來會相成度候。兼題「夏草」一首づつ。會費は四拾銭に御座候。大正八年六月二十八日　潮音社〉また、「潮音」第五巻八號（大8年8月）91頁には、〈七月十三日午前十時より田端の潮音社新居に開く。會するもの（中略）秀しげ子、（中略）の二十三名。兼題「夏草」一首を披講し、後題競詠を為して散會せり。」とある。

（6）唐木田李村「品評録（10）」〔四月號八詠より〕78頁
〔出典〕は「潮音」六巻五號（大9・5）
〔備考〕「春の雪」から、内「故もなきものかなしみに幾日かも囚はれてあり甲斐なき身かも」一首に対する批評
〔本文〕女性固有の歌ひ振りで頗る感傷的でいけない。對者をチャームするやうな内的觀照が足りない。今少し表現を微細にして貰い度い。

（7）橘友孝「品評録（14）」〔六月號特選及び八詠〕76頁
〔出典〕「潮音」六巻八號（大9・8）
〔備考〕「眞間の堀割」から、内「赤々と夕陽うつれりこゝに見る眞間の堀割の水の底ひに」一首に対する批評
〔本文〕技巧のみに於ては得難い境である。澄み切つた氣分が透明に現はれてゐる。堀割の水に寫つた日と作者との情が一つになつて來る私の敬意を表せるのは此點である。

（8）目次では、題字「籠居」と表記。

（9）出典の表記は、七巻六號（大10・7）となっているが、七巻七號の誤植であろう。

（10）福原廣「感想と雑録」（60〜61頁）
〔出典〕「潮音」「潮音選集」七巻十二號（大10・12）
〔備考〕の「那須野」から、内「うらぶれの心かなしも逢ひがたきむなしさをなほたのみけるかも」一首に対する感想
〔本文〕潮音の社友の人々で私の印象の深い人々が十數人ある中の安達不死鳥・秀しげ子、松澤いそえ、中村霞水・野

村嶋淑・福井忠雄などいふ人々が妙に私の頭を占領してゐます。

(11)「潮音」第七巻十二號(大10・12)114頁に、潮音社の催しとして、以下のようにある。

「十日會十月例會は十日午後六時より田端潮音社に開かる。會するもの福井忠雄、志摩清司、中村實雄、小平きよ子、高橋隆平、四賀光子、三隅正行、酒匂親幸、奥田富雄、林道夫、芥川かね子、伊藤信良、山本もゝよ、秀しげ子、太田水穂、伊藤豊、藤井祐三、萩原敏治、山下秀之助の十九名、十月號の歌に就ての感想を交換したるうち、實感に就ての二三の問答は注意すべきものであつた。(中略)その例は西行や、實朝や、芭蕉であると、こんな話も出た。散會したのは十一時であつた。」

(12)「潮音」九巻二号(大12・2)115頁に以下のようにある。

「新年歌會は去る一月十四日、田端潮音社に開かれました。集まるもの二十六人。雑詠ならびに競詠に就て、太田の批評があって夜になり、さらに餘興が終つて、散會したのは十時でした。」

(13) 紅野敏郎「逍遥・文学誌(69)」(「國文學」平9・3)に雑誌「明眸」(大9・12〜)の紹介があり、その第一輯に秀しげ子の「草紅葉」七首があるとし、しげ子が「常連」(第六輯)ともあるので、他にも彼女の歌が掲載されている可能性も高い。ただし、同誌は紅野氏没後、日本文学近代文学館に寄贈されたが、現時点では未公開のため確認できていない。これは一例だが、こうした形で探索が及ばず、もらしているものも少なくない。

文学作品に描かれた〈秀しげ子〉像

はじめに

「秀しげ子のためにⅠ」ならびに「秀しげ子のためにⅡ」では、秀しげ子が公の場に姿を現し始めた頃から芥川の没年時あたりまでを中心として、彼女の生活ならびに歌人としての足跡をたどってきた。その際、芥川との関係を念頭に置きつつも、なるべく彼女自身を一個の独立した女性としての活動をながめてきたつもりである。

つまり、「Ⅰ」「Ⅱ」では、秀しげ子を中軸に据え、しげ子の側からさまざまな考察や推測を試みてきたわけである。その一方で、彼女が現在まで、どのように他者の眼に映じてきたのか、その点に関する具体的な形は示していない。そこで、本章では、芥川と同時代に生き、二人の関係を描写したと思われる第三者の作品を主として取り上げ、これまで描かれてきたしげ子像を収集・整理し、できれば実像との落差についても言及してみたいと思う。なお、これら作品の典拠に関しては、研究文献（特に前出「Ⅰ」A・C）に拠るところが大きい。ただし、先行文献の多くの引用は、断片的で、余談の色濃い描写には一方的な偏りがあると思われる。ここでは、そうした偏りを避けるために、できるだけ二人の関係を具体的に再現させ、全体像を確認してみる。以下、周知の材料が多いが、改めて芥川としげ子に関連すると思われる作品を見直してみる。

断片的な描写も含めて彼女のことに触れている作品は、実に多い。また、当時、芥川がしげ子に寄せた心境を写すものとして、「我鬼窟日録（別稿）」があるが、場面に応じてこれも参照することを断っておく。

1 「十日会」の光景

まず、彼らが始めて出逢った「十日会」について当時の状況ならびに、その光景を描いた作品を取り上げてみる。

大正八（一九一九）年六月十日、岩野泡鳴が主催する「十日会」例会の席上で、しげ子（当時29歳）と龍之介（当時27歳）が出逢っていたという事実は、先にも触れてきた通りである。「文壇風聞記　芥川氏の社交振り」（前出「Ⅱ」）は、「XYZ」のペンネームで筆録され、その他の一連の記事からみても、文壇に関する周辺の出来事を興味本位に描くゴシップ記事に類するものではある。だが、当日の二人の様子がリアルに伝えられてもいる。「如才のない芥川氏はしげ子女史に向つて愛嬌たつぷりの語調で、親しげに話しかけていた」らしく、その「翌日芥川氏からしげ子女史の許へ手紙と書籍とが送り届けられ、（中略）書籍は氏の創作集で、手紙には昨夜は愉快でした、貴女が私の最も好きな或る女性に似てゐられたので」と書かれた手紙をしげ子は受け取ったらしい。

確かに、受け取った本人が口にしなければ、芥川から手紙が送られたことなど分からなかった一件かもしれない。「龍之介の手紙の一件をたちまち口にするはしたなさ」と関口氏も述べる（前出「I」F・114頁）ほど、彼女はそうした〈軽率さ〉を持ち合わせていたのかもしれない。

もちろん、匿名記事である以上、ゴシップ記事のネタとして、どのような経緯で取り上げられたのかをうかがい知ることはできない。しかし、当該記事には、しげ子から直接聞かされた談話とは、どこにも記されておらず、全くの伝聞形式で書かれている。また、当該記事以外の「文壇風聞記」でも、芥川に関する話題は常に伝えられており、「十日会」で親しく話す二人のことを見て、別の機会に誰かがしげ子に尋ねたということも考えられないだろうか。かりに、彼女の言動が事実として、芥川から書簡や創作集が送り届けられ、そのことを、誰か（記者）に話し、結果としてゴシップ記事扱いにされたにしても、出逢った当初の彼女の心境としては、有名作家と知り合えた喜びとささやかな虚栄心を少々洩らしたまでのことで、稚気に満ちた可愛さともとれる。この時期、彼女の歌を見れば、芥川との出会いに淡い恋心を募らせた彼女自身の歓喜を素直に詠っている作が多く、当初から三ヶ月後に訪れる二人の蜜月を計算づくで想定した行動ではないだろうと思われる。

ところで、この二人を引き合わせる紹介者となったのは、広津和郎であった。その時の経緯が、広津和郎の短篇小説「彼女」（「小説新潮」昭25・5）に描かれている。ちなみに、当該作品は二部構成から成り、登場人物は、芥川龍之介が有川辰之助、秀しげ子が「一」では藤野ケイ子とされ、「二」で藤崎ケイ子となっており、岩野泡鳴が石野抱映、広津和郎自身は尾形三吉として現れる。また、毎月十日に催された「十日会」のことを、「毎月二十日の夕方から（中略）集つて談笑」する「二十日會」と記し、会場を「神田の或るビルディングの上にあつた洋食屋」としている。この「洋食屋」は、当時の文壇が会合などで常に利用し、また「十日会」も例会の会場として頻繁に使用した、神田萬世橋際の西洋料理店「ミカド」のことであろう。

この大正八年六月の「二十日會（十日会）」に、「新進作家の有川が、この會には三吉に遅れて入つて來たが、始めて出席した」とあり、そのことは、岩野泡鳴自身が「六月十日。（中略）十日會へ行く、菊池（寛）、芥川（龍）、三島（三嶋章道）の三氏が初めて出席」と「巣鴨日記」に書き留めていることからも確かめられる。[1]この席上に、遅れてきた芥川（有川）が「直ぐ藤野ケイ子に目をつけて、三吉の肩を叩き、『おい、俺を紹介してくれよ』と云つた」らしく、「三吉は有川を彼女の前につれて行き、『有川辰之助です。藤野ケイ子さん』と云つて二人を紹介した」。そして有川が「いんぎんに頭を下げた時、油氣のない長い髪の毛が前にパサリと垂れたのを、今度は頭をのけぞるやうに起しながら手で掻き上げてゐるその恰好が、何か自信ありげで颯爽としてゐた」らしい。その時、「ケイ子は敏活な目を輝かし、この氣の利いた新進作家の顔を振り仰いで、『あら、有川さん……一度お目にかかりたいと思つて居りました』と例の鼻にかかつた抑揚のある聲で云」い会話を交わしたらしい。帰宅後、芥川は「我鬼窟日録（別稿）」に、「それから十日会へ行く。会するもの岩野泡鳴、大野隆徳、岡落葉、右田調、大須賀乙字、菊地寛、滝井折柴等。他に岩野夫人等の女性四五人あり。遅れ馳せに、有島生馬、三島章道を伴い来る」と記し、この「女性四五人」と書かれた一人がしげ子であることに間違いはない。

次に、二人が出逢うのは、三ヶ月後の大正八年九月の十日会である。「讀賣新聞」の「よみうり文藝（よみうり抄）」に告知される例年の記事から推して、十日会会員らの避暑や帰省といった事情から、夏場の間は、十日会を開かない慣わしであった可能性が高い。

この時の二人の光景を、同じく十日会の会員であった岡本かの子が、「鶴は病みき」（「文學界」昭11・6）に描いている。ここでは、「十日會」のことを単に「文学者の会」とし、萬世橋際のミカドのことも「某洋食店楼上」と簡単に記し、また、芥川龍之介のことは麻川氏、しげ子のことはX夫人と伏せ字にし、かの子自身を葉子として登場させている。

かの子は、この日の十日会の様子を、たいへん注意深く観察をしており、おもに芥川がしげ子に取る態度を中心に描写している。

「或夜」、「文学者の会」で「麻川氏もその一端に居」た。「きびきびした才人めいた風采が聡明さうに秀でた額にかかる黒髪」の「麻川氏を見て葉子はこころにすがすがしく思ひ乍ら、ふと麻川氏の傍に嬌然として居るX夫人を見出した」。その「麻川氏がX夫人に対する態度」には、何か「お客が芸者に対するやうな態度」に映り、もちろん、「葉子はそこで倫理的に一人の妻帯男が一人のマダムに対する不真面目な態度を批評して不愉快になつたのでは無」く、ただ、「麻川氏の佳麗な文章や優秀な風采、したたるやうな新進の気鋭をもつて美の観賞を誤つて居るやうなもどかしさを葉子は感じた」ためであったらしい。にもかかはらず、「現在のX夫人はまつたく美しい」容貌であったのだが、「葉子の女性の幼稚な英雄崇拝観念が、自分の肯んじ切れない対象に自分の尊敬する藝術家が、その審美眼を誤つて居る、といふもどかしさで不愉快になつた」と描いている。

ちなみに、芥川としげ子が初めて出逢った十日会に、かの子自身は欠席していたようだ。前回の十日会の芥川の様子と、今回出席している芥川の動機について、かの子は、知人や、先に記した「文壇風聞記」など周囲の反応から知り得た形で、以下のように記している。

「麻川氏が変貌以後のX夫人に、葉子より先に葉子の欠席した前回のこの会で偶ひ、それが麻川氏とX夫人との初対面であつた為めか、ひどくこの夫人の美貌を激賞したといふことが、文壇の或る方面で喧しく、今日も麻川氏はこの夫人を観る為めに、この会へ来たとさへ、葉子の耳のあたりの誰彼が囁き合つて居る」といった九月の十日会であったらしい。

この大正八年九月十日の会合から帰宅した夜、芥川は「我鬼窟日録（別稿）」に、「夕方から十日会へ行く。夜眠られず。起きてクロオチエかエステテイクを読む」と書き留めている。

2 逢瀬の歌と速達の恋

引き続き、同月十二日には、「愁人亦この肉声を聞くべしなどと思ふ」と記し、想いを募らせている。十五日には、「後（九月十日以後――筆者注）始めて愁人と会す。夜に入って帰る。心緒乱れて止まず。自ら悲喜を知らざるなり」とあり、「愁人」と呼ぶしげ子と二人だけで出逢っていたことがうかがわれる。また、十七日には、「不忍池の夜色愁人を憶はしむる事切なり」と「愁人（しげ子）」のことを切なく想う芥川の様子がうかがわれる。二十二日、「臥榻に横はって頻に愁人を憶ふ」心境であったらしく、二十五日、「愁人と再会す。夜帰。失ふ所ある如き心地なり。ここにして心重しも硯屏の青磁の花に見入りたるかも　数年来始めて歌興あり。自ら驚く」ほど、二十五日の二度めの逢瀬以来、芥川は「数年来始めて歌興」を起こすに至るまで、「愁人」に想いを寄せていることがうかがえる。二十九日には、「愁人今如何」と想いを綴り、たび重ねて「頻に愁人」へ慕情を募らせている。

従来、この二十五日の日録から、つまり、芥川の「失ふ所ある如き心地なり。ここにして心重しも」という一部分を指し、この大正八年の頃から、すでに秀しげ子の存在が彼にとって重荷となり始めていたとする見解もある。後に触れるが結論からいえば、大正九年に至るも芥川は、秀しげ子に悪い感情は抱いていない可能性が高い。まして大正八年当時の芥川にとって、しげ子の存在は重荷どころか彼の方が積極的に慕情を募らせる対象だったと思われる。「失ふ所」があり「ここにして心重」い芥川の心境は、実際に人妻と関係を持ったがゆえの夫としての〈貞操〉観を喪失した自身の堕落をさしているのではないだろうか。かの子のコトバを借りれば「倫理的に一人の妻帯男が」自分の妻を裏切ったということである。もちろん、芥川は、秀しげ子と出逢う前にも遊蕩と無縁だったわけではない。しかし、それはあくまでも玄人相手の遊興だったわけで、そうした行為は彼自身の倫理観を壊すものでなかったのだろう。そして、新たに生じた秀しげ子との関係は、そもそも相手が人妻であり、また、たとえ、一時期の想いにしろ真剣な交渉であったために、しげ子という存在が、自身の夫としての〈貞操〉観念を深く喪失させたと感じ、〈忸怩〉たる心境を抱かされたことを芥川は「失ふ所」と表現したのではないだろうか。

『潮音』（各号）の規約項目に、「投稿締切りは毎月厳に十日とす以後到着の者は次號に編入す」とある。この年、しげ子は五月から十二月まで毎号、原稿を寄せていることから、どの月に掲載された歌も「次號に編入」されたものではないだろう。芥川との二度目の逢瀬が九月二十五日なので、この心境が詠まれているとするならば、入稿状況から推して、九月からみれば次々号にあたる『潮音』十一月号に、この二度目の密会の心境が詠まれていると考えられる。そこで、当該号の歌をみると、如実にその関係をうかがわせるものとして、

遠くより小夜の小床にきこえ來る嵐の後の人の呼ぶこゑ
いつしかも肌につめたき風ふけば心やうやく我が物となる

の二首がみられる。

これに関連して、「秀しげ子のためにⅠ」にも記した芥川としげ子とが交わした書簡について、もう少し触れてみたい。芥川が佐佐木茂索の来信を装った封書によって、しげ子と書簡のやりとりをしていた事実はすでに触れた。そして、大正八年の十月から十一月の二ヶ月間に、しげ子の方から少なくとも四回、芥川のもとへ手紙を送付していたようで、そのことは、芥川から佐佐木に宛てた書簡にうかがえる。

「Ⅱ」で述べていない点も含め、この頃の佐佐木茂索に宛てた芥川の書簡を中心に、芥川がしげ子に寄せていた心境に触れてみる。

佐佐木からの来信を装った秀しげ子の手紙が届くために、「返事をするのは見合わせてくれ」と願い出た、大正八年十月二十一日付けの茂索宛の書簡に戻ってみよう。そこには「少しのろけてもゐたやうな気がするそれを君以外の人間に見られるのは恐れるな」といささか照れながらもニヤけてみせ、同時に周囲の顔色をも気にする芥川のコトバがある。「我鬼窟日録（別稿）」に見られる「愁人（しげ子）」へと向かう思慕や、佐佐木に対して「少しのろけて」いる芥川自身のコトバなどから、芥川はしげ子に対してかなり慕情を募らせ、夢中になっていたと考えられるだろう。

右のような経緯や、しげ子との仲を「のろけ」られた事実も含めて、佐佐木茂索は、しげ子と芥川の両人をともに知り、また彼らの蜜月期にも関わっていた重要な人物である。現在のところ、しげ子と芥川の関係に直接（あるいは間接）的に触れている茂索の証言や回想は管見に入っていない。もっとも、こうした口の堅さこそが、芥川の危うい綱渡りの片棒を担ぐ相手に選ばれた理由かもしれない。

ちなみに、互いの関係を嬉しく感じていたのは、なにも手紙の一件を話した（とされる）しげ子だけではない。芥川自身、「のろけ」も含め、しげ子のことを茂索に語りながらも、佐佐木以外の人に「見られるのは恐れるな」と、口外を暗に戒めるような含みのある表現をしながら、一方では芥川自身が江口渙に向かって以下のように「のろけて」もいる。

たとえば、あるとき、芥川はこんなことをいった。

ゆうべも、ある人と自動車にのって歩いていたんだがね。ぼくは必要上、彌生町の坂の上でおりたんだ。が、どうしてもすぐにそのまま歩き出す気になれなくって、その自動車が谷中の坂をまっすぐにのぼりきるまで立って見ていたよ。最後に赤い尾燈がすうっと闇の中に消えたときには、何ともいえない気持ちだった。

そういって思い出し笑いとでもいうような、思わせぶりな笑いを、自然と顔からわき上がらせたことがあった（『わが文學半生記』190頁）。

江口は、芥川としげ子のあいだに「どんな事態がはこばれたか（中略）ふたりともかたく口をふさいでいたから、何事も具体的にはしることができなかった」と付記している。「折にふれ時に応じて外がわからそれと推察するだけ」であったようだが、それでも、芥川の口をついて出るコトバには、しげ子との関係をつい洩らさずにおれないような歓びが感じられるのではなかろうか。江口に、「思わせぶりな笑いを、自然と顔からわき上がらせ」た芥川といい、佐佐木に面と向かって「のろける」芥川といい、ここには、しげ子の側が一方的にまとわりついたのではない一面が如実にあらわれている。

芥川と秀しげ子との手紙のやりとりに深く関わった佐佐木茂索に対して、この時期から約四ヶ月後、芥川はしげ子との仲を口外しないよう何度か願い出ている。たとえば、大正九年、芥川は佐佐木に書簡（三月十三日付）を送り、世間に「禁公表艶麗無比可秘々々」と口止めをしている。おそらく、しげ子と自分（芥川）との「艶麗」がすでに文壇内で噂となっており、そのことを気にする芥川がやや露悪的に協力を頼んだのであろう。こうした芥川の言動は、事実を最もよく知る佐佐木に向かって「可秘々々」と頼み、実状を知る佐佐木茂索という確かな情報源さえ押さえて、ほかは次第に霧散するものと考えていたのかもしてない。あるいは、あえて佐佐木に釘を刺すことで噂の出所を確かめようともしていたのだろうか。

同じく、佐佐木茂索宛の書簡（三月二十二日）に、「恐るべき屁か独り行く春夜這い」「速達の恋一蘇活春風裡」という恋の歌二句を書き付け、その句に注を施す形で、「前句は滑稽中痴情の本然を描き後句は艶艶裡又状袋を書いて貰はんとす、非凡手、自棒腹久之」と送付している。芥川自身「滑稽中痴情の本然を描き」と、やや自虐的な申し開きをしつつも、「又状袋を書いて貰」いたいと依頼している。それでも、茂索が、すぐに封筒を書いて送付してくれるのかどうか不安なのか、あるいは、また、願い足りないのか、同書中に追伸の形で、再び「二伸　ほんたうに状袋を三四枚書いて送つてくれたまへ、たのむ。たのむ。」と念を押し、ひどく焦っているようにも受け取れる内容をしたためている。この書中から、芥川が「艶麗」の渦中におり「速達の恋」に「春夜這い」するほど、夢中になっている状態も感じられる。

この「速達の恋」の句も、もしかすると、実際にしげ子と芥川の往復書簡が、速達でやりとりされていたのではないだろうか。少なくとも、しげ子の手紙が頻繁に芥川の元へ送られた事情からすれば（前出「Ⅱ」）、二人の連絡が時間を急ぐ内容であった可能性も高く、しげ子の送る芥川宛の書簡は、速達の形式で投函されていたのかもしれない。広津和郎によれば、「当時（大正八年頃——筆者注）は速達は近い所だと、一、二時間で届いた」らしい(2)。あるいは、「速達の恋」という句が比喩的な意味として、彼らの出会いから「春夜這い」という、ただならぬ関係に至るまでの〈速さ〉を織り込んでいる句とも考えられる。

3　艶聞の波紋と三十会

村松梢風の「芥川龍之介」(『近代作家傳(上巻)』創元社、昭26・6)には、とある海岸の宿で芥川としげ子が同宿したことが描かれ、そこで、しげ子が芥川の子供を宿したとされる。秀しげ子の名はHと伏せてあるが、「Hは既に人妻であつて、閨秀歌人という程のことではないが、太田水穂について歌をよんでゐた」とあり、本文中の「彼」は、芥川のことである。

彼は或る時此の女を誘ひ合つて、東京から離れた海岸地の宿屋へ行つて泊つた。然るに此の一回の情事によつて彼女は彼の子を産んだと言つた。それは男の子であつた。Hとの交渉は其の一回だけで終つたとは限らないが、彼は途中からや、女を持て餘してゐた。(63頁)

また、村松梢風は、この同じ海岸地の光景を、「芥川と女」(『芥川と菊池』文藝春秋社、昭31・5)にも描いている。[3]

ある時彼はこの女と誘い合って、湘南の海岸地の宿屋へ行って泊まった彼はこの女からよほど強い魅力を感じていた。然るにこの一回の情事によって、女は彼のたねを宿したと云った。そして男の子を生んだ。その後もHとの交渉は續いていた。(136〜137頁)

この記述について、森本修は、「この情事が行われたのは鵠沼で、大正八年九月のことと思われる」としている。大正八年の秋に、二人が逢瀬を交わしていたことは事実である。しかし、秀しげ子の次男は、大正十年の一月に産まれているので、身籠った時期は、おそらく、大正九年春先であろう。そのため、森本氏の述べる「大正八年九月のこと」が、村松梢風のいう「この一回の情事によって、女は彼のたねを宿した」時期とは異なることになる。「我鬼窟日録（別稿）」の十五日には、「後（九月十日以後—筆者注）始めて愁人と会す」とあり、二十五日に「愁人と再会す」と書き留めることや、芥川の書簡などから推しても、かりに、「大正八年九月」のいづれの日にか、鵠沼海岸で両人が同宿していたにせよ、芥川の行動の空白と思われる日時は九月三十日のみである。大正八年九月のいづれかの日に、身籠ったのかどうかはともかく、森本氏のいうように、なんらかの交渉があったのは確かである。

森啓祐の見解では、しげ子が次男を身籠った時期を「大正九年四月前後」と推定する。また、森氏は、しげ子の次男は芥川の子供ではないという芥川の甥にあたる葛巻義敏の証言を考慮しながらも、「この時期に彼女との間に親密な交渉があったことは事実である」とみている（前出「I」C・184頁）。しげ子の次男が、芥川の子供でないと言い切る小穴隆一・葛巻義敏・小島政二郎らの証言は、確かに存在する。しかし、大正九年春先の芥川としげ子の親密さから推して、少なくともなんらかの交渉があったことまでは否定できない。

再び、芥川は佐佐木茂索に書簡（大正九年四月十三日付）を送る。そこには、しげ子との仲を一般に「禁公表落想警抜可秘々々」と記して、またもや佐々木に「可秘々々」と願い出ている。三月十三日から一ヶ月しか経たない四月十三日に再び「禁公表」という念の入れようは、逆に、それだけ彼女と芥川との仲を世間（この場合は文壇内）が取り沙汰していたことのあかしでもあろう。しげ子自身「あらぬ方にあらぬ噂の立ちそめぬ此の人の世の住みがたきかも」（「潮音」7巻6号、大10・6）と詠んでいるように、その後も艶聞として取り沙汰されていた様子がうかがえよう。（ただし、後述するように南部修太郎の艶聞をさしている可能性もあるが、後考をまちたい。）

芥川が「禁公表」と佐佐木に釘を刺し、「禁（略）警抜」（警戒怠らず）と一人合点しながらも、しげ子との「艶麗」関係は、まわりの文士たちにとって周知の事実であったらしい。そこで、そのほかの作品で描かれている、しげ子と芥川の姿を列挙してみたい。

まず、瀧井孝作(4)は、「以前から芥川対彼女の間柄はとっくに気づいていた」ようだ。瀧井自身がいつ頃から二人の関係に気づき始めたのか、具体的な期日はあきらかにされない。それでも、二人の関係があきらかに、それと知れたのは「大正九年頃」に、「新富座へ菊池寛の芝居か何か総見に出かけた時」であったらしい。その様子が以下のように記されている。文中に描かれる「S夫人」とは、もちろん秀しげ子のことである。

皆が集まった休憩室の窓際に、花形作家の芥川と女流歌人のS夫人と両人が、皆の方に向いて佇んで、その時両人が見交わした視線が、視線の交叉だけで何か語っていたから、私は不図見かけて、男と女とが視線だけで話しができるのは只ではないから、何だそうなのか、とハッキリ分かってしまった。

（「純潔」260頁）

また、芥川を中心に文士たちが毎月第三土曜日に定期的に集まる会として三土会があった。その顔ぶれは、菊池寛・久米正雄・江口渙・佐佐木茂索・小島政二郎・南部修太郎らで、たまに宇野浩二や広津和郎らも参加したらしい。「会には何の目的もなく」、第三土曜日に皆が集まり、「一しよに飯をくい、いわば『たのしき雑談』と散歩の会」であったらしい。また、お互い気心の知れた間柄のため、いっそう「あつまると心がひどくのんびりし、あつまる日が毎月またれた」会合でもあったようだ。この三土会の中に「秀しげ子と大橋房子がいつのまにか」参加するようになり、二人の女性が加わったことで会の雰囲気が、より和やかに楽しいものとなったと江口は述べている。

（前出・江口渙『わが文學半生記』）

従来の見解では、大正六年九月十五日に上野の松韻亭で、第一回の三土会が催されて、第二回が十一月に開かれ、以後、三土会は立ち消えになっていたとされる。この立ち消えになったという言及は、広津和郎の回想を参照していると思われる。[5] 広津によれば、三土会は、「大正六年九月頃」から「二回位集まっただけ」で「立消え」ていたと述べているので、三土会は大正六年十一月には散会していることになる。芥川としげ子の関係は大正八年六月以降に始まるので、（江口渙が述べる）しげ子も加わった人数から推して、第一回の上野の松韻亭で催したような大がかりな会合という形を取らずに、気心の知れた仲間内だけで集まる小規模な会として、その頃まで三土会が続いていた可能性もある。あるいは、しげ子が参加していたという三土会が、江口渙の記憶違いであるかもしれない。

そうした三土会（と仮にしておく）の或晩の帰り道の出来事である。「水道橋」から「本郷赤門前の喫茶店」に向かう折り、「春日町の交差点」のあたりで、菊池寛が煙草を買い求めたので、「みんなで立ってまっていた」。その日の菊池は用事があったらしく、三土会にはモーニング服のまま参加していた。その菊池が「ずんぐりしたからだを前かがみにしながら、短い足をいささかくの字にまげてタバコに火を」点け、それを「遠くから見ていた芥川が突然、みんなに聞こえるような声」で、今度書くつもりでいる「探偵小説の中」へ、「ああいうかっこうをした探偵」として菊池の姿を、描くつもりでいると話し、皆を笑わせたらしい。すると、秀しげ子が「少しはなれたところから『まあ、いやな、芥川さん。また、あんなことをいって』」と言い、芥川を見上げたらしい。以下は、そのあと、江口渙が見た二人の光景である。

首をいささかかしげた匂うような流し眼で、そっと見上げた秀しげ子の視線と、それをうけてじっと見かえした芥川の視線とがぶつかると、一瞬間、そのままむすびついて動かなかった。と、思ううちに秀しげ子の流し眼がもう一ど匂いをこめて燃え立った。たちまち、二人の視線のあいだに慕情の火花がはげしくとんだ。と、私は、とたんに、はっきり見たのである。

（『わが文學半生記』191頁）

4　誘惑と往来

次に、小島政二郎[6]は、芥川の女性関係について触れている箇所で、「ただ、不思議に、一人の事だけは小穴以上に知っている」と記している。この「一人の事だけ」という女性は、秀しげ子のことであり、小島は彼女のことを良く知っていたらしい。しげ子を知る機縁は、小島が慶応義塾で教えていた頃、秀しげ子の弟が学生として小島と親しくしていた縁や、上野の桜木町に秀しげ子の兄の住居があり、小島の家も近所に位置したことから、しげ子の兄弟と小島が馴染みになり、しげ子も小島の自宅へ遊びに来るようになったとしている。また、江口渙によれば、小島政二郎も三土会のメンバーであるので、兄弟とは別の形でも、しげ子と小島は面識があったといえよう。

以下についても、月日はあきらかでないが、根岸にある小島の自宅へ彼女が遊びにきた折りに、「彼女の口から芥川とのことがこぼれ出た」場面である。


「だって、あの人なのよ、私を誘惑したのは――」

「そうかな、最初に誘惑したのはあなたの方でしょう。無言のうちに――」

「まあ、ひどいわ」

「あなたを見てると、芥川さんでなくッても、ちょいとチョッカイが出したくなるもの」

「あら、私の大事な方を、誰でもの中になんか入れないで頂戴」

その日、彼女は芥川に選ばれた嬉しさを、思う存分喋りたくって来たらしかった。私も、芥川のこととなると、何でも彼ンでも聞きたかったので、向こうの喋るまゝにいろんな事に聞き耳を立てた。

「最初どこへ連れ込まれたのさ」

「どこだって、いゝじゃないの」

「よくはありませんよ。それが分からなければ、感じが分からないもの。恋愛にとって、一番大事なことですよ」

「……」

「ホテル?」

「……」

彼女は微かに首を振った。

「分かった。向島でしょう?」

「……」

情を含んだ目が、あるかないかに頷いた。

（中略）

「さすが芥川さんだな。意気なところを知っていらあ」

そんなことから口がほぐれて、私は、芥川の女を口説く口説き方を聞くことが出来た。自分をゲーテにし、彼女をゲーテの何番目かの恋人にして口説いたそうだ。文学に関心を持つ女なら、ポーッとなったに違いない。

（『長編小説　芥川龍之介』219～220頁）

ここで、小島政二郎は、あくまでも「事実を事実として語って貰った」だけで、「大事な先輩（芥川）を傷つける意志なんか毛頭ない」と付記している。

一方で、小島は芥川の方からも、しげ子のことを聞いていたらしい。芥川は、小島に向かって、しげ子の「手前勝手の二三について」こぼしていた。だが、小島にしてみれば、「芥川は私と違ってい、奥さんを貰い当てていたから、□夫人（しげ子―筆者注）の手前勝手の受け取り方」に、小島とは違い「相当開きがあったのだろう」とも記している。また、別の機会に小島は、しげ子本人から「芥川の子供として」、しげ子の次男を見せられたらしい。だが、小島は、すぐさま「冗談じゃない」と感じ、芥川に「似ても似つかぬ子供」で、「芥川に対する冒涜」だと記している。(7)

芥川は前述の通り佐佐木茂索に対してくどいほどに「可秘々々」と念押しをしていたが、二人の挙動を見ていた知己たちは両人の間柄に気づいている。そして、彼らが気付いたことを敏感に察知した芥川は、佐佐木以外の人々にも、黙認してくれるよう願い出ている。

たとえば、新富座で、彼ら二人が視線を絡み合わせる例の一件を目撃した瀧井孝作は、別の機会でも、芥川の自宅を訪ねる秀しげ子の姿を見かけていたようで、芥川に以下のように釘を差されている。

我鬼窟の書斎にもきて、私は両人の秘事には知らん顔したが、餓鬼山人は気づかれたと知っていて、然り気なく私に向いて、君は口止めされるような事柄は決して他人に口外しない口の固い所も君の特長だネ、とさりげなく口止めの釘を挿されたりして、私は苦笑して、私は友だちの秘事は自分からは要もないのに喋舌ることはイヤで、知らん顔で通す方だが、この為サバサバしない風でもあったが……。

（「純潔」260頁）

また、岡栄一郎（「芥川の短冊」46頁「文藝春秋」昭29・3）は、芥川から書面でアリバイの証人を頼まれている。大正八年十一月二十五日、芥川は、どうやら秀しげ子の自宅を訪ねていたようで、そこで夜遅くまで居り、また、彼女から「意氣な紙入れ」まで貰って帰ったらしい。帰宅した芥川は、その「意氣な紙入れ」を岡から貰ったと家族に話しており、そこで、その経緯を翌日の手紙で岡に記し、「だから今度君が來ると僕のうちで誰か禮を云ふかも知れ」ないから、「その節よろしく御含みを乞う」と辻褄を合わせるよう頼んでいる。結局、「『意氣な紙入れ』の禮を芥川の家の人から云はなかつた」ようで、岡自身「依頼の如く偽りの挨拶をする罪をおかさずにすんだと記憶」している。

従来、この「意氣な紙入れ」を芥川に渡した相手が、馴染みの芸者としている説もあるが、根拠は乏しい。芥川文の回想によれば、月日はさだかでないが、秀しげ子が「はじめのうちは、日曜ごとに私の家を訪れて、主人と話をして帰りました。私にも、高価な刺繍の半襟や、その他のものを贈物にしました」とある。(8) しげ子が頻繁に芥川宅を訪れていた時期は、おそらく大正八年もしくは九年頃であって、彼女が「高価」な贈り物をしていたことや、この頃の両人の蜜月ぶりからみても、「意氣な紙入れ」を贈った人物が秀しげ子であった可能性は高いだろう。

なお、この芥川が岡に依頼した書面には、「但しこれは久米などには内證々々」とも頼んでおり、佐佐木茂索に念を押すだけでなく、ごく周辺の文壇人たちへの広まりにも神経を使っていたことがわかる。

5　作品のなかの〈実像〉

次に、従来、語られてきた秀しげ子像のなかで〈実像〉に近いと思われる描写（作品）を、発表された順序に従いながら、簡単なコメントを加えつつ、ひととおりみてみる。

まずは、岡本かの子の「鶴は病みき」（「文學界」昭11・6）に描かれたしげ子像である。登場人物名は先に記した通りである。両人が二度目に逢う大正八年九月の十日会で、かの子が見た秀しげ子の容貌である。引用箇所の冒頭は、しげ子に対する普段のかの子の心境を述懐する場面である。(9)

（ましてX夫人は兼てから文人達の会合等に一種の遊興的気分を撒いて歩く有閑婦人だつた。善良な婦人でむしろ好感を持つては居るがからかはれて惜しい婦人とは思つて居なかつた）。しかし、現在見るところのX夫人は葉子の眼にも全く美しかつた。デリケートな顔立ちのつくりに似合ふ浅い頭髪のウヱーブ、しなやかな肩に質のこまかな縮緬の着物と羽織を調和させ、細く長めに曳いた眉をやや昂げて嬌然として居るX夫人――葉子はX夫人のつい先日迄を知つて居た。黄色い皮膚、薄い下り眉毛、今はもとの眉毛を剃つてあとに墨で美しく曳いた眉毛の下のすこし腫ぼったい瞼のなかにうるみを見せて似合つて居ても、もとの眉毛に対応して居た時はただありきたりの垂れ眼であつた。今こそウヱーブの額髪で隠れてゐるが、ほんたうはこの間まではまるだしの抜け上つたおかみさん額がその下にかくれてゐる筈だ――葉子はその、先日までのX夫人を長年見て来たので、今日同じ夫人が、がらりと変つた化粧法で作り上げた美容を見せられても、重ね絵のやうについ今日までのX夫人の本当の容貌が出て来て、現在のX夫人に見る美感の邪魔をする。と云つて、幾度見返しても現在のX夫人はまつたく美しい。変なもどかしさだ。葉子は麻川氏と一緒に、X夫人の美を讃嘆して居ながら、何かにせものを随喜して居るやうな、自分を麻川氏を、馬鹿にしてやり度いやうな、と云つて馬鹿に出来ないやうな、あいまいな不愉快に妙に心持をはぐらかされた。（「鶴は病みき」343〜344頁）

余談になるが、かの子は、この十日会に来あわせた男性陣のことを、「がさつな、だらしない風をした沢山の文人」たちと記している。これに応酬する形であろうか、右から十四年後の広津の「彼女」には、十日会に参加した女性陣のことを「そこに集まる女たちは歌人や畫家たちが多かつたが、比較的なりふり構わないさうした所謂藝術家の女性達」と記している。まるで、かの子の表現と呼応するような恰好である。

戦前・戦後という時間で隔てれば、広津和郎の短篇小説「彼女」が発表された以降、つまり、昭和二十年代の中盤以降、しげ子と芥川とのことを題材にした作品が矢継ぎ早に発表されている。こうした現象は、おもに大正期を中心に活躍した文人たちが、広津の「彼女」にも誘発される形で自分たちの人生を振り返り、さまざまな形で心象風景に刻まれる当時の面影を残したい動機から生まれたものとも考えられる。

広津は、十日会で度々しげ子と顔を合わせていたようだ。ちなみに、しげ子は、広津が十日会に参加するよりも早く、発足初期にちかいころから十日会に参加していたことに間違いはない[10]。以下に、広津の「彼女」に現れる秀しげ子の印象を掲げる。

> ケイ子は兎に角灰汁抜けしてゐる點で一人目立つた。小柄な彼女は派手好みでなく、寧ろ地味づくりであつたが、會に來る度毎に着物から帯から半襟の色氣など、目立たない中に調和を考へてゐるやうなところが、他の女達の無造作な服装に較べて灰汁抜けてゐるのである。（中略）いかにも若奥様らしい恰好で會に出て來るかと思うと、銀杏返しになど結つて下町の娘さんと云つた恰好で來る事もあつた。
>
> （「彼女」10〜11頁）

一方で、広津和郎は、男たちも含め、この「年代の藝術女性達の多くはなりふりを構ふ程の餘裕のある生活は出なかつた」とも述べ、「東京の中流家庭の細君連中の身だしなみ程度以上の贅澤なりをしているわけでもない」しげ子が、この「連中の中では目立つて見えた」と断っている。続いて、しげ子の容貌について触れている。

目鼻立ちは當り前であり、飛び抜けて美人とは云へない、云はば十人並の器量ではあつたが、小作りの身體つきは年よりは若く見え、小じんまりした顔の中に怜悧な眼がよく動き、ちよいと上唇の出た口つきが一種魅惑的であつた（10頁）。（中略）その小柄の身體つきと怜悧さうなその眼とちよいと飛び出た上唇との全體が、ほのかなコケティッシュな雰囲氣をその身體に漂はしてゐた（11頁）。（中略）男の欲望をひくやうな思わせぶりな事を云つて、その反應を自分の魅力のめやすのやうに心得て、そんな處に喜びを感じてゐるらしい彼女の自足した顔にひとつどす黒い皮肉でも云つてやらうかといふやうな事を彼は腹の中で考へた。（13頁）

続いて、瀧井孝作の「純潔」（「改造」昭26・1）に描かれたしげ子像を記す。ここでは、しげ子のことを「彼女」とし、芥川龍之介のことは「餓鬼山人」であり、瀧井自身のことを「私」としている。大正九年頃の「彼女は皮膚のうすい頬の血色もすきとおって、切れ長の眼して粋づくり、当世向の美しいひと」と描いているが、その後、瀧井孝作が一番最後にしげ子を見かけたのは、南部修太郎の通夜であったらしい。以下は、その時のしげ子の印象を述べている(11)。

その通夜の座席で、彼女は厚化粧して出てきて、大勢居並んだ所に割り込んで坐ったが、私の方を見てしたしげにお時宜して、私はしたしげにされるおぼえもなく、十何年振りで見かけたが、彼女の醜聞も皆に知れ渡っている筈だが、通夜の座敷に、その四十ばばあが厚化粧して現れた様は、阿呆の広告の恰好で、亦横着者にも見えた。で、今更に、嘗っての若き餓鬼山人も、南部の坊ちゃんも、とんだ痴者《シレモノ》に引懸ったものだと分かった。とんだ痴者だから魅力が多かったかもしれないが……。（『瀧井孝作全集』第四巻、260〜261頁）

いつ頃から、しげ子と南部修太郎の関係が始まったいたのか分からない。だが、しげ子と南部修太郎との間に、なんらかの交渉があったことは事実であるらしい。そして、この二人の関係も、芥川の胸中を悩ませる出来事であったのも確かなようだ。また、この〈三角〉関係は、芥川龍之介の心境や創作に随分と影響を与えたはずである（本書第一部「『お富の貞操』への道程」参照）。ただし、本論の趣旨は、まず、秀しげ子の足跡を追い求め、その視点から彼女自身の活動や、できれば実像を掘り起こすことに眼目を置いているので、南部修太郎とのことは、ひとまず置く。

また、江口渙の「その頃の芥川龍之介」（『わが文學半生記』「新日本文学」昭27・7〜28・4）は、しげ子のことを以下のように述べている。これにより、江口渙もまた三土会や春草会といった会合で秀しげ子と、よく顔を合わせていたことが分かる。

春草会には秀しげ子も、毎回かかさず出てきていた。彼女は前々からつねにまつわりつくようにして芥川の周囲にいた。（中略）芥川に接近していたどの女性よりも、芥川にもっとも近く位置していたのも秀しげ子ならば、晩年になって芥川をあのような自殺にまでみちびき入れた運命に少なくとも三〇パーセントを支配したのも、また彼女である。

では、秀しげ子とはどんな女か。ちょっと見たところ相当きれいに見える女ではあるが、それほどきわだった美人ではない。だが、中肉中背のしなやかなからだに、ほのぼのとした媚態をふかくかくしながら、つね日ごろはそれをあらわには外に見せず、しかも必要とあらば適当な機会に、適当な量において、効果的にそれを示す技術をよく心得ていた女である。年は女ざかりのまさに二十七、八と見受けられた。目白の女子大の国文科を出てはいたが、もとは長野県松本在の大地主にして高利貸をかねた家の長女に生まれたともいわれていた。

すでに工学士の夫をもっていて一人の子供さえあった。

続いて、宇野浩二の『芥川龍之介』(文藝春秋新社、昭28・5)に記される秀しげ子像である。

ところで、私は、このナゾの女は、しいて云えば、瘠せ型で、すらりとした体つきであるが、私が逢った場合は、都会的なところはあるとしても垢ぬけしたところがあるようでなく、黒人《クロウト》じみたところがありながらやはり垢ぬけがしていない、もし魅惑的なところがあるとすれば、細い目でときどき相手の顔をジロリと上目に見ることぐらいである、しかし、それは、スイタらしいところもあればイヤらしいところもあった。(123頁)

次に、小島政二郎のコトバを掲げる。芥川の方からも「彼女の手前勝手」に手を焼いていたと聞かされていた反面、しげ子とも親しくしていたはずの小島も、彼女から芥川とのことを聞かされるまで、「この女の持っているべト付きが、江戸ッ子の芥川の好みに合うとは思っていなかった」と記している。そして、彼女の印象を以下のように描いている。[12]

彼女の動作を見ていて、芥川好みではないかも知れないが、世間並みの口舌なら相当面白い女だろうと想像していた。いろいろ手が込んでいて、飽きずに、いろいろ纏わり付いて来る私との会話から想像して——。肉体的にも、一ト息で参らなそうな、よさを持っていそうな気がした。

(『長編小説 芥川龍之介』221頁)

村松梢風は、ただ一言「Hといふ女は無闇に文士に憧れる女であつたらしい」と断定している。[13]

秀しげ子を眺める彼ら同時代人の評価を、改めて、まとめてみる。まずは、秀しげ子の容姿から見てみたい。岡本かの子は、彼女の顔が「デリケートな顔立ちのつくり」と見え、また、瞳は「すこし腫ぼったい瞼のなかにうるみ」をもち、その目は「もとの眉毛に対応して居た時はただありきたりの垂れ眼」で、そして額が「まるだしの抜け上つたおかみさん額」と見ている。広津和郎は、彼女が「小じんまりした顔」を持つが、「目鼻立ちは當り前」で、その中に「怜悧な眼」と「上唇の出た口つき」が動き、身体も「小柄の身體つき」としている。瀧井孝作は、彼女が「当世向の美しいひと」で「切れ長の眼」を持ち、「皮膚のうすい頬の血色」をした女性だったらしいが、南部修太郎の葬儀には「四十ばばあが厚化粧」をしてきたと語る。江口渙は、彼女が「きわだった美人ではない」と感じられ、「中肉中背のしなやかなからだ」つきだったという。宇野浩二は、彼女の身体が「瘠せ型で、すらりとした体つき」で「細い目」をしていたとする。

次に彼らの眼に映じた秀しげ子の雰囲気をまとめてみる。岡本かの子にとって、しげ子が「善良な婦人でむしろ好感を持つては居る」が、「一種の遊興的気分を撒いて歩く有閑婦人」という位置づけでしかなく、会に現れる容姿に「にせものを随喜」するような感覚を持つ。広津和郎は、彼女が「灰汁抜けしてゐる點で一人目立つ」が、服装は「目立たない中に調和を考へてゐるやうなところ」があり、「上唇の出た口つきが一種魅惑的」に「コケティッシュな雰囲氣」を醸し出すとみている。その一方で「男の欲望をひくやうな思わせぶりな事を云つて、その反應を自分の魅力のめやすのやうに心得」えている女ともみている。瀧井孝作は、彼女が「横着者」にも「痴者《シレモノ》」にも思える。江口渙は、彼女が「まつわりつくようにして芥川の周囲」に徘徊し、その表情には「ほのぼのとした媚態をふかくかくし」てはいるが、「必要とあらば適当な機会に、適当な量において、効果的にそれを示す技術をよく心得ていた女」としてみている。宇野浩二は、彼女が「垢ぬけがしていない」と映り、「黒人《クロウト》じみたところ」があり、「スイタらしいところもあればイヤらしい」感じもし、「細い目でときどき相手の顔をジロリと上目」づかいをする様子までみている。小島政二郎は、彼女を「世間並みの口舌なら相当面白い女」という気もしているが、その面白さが「肉体的にも、一ト息で参らなそうな、よさを持っていそう」なところにまでつなげてみている。村松梢風は、彼女の動向から推して、「無闇に文士に憧れる女」と酷評する。

このようにみてくると、彼らは、文壇人がどこまで秀しげ子のことを客観的に見ていたのか疑わしい。一見すると、これら各人の評価が似たようなものに思える。ところがよくみると、同じ姿を観察しているはずなのに、彼ら文士たちの各々の見方が正反対に描写されていることもある。たとえば、目の形容ひとつを取っても、「腫ぽったい瞼」を持つ「垂れ眼」が、ときに「切れ長の眼」や「細い目」にまで変わっていたりする。また、「小柄」な身体の形容にしても、それが「痩せ型」だったり「中肉中背」だったりする。雰囲気にしても、「灰汁抜けして」いるのか「垢ぬけがしていない」のか、結局よく分からない。

ただ、彼らにとって、彼女は「遊興的気分を撒いて歩く」女で、「男の欲望をひく（中略）おもわせぶり」な態度をとり、「横着者」にも「痴者《シレモノ》」にも見え、「黒人《クロウト》じみ」て「スイタ」っぽく「イヤらしい」、その点から、むしろ「肉体的にも、一ト息で参らなそうな」、「相当面白」い女という視点が与えられ、「無闇に文士に憧れる女」という評価でしかない。

容姿の形容には、これだけの差がありながら、彼女の雰囲気には、異口同音といってよい評価が並ぶ。一連の評価から見えてくることは、回想する文人たちが作家芥川に対する自分たちの敬意を損壊する存在としての彼女に対し、その反動から彼女への悪態がたぶんに増幅されているように思える。彼女が、芥川とともに文士たちの前に現れた期間は、ごく短い期間でしかない。岡栄一郎は、しげ子が「ある時期からひどく高慢な態度に變つたことの意味を、宇野氏の著書を見て、なるほど、そういふわけだつたのか」と合点し、「彼女としては法外なえものを獲得したくらゐの意気込みであつた」姿を、以下のように思い起こしている（前出「芥川の短冊」）。

お前らのやうな小さな流れ星ではなくて、明星を、あのさんらんと輝く、大きな明星をつかみとつたといふ意驕つた胸中を、たれかれなしに媚びを含めた微笑をふりまいてゐる間に隠見させてゐた。（46頁）

芥川は、最後に、「□夫人の動物的本能ばかり強い」女というコトバを残す。そのコトバを、小穴隆一は、芥川と秀しげ子の関係を裏付ける文言となし、そこにあたかも芥川の胸中を暴露させたかのような真実味を持たせている。まるで、芥川の晩年に最も近くに居た己（小穴という存在）の権限だと言わんばかりである。芥川に小穴隆一を紹介した瀧井孝作は、「この小穴君と芥川さんとの間柄は、また格別のもので、しつかり抱付いたやうな親近さで、澄江堂の晩年には殆ど心中もしかねない程あやぶまれる位でしたが」とみている。

「動物的本能」というコトバを前提に、ほとんど悪意といってもよいほどの評価が秀しげ子に植え付けられてゆく。そして、そうした秀しげ子の〈像〉は、同時期を過ごした文士からさらに後代の作家たちによって、本能の強い女のイメージを次々に〈増殖〉させてゆく。たとえば、松本清張の「芥川龍之介」（『昭和史発掘』文藝春秋社、昭49・9）などは、おもに昭和二十年代後半に描かれてきた、それまでの秀しげ子像を基にして、筆を走らせている。小説という形態を取りつつも、秀しげ子の描写は、昭和二十年代後半までの描かれ方と重複するのである。実際に見聞した秀しげ子の実像ではなく、伝聞をそのまま踏襲して〈噂〉のなかの秀しげ子が描かれてるのである。芥川周辺に位置した同時代の評価を、検証することなく引き継ぎ、彼女のイメージは、いわば〈増幅〉されて固定化され、現在に至るまでお定まりの秀しげ子〈像〉を型どってきたのである。

小穴隆一の言に従えば、芥川は晩年まで彼女との関係が切れずにいた。言い換えれば、芥川は晩年までしげ子との関係を続けていたのである。遺書（作品）のなかでは、彼女を貶める表現を残しながら、面（現実）と向かっては、その胸中を告白しないまま愛想の良い態度で、芥川は彼女に接し続けていたのだろうか。

芥川の死後、矢継ぎ早に発表される一連の自画像〈秀しげ子像〉に、最も驚愕したのは彼女自身ではないだろうか。こうした評価をしげ子は眺めながら、いいしれぬ憂鬱と孤独と寂寥感のなかで晩年を送ったのかもしれない。江口が描いた記述（『わが文学半生記』前出）を読んだ秀しげ子は、江口に「あなたが書いているようなことは無かった」と手紙を寄せていたらしい。そこで、江口は「あなたはもう死んだと思っていました。どうもすみません」と詫びを伝える手紙を送付したという。その江口の手紙を見て、「Ⅱ」でも付記したように、秀しげ子は江口渙に自分の胸中を聞いて貰いたい旨を伝えている。(14)

いくら死んでからでも事実無根のことが伝わりますのはたまりません。本当に曲解なさらない方にとっくりお聞きいただきたいと思っております。江口さん、あなたなら私も安神《ママ》してお話が出来ると信じております。(16)

この手紙は、昭和二十八（一九五三）年三月十一日付けの日付である。この年、しげ子は数え年六十三歳になっている。手紙の続きには、「国電の下車駅からの道順が書いてあって、自宅へ来てほしいと書いて」あったらしい。こうした秀しげ子のことばがある以上、われわれはもっと彼女の言い分にも耳を傾けてよいのではあるまいか。あるいは、彼女の語りから、別の側面を持つ芥川龍之介の面影をたどることができるのかもしれない。いずれにしても、彼女の陰影は、一方的な視線のなかに閉じこめられている。

秀しげ子の申し出を断った理由として、江口渙は、しげ子が「『きれいだけど蛇のような感じだ』と嫌っていたからである」と、妻・江口栄子は語っている。(15) たとえば、『芥川龍之介』（前出）に、宇野浩二は、こうも記している。

この謎の謎子（秀しげ子―筆者注）その他のことをおもえば、芥川という人は実に気が弱かった。この気が弱いということは芥川のもっとも大きな欠点の一つであった（53頁）。（中略）私は、私自身の好みでいえば、こういう女は大へんキラヒであるが、作家として見れば、こういう女が、芥川のなくなった時に弔問したり、南部が急死すると其の通夜に出たりするところの心根というようなことを、こういう女を主人公にして、こういう女の氣持ちを、書いてみたら、などと思うのである。（138頁）

これまで言及されたことがないが、広津和郎に短篇小説「哀れな女」という作品がある。この作品は、昭和二年一月号の「文章倶楽部」に掲載されている。芥川生前の作であるため、芥川当人や周囲に気を遣ってかその印象をぼかしているものの、美術家や作家たちに盛んに媚びをうる作中の「とみ子」の姿は明らかに秀しげ子をモデルにしていると思われる。それは同じ広津の作品「彼女」の中で「二十日會」のあと三々五々に流れ歩き、その途中で「ケイ子」が「三吉」と二人で仲間を捲くシーンと同様の場面が「哀れな女」にもあることでわかる。「哀れな女」の発表から二十三年後、広津は、昭和二十五年三月に「彼女」を「小説新潮」に発表した[16]。従来、この「彼女」に、秀しげ子の姿が如実に描かれているとされてきた。しかし、この「彼女」に描かれたモチーフはすでに、芥川の自裁直前の昭和二年一月に「哀れな女」にその原型をみることができる。この「哀れな女」が、しげ子をモチーフとしているのであれば、広津は、少なくとも二度、小説の材料として彼女を扱い、その印象は二十年以上の長きにわたって脳裡に深く刻まれていたことになる。

これだけ長くしげ子をモチーフとしながら、広津和郎も、小島政二郎も、しげ子を一応「女流歌人」として紹介はし、彼女を「和歌」よみの歌人としながらも、彼女自身の活動には何ひとつ触れていないのである[17]。

江口渙もまた、「その頃の芥川龍之介」（『わが文學半生記』前出）に、秀しげ子が所属する春草会を以下のように記している。

春草会の歌会にも芥川につれられて三どほど出た。春草会はだいたい茅野雅子が中心で、おもに目白の女子大出身の歌人が集まっていた。新詩社とは別個の集団ではあったが、べつにこの会として独特の歌風があるとは考えられないような、あまり特徴のない集団だった。（186〜187頁）

しかし、「Ⅱ」で触れたように、大正という時代はさまざまな歌壇が生まれ、各々が結社の主張を色濃く打ち出し、詠むという行為だけにとどまらず、独自な理念が主張され、新しい風潮が渦巻いていた時期である。そうした潮流のなかに秀しげ子もまた生きていたのである。新たな潮流はひとつの歌壇だけではない。しげ子の生きた大正期もまた新たな波を迎える過渡的な時代だったとはいえないだろうか。たとえば神田由美子氏は、当時の彼女の歌からうかがえるしげ子像のうちに「妻であり母でもありながらも恋に捕らえられ、男の心が離れていくのを苦しむ、恋愛を発条《バネ》として家族制度の壁を無意識に破っていく人妻の姿」を新たに見ている。(18) それは彼女自ら訴えたように、「曲解」におどらされず、また「事実無根」の〈噂〉に惑わされることなく、秀しげ子本人の「話」を「とっくり」と聞くことからすべての第一歩が始まるのである。

注

（1）岩野泡鳴「巣鴨日記」528頁（『岩野泡鳴全集』第十二巻、広文庫、昭46・11）

（2）広津和郎「年月のあしおと」226頁（『広津和郎全集』第十二巻、中央公論社、昭49・3）ただし、この速達の件に関しては、秀しげ子とのことをのべているのではなく、当時、文壇内では有名な菊池寛の速達の抗議状の件で述べている。また、「年月のあしおと」の初出は、昭和三十六年一月号から三十八年四月号まで「群像」連載分であるが、ここでは、全集の本文による。

（3）村松梢風「芥川と女」136～138頁（『芥川と菊池～近世名勝負物語』文藝春秋社、昭31・5）

（4）瀧井孝作「純潔」（「改造」第32巻1号、昭26・1）が初出であるが、本稿では、第四巻『瀧井孝作全集』（中央公論社版、昭53・12）による。

（5）前掲注（2）によると、「大正六年の秋に、若い文学者たちの派閥なしの会合をやろうというので（これは久米、芥川あたりが云い出したのではないか、）十月であったか十一月であったかの第三土曜日に、上野の松韻亭に集まったことがある。芥川龍之介、菊池寛、久米正雄、松岡譲、豊島与志雄、佐藤春夫、赤木桁平。それに室生犀星はいたかどうかはっきりしないが、早稲田からは谷崎精二と私とが出席した。その外に誰がいたかはよく覚えていないが、何でも二十人位はいたのではないかと思う。（中略）第三土曜日に集まることにして、三土会と名をつけたが、たしか二回位集まっただけで、その後は立消えになってしまった」（212頁）と記されている。また、『芥川龍之介全集（第八巻）』（筑摩版）や、鷺只雄の『年表作家読本　芥川龍之介』などは、この三土会の初会合は、大正六年九月十五日に開かれたと記している。

（6）小島政二郎『長編小説　芥川龍之介』218～221頁（読売新聞社、昭52・11）

（7）前掲注（6）231頁

（8）芥川文『追想　芥川龍之介』154頁（中公文庫、昭56・7）初出は、歌誌「樹木」に昭和三十九年六月から四十四年五月まで連載されたものであるが、ここでは、中公文庫版による。

（9）岡本かの子「鶴は病みき」の初出は、昭和十一年六月「文學界」に掲載されたものであるが、ここでは筑摩書房版の『芥川龍之介全集（別巻）』に収録されたものによる。

（10）大正七年十月六日付けの『讀賣新聞』「よみうり文藝（よみうり抄）」（第七面）に、「文藝家の集まり（其の十三）十日會」とあり、そこに、十日会の初期のころから参加する人物の一人として秀しげ子の実名が掲げられている。以下に本文を抜粋する。ちなみに引用中の括弧は筆者の注記である。

あの頃俗に文士横丁と言はれて居た、西大久保には（中略）丁度あの頃小（？）町河岸に「鴻の巣」という佛蘭西料理のお甘しいのを食べさせる處がありました（中略）それは大正二年の仲秋十一月の事でしたが、其の第一回（十日会）には、（前田）夕暮、岩野（泡鳴・英枝）夫妻、（小川）未明、（田村）俊子の諸氏等彼れ是れ十名位でした。（中略）鴻の巣が日本橋の食傷新道に引越し（中略）鴻の巣が日本橋通りに移るまでは、毎月一回あそこに會合したものです。この會は初め二回位は五日に集まりましたが、後は十日に會合する事に定め、気取つた名前の必要もあるまいといふ事から「十日會」と附けたのでした。初めつからの出席者は、岩野（泡鳴）、正宗得三郎の二君と私（岡葉葉）でした。二回目からは小寺夫妻（？）が續いて出席され何時も殆んど缺かさず來て下さる人には、西村深山、加納作次郎、加藤譲の諸君と森田恒友、有島生馬、生方敏郎、秀しげ子、山田邦子、時事（新報）の柴田（？）、大野隆徳、鈴木良治、三井甲之の諸君等、外に鈴木三重吉、舟橋柳紅、荒木滋子、加藤朝鳥の諸君も折々來て下さいました

（11）前掲注（4）参照

（12）前掲注（6）参照

（13）村松梢風の「芥川龍之介」（『近代作家傳（上巻）』創元社、昭26・6）と、「芥川と女」139頁（『芥川と菊池～近世名勝負物語』文藝春秋社、昭31・5）共々、同じ記述である。

（14）江口栄子「解説～晩年の芥川龍之介未発表ノート」173～177頁（江口渙『晩年の芥川龍之介』落合書店、昭63・7）

（15）前掲注（15）176頁

（16）広津和郎「哀れな女」（「文章倶楽部」昭和2・1）。なお、本稿では『広津和郎全集（第二巻）』（125～130頁、中央公論社、昭63・7）による。

（17）広津和郎「彼女」10頁および、小島政二郎『長編小説　芥川龍之介』218頁。前掲注（6）参照。

（18）神田由美子「芥川文学のヒロイン像――芥川文と秀しげ子」（「湘南文学」平12・1）

第三部

「蜘蛛の糸」管見——童話と小説の間

はじめに

周知のように「蜘蛛の糸」は、鈴木三重吉主宰の新児童文芸誌「赤い鳥」創刊号（大7・7）に発表された短編で、芥川龍之介が初めて取り組んだ〈童話〉である。鈴木は、漱石門下の先輩にあたり、芥川の文壇デヴュー作となった「芋粥」の発表（大5・9）も、掲載誌「新小説」の編集顧問だった鈴木の推薦によるものであった。こうした経緯からすると、芥川が「赤い鳥」からの依頼を断れるはずもなく、早速執筆にとりかかったものの、勝手の異なる〈童話〉とあって、意外に難渋することになった。「御伽噺には弱りました／あれで精ぎり一杯なんです／但自信は更にありません[1]」といった発言や「今日鈴木さんの御伽噺の雑誌を見ました／どれをよんでも私のよりうまいやうな気がします[2]」といった弱音は、多少の謙遜はあるにしても、初めて〈童話〉を手がけた苦闘ぶりをものがたっている。

「蜘蛛の糸」は、芥川の〈童話〉とみられる八編[3]の中でも「杜子春」とともに代表作として知られる作品である。しかし、そうした知名度の高さとはうらはらに、「蜘蛛の糸」は必ずしも好評ばかりに包まれてきたわけではない。たとえば「極まり切った秩序ある世界をやすやすと受け入れて、そこに何等の懐疑も苦も感じてゐない」「ストーヴで温められた温室的書斎での仮寝の夢にすぎない」といった正宗白鳥の酷評[4]をはじめ、「人間の利己心を、おろかなむなしいものとしては描いてはいるが、人間の本質とはこのようなものだと、あきらめてしまっている[5]」という批判や「この作品は、芥川の意図の如何にかかわらず、勧善懲悪、既成のモラルを鼓吹するものでしかない」「この作品は（中略）名作どころか、文学というよりも読物である[6]」といった否定的見解も続いた。

一方、こうした批判とは逆の好意的な見解も少なくない。たとえば、鈴木は芥川の原稿を一読するなり「芥川が世間で持て囃されるのは当たり前だ。まるで外の奴等とはモノが違ふ。（中略）こんな傑作を書いた奴は一人もいない」という感想をもらし[7]、滑川道夫は「子どもだましでない『児童文学』を社会的に認めさせた点で、この作品のもつ意義は大きい[8]」と述べ、吉田精一も「日本の創作童話としては、最高の地位を要求できる作品[9]」と評価する。

このように「蜘蛛の糸」をめぐる評価は大きく異なっている。四百字詰原稿用紙わずか七枚程の短編の評価がなぜこうも極端に分かれるのか。第一に考えられるのは、「蜘蛛の糸」自体に、一編を読むための視点もしくは評価軸に〈揺れ〉を生じさせる何らかの要因が内在しているのではないか、ということである。「蜘蛛の糸」を論じるためには、そうした〈揺れ〉の内実をまず解きほぐすことから始める必要があるように思われる。

1 〈童話〉という機制

「蜘蛛の糸」を評価する難しさのひとつは、第一にこの作品が〈童話〉であるという事実そのものに由来しているように思われる。むろん〈童話〉である以上、この作品が〈子供〉を読者対象とするのは自明のことだが、読者が〈子供〉であるという暗黙の指示性はテクストの読みに一定の機制を設けることになるのではなかろうか。たとえて言えば、〈童話〉の読者である〈子供〉の教養範囲を考慮したガイドラインに即した読み[10]というものが考えられる。一方、そうした読みとは別に、一般読者（大人）が何の制約もなく自由に読む読みがあり、双方の間に小さからぬ懸隔が生ずることも容易に想像できよう。また、ここで想定される〈子供〉とはそもそもどのようなな存在なのか、そのイメージも問題となるだろう。ひとくちに〈子供〉といっても、きわめて漠然としており、それゆえ当面の対象となる〈子供〉のイメージをもう少し具体的に絞ってみる必要がある。たとえば、「蜘蛛の糸」が発表された「赤い鳥」が読者対象とする〈子供〉とはどのような存在だったのか。創刊号以来、「赤い鳥」巻頭にはしばらく次のような「標榜語（モットー）」が掲げられていた。

○現在世間に流行してゐる子供の読物の最も多くは、その俗悪な表紙が多面的に象徴してゐる如く、種々の意味に於て、いかにも下劣極まるものである。こんなものが子供の真純を侵害しつゝあるといふことは、単に思考するだけでも怖ろしい。

○西洋人と違つて、われ〲日本人は、哀れにも殆未だ嘗て、子供のために純麗な読物を授ける、真の芸術家の存在を誇り得た例がない。

○「赤い鳥」は世俗的な下卑た子供の読みものを排除して、子供の純性を保全開発するために、現代一流の芸術家の真摯なる努力を集め、兼て、若き子供のための創作家の出現を迎ふる、一大区画的運動の先駆である。

○「赤い鳥」は、只単に、話材の純清を誇らんとするのみならず、全誌面の表現そのものに於て、子供の文章の手本を授けんとする。（以下略）

この巻頭言が示唆する読者としての「子供」は、第一に「俗悪」でも「下劣」でもない「真純」な子供であり、また「純麗な読物を授ける」べき子供であり、かつ「純性を保全開発す」べき子供である。しかもそれらの童話は「純清」な「話材」であって、「子供の文章の手本」となるべき作品でなければならない。要するに、「赤い鳥」の掲載作品は、「真純」「純麗」「純性」「純清」な「子供」たちを読者対象とし、彼らの〈純〉性の涵養を目的とする、ということになる。こうした〈純〉性の強調は、明治期の家族主義的国家観を基盤とする〈御伽噺〉が期待した子供像、たとえば「義勇公ニ奉シ《じ》」「皇運ヲ扶翼スヘ《べ》」き「忠良ノ臣民」[11]たるべき天皇の〈赤子《せきし》〉といったイメージとは明らかに異質である。[12] 第一次世界大戦（大3）以後、明治的国家主義は弛緩し、西欧の思想や文化もさほど時差なく日本に流入し、西欧的イメージは急速に浸透・一般化しつつあったといってよいだろう。そうした時代背景を考えると、「赤い鳥」が想定する〈純粋無垢〉な子供には、キリスト教的な〈幼子《おさなご》〉のイメージ、特に〈純〉性を強調するピュアリタニズム Puritanism 的発想に基く「子供」のイメージが想定されていたように思われる。むろん、そうした巻頭言のモットーにすべての作家が忠実だったというつもりはない。しかし、芥川をはじめ、寄稿した作家の多くは「『赤い鳥』の運動に賛同せる作家」として巻頭言末尾にその名前が掲げられており、[13] そうした作家たちが、同誌のモットーである〈純〉な「子供」の育成を意識し、そのイメージにかなう〈童話〉をひとまず心がけた可能性は高い。「蜘蛛の糸」も例外ではなく、基本的にはそうしたピュアリタニカルな〈純粋無垢〉な子供を念頭におく〈童話〉として執筆されたに違いない。だとすれば、「蜘蛛の糸」の第一義的なメッセージは、あくまでも子供の〈純〉性を「保全開発する」ための〈徳目〉を伝えることにあったと考えてよい。したがって、「蜘蛛の糸」の主題が、一般読者（大人）からみていかに「極まり切った秩序」を「やすやすと受け入れ」る「温室的」な観念であっても、「自分ばかりが地獄からぬけ出さうとする」「無慈悲な心」が「その心相当な罰をうけ」る（三）物語、いいかえればエゴイスティックな我執を戒める物語だという基本的な構図は動かしがたい。たとえテクスト中にそうした構図には収まらない要素が内包されていたとしても、である。

くりかえせば、「蜘蛛の糸」を子供を読者対象とする〈童話〉とみなすかぎり、その主題は、子供の〈純〉性を涵養するための〈徳目〉、すなわちエゴイスティックな我執を戒める物語である。しかし、芥川自身も含め、すでに子供時代を経験し、子供の実態を知る一般読者（大人）のリアルな眼からすれば、〈純粋無垢〉な「子供」というピュアリタニカルなイメージは〈幻想〉もしくは〈神話〉でしかないだろうし、ましてやテーマとなる〈徳目〉を受容するために文学を読むわけでもない。とすれば、「蜘蛛の糸」は、〈童話〉という機制にしたがって基本的構図どおりに読むか、ないしは、そうした機制にとらわれずに一文学テクストとして読むかによって、おそらくその意味は大きく揺れることになるだろう。その出自が〈童話〉であるという明確な執筆事情をどこまでテクストの読みに反映させるのか、問題はけっして容易ではない。

2 文体と文脈・時制

「蜘蛛の糸」は三章で構成され、その冒頭は「或日の事でございます」の一行で始まる。この一文にも見られるように、作中の文末の多くは丁寧語の「ございます」調で結ばれている（「ございます」のほかに「ございませう」「ございません」「ございませんか」なども含む）。たとえば「一」章の各文末は以下のようである。（以下、引用各文の頭にある（ ）内の数字や記号は、便宜上、筆者が付したものである）

（1）或日の事でございます。／（2）いらつしやいました。／（3）朝なのでございませう。／（4）御覧になりました。／（5）見えるのでございます。／（6）御眼に止まりました。／（7）覚えがございます。／（8）見えました。／（9）助けてやつたからでございます。／（11）御思ひ出しになりました。／（12）御考へになりました。／（13）糸をかけて居ります。／（14）御下しなさいました。

上記の通り「一」では14文中5文が「ございます」調の文末となっている。これに対して「二」章では実に33文中の13文が「ございます」調の文末となっている。以下は「二」章中に見られる「ございます」調の文末例である。

犍陀多でございます。／心細さと云つたらございません。／嘆息ばかりでございます。／泣声を出す力さへなくなつてゐるのでございませう。／所が或時の事でございます。／垂れて参るではございませんか。／地獄からぬけ出せるのに相違ございません。／沈められる事もある筈はございません。／慣れ切つてゐるのでございます。／のぼつて来るではございませんか。／大変でございます。／その途端でございます。／短く垂れてゐるばかりでございます。

ちなみに「三」章では5文中2文が「ございます」調の文末となっている。なお、作品全体でいえば「ございます」調の文末は、全文末のほぼ40％（52文中20文）に達しており、そのほかにも、文の途中で「大泥棒でございますが」（「一」）「針が光るのでございますから」や「大泥棒の事でございますから」「何万里とございますから」「仕方がございませんから」（「二」）などといった用例が見られる。

この「ございます」という文末の丁寧語は、ひとまず「御釈迦様」をはじめとする作品世界の宗教性に対する語り手の畏敬の念と聞き手（テクスト内読者）に対する語り手の敬意を表すものだろう。それは同時に、現実の読者対象である「子供」たちに対する書き手（作者）の丁寧な配慮を反映するものでもある。この点に関して、戸松泉は(14)以下のように述べている。

恭しい釈迦への敬語表現による語り口の背後には、アイロニカルな語り手の視線が強く感じられるのである。語り手は釈迦を信頼していない。釈迦の行為の内実はともかく、ここには超越的・絶対的なものの力を信じていない語り手の存在が浮かび上がってくるのである。

確かに、この敬語表現は語り手の釈迦に対する「信頼」や敬意を裏うちするものとは言えないかもしれない。しかし、この語り手は物語世界に実際に登場する人間ではないし、〈事〉の顛末にも何ら関知しておらず、釈迦との直接的な関係や利害がある人物でもない。したがって、この語り手を〈実体的存在〉とみなし、「語り口の背後」にその主体的な感情（アイロニカルな視線）をみるのは適当と思えない。この語り手はあくまでもテクスト内における形式的な語り手であり、物語中の〈事〉や〈人物〉に対する個人的評価など下すことのないフラットな立場で語る存在だと見てよい。それゆえ、その「語り口」に表れた丁寧な文末も、字義通りの〈敬意〉を示す表現と解してよいように思われる。

上記の文末表現をもう少し具体的に見てゆきたい。たとえば「一」章の（1）（3）（5）は、日時や状況など客観的事実の記述であり、敬意を表すべき明確な意識対象をもたない説明であるので、「蜘蛛の糸」の世界全体に対する語り手および作者の丁寧な気持ちを表す文末と考えられる。一方、（7）や（9）は、「犍陀多」の行動を語る部分だが、大泥棒に対して敬意を払ういわれはないので、ここでの丁寧語も「犍陀多」個人というより彼の活動する物語世界全般、すなわち「御釈迦様」も併存する仏教説話的世界に対する語り手および作者の敬意を表すものと見てよい。したがって、この丁寧な文末は、たとえるなら聴衆の前で仏教説話を物語る〈講話〉の口調であり、そこには年少の「子供」たちに向けて噛んで含めるようなやさしい配慮も加わっているようにみえる。このように考えると、「蜘蛛の糸」の丁寧語による文末は、原典の仏教説話的空気を尊重しつつ、同時に年少の読者対象にも配慮した〈童話〉らしさをめざす〈文体〉だったということになる。

しかし、そうした〈文体〉とは反対に、「蜘蛛の糸」には〈童話〉にはあまり多用されることのない〈文脈〉上の特徴がある。たとえば、以下のような例である。

（A）〔蓮の花の好い匂いがあふれているので〕極楽は丁度朝なのでございませう。（傍線筆者、以下同じ）（一）

（B）と申しますのは、或時この男が（中略）その蜘蛛を殺さずに助けてやつたからでございます。（一）

（C）ここ〔地獄〕へ落ちて来る程の人間は（中略）泣声を出す力さへなくなつてゐるのでございませう。（一）

（D）かう思ひましたから犍陀多は、早速その蜘蛛の糸をしつかりつかみながら（二）

（E）元より大泥棒の事でございますから（中略）慣れ切つてゐるのでございます。（二）

（F）何万里とございますから（中略）容易に上へは出られません。（二）

（G）仕方がございませんから、先一休み休むつもりで（中略）目の下を見下ろしました。（二）

（H）ですから犍陀多もたまりません。（二）

（I）御釈迦様の御目から見ると、浅間しく思召されたのでございませう。（三）

（J）極楽ももう午に近くなつたのでございませう。（三）

右掲の引用文は芥川自身が執筆した原文そのままであり、入稿時に「まづい所は遠慮なく筆削して貰ふ」という芥川の申し出[15]をうけ、鈴木が「筆削」を加えた後の本文ではない。（A）は、鈴木が筆削したように単に「朝でございました」とあればよいところを、わざわざ前文の状況を根拠（理由）に「朝なのでございませう」と推量している。（B）は、前文で犍陀多という男が釈迦の「御目に止ま」ったのはなぜかという理由を述べた一節である。（C）は、前文で地獄の罪人たちが「嘆息」ばかりしている理由をあとから付加した一節である。（D）は、地獄から脱出できそうだと思ったという理由が前文にあり、その結果としての犍陀多の行動を述べた一節である。（E）は、前文（D）における蜘蛛の糸を「たぐりのぼる」犍陀多の行為が当然である理由を述べた一節である。（F）は「容易に上へは出られ」ない、そのなくもがなの理由を敢えて述べた一節である。（G）は、前文の犍陀多が「くたびれ」たという理由をうけてその後の動作を説明している一節である。（H）は、「容易に上へは出られ」ないことの理由を述べた一節である。（I）は、釈迦の「悲しさうな御顔」について、前文で犍陀多の「無慈悲な心」が「その心相当な罰をうけて、元の地獄へ落ち」たという理由を説明したにもかかわらず、さらに「思召し」を理由として付け加えた一節である。（J）は、これも鈴木の添削したように「お午に近くなりました」とあればよいところを、わざわざ物語の時間的経過を推量して「午に近くなつたのでございませう」と述べている一節である。

要するに、上掲の用例はおおむね「〜だから〜でございます」もしくは「〜なので〜でございませう」という内容であり、ある事象や行動に対する理由（原因）を〈説明〉しようとする文脈である。これらの例は、かくかくの「理由」（原因）があるからしかじかの「状況」（結果）が生じるという因果論的な合理性ないし論理的整合性を重視する近代的な知的言説に基づく文脈であることを示すものだろう。

こうした〈文脈〉の問題と関連して注目したいのは文末の〈時制〉である。たとえば、浅野洋[16]は、鈴木の加えた「『筆削』の要点」が「表記の平易化・改行の多用・センテンスの短文化・時制の改変の四点に尽きる」とした上で、前者三項は「作者の目線を『子供』の水位に合わせるための『筆削』」だが、「『時制の改変』はいささか事情が異なる」として、H・ヴァインリッヒ『時制論』を参照して「現在・現在完了・未来などの時制群を『説明の時制』、過去・過去完了・条件法などの時制群を『語りの時制』とし、そうした『時制』がテクストの本質を規定する語り手（書き手）の『発話態度』と結びつく」点に注目し、「現在形を軸とする芥川の原文が『説明の時制』の優勢な文体（それは「理屈」を許容する）であるという事実をも浮き彫りにする」と述べている。ヴァインリッヒや浅野氏は挙げていないが、前者の「説明の時制」には「現在」形（ございます）とともに「推量」形（ございませう）なども含まれると考えてよいだろう。

「説明の時制」である「現在」形や「推量」形の文末は、時として理不尽な飛躍をもいとわぬファンタジー的要素の濃厚な〈童話〉の「語りの時制」すなわち「過去」形の世界とは明らかに異質である。つまり、「蜘蛛の糸」の文脈には、〈童話〉の世界とは背反する知的論理（説明）がしばしば浸潤しており、〈童話〉作家としての「語り」に徹しきれなかった〈もう一人〉の芥川が顔をのぞかせている。

見てきたように、「蜘蛛の糸」の丁寧な文末が示す特徴的な〈文体〉には〈童話〉世界を志向する力学がはたらく一方、〈文脈〉や〈時制〉にはそれと背反する合理的な説明を重んずる近代的知性が浸潤している。「蜘蛛の糸」を読む難しさは、テクスト自体がその文体と文脈・時制との間において異質な二つの力学に引き裂かれている点にもあるように思われる。

3　物語の起動とその前提

エゴイスティックな我執が「罰をうける」という「蜘蛛の糸」の物語は、いうまでもなく典型的な因果応報譚である。ただし、この因果応報譚はその前提となる挿話をふまえた二重構造になっている。犍陀多がエゴイスティックな我執の報いとして再び地獄に堕ちるという物語は、彼が蜘蛛を助けたことで地獄から救われるチャンス（蜘蛛の糸）を与えられた、という善行による因果応報を前提としている。つまり、物語の発端となるこの前提がなければ本筋の因果応報譚も成立しないわけで、その前提に注目した場合、このテクストには見逃すことのできない問題点がある。

たとえば、犍陀多は「人を殺したり家に火をつけたり、いろいろ悪事を働いた大泥坊」（一）である。それが「たつた一つ」のささいな「善い事」すなわち「蜘蛛」を「殺さずに助けてやつた」ことを「御釈迦様」が「思ひ出」すことから物語は起動する。しかし、人殺しや放火を犯した「大泥坊」の罪科の重さと蜘蛛一匹をたまたま助けたという小さな善行とは、善悪の軽重を考えるなら、両者は到底釣り合うものではない。そうしたアンバランスにもかかわらず、小さな善行でも大罪人を地獄から救う契機になると認めるためには、すなわち釈迦の行為を正当だと是認するためには、その合理性を裏づける相応の条件が不可欠となる。

第一の条件は、釈迦がなぜ大罪と釣り合わぬ小さな善行をあえて犍陀を地獄から救う契機としたのか、その合理的な理由がテクスト中に説明されていることである。第二の条件は、罪科の軽重を計量・比較する相対的な論理を否定もしくは超越する論理、たとえば釈迦が示す「慈悲」の〈絶対性〉や〈超越性〉を認定する言質がテクスト中にあることである。少なくともこの二つの条件のいずれかが満たされるのでなければ、犍陀多を地獄から救おうとした釈迦の行為は、きわめて非合理ないし理不尽なものということになる。それは「蜘蛛の糸」の第一義的な読者である〈純〉な「子供」たちにとってすら容認しがたい行為だろう。つまり、そうした条件を満たすこともなく、罪科の軽重も無視して釈迦が犍陀多を救おうとしたのだとすれば、その行為は単なる気まぐれや恣意でしかない、ということになる。事実、釈迦の「恣意的な行動」を指摘する下野孝文の指摘[17]もあり、また、犍陀多の行為が「自己の何かを犠牲にして善行を施した、と言える積極的な行為でなかった」とする石割透[18]の次のような言及もある。

この場合に何故〈御釈迦様〉が、〈犍陀多〉だけに注目し、救おうとしたのかという明確な根拠、必然性の提示に欠けるのである。他人の救済をも己の恣意に委ねる、勝手気儘な〈御釈迦様〉、そうした〈御釈迦様〉に対する強い不信感を早くも「蜘蛛の糸」の読者は抱かされるのである。

このような多くの読者が抱きそうな疑問――釈迦の救済は単なる恣意ではないかという問題――を考えるには、そもそもなぜそのように書かれたのかを問うことが必要だと思われる。つまり、先に述べた二つの条件がなぜ「蜘蛛の糸」には欠落しているのか、と。現に、釈迦の行為については、「蜘蛛の糸」の原典とされる『因果の小車』[19]の方が、仏教的論理とはいえ一定の合理性を示していたのではなかったか。

『因果の小車』には、まず「御仏よ願くは憐をたれさせ給へ（中略）われ誠に罪を犯したれども正道を踏まんとの心なきにあらず（中略）願はくば吾を憐み救い給へ」という犍陀多の「さけび」があり、そうした犍陀多からの切実な〈願い〉に対して釈迦が応じるという形になっている。釈迦は「一小善と雖も其裡には新しき善の種子あるが故に、生々として長じて已まず」と述べ、どのような「小善」であろうともその中には必ず「新しき善」への契機が含まれており、その「種子」はやがて大きく育ってゆくものであるから小善も大罪人を救済する契機になり得る、という仏道に則った説諭を開陳する。だからこそ、釈迦は「地獄の中に悩める犍陀多の熱望を聞き」入れ、「犍陀多よ汝は嘗て仁愛の行をなしたることなきか」と尋ねかけ、犍陀多が「黙然」としていると、「如来は知り給はざる所なし」として犍陀多が忘れていた蜘蛛の一件に及ぶことになる。つまり、『因果の小車』では先に述べた第一の条件、釈迦がなぜ小さな善行にもかかわらず大罪人を地獄から救おうとしたかの理由が、仏道的な合理性とはいえ、明確に説明されている。しかし、「蜘蛛の糸」では、原典に記されていたそうした説明が削除された。

芥川はなぜ原典の合理的な説明を削除したのだろうか。推測するに、第一には〈童話〉であることを意識し、なるべくシンプルな〈お話〉を心掛けたこと、次には西欧的な〈子供〉の〈純〉性を涵養する〈近代〉的な童話をめざす以上、「信心」の「正道」を説く旧弊な仏教的論理による宗教色や説教臭をできるだけ払拭したかったこと、などの意向がはたらいたのではなかろうか。

さらにいえば、芥川は先に見た『因果の小車』における釈迦と犍陀多の〈発話〉や〈対話〉なども削除している。すなわち、救済を熱望する犍陀多の願いや釈迦の応答や問いかけなど、直接話法による具体的なことばがおおむね割愛された。その結果、登場人物同士による他者への濃密な〈はたらきかけ〉が消滅し、「蜘蛛の糸」の釈迦と犍陀多は互いに〈ふれあい〉の乏しい消極的な人物に変貌してしまった。この点に関連しては、「コミュニケート（対話）」の欠如に注目した下沢勝井の指摘[20]や「二人の関係の不成立」を指摘する海老井英次の言及[21]などもあるが、佐藤泰正[22]は先の引用を含む『因果の小車』の一節を引きつつ、次のように述べている。

ここには犍陀多の苦悩、救いへの渇望とこれに応える仏陀の慈悲との——熱くかかわらんとする姿を描いて、簡潔な筆致の裡にも脈動する深い力が感ぜられる。明らかに芥川が切り捨てたものは、この両者の淳熱相関の相であり、この熱い文体の脈動をも葬り去ることによって、ここに新しく生まれた「蜘蛛の糸」一篇は、（中略）一種異様なひややかさを感ぜざるをえない。

つまり、『因果の小車』では犍陀多の救済されたいという〈熱望〉から物語が起動したのに対し、「蜘蛛の糸」では釈迦が地獄の様子をたまたま「御眼に止」めたという偶然性・恣意性が起動の要因となっている。しかも、釈迦の一見不合理な行為を正当化する第一の条件、すなわち「一小善と雖も其裡には新しき善の種子ある」という説諭も削除され、罪の軽重に対する疑問もそのまま放置されてしまう。さらに、『因果の小車』では釈迦が犍陀多に「仁愛の行」を尋ね、彼が沈黙していると、語り手が如来は「知り給はざる所なし」と述べ、その〈超越性〉もしくは〈絶対性〉を明示しているが、「蜘蛛の糸」にはそうした明確な言質はなく、第二の条件も欠落している。

要するに、「蜘蛛の糸」では読者が釈迦の行為を是認できる二つの条件がいずれも消滅している。そのため読者は、ほんらい全能者であるべき釈迦の行為に小さからぬ不審を抱いたまま物語を読みすすめなければならない。言い換えれば、「蜘蛛の糸」はそもそも物語を起動させる出発点において、不可解ともいうべき空所を内包しているのである。「蜘蛛の糸」を読み解く難しさの一因は、そうしたところにもあるのではなかろうか。

4　因果応報譚の呪縛

いささか不思議に思えるのは、芥川ほどの作家的力量をもってすれば、『因果の小車』における釈迦や犍陀多の発話や対話を巧みに活用し、二人の個性を際立たせることも可能だったはずである。にもかかわらず、芥川は釈迦を沈黙させ、犍陀多の積極的な意志を剥奪した。物語の基本的な枠組みを別とすれば、原典の物語内容からわずかに残ったのは、犍陀多がエゴイスティックな我執を露呈することばとその説明的な〈徳目〉だけである。たとえば、原典の後半には以下のような一節があり、芥川は主としてその一部（下線部）を抽出し、物語のクライマックスに転用している。

此く細き糸もて無数の人々扶け上げ得べきかと、一念疑の心動きたれば恐怖の思ひ禁ずる能はず「去れへ此糸わがものなり」と覚えず絶叫したりしかば、糸は立刻に断絶して其身はまた旧の奈落の底にぞ落ちたりける（中略）一たび我執の念に惹かれて「是は吾がものなり、正道の福徳をして唯われのみの所有ならしめよ」と思ふことあらんには、一縷の糸は忽ちに断滅して汝は旧の我執の窟宅に陥らん、そは我執の念は亡びにして真理は生命なればなり、そも何をか称て地獄といふ、地獄とは我執の一名にして、涅槃は正道の生涯に外ならず

上掲の傍線部をうけて、芥川は「三」章における「こら罪人ども。この蜘蛛の糸は己のものだぞ。お前たちは一体誰に尋いて、のぼつて来た。下りろ。下りろ。」という犍陀多のことばと「犍陀多の無慈悲な心」（利己的な我執）が「相当な罰をうけ」たことを描いたにすぎない。つまり、見方によっては、「蜘蛛の糸」は、原典の単なる祖述

でしかない作とも見られかねぬ危うさをもっている。

なぜそのようなことになったのか。一つには先にも述べたように〈童話〉ゆえの物語の単純化を心がけたこと、また、西欧的な〈純粋無垢〉の「子供」のイメージにそぐわない仏教的色彩の排除を意識しすぎたこと、などがその要因として考えられる。しかし、それらとは別に、次のような創作技法上の問題も考えられないだろうか。

たとえば、因果応報譚といった物語構造のきわめて強固な逸話にとって、登場人物の個性（キャラクター）はさほど重要な要素ではないのではないかという問題である。現に釈迦や犍陀多の発話や意志が原典から削除され、芥川作品では彼らは主体性の乏しい受動的な存在に変貌している。しかし、そうした没個性化が行われても、因果応報譚という強固な物語構造が読者に伝えようとするメッセージ（徳目）やその訴求力にはあまり影響がないのではあるまいか。

実際のところ、エゴイスティックな我執が「罰をうけ」るという単純明解な因果応報譚にとって、登場人物の個性や物語展開に多少の変化が加えられたとしても、その寓意性にはさほどの差異は生じない。芥川が「蜘蛛の糸」執筆に際して難渋したのは、〈童話〉という年少の読者を対象とする初仕事の不慣れさだけではなく、この強固な物語構造の揺るぎなさに対する困惑もあったのではなかろうか。

もともと芥川は、「鼻」や「芋粥」などの王朝物に見られるように、今昔物語の簡素な説話的枠組みを利用しながら新しい近代的解釈を加えることで自身の創作技法としてきた作家であった。そのような作家にとって、因果応報譚の強固な物語構造と明解なメッセージ性には、新たな解釈の入る余地が乏しく、手慣れた創作技法が応用しにくい厄介な素材だったように思われる。たとえば、そこに従来のような近代的解釈を加えるとなれば、因果応報という非近代的な論理そのものが崩壊することになり、因果応報による〈徳目〉を伝えようとする〈童話〉世界の論理からも逸脱することになる。それゆえ、芥川は原典の物語に依拠しつつも、それを改変することも活用することもできないディレンマに陥っていたのではなかろうか。

5 〈小説家〉への傾斜

芥川は、『因果の小車』の逸話がもつ強固な物語構造に手を焼いたばかりか、原典に見られる登場人物たちの主体性や躍動感および物語展開の合理性からも後退することになった。しかも、「語りの時制」（過去形）にも収まることができないストレスは、結局のところ、近代的な〈小説家〉としての本領へと彼を傾斜させることになった。彼の中の〈小説家〉は、ひとまず極楽や地獄といった物語空間を、具象的かつ鮮やかな視覚的世界として描き出すことだった。たとえば、以下の引用部分などは〈小説家〉芥川が力をこめた情景描写の典型である。

（イ）この極楽の蓮池の下は、丁度地獄の底に当つて居りますから、水晶のやうな水を透き徹して、三途の河や針の山の景色が、丁度覗き眼鏡を見るやうに、はつきりと見えるのでございます。（一）

（ロ）後には唯極楽の蜘蛛の糸が、きらきらと細く光りながら、月も星もない空の中途に、短く垂れてゐるばかりでございます。（二）

（ハ）しかし極楽の蓮池の蓮は、少しもそんな事には頓着致しません。その玉のやうな白い花は、御釈迦様の御足のまはりに、ゆらゆら萼を動かして、そのまん中にある金色の蕊からは、何とも云へない好い匂が、絶間なくあたりへ溢れて居ります。（三）

作品冒頭に描かれた極楽の様子をはじめ、上掲のような情景描写は、原典の『因果の小車』にはまったく見られないものである。これらの情景描写は、強固な物語構造を前に手をこまねくしかなかった芥川が、せめてその描写力において〈小説家〉としての本領を発揮しようとした結果だったといってよいだろう。その真剣さゆえに、これらの情景描写は単なる修辞的表現にとどまらず、作家芥川の内的な心象風景をも無意識のうちに反映することとなった。たとえば（イ）の「地獄」を「水晶のやうな水を透き徹して」「覗き眼鏡を見る」ように眺める構図は、むろん原典にない描写だが、それは芥川がしばしば「地獄」と称した〈世間〉を間接的に（「覗き眼鏡」で）眺めた芥川自身の傍観者的スタンスを思わせる。また、（ロ）の「きらきらと細く光りながら、月も星もない空の中途に、短く垂れてゐる」蜘蛛の糸は、人間のエゴイスティックな我執の底知れぬ闇の深さを暗示する象徴的な表現だが、これはたとえば後年の「藪の中」（「新潮」大11・1）末尾で金沢武弘の死霊が永久に沈んでゆく「中有の闇」にも通底する描写ではなかろうか。さらに、（ハ）の「少しもそんな事には頓着」しない「極楽の蓮池の蓮」が、人間の浅ましい欲望や浮き沈みから超然とし、「何とも云へない好い匂」を「絶間なくあたりへ」放っている様子には、表向きは美しい情景や甘い香りに包まれる極楽が、実はすべてが満たされすぎて無聊をかこつだけの退屈きわまりない世界であるといったアイロニーを連想させる。

このように見てくると、芥川が初めての〈童話〉「蜘蛛の糸」の完成に苦闘しながら結果的にその力を傾注することになったのは、因果応報譚が発するメッセージ（徳目）ではなく、また釈迦の慈悲や犍陀多の人間性でもなかった。その力点はむしろ天国や地獄の絵画的な描写、とりわけ蜘蛛の「糸」や極楽の蓮池の「蓮」などの点景に凝縮される心象風景におかれたように思える。そうした過程で、「蜘蛛の糸」一編は、しだいに〈童話〉という枠組みから乖離し、その主役も我執に満ちた人間世界の無限の闇の中で細く光っている「糸」や、好い匂いを絶え間なくあたりへ溢れさせている極楽の「蓮」そのものの方へと傾斜していったのではあるまいか。

「蜘蛛の糸」は、明暗の対比も鮮やかな極楽と地獄の構図を描きつつも、物語は「丁度朝」を迎えた極楽の風景に始まり、同じく「午に近くなつた」極楽の風景で閉じられる。つまり、犍陀多が蜘蛛の糸に必死に縋りつき、その糸が切れて再び地獄に陥落したという〈事件＝ドラマ〉などまるでなかったかのように、極楽は〈以前と変わらぬ〉表情を浮かべているのである。注目すべきは、きわめて短いテクストの中で、物語の始まり（一）と終わり（三）に全く同じセンテンス――「そのまん中にある金色の蕊からは、何とも云へない好い匂が、絶え間なくあたりへ溢れて居ります。」――が記されていることである。それは人間世界に何事が起ころうとも決して〈変わらぬ〉極楽世界の本質を示しており、その〈変わらぬ〉姿は、「好い匂い」に包まれた極楽が実は人間の浅ましい欲望や悲嘆などに「少しも」「頓着」しない、人間の喜怒哀楽に全く心を動かされぬ非情な世界であることのしるしである。一見駘蕩たるユートピアと思える極楽の明るいイメージは、人間の「我執」の抱え込む深い「闇」が決して超えられぬ〈業〉であることを逆照射する鏡であり、その仄暗い認識を非情に映し出す虚無的な明るさにほかならない。[23]

こうした作家の心象風景を内包する情景描写は、〈純〉な子供たちへのメッセージとは対極的な世界であり、すでに〈童話〉の領域をはるかに超えている。初めは〈童話〉めざし、子供たちに向けてエゴイスティックな我執を戒めるメッセージを伝えようとした芥川だったが、テクスト自体の文脈や時制に浸潤した近代作家（小説家）としての本性はしだいに抑え難く、やがて心象風景と重なる情景描写に力を注ぐ結果となった。それと同時に、自作の第一の読者でもある作者は、〈童話〉としてのメッセージとは全く逆に、我執が決して超えられぬ人間の本質であることからも眼をそらすことができなかった。「蜘蛛の糸」に対する評価が難しいのは、そのテクスト自体が〈童話〉と〈小説〉に引き裂かれ、作家自身も〈純〉な童心への共感とリアルな人間の本性に対する認識の間で揺れ続けていたからである。もっとも、こうした〈揺れ〉は、「蜘蛛の糸」一編にかぎらず、芥川文学全体に通底するアポリアでもあるのだが……。[24]

注

（1）小島政二郎宛書簡（大7・5・16）
（2）小島政二郎宛書簡（大7・6・18）
（3）「蜘蛛の糸」をはじめ、「赤い鳥」誌上に発表された「犬と笛」（大8・1）「魔術」（大9・1）「杜子春」（大9・7）「アグニの神」（大10・1、2）のほか、「三つの宝」（大11・2）「仙人」（大11・4）「白」（大12・8）などが完成された芥川の〈童話〉である。
（4）「芥川氏の文学を評す」（「中央公論」昭2・10）
（5）菅忠道『日本の児童文学』（大月書店、昭31・4）
（6）古田足日「『くもの糸』は名作か」（「小さい仲間」27号、昭32・4）
（7）小島政二郎「眼中の人」（「新潮」昭19・11）
（8）「芥川龍之介の児童文学」（「解釈と鑑賞」昭33・8）
（9）『鑑賞と批評』（至文堂、昭37・11）
（10）S.フィッシュの「解釈共同体」（『このクラスにテクストはありますか』みすず書房、平4・9）から連想した読みの共通指針を「ガイドライン」と仮称してみたが、「赤い鳥」に発表された「蜘蛛の糸」には子供の〈純〉性を涵養するためという一定の「意図」が付与され、テクストの周辺にはそうした共通認識が共有されていたように思われる。また、創刊時の「赤い鳥」が「会員」制の雑誌として出発したという事情も一般の雑誌以上に〈共通認識〉が濃厚であったことを示す材料かもしれない。
（11）「教育勅語」（明23・10）。
（12）明治期の児童文学（御伽噺）をリードしたのは巌谷（大江）小波だが、たとえば「日本昔噺」シリーズの第1編として刊行された『桃太郎』（博文館、明27・7）は、日清戦争開戦（明27・8）という時局とリンクしている。したがって、桃太郎には「皇国の子」としてのイメージも重なっている。
（13）芥川のほかにも、泉鏡花・小山内薫・徳田秋声・北原白秋・島崎藤村・森林太郎など、当時の文壇で名をなしている多くの作家名があげられている。なお、鈴木が他の作家たちの名をかりて代作したケースもあったとされ、その場合はなおいっそう「モットー」に忠実だったと考えられる。こうした「赤い鳥」創刊時の状況については続橋達雄『大正児童文学の世界』（おうふう、平8・2）などを参照した。
(14)「『蜘蛛の糸』の語り手」（「芥川龍之介　3」洋々社、平6・2）
(15) 前掲出注（1）に同じ。
(16)「『蜘蛛の糸』――〈筆削〉の意味――」（「解釈と鑑賞」平11・11）
(17)「『蜘蛛の糸』論――御釈迦様の恣意性を中心に」（「長崎県立女子短期大学研究紀要40」平4・12）
(18)「『蜘蛛の糸』〈この蜘蛛の糸は己のものだぞ。下りろ。下りろ。〉」（「芥川龍之介　3」平6・2）
(19)「蜘蛛の糸」の研究史は一面で原典の探索史でもあり、早くは吉田精一の指摘によるドストエフスキー『カラマーゾフの兄弟』第七篇第三「一本の葱」などが注目されたが、近年は山口静一（「『蜘蛛の糸』とその材源に関する覚書」「成城文芸」昭32・8、「芥川龍之介とポール・ケーラス――『蜘蛛の糸』とその材源に関する覚書再論――」『比較文学研究芥川龍之介』朝日出版社、昭53・11）や片野達郎（「芥川龍之介『蜘蛛の糸』出典考」「東北大学教養部紀要7」昭43・1）らの調査によって、ポール・ケーラス著『カルマ』所収、釋宗演校閲・鈴木貞太郎（大拙）訳述『因果の小車』（長谷川書店、明31・9）で確定した。
(20)「蜘蛛の糸」『芥川龍之介作品研究』（八木書店、昭44・5）
(21)『芥川龍之介論攷――自己覚醒から解体へ――』（昭63・2）
(22)「芥川龍之介の児童文学――『蜘蛛の糸』小論――」（「國文學」昭46・12）
(23) 佐藤氏（前掲注(22)）は虚空に切れた蜘蛛の糸に「作者の胸中を吹き流れる虚無の」「一片の象徴」を見、石割氏（前掲注(18)）は「〈御釈迦様〉の態度」に「虚無的で、デカダンスの匂いさえも強く感じられなくもない」とする。だが、「虚無的」なのは何事にも「少しも」「頓着」しない「蓮」と、全く〈変わらぬ〉非情な極楽世界の方だと考える。
(24) たとえば、「蜘蛛の糸」と前後して執筆された「地獄変」において、絵師良秀の画の完成に対する異常な執着（芸術至上主義）が、娘に対する父親としての情愛の前では必ずしも堅固ではなかったように。

（補注）　本論の趣旨からはやや外れるが、気になる点を一つ付け加えておきたい。それは極楽の蓮池の「蓮」が「少しもそんな事には頓着しません」（三）とある一行が、御釈迦様の「悲しさうな御顔」や「浅間しく思召された」様子を描写した直後に続いていることとである。形式文脈でいえば「蓮」が「少しも」「頓着」しない「そんな事」とは、直前の御釈迦様の「悲し」みや「思召」をさすともとれるわけで、だとすれば、「蓮」は御釈迦様の存在や心情にも「頓着」しなかったということになる。もしそうであれば、ただ「じつと見」つめるだけで慈悲の手を下すこともなく、蓮池の周囲を「ぶらぶら御歩きにな」るだけの御釈迦様もまた、「極楽」の非情な論理の前には無力な一人だったといえる。もっとも、蓮の「少しも」「頓着」しない様子が御釈迦様の「悲しさうな御顔」や「浅間しく思召された」反応との〈対比〉を意味するのであれば、上記の解釈は成り立たない。

「或敵討の話」試論

はじめに

同じ一人の作家の手に成る作品群の中でも、その注目度に大きな差が出ることがある。さまざまな角度から繰り返し論じられる人気の高い作品もあれば、その反対に、あまり言及されることのない日陰の作品もある。現在も多くの読者をもち、関連論文も多く生産される芥川文学の場合でも、各作品に対する言及の頻度には少なからぬ偏差がある。たとえば、ここで論じようとする「或敵討の話」(「雄辯」大9・5)などは、きわめて言及の乏しい作の典型だといえる。その理由としては、発表当時の文壇的評価がかんばしくなかったこと、数少ない研究史の出発点においても低評価であったこと、などが影響していると思われる。さらに、本作が単行本に収録されなかったという事実が、芥川本人の評価の低さを示す傍証とみなされたことも大きいのかもしれない。ともあれ、管見の及ぶかぎり「或敵討の話」を正面から論じた考察は、芥川関連の事典等を除けば、おそらく五本を超えないし、その少なさは一応〈小説〉らしい結構が整った芥川作品としては異例に属する。にもかかわらず、あえて日陰の作品「或敵討の話」を採り上げるについては、むろんそれなりの理由がある。論点の一端をあらかじめ示しておくなら、以下に見るように、従来の論考が森鷗外の作品を〈歴史小説〉の唯一の規範とし、もっぱらそこに立脚しながら「或敵討の話」を見返すという視点に傾きすぎているのではないか、と思うからである。そこでまず、これまでの論評や研究史を予断を排して見直すところから始めたい。

1　鷗外作品の呪縛

最初に希少な同時代評を見ておきたい。以下は、水守亀之助の「五月の創作」（「東京日日新聞」大9・5・6）である。(1)

矢張芥川氏の「或敵討の話」（雄弁）は些つと普通の敵討とは筋道と結果とが変わつてゐる点に作者の覗《うかが》ひどころがあるらしいうまい文章で、些の混雑も見せないで、筋を運ばせて行つてはあるが。それ以上に作者は事件や人物に対して深い洞察と批判を加へることをわざと差控へてゐるかに見える。それだけに、何だか一個の新しい物語と云ふ以上の芸術的感銘は得られなかつた。

末尾の「芸術的感銘は得られなかつた」という一節が「或敵討の話」に関する評価の低さを端的に物語るが、「普通の敵討とは筋道と結果とが変わつてゐる点」を「作者の覗ひどころ」とするという指摘には留意する必要がある。

次に、稲垣達郎「歴史小説家としての芥川龍之介」（大正文学研究会『芥川龍之介研究』河出書房、昭17・7）は、「いかなる作家でも、既成の文學から完全に自由でありうるものではない」と述べ、「龍之介の模倣性あるいは被影響性が、よくあらはれてゐる」例として「尾形了斎覚え書」・「忠義」・「古千屋」の三作がそれぞれ鷗外の歴史小説「興津彌五右衛門の遺書」・「阿部一族」その他・「佐橋甚五郎」の影響下にあるとしつつ「歴史小説家としての龍之介は、到底、鷗外を發展させるべくもなかつた」として、次のように述べている。

『或敵討の話』に於いても、最後に「後談」を添へなければならなかつた。假に、この「後談」を除いて筆を擱いたとしたら、恐くは『護持院ケ原の敵討』にも比すべき作品が出來たかもしれない。／これらは要するに、歴史の自然のなかに、平然と生ききる度胸に缺けるものがあつたのだ。それらの註釋や説明は、ここに於いてはまさしく感傷と見做されるべきものだらう。

作品末尾の「後談」に厳しい稲垣論だが、ここで言及された「護持院ケ原の敵討」は、以後「或敵討の話」の比較対象としてしばしば引き合いに出されることになる。また、「歴史小説家としての龍之介は、到底、鷗外を發展させるべくもなかつた」との見解も、鷗外作品との比較から導き出される「或敵討の話」の限界や低評価の指標となってゆく。

稲垣論と前後して刊行された吉田精一『芥川龍之介』（三省堂、昭17・12）は、単行本『夜来の花』の収録作品を評する一節で、同時期の本作にもついでに触れるといった具合で、以下のように述べている。

「或敵討の話」（五月、雄弁）は、単行本に加えなかった。恐らく出来栄えに自信がなかったからであろう。小説としてより記録に近く、十分に題材を消化しているとは思われない。内容は森鷗外の「護持院ケ原の仇討」に極めてよく似ている。或は龍之介の念頭にあの作があったのかも知れない。

単行本未収録という事実を作家の「自信がなかった」ためと解し、[2] 小説よりは「記録に近く、十分に題材を消化しているとは思われない」という吉田氏の見解は、芥川研究のスタンダードとなった著書での言及だけに「或敵討の話」の低評価を決定づけるものとなった。さらに、「内容」が鷗外の「護寺院ケ原の仇討」に似ているとの指摘も、稲垣論ともども、以後の「或敵討の話」観に強い影響を及ぼすものとなった。

こうした評価や研究史の出発点を形成する三氏の見解は、少なからず「或敵討の話」の読みを固定させることになった。そのポイントを整理してみると、①小説としての否定的（低い）評価、②鷗外の歴史小説、特に「護持院ケ原の敵討」の影響、③「後談」の捉え方などが当面の要点だが、その他では④「普通の敵討とは筋道と結果とが変わつてゐる」作者の狙い、また⑤材源の問題、⑥テーマの捉え方などが付随する問題だろう。

稲垣・吉田両氏の言及以後、管見では三十七年の長きにわたって「或敵討の話」は陽の目を見ることがなかった。その長い空白を埋めたのは、杉浦清志「『或敵討の話』――森鷗外『護持院原の敵討』との比較から[3]――」である。私見ではこの杉浦論が最も精細な「或敵討の話」論と思われるが、論の展開上、次章で言及したい。

その四年後、山崎一穎「森鷗外と芥川龍之介[4]」が発表されるが、これはそのタイトル通り、鷗外と芥川の比較・影響を論じたもので、冒頭にはよく知られた次の芥川書簡が掲げられている。

鷗外先生の『分身』『走馬燈』『意地』『十人十話』などよみ候皆面白く候へども分身中の「不思議な鏡」走馬燈中の「百物語」「心中」「藤鞆絵」意地の「佐橋甚五郎」「阿部一族」十人十話の「独身者の死」最面白く中でも『意地』の一巻を何度もよみかへし候（広瀬雄宛、大2・8・19）

山崎氏は、この書簡から先の稲垣論が指摘した芥川の「尾形了斎覚え書」・「忠義」・「古千屋」などと『意地』の関連性を説き、稲垣・吉田両氏の指摘をなぞるように「『或敵討の話』も鷗外の『護持院原の敵討』無くしては成立しなかったろう」と述べている。ただし、前記三作よりも「或敵討の話」の方が「作品の質は高い」と評価している。

敵を捜し当てながら病死する打手の運命を、主観的な注釈や説明を抑制して点綴している。敵討の虚しさや不条理さは浮彫りにされ、鷗外とは違った味わいを醸し出している。しかしながら、芥川は後日談を「後談」として附記している。敵討の不条理さを眼目に置くならば、やはり蛇足の感は免れない。この「後談」があるために、鷗外の作品を越え得ない。

「後談」を「蛇足」とし、そのため「鷗外の作品を越え得ない」とする見方は、先の稲垣論に準じるものだが、「敵討の虚しさや不条理さ」が「浮彫り」になっている点に「鷗外とは違った味わい」を見、相応の評価を与えている。とはいえ、先の「はじめに」で整理したポイントでいえば、②鷗外の歴史小説の影響、特に「護持院ケ原の敵討」との関連性を説く点では先行の見解が踏襲され、③「後談」の見方も同様である。稲垣・吉田両氏の見解が及ぼす呪縛はなかなか強固であるといえよう。

2　方法と材源

先に触れた杉浦論は、副題「森鷗外『護持院原の敵討』との比較から」でわかるように、先のポイント②鷗外の歴史小説の影響、特に「護持院ケ原の敵討」との関連性を見ようとする点では従来と同じだが、その論点は大きく異なっている。杉浦氏は、「或敵討の話」と「護持院ケ原の敵討」の「双方から受ける感動には歴然たる差がある」とし、稲垣・吉田両氏の論調からは「あたかも芥川が鷗外と同じような歴史小説を書こうとしてしかも及ばなかったという印象」を受けるが、「歴史其侭」を重んじ、歴史小説から史伝へと向かった鷗外の方法と、或る「テエマを芸術的に最も力強く表現する為」に歴史的素材を借りた（「澄江堂雑記」）芥川の方法には大きな「違い」があるとして、双方を同列に論じることに疑問を呈している。この指摘は極めて重要だが、結論は私見と異なる。

たとえば、「護持院ケ原の敵討」の方に「より強いリアリティ」を感じるのは、「約二倍強にあたる叙述規模と、『歴史其侭』を尊重し感傷を排した一見無味乾燥な文体によるところが大きい」とし、さらに尾形仂(5)の指摘する『山本復讐記』(6)を「藍本」とし、『武鑑』や『異聞雑稿』などで歴史的背景を補いつつ、藍本にある「因縁」や「淡雪の消る思ひ」などの感傷的要素を排した記述方法が芥川作品との差異だとする。「或敵討の話」は、「実際にあった事件を素材にしていた」鷗外作品と異なり、むしろ「護持院ケ原の敵討」を「藍本」とし、鷗外作品の「敵討が成功の裡に終わるのに対して」芥川作品の「それは成就しない」ことから「パロディ」ともとれると述べる。その上で、「或敵討の話」の典拠として西鶴の『諸国敵討／武道伝来記』巻三第二「按摩とらする化物屋敷」および巻八第三「播州の浦浪皆帰り打」の一節を掲げている。杉浦論による論証過程の詳細は略するが、『武道伝来記』巻三第二の描写と芥川作品の「一」に見える場面の共通点を以下のように述べている。

> 場所が松山乃至その付近であること、敵が忍び駕籠に乗っており二人の若党が従っていたこと、これから舟に乗ろうとしていたこと、それを発見したのが敵を討つべき本人ではなくそれと男色関係にあった助太刀であり本人はそこに居合わせなかったこと、その男の考えたことの内容等、設定、表現、話の運び方に至るまで余りにもよく似ているであろう。

また、『武道伝来記』巻八第三の一節を引用し、次のように指摘してもいる。

> 返り討ちに合ったというだけでなく、敵が編笠をかぶっていたことも同様であり、その敵の「うろたへ者、人

違ひ」ということばも、兵衛の「うろたへ者め。人違ひをするな」という語と似ているであろう。そういえばさきの巻三第二で奥右衛門が今治で病臥したところに、兵之助に向かって「思へば惜しき命なり」と言うところがある。これは『或敵討の話』の「大団円」で病臥した甚太夫が喜三郎に向かって言う、「おれは命が惜しいわ」と言う語を思わせる。

杉浦氏は、以上のように指摘した上で、西鶴が「勿論芥川の読書範囲に入っていた」とし、「芥川がここで『武道伝来記』によっていくつかのエピソードを書いたと見ることは十分可能であろう」と述べる。周到な比較検討に基づく妥当な結論で、『武道伝来記』が「或敵討の話」の相当部分の典拠であることは間違いないと思われる。

杉浦氏の述べるように、鷗外が事実に基づいた〈史料〉を「藍本」とし、芥川が鷗外作品を「藍本」とし、(7) 西鶴の作品を〈典拠〉としたのだとすれば、双方の作品はそもそも出発点において方法論が大きく異っていたことになる。そうした方法論の差異は、一口にいえば鷗外と芥川の作家的資質の違いといえようが、「或敵討の話」のモチベーション自体が、鷗外作品に触発されたものではなく、全く別のところから生じたものだとしたらどうだろう。以下、そうした点を中心に私見を試みてみたい。

3　執筆経緯

「或敵討の話」のモチベーションを検討するために、その執筆経緯をあらためて見直しておきたい。「或敵討の話」は、後述するように作家としての転身・成否のかかった重要な時期に執筆された。芥川はその緊張と繁忙の中で、雑誌「雄辯」への文債を果たすため、あわただしく一編を仕上げなければならなかった。

「或敵討の話」の脱稿は、大正九年四月十七日に発信された水谷教章宛ての三通の書簡によってほぼ確定できる。同日の一通目には「存外長くなりどうしても終らず今日午後もう一度御使ねがひたく候　頓首」と原稿手渡しの延期を申し入れ、二通目でも「今夕か晩もう一度御使ひを下さい今度はきつと間に合せます」と再び延期を申し入れている。同日の三通目では原稿を手渡した後らしく、何箇所もの「訂正」を申し入れた上で「こんなに途中で直す事空前なり絶後ならん事を祈る」とあるところから、この四月十七日夕方過ぎには脱稿し、原稿を使いの者に手渡したと見てよいだろう。

一方、起稿の期日はいつ頃だろうか。同年四月十一日付水谷宛書簡には「もう一日二日御待ち下さるまじく候やもし間に合ひかね候はゞ来月号に御まはし下さるもよろしく候」とあり、すでに執筆中であることは明白だが、これ以前に水谷宛書簡はなく、「或敵討の話」に関する言及も見当たらない。したがって、いつ起稿したのかは確定しがたいが、同年三月三十日付岡英一郎宛書簡に次のような文言が見える。(8)

仙台萩の男之助の服装を書きたるもの無之候や君自身の記憶にても結構なり上下は牡丹黄色い〔一字不明〕かくしなど覚えてゐれどあとは髪の力髪の有無も忘れたり御教示下さらば幸甚

「仙台萩」はいうまでもなく歌舞伎「伽羅先代萩」のことだが、注目すべきは、芥川が江戸時代の服装や髪型について問い合わせていることである。この時期、芥川にそうした江戸時代の知識を要する作品は、「或敵討の話」以外には見当たらない。もっとも、作中には質問内容の具体的描写は見えないが、江戸時代の風俗に対する関心がこれから取り掛かろうとする作品への準備であると考えれば、この三月三十日あたりが「或敵討の話」の起稿日もしくは構想の固まった時期と見てもよいのではなかろうか。「或敵討の話」はひとまず三月末（四月早々）から四月十七日までの二週間余りの間に執筆されたとみて大過ないように思える。

ところで、この「或敵討の話」の執筆時期は、前述したように作家芥川の転身・成否のかかった大変重要な時期であった。具体的には、新境地を開くべく発表された現代小説「秋」（『中央公論』大9・4）への不安や緊張が冷めやらず、同時に連載小説「素戔嗚命」（『大阪毎日新聞』『東京日日新聞』大9・3・30〜同6・6）の執筆にも苦しんでいる最中であった。そうした状況を当時の芥川書簡から拾ってみる。

「僕目下毎日うん〳〵云ひながら新聞小説を書いてゐる」（南部修太郎宛、大9・3・29）「『秋』御褒めに預つて恐縮です自分では不慣れな仕事なので出来が好いのか悪いのか更にわからず閉口してゐます（中略）何だか『秋』の出来栄えが気になつて甚不愉快です」（滝田樗陰宛、同3・31）「スサノヲの尊は今行き悩みの体どうもスサノヲが女に惚れる所がうまく行かない」（岡栄一郎宛、同4・2）「ボク毎日糞を嘗めるやうな思ひをしながら素戔嗚命を書いてゐる一日も早くやめたい一心だけだ」（佐藤春夫宛、同4・4）「今日秋を読み候一つ二つ気になる所なきには候はねどまづあの位なら中央公論第一の悪作にても無之かる可き乎と聊安堵仕候」（滝田樗陰宛、同4・9）「秋は大して悪くなささうだ案ずるよりうむが易かつたと云ふ気がする僕はだんへあゝ云ふ傾向の小説を書くやうになりさうだ」（滝井孝作宛、同4・9）「この頃は新聞へ糞の如き小説を書いてゐるので忙しい」（松岡譲宛、同4・11）「昨夜東京日日より電報まゐり十四日より横浜版にも素戔嗚の命掲載の為これまでの梗概を一回分書く事と相成り月評とそれとにて殆徹夜の始末御迷惑の段は幾重にも御察し申上候へどももう一日二日御待ち下さるまじく候や（以下略）」（水谷宛、前出、同4・11）「『秋』は三十枚なれど近々三百枚で感服させる事あるべし御用心々々々実際僕は一つ難関を透過したよこれからは悟後の修業だ」（南部修太郎宛、同4・13）

少々長すぎる引用となったが、「或敵討の話」が、『秋』発表直後の不安や緊張および安堵、また連載小説「素戔嗚命」の執筆に難渋している最中の執筆だったという状況が如実にうかがえよう。そうした中、芥川はまず「或敵討の話」の「発端」部分を書き上げ、水谷のもとに原稿を届けさせた。同月十三日の書簡には次のように記されている。

忙中落筆の為事実違ひあり校正の節左の個条御改刪を請ふ
　発端の中の
光尚はすべて綱利に
正保二年の春は寛文七年の春に
御面倒ながら間違ひなきやうに御注意下され度願上候　頓首
　十三日午後　　我鬼
　水谷様
二伸　原稿今切りが悪いのですが明日一ぱい待つてくれませんか新聞小説と両方で毎日殆ねる間もない位なのです　以上

だが、この「明日一ぱい」も違約となる。三日後、同月十六日付水谷宛書簡には「残りは明朝早くとりに御よこし下され度く候今晩とりに御よこしになつても駄目に候勝手ながら右念の為申し加へ候もうこれ以上は日延べ仕るまじく御安心下され度候」と伝えたが、前掲・十七日付三通で見た通り、「明朝早く」の約束は夕方以降にずれこむことになる。

前掲では略したが、十七日付書簡の一通目には以下のような訂正の申し入れがある。

啓　大団円の始に「兵衛はその二三日前から痢病の床に沈んでゐた」の二行あり、あの二行校正の節全部抹殺して下さいつまり大団円の最初の一行は「甚太夫は従つて宿を変へて云々」になるのです　以上

この書簡ではさらに「二伸」「三伸」「四伸」が付され、それぞれ「執拗く」を「執念く」に、「つけ覘ふ」を「(つけ)狙ふ」に、「われらの助太刀では」を「身どもの(助太刀では)」に訂正するよう申し入れている。怱忙の間の作とはいえ、いつもながら描写の細部を揺るがせにしない芥川の執筆態度と、完成までに予想を超えたエネルギーの傾注が必要だったことをうかがわせる。

先の山崎論でも見たように、七年前、芥川は確かに鷗外の『意地』を愛読し(広瀬雄宛書簡、大2・8・19)、鷗外の一連の歴史小説に深い関心を抱いていた。しかし、この間の芥川書簡を先にやや煩雑すぎるほど見てきたが、芥川の脳裏に鷗外の名前や作品が去来した形跡は一切ない。しかも、芥川は新境地の現代小説「秋」の成否や「素戔嗚命」の連載に心を砕いており、鷗外の歴史小説と対峙してその向こうを張るといった余裕などなかったようにも思われる。〈江戸時代の敵討ち〉を素材とする「或敵討の話」が、鷗外の歴史小説に触発された作ではないとすれば、そのモチベーションはいったいどこから生じたのであろうか。

4　菊池寛からのインスパイア

江戸時代の敵討ちを素材とする作品を書いたのは鷗外一人ではない。また、鷗外の歴史小説の影響を受けたのも

芥川一人ではない。たとえば、以下のような一文がある。

日本の文壇で、歴史小説は古くからあるが（中略）現代文学の歴史小説を初て書いたのは、森鷗外博士である。／鷗外博士の影響を受けて歴史小説を書いたものは自分と芥川龍之介であると思ふ。つまり歴史物語を現代小説の材料に使たわけである。つまり、歴史的事件に新しい解釈を加へたのである。（菊池寛「僕の歴史物」平凡社版『菊池寛全集』月報、昭4・4）

芥川の周辺で最も身近な存在の一人である菊池寛もまた、江戸時代の敵討ちを素材とする作品を何編も書いている。(9) 菊池の代表作「恩讐の彼方に」もその一例である。(10)

「恩讐の彼方に」（「中央公論」大8・1）は、「或敵討の話」に先立つこと一年三カ月前に発表された。双方が比較的近い時期に発表され、同じ江戸時代の敵討ちを素材としている、そのことだけでも両作の類縁は推測されてよい。しかし、さらに注目すべきは、小説「恩讐の彼方に」が一年余りのち菊池自身の手によって脚色され、大正九年三月二十六日から同三十日にかけて、つまり「或敵討の話」の執筆直前に帝国劇場で上演されているという事実である。当時の「讀賣新聞」（大9・3・25～30、但し29日は除く）「遊覧案内」には、「帝國劇場」の欄に「文藝座劇公演」とあり、次の広告が見える。

自三月廿六日／至同三十日　毎夕五時開演
吉井勇氏作／　第一　　狂藝人　　三幕三場
武者小路実篤氏作／　第二　　廿八歳の耶蘇　　一幕

菊池寛氏作／　第三　恩讐の彼方に　　三幕六場
■守田勘彌○帝劇専属女優浪子、房子、かね子、ふく子、薫
○宮島敬夫外数十名出演
▲四圓・三圓五十銭・二圓五十銭・一圓五十銭
電一六一二、一六一三／本二五一四、二五一五　　帝國劇場

この広告にもあるように公演の演目は「恩讐の彼方に」であったが、翌月に発表されたその脚本（戯曲）の題名は「敵討以上」（「人間」大9・4）とされた。

芥川が菊池の芝居「恩讐の彼方に」を観劇したとの言及は見当たらない。しかし、青年期より演劇に多大な関心を抱き[11]、戯曲「青年と死と」で創作活動を始め[12]、その後も多くの芝居を熱心に観劇していた芥川が、「或敵討の話」の執筆直前、帝国劇場で上演された親友の芝居に無関心だったとは考えにくい。また、その脚本「敵討以上」の発表も「或敵討の話」執筆開始時であることを思えば、芥川が目前の「恩讐の彼方に」ないし「敵討以上」にインスパイアされて〈江戸時代の敵討ち〉の物語を着想したとしても不思議ではない。第四次「新思潮」の同人仲間が同じ素材を用いて〈競作〉を試みるという事例には、『武士道』の著者で芥川らが一高在学中に校長だった新渡戸稲造をモデルとする久米政雄の「母」に対し、芥川も同じ素材で「手巾」を書いたという前例もある[13]。「秋」の評価に緊張し「素戔嗚命」の執筆に悩む中、十分な準備もできないまま怱忙の間に一編を仕上げる必要があった芥川にとっては、かえってこうした卑近な刺激こそ格好の材料だったのではないだろうか。

菊池と芥川の関係でいえば、二人が第四次「新思潮」の同人仲間だったことは周知の事実だろう。また、芥川は前年（大8）二月、自身が大阪毎日新聞社の専属作家となる入社交渉をした際、菊池の同時入社についても仲介の

労をとり[14]、時事新報社会部記者だった菊池に作家専従の生活環境を整えることにも尽力している。芥川全集[15]にはなぜか菊池宛書簡が収録されておらず、詳細な消息は明らかではないが、それでも「菊池、江口その他へも小説を書くやう伝へました」（薄田泣菫宛、大9・3・27）とか「菊池は胃病で困つてゐる」（恒藤恭宛、大9・3・31）とあるように第三者への書簡中にも菊池の名が登場している。さらに「赤ん坊比呂志と命名菊池を名づけ親にした」（菅只雄宛、大9・4・27）とあるように長男の名を「寛＝ヒロシ」にあやかるほどで、当時の二人の親密ぶりがうかがえる。こうした関係からすれば、芥川が菊池の活動を常に視野に入れていたことは確実で、帝国劇場といった晴舞台で上演された「恩讐の彼方に」に注目していたことも間違いない。「或敵討の話」が「恩讐の彼方に」の小説もしくは舞台に刺激をうけ、少なからずライバル心を煽られての産物だった可能性は高いといえよう。

5　「恩讐の彼方に」と「或敵討の話」

「或敵討の話」は、〔発端〕〔一〕〔二〕〔三〕〔大団円〕〔後談〕の六章で構成されている。あまり一般的でない作品なので、その内容をやや詳しく紹介しておきたい。

〔発端〕……肥後細川家に召し出された田岡甚太夫は、藩主も見守る武芸の試合で、表芸の槍術で見事に勝ち抜き、剣術で指南番瀬沼兵衛と対戦する。兵衛の面目を考えた甚太夫は、心ある人に分かる負けを期するが、それを憎く思った兵衛は鋭い突きを入れる。甚太夫のぶざまな負けぶりに彼を推挙した内藤三左衛門が怒り、再試合となる。敗れた兵衛は、甚太夫と見誤って加納平太郎を闇討ちし、出奔する。平太郎の嫡子求馬は、若党喜三郎と後見役甚太夫と共に敵討ちの旅に出る。求馬と念友の約がある津崎左近も助太刀を申し出るが許されない。〔一〕……数日後、左近は書き置きを残し、三人のあとを追う。甚太夫は求馬の表情や喜三郎のとりなしで左近の同行を認める。四人は兵衛の跡を追って広島から松山に渡る。城下近くの海岸で忍駕籠につき添う二人の若党が急いで舟を仕立てている場に遭遇した左近は、駕籠から出た編笠の侍が兵衛と知り、機を逃さず一人で斬りかかろうとする。が、人違いだと叱責され、躊躇した瞬間に返り討ちにあう。〔二〕……残された三人は、探索を続けて江戸に出るが、時はむなしく過ぎてゆく。若い求馬は「寂しさ」に沈み、吉原に通い始めて楓という女と馴染みになる。求馬は楓から兵衛が松江藩の侍たちと松江に赴くとの情報を得て喜ぶが、楓との別れを思うと「心は勇まなかつた」。その日、爛酔した求馬は宿に帰ると血を吐き、翌日から床に就く。ある日、甚太夫が外出から戻ると、求馬は遺書を啣えて自害していた。遺書を読んだ甚太夫は、中に巻き込まれた楓との起請文を「苦い顔」で燃やしてしまう。〔三〕……寛文十年の夏、松江の城下に入った二人は、兵衛が恩地小左衛門の屋敷に潜んでいると知る。甚太夫の心ははやるが、兵衛一人の外出を待つ。左近の祥月命日、喜三郎が近くの祥光院で仏事を修した際、本堂に左近と平太郎の位牌があるので、その由縁を尋ねると、恩地家の客人が月に二度の命日に必ず回向に来るという。二人は喜び、次の命日を待つが、菩提を弔う兵衛の心など忘れていた。当日、二人は夜明け前から門前で敵を待つが、なぜか姿を現さなかった。〔大団円〕……数日後、甚太夫は烈しく吐瀉し、病状が悪化したため名医で豪傑肌の松木蘭袋の診察をうける。蘭袋は一目で「痢病」と見立てるが、薬効はなく、甚太夫はしだいに衰弱してゆく。喜三郎が蘭袋の家に薬を取りに行った際、内弟子から兵衛も同じ「痢病」に罹っていると聞かされる。甚太夫は自分と兵衛のどちらが他界しても敵討ちが成就しないので、双方の快癒を願う。だが、甚太夫は重態となり、蘭袋に敵討ちの仔細を語り、「今生の思ひ出」に兵衛の容態を尋ねる。蘭袋は今朝兵衛が死んだと答え、それを聞くと甚太夫も息絶える。喜三郎は三人の遺髪を携え、一人熊本に帰ってゆく。〔後談〕……翌年正月、祥光院の墓所に施主の知れない四基の石塔が建てられ、二人の僧形が石塔に水を注いだ。一人は蘭袋、もう一人は「病み耄けてゐたが」「何処か武士らしい容子」のある「順鶴」という僧名の素性の知れない人物であった。

以上、長すぎる梗概となったが、弁解めくことを承知でいえば、「或敵討の話」は話の筋の展開と登場人物の心情や行動が緊密に絡み合い、はなはだ要約しにくい構造となっている。その人間関係や心理も屈折あるいは錯綜しており、たとえば甚太夫と兵衛の関係では、兵衛の面目に配慮した甚太夫の気遣いがかえって憎悪を生み、その掛け違いが発端となる。しかも皮肉なことに兵衛は見誤って無関係の平太郎を闇討ちし、敵として追われる身となる。求馬と「念友の約」を結ぶ左近も、甚太夫へのひそかな嫉妬があせりとなって落命に至る。求馬の自刃には、あてどのない敵討ちへの徒労感からくる「寂しさ」に加え、楓との別れや病身も重なり、さらに「念友」を失った孤独も影を落としているようにもに思える。また、求馬の自刃に対する甚太夫の反応も微妙で、その薄志弱行への苛立ちだけではなく、女に対する未練たらしさへの嫌悪も含まれている。兵衛に対する甚太夫の感情も、いつしか後見人の立場を超え、自分に幾多の辛酸をなめさせた「彼自身の怨敵」へと変化している。こうした人間関係や心理のあやが、物語を進展させる動因ともなって「或敵討の話」の〈小説世界〉を組成している。稲垣氏や山崎氏が鷗外の歴史小説と比べて批判する「後談」にしても「感傷と見做されるべき」余計な「蛇足」と決めつけられない。兵衛の死を告げる蘭袋の言葉が〈嘘〉であることは推察可能にしても、兵衛の後身「順鶴」の登場がその〈嘘〉を確定するとともに、敵討ち騒動の犠牲者全員の菩提を弔う彼の姿を点描することで、敵討ち自体の虚しさをいっそう強調する効果をも発揮しているからである。ともあれ、「或敵打の話」が不幸だったのは、これが鷗外の歴史小説を媒介として書かれたという〈予断〉が固着し、常に鷗外作品との比較を強いられた結果、必要以上に過小評価を招いたことにある。

たとえば、吉田氏は「或敵討の話」を「小説としてより記録に近く、十分に題材を消化しているとは思われない」とし、『護持院ケ原の仇討』に極めてよく似ている」と述べていた。しかし、私見によれば実態はその逆で、むしろ「記録に近」いのは史料に依拠した「護持院ケ原の仇討」の方で、「或敵討の話」は相応の評価を得てもよい「小説」らしい小説だといえる。現に鷗外は、敵討ちの旅で巡った多くの地名や宿泊日数などを逐一丹念に綴り、身支度の細部や布地の模様に筆を費やし、敵討ち後の繁雑な手続きや沙汰次第の詳細をあくことなく記している。それに比べれば「或敵討の話」は話の運びも起伏に富み、登場人物の心理や心情およびディテールの描写も適切である。鷗外の歴史小説の特徴でもあるのだが、もっぱら事実を列記し、登場人物の内心や心情や語り手の感懐などを極力排除しようとする「護持院ケ原の仇討」と「或敵討の話」とでは、もともと叙述の質ひいては素材に迫る視角や姿勢自体が大きく乖離している。また、杉浦氏も指摘するように、鷗外作品では敵討ちが成就しているが、芥川作品では成就しないというのも大きな相違点であろう。〈敵討ちの物語〉でありながら〈敵討ちが成就しない物語〉という点では、敵と手を取り合ってともに涙する「恩讐の彼方に」の方がまだしも近いといえる。また、「恩讐の彼方に」の〈敵〉市九郎は懺悔の心から出家を志し、得度して了海と名乗り、諸人救済を願って諸国雲水の旅に出るが、「或敵討の話」の〈敵〉兵衛もまた罪を悔い、自分のために命を落とした四人の菩提を弔う石塔を建て、出家して順鶴という僧名を名乗る。「或敵討の話」と「恩讐の彼方に」における〈敵〉の二人がそれぞれ罪を悔いて改心し、出家するという点も共通している。一方、「護持院ケ原の仇討」の〈敵〉亀蔵は全く改心していない。こうして見てくると、「或敵打の話」は、その執筆状況も含め、菊池の「恩讐の彼方に」に触発された可能性がますます高いといえるだろう。

6 アンサーソング

「恩讐の彼方に」の物語は、安永三年秋の初め、浅草田原町の旗本・中川三郎兵衛の屋敷で「主人の妾と慇懃を通じ」た市九郎がその為に「成敗を受けようとして」逆に「主殺しの大罪」を犯し、相手の女お弓とともに出奔するところに始まる。その十年後、十三歳になった三郎兵衛の一子実之助が父の敵討ちに旅立ち、苦難を重ねて九年後、青の洞門で知られる難所の掘削現場でようやく敵とまみえるというものである。物語の後半、洞門の掘削に身を削る了海こと市九郎と対面した実之助は、敵討ちを宣しても悪びれぬ了海を前にして次のような心境に至る。

実之助は、此の半死の老僧に接して居ると、親の敵に対して抱いて居た憎しみが、何時の間にか、消え失せて居るのを覚えた。敵は、父を殺した罪の懺悔に、身心を粉に砕いて、半生を苦しみ抜いて居る。而も、自分が一度名乗りかけると、唯々として、命を捨てようとして居るのである。か丶る半死の老僧の命を取ることが、何の復讐であるかと、実之助は考へたのである。

親の敵に対する憎しみが消え失せ「何の復讐であるか」という実之助の思いと、「敵打が徒労に終つてしまひさうな寂しさ」に沈み、敵討ちに「勇まなかつた」求馬の「心」とはむろん同一ではない。敵討ちに対する実之助の簡明な懐疑と求馬の心中深くに澱む寂しさは確かに別物だが、敵討ちへの情熱が薄れ、それを虚しいと感じ始める点ではやや重なるところもあるだろう。

実之助が了海に廻り合ってから一年半後、延享三年九月十日の夜、洞門はついに貫通する。そして、物語の末尾は次のように結ばれる。

「いざ、実之助殿、約束の日ぢや。お斬りなされい。(中略)いざお斬りなされい。」と、彼のしはがれた声が洞窟の夜の空気に響いた。が、実之助は、了海の前に手を拱《こまね》いて坐つたま丶、涙に咽んで居るばかりであつた。心の底から湧き出づる歓喜に泣く凋《しな》びた老僧の顔を見て居ると、彼を敵として殺す事などは、思ひ及ばぬ事であつた。敵を打つなど、云ふ心よりも、此の羸弱《かよわ》い人間の双の腕に依つて成し遂げられた偉業に対する驚異と感激の心とで、胸が一杯であつた。彼はゐざり寄りながら、再び老僧の手を執つた。二人は其処に凡てを忘れて、感激の涙に咽《むせ》び合うたのであつた。

一方、菊池自身によって脚色された「敵討以上」では、上掲の場面が以下のようになる。

了海　（ふと考へ附いて）身の嬉しさに取りまぎれて、申し遅れました。今宵こそ約束の日ぢや、いざお斬りなされませ。了海奴も、かゝる法悦の中に往生いたすとなれば、未来は浄土に生る、こと、必定疑ひなしぢや。いざお斬りなされい。

実之助　（了海の突いた手をとりながら）了海どの、もはや何事も忘れ申した。二十年来肝を砕き身を粉にする御坊の大業に比べては、敵を討つ討たぬなどは、あさましい人間の世の業だ。実之助も御坊の傍の一年の修業を積んだ仕合せに、修羅の妄執を見事に解脱いたしたわ。（以下略）

……（中略）……

了海　（やがて念珠を取り出してもみながら）南無頓生菩提！俗名中川三郎兵衛様。了海奴が、悪逆を許させ給へ。（泣きながら頭を下げる）

実之助　恩讐は昔の夢ぢや。手を挙げられい。本懐の今宵をば、心の底より欣び申さう。あな嬉しや嬉しや。欣ばしや。

（二人相擁して泣くところにて）――幕――

芥川の「或敵打の話」が菊池の「恩讐の彼方に」に触発されたとして、その直接の題材が〈小説〉だったのか〈脚本〉だったのかはわからない。もっとも、そのどちらであっても、敵と討手が互いに手を取り合って涙を流すという終幕は同じである。「二人は其処に凡てを忘れて、感激の涙に咽び合うた」小説の結びと、「敵を討つ討たぬなどは、あさましい人間の世の業だ」「恩讐は昔の夢ぢや」と語って「二人相擁して泣く」脚本の結末との間に本質的な差異はない。思うに、こうしたいかにもヒューマニスティクな大団円が、菊池ほど楽観主義者ではなかった芥川にはいささか綺麗事すぎると映り、その〈競作〉意識を刺激され、菊池とは異質の〈敵討ち〉の物語を紡がせたのではあるまいか。

菊池の場合、敵討ちに旅立つのは実之助一人であり、同行の犠牲者はなく、最後にはめでたく敵と邂逅、しかも互いに手を取り合う。ここでは〈恩讐〉は涙とともに〈彼方〉に洗い流され、「欣ばし」い抱擁となる。だが、実際の〈敵討ち〉はそんなに生易しいものだったのか、と芥川は感じたのではあるまいか。雲をつかむようなあてどない敵討ちの長旅はもっと無惨で、当事者たちの心と身体をさまざまにむしばみ、その虚しさだけが残る「刻薄」なものだったのではないか、と。だからこそ「或敵打の話」では、従者（若党）の喜三郎を除き、当事者三人がいずれも犬死に等しい死を迎え、〈敵討ち〉を切望しつつも成就できずに幕を閉じる。芥川の「大団円」が、敵との対面すら叶わず、医師の〈虚言〉のなぐさめで閉じられるのは、〈敵討ち〉の実態がもはや〈恩讐〉の彼方におとずれる「感激の涙」や「二人」の抱擁といった甘美な結末などとは似ても似つかない「刻薄」な〈虚しさ〉を強いるものだと物語るためではなかったか。「或敵打の話」は、親友菊池の「恩讐の彼方に」に対する読後感代わりの芥川一流のアンサー・ソングだったように思える。

注

（1）熊谷信子「芥川龍之介『或敵打の話』」（「相模国文」24、平9・3）参照

（2）後年の「伝吉の敵打ち」（「サンデー毎日」大13・1）の原題は本作と同じく「或敵打の話」であった。もしかすると「或日の大石内蔵之助」なども含め〈敵討物〉を集めて一冊にする意図があり、『夜来の花』から除外した可能性はないだろうか。

（3）「稿本近代文学　第二集」（筑波大学平岡研究室、昭54・7）

（4）「解釈と鑑賞」（昭58・3）

（5）「鷗外『護持院原の敵討』の一考察――その史料と時代性――」（「国語と国文学」昭40・6）、その後「護持院原の敵討――その時代性について――」と改題して『森鷗外の歴史小説　史料と方法』（筑摩書房、昭54・12）に収録。

（6）天保六年の山本りよの敵討ち事件の顛末を記したもので、斎藤文庫旧蔵、現東京大学鷗外文庫蔵の写本。筑摩版鷗外全集に詳細な注が付されている。

（7）後述するように私見では鷗外作品の「藍本」とは考えず、菊池作品との関連性を重視している。

（8）雑誌「雄辨」の編集者と思われるが、詳細は不明。

（9）菊池には芥川と同題の小説「ある敵打の話」や「仇討三態」などのほか、同様の作品が多くある。

（10）「恩讐の彼方に」については「芥川龍之介辞典」（明治書院、昭60・12）で片岡哲が「伝吉の敵討ち」（前出）との関連性を「恐らくは菊池寛の『恩讐の彼方に』などを念頭に置いたのであろう」と簡略に推測している。だが、のちに詳述するように、「或敵討の話」の執筆状況や両作の発表時期および「恩讐の彼方に」の舞台化や脚色などの事実を勘案すると、「恩讐の彼方に」は「或敵討の話」との関連性においてこそ検討されるべき先行作品だと思われる。

（11）一例を挙げると、帝国劇場の公衆劇団第一回公演に出掛け、当日上演された「エレクトラ」「マクベスの舞台稽古」「茶をつくる家」「女がた」の四本の芝居を観ている（井川恭宛書簡、大2・10・17）。

（12）第三次「新思潮」第一巻第八号（大3・9）に柳川隆之介名で発表。

（13）浅野洋「『手巾』私注」（「立教大学日本文学」第51号、昭58・12）

(14) 薄田淳介宛書簡（大8・2・8、同2・12、同2・28）

(15)『芥川龍之介全集』第十九巻（岩波書店、平9・6）

「舞踏会」の制作現場

1

芥川龍之介の文学は多くの材源を典拠としている。近年こそやや様相は異なってきたものの、少し前までの芥川研究はおおむね材源探索の歴史であった。「舞踏会」（「新潮」大9・1）も例外ではなく、ピエール・ロティの日本印象記『秋の日本』（一八八九、明22）所収の「江戸の舞踏会」が粉本とされ、トルストイの『戦争と平和』におけるナターシャの初舞踏会シーンなども材源とされる。[1] これら先行研究の指摘に間違いはないが、一方、それに付随する別の問題も浮上してくる。たとえば芥川は当時なぜロティの著作に目を留め、自作の材源としたのか、その動機ないし契機はどのようなものか、また「舞踏会」の創作手法に何か示唆を与えた作品はなかったか、等々である。本稿ではそうした視点から「舞踏会」の制作現場を探ってみたい。

まず最初に「舞踏会」の主題がどの場面に現れているかを問うとしよう。たぶん大方の見解が一致すると思われるが、私見では以下の一節と考える。

明子と海軍将校とは云ひ合せたやうに話をやめて、庭園の針葉樹を壓してゐる夜空の方へ眼をやつた。其處には丁度赤と青との花火が、蜘蛛手に闇を輝きながら、将に消えようとする所であつた、明子には何故かその花火が、殆悲しい心持ちを起させる程それ程美しく思はれた。／「私は花火の事を考へてゐたのです。我々の生《ヴィ》のやうな花火の事を。」／暫くして佛蘭西の海軍将校は、優しく明子の顔を見下しながら、教へるやうな調子でかう云つた。

人生の塵労など何ひとつ知らず、まばゆい青春のさなかで胸をときめかせる明子に対し、フランス人海軍将校は優しくさとす。夜空の闇に美しく輝き、瞬時に消える「花火」の儚さはあたかも人生そのものだ、と。花火を人生に譬えるこの場面がひとまず主題に直結する一節と見てよいだろう。作品世界を焦点化する眼目として「花火」はいわば〈字眼〉のように象眼されている。かつて三島由紀夫が(2)「実に音楽的な、一閃して消えるやうな、生の、又、死のモティーフ」と評した美感も、象徴的な「花火」の喩に集約されている。ただし、花火は「江戸の舞踏会」にも見られ、次のように描かれていた。

下の噴水のうしろの、庭のはづれでは、仕掛花火の面白い花束が、ぽんぽんと炸裂して、このロク・メイカンの周りに詰めかけてゐた、暗闇の中でもよくわかる日本の群衆を、一人残らず照らし出す。で、彼らは感嘆して、妙などよめきをあげてゐる。

花火は、芥川が以前から好んだ詩的素材であり(3)、彼の手腕があれば、粉本の描写だけからでも象徴的な「舞踏会」の美しい場面を描き出すことは可能だったかもしれない。とはいえ、花火よりも日本人の「妙などよめき」に注ぐ皮肉なまなざしと、人生を象徴する「悲しい」ほど「美し」い花火との間に大きな落差があるのも事実である。とすれば、その径庭を埋める何らかの示唆を外部から得た可能性も考えられる。

だが、その前に、芥川はなぜ当時ロティの著作に眼を向けたのか。この点に明確に言及したのは、管見では吉田精一(4)の次の見解だけである。

「舞踏会」は短いが美しい短編で、開化期物中での佳作である。鹿鳴館の舞踏会を描いてゐるが、直接にはピエール・ロティの「日本の秋」(Japonneries d'automne)中にあるUn bal a Yeddo(江戸に於ける舞踏会)を種にしたものであらう。多分彼が見たのは英譯だつたらう。前年(大正八年五月…筆者注)長崎に旅した龍之介は、長崎を描いたロティの「お菊さん」その他の日本での印象記や旅行〔記〕等に興味をもつて讀んだ結果、この一篇を成したものと想像される。

ロティへの注目の契機を長崎旅行だとする吉田氏の「想像」はたぶん正しい。しかし、粉本との大きな落差を考えれば外部からの示唆など、ロティへの注目には別の経緯も考えられる。

2

永井荷風は「三田文学」大正八年五月号(一〇周年記念号)に「断腸亭尺牘《せきとく》」の題で過去の書簡七九通を一括発表した。彼はその翌月、「解放」六月号(創刊号)にも右から二通を選び、随筆風に改めて「里昂《リヨン》より」「巴里より」の小文二編とし、「仏蘭西留学の頃」と題して発表する。中身はいずれも明治四十一年の西村渚山宛書簡である。「里昂より」では、米仏滞在中の原稿すべてを巌谷小波に託した旨を告げ、「フランスに来てフランスの生活を見ると今更のやうにモオパッサンのいゝ処が分るので此頃は又々それを読返してゐる」と述べ、続いて「小説以外に全力を傾注してゐるのは音楽」だとしてオーケストラの魅力などを語ったあと、次のように記している。

> 別に新しい作家も見出し得ない。時々ピエールロッチなどを読んで居る。今年の初めにゴンクールアカデミイの賞金を取つた新作家の作 Terre Lorraine（ローレン州の地）といふものを買つたがまだ読む閑がない、要するに目下のフランス文壇は旧来の通りブルジヱー。ロツチ。プレボ。アナトールフランス。ポールマルグリツドなど云ふ世間で知つて居る名前ばかりである。（中略）／自分は文章詩句をある程度まで音楽と一致させたいと思つて居る。（中略）モーパッサンの短篇中で「夜」だの其れから「水の上」の如きものはたしかに此の境まで進んで居るし又ピヱールロツチのものでは Fantome dorient（「東方の幽霊」嘗て己が愛したるトルコの少女の墓を弔ふ文）の書始め又は Le passage de Carmencita（昔馴染のチリーの婦人が老衰して行くさまを書いた短篇）の如きも此の実例であらうと思ふ。結構も思想も単純で強ひて其の主意を云へば悲しいとか哀れだとか云ふ一言で尽きて了ふが読んで居ると丁度音楽をきくと同様で口で説明の出来ない一種幽遠な悲愁を感ずるのだ。モーパッサンの方は暗夜の中に何か風の音でもきくやうな陰惨を感ずる。（傍点筆者）

この直後、芥川は「わが月評（一　大正八年六月の文壇）」（「東京日日新聞」大8・6・3～10、但し、7日は休載）を発表、そこで「三田文学」六月号の南部修太郎「蟀谷《こめかみ》のきず跡」や「解放」六月号の有島生馬「嘘の果《み》」を論評している。実は「仏蘭西留学の頃」は「嘘の果」と同じ誌上の掲載であり、芥川は間違いなく「里昂より」も眼にし、ロティに関する上掲の言及に接していたはずである。また、「巴里より」の方も、ゾラとモーパッサンの比較を論じており、芥川の関心を引きそうな一文である。

後年、ロティの訃報に接した芥川は追悼文「ピエル・ロテイの死」（「時事新報」大12・6・13）を寄せ、小泉八雲を除けば「『お菊夫人』『日本の秋』等の作者」として「不二山や椿やべべ・ニッポンを着た女と最も因縁の深い西洋人」の「ロテイを失つたことは」日本人には「まんざら人ごとのやうに思はれない」と述べ、次のように続ける。

ロテイは偉い作家ではない。同時代の作家と比べたところが、余り背の高いほうではなさそうである。ロテイは新らしい感覚描写を与へた。或は新らしい抒情詩を与へた。しかし新らしい人生の見かたや新らしい道徳を与へなかつた。勿論これは芸術家たるロテイには致命傷でも何でもないのに違ひない。(中略)／我我日本人には前にもちよいと云つた通り、美しい日本の小説を書いた、当年の仏蘭西の海軍将校ジユリアン・ヴイオオの長逝に哀悼の念を抱いてゐる。

ロティに新しい感覚や抒情はあっても新しい人生観はないとの評には先の荷風の言及の影も感じられる。また、ロティを余り背の高くない作家とし、近年は「仏蘭西文壇の『人物』だったにせよ、仏蘭西文壇の『力』ではなかつた。だから彼の死も実際的には格別影響を及ぼさない」と冷淡に語る芥川は、彼を〈過去の作家〉とみなしている[5]。

芥川がロティの小説を実際に読んだ足跡は、塚本文宛書簡(大6・12・12)中の『アフリカ騎兵』(Le Roman dun spahi, 一八八二)への言及である。日本と無縁の作品にも目を通している事実は、当時の芥川がロティに相当の関心を抱いていたことの証左だが、以後は「舞踏会」まで言及がない。〈過去の作家〉に関心が薄れるのは当然で、当年(大8)の時点ですでに一〇年以上も新作小説がない老作家は文壇でもほとんど話題に上らなった。荷風が「里昂より」でロティへの愛着を開陳した[6]のはそんな折で、一目をおく先輩作家の言だけに芥川も意外の感を覚え、ロティを見直す気になり、やがて『日本の秋』を手にとったのではあるまいか。後の小文「長崎」(「婦女界」大11・6)でも長崎に縁のある四人のうち、ロティと荷風の名を挙げている[7]。なお、荷風は『珊瑚集』(籾山書店、大2・4)に『お梅が晩年』(La Troisseieme Jeunesse de Madame Prune 1905)を評した長文「ピエール・ロチイと日本の風景」を収録しており、芥川が読んでいたとすれば、荷風のロティびいき[8]は先刻承知だったかもしれない。ともあれ、大正八年末の芥川に「舞踏会」と「鸚鵡」（後述）をもたらした〈ロティの見直し〉は、荷風の「里昂より」が契機だったのではないだろうか。というのも、後述するように「舞踏会」の〈創作手法〉にも荷風の作品が影響しているからと思われるからである。(9)

3

典拠が明確なためか「舞踏会」の執筆過程への考察がやや手薄である。たとえば、創作メモと備忘録を兼ねた『手帳』への検討も充分ではない。手帳全十二冊のうち、記載時期が「主に一九一九（大正八年）から一九二三（大正一二）年あたり」とされる『手帳3』の「見開き6」(10)の後半に次の連続メモがある（各項目の番号は筆者）。

（1）◯南榎町五十三　近藤浩一路
（2）◯クリスト売春婦の梅毒を癒す――売春婦自身の話
（3）◯〔ピエルロチ〕
（4）◯第二鼠小僧　分銅伊勢屋の子　復讐的

（1）との関連では半年後に「近藤浩一路氏の事」（「中央美術」大9・6）の一文がある。そこに「近藤君と始めて会つたのは、丁度去年の今頃」とあるので、出会いは大正八年五、六月頃と思えるが、実際は四月時点で相当親密になっている。五月の長崎旅行の直前、当地で芥川らの面倒を見た永見徳太郎宛書簡（大8・4・30）に「友人近藤君に紹介を願つた所早速御親切に電報を頂き有難く御礼申します」とあり、他者（永見）に紹介を頼めるほどの仲で、「最近君に会つた」ともあって交流は長崎旅行後も続いたらしい。近藤の住所記載（1）は、永見の紹介も含む旧年中の厚誼を謝す賀状のためかなどと推測されるが、実情は不明である。（2）はむろん「南京の基督」（『中央公論』大9・7）の関連メモで、もし締切りに間に合えば、新年号に発表するつもりで想を練った痕跡と思われる。（3）の〔ピエルロチ〕は「舞踏会」だけでなく、「動物園」（『サンエス』大9・1）の一節「鸚鵡」にも直結するが、全集「後記」にその指摘がない[11]。「鸚鵡」の本文は「鹿鳴館には今日も舞踏がある。提灯の光、白菊の花、お前はロテイと一しよに躍つた、美しい「みやうごにち」令嬢だ。」であり、「江戸の舞踏会」の内容の要約である。（4）は同じ新年号掲載の「鼠小僧次郎吉」（『中央公論』大9・1）の関連メモだろう。

つまり、（1）から（4）は、半年後の「南京の基督」のメモも含め、締切りの迫る新年号発表作を念頭におく直近（十一月～十二月初旬）のメモだった可能性が高い。（3）の〔ピエルロチ〕と結びつく「鸚鵡」も、新年号用の原稿に追われる最中の作だが、本文が「江戸の舞踏会」の引き写しなので、原稿送付の十一月十八日[12]の直前に読み返したか、手元に置いて執筆した可能性が高い。そして、その同じ一文を材源とし、手軽な警句的小品とは異なる本格的な小説、のちの「舞踏会」の構想も浮上したのではあるまいか。材源の引き写しである「鸚鵡」に対し、「舞踏会」は芥川独自の美学で構成された巧緻な短篇小説である。「鸚鵡」から「舞踏会」への飛躍、約一ヶ月[13]の短期日に芥川を「悲しい心持ちを起させる程」「美し」い「花火」へと導いたものは何だったのか。

4

芥川の〈ロティの見直し〉の引き金が「里昴より」だったならば、当時の荷風作品に対する芥川の注目ぶりもひときわ真剣だったろう。とすれば、荷風作品から刺激をうけやすく、そこから創作手法上の示唆を得る可能性も大きかったのではないだろうか。

「舞踏会」発表の前月、荷風は雑誌「改造」大正八年十二月号に小品「花火」を発表した。芥川が「花火」を読んだとの確証はないが、掲載誌「改造」は同年四月の創刊で、芥川もその発刊披露会に出席した関係もあり[14]、急速に伸展しつつあった新たな発表舞台には注目していたに違いない。現に、翌大正九年八月以降、同誌に寄稿し始めた芥川は、やがて「秋山図」「好色」「将軍」「お富の貞操」「保吉の手帳から」のほか、「点鬼簿」や「河童」、また評論「文芸的な、余りに文芸的な」や「西方の人」などの重要作品を発表している。ロティ見直しや荷風への注目度[15]からみても、芥川が「花火」を読まなかったとはむしろ考えにくい。問題は、芥川が「花火」に触発されたとして、翌新年号の締切りまでに「舞踏会」を完成し得るか、であろう。

大正八年歳末、芥川は翌年新年号掲載作の執筆に追われる。江口渙宛書簡（大8・11・5）に「僕は新年号にとりかかつた」とあり、のちの小島政二郎宛書簡（大8・12・17）に「やつと小説も今日で新年号の文債償却できる筈です」とあるので、同日前後には最後の作品もほぼ脱稿したと思われる[16]。

新年号に掲載された小説は五編で、以下の通りである（作品名上の番号は筆者）。

（1）「魔術」（「赤い鳥」）初出末尾に「（大正八年十一月十日脱稿）」とある。
（2）「鼠小僧次郎吉」（「中央公論」）初出末尾に「（八・十二・六）」とある。
（3）「葱」（「新小説」）初出末尾に「（十二・十二）」とある。
（4）「舞踏会」（「新潮」）初出末尾には「（八・十二）」とだけあり、日付の記述はない。
（5）「尾生の信」（「中央文学」）初刊『沙羅の花』に「――大正七年三月――」とある。

新年号には、右の小説のほか、「鸚鵡」を含む小品「動物園」の前半（「サンエス」大9・1）や「文壇偶語」の一編「有島生馬君に与ふ」（「新潮」大9・1・1）や「私の生活」（「文章倶楽部」大9・1）などが発表される。

小説五編のうち、旧稿の（5）を除けば、残り四編のうち、（1）・（2）・（3）には脱稿日が明記されているが、（4）の「舞踏会」にだけそれがないのは、締切り間際にやっと書き上げ、慌てて送付したためではあるまいか。むろん一編ずつ順に執筆したとは限らないので、実際の執筆期間は確定できないが、ひとまず（1）は約6日間、（2）は約26日間、（3）は5日間を要している。仮に（3）の完成後に（4）の「舞踏会」に取り掛かったとすると、その執筆期間は一週間前後である。四百字詰換算で、（1）が約25枚、（2）が約40枚、（3）が約23枚、それ以外の小品や小文の合算が18枚位で、原稿総枚数（計106枚）を（3）脱稿までの執筆期間（28日間）で割ると、芥川の執筆速度は一日平均約3・8枚程である。つまり、最後に約18枚の「舞踏会」を「葱」脱稿後の十二月十一日から執筆し始めたとしても、同月十七日前後には充分完成できる。翌月号発表の「舞踏会」が大正八年十二月号掲載の「花火」に刺激をうけ、それから執筆に取り掛かったとしても、新年号の締切りには間に合うはずだ。では、「舞踏会」は荷風の「花火」からどのような示唆を得たと考えられるのか。以下、その点を推察してみたい。

5

「断腸亭日記巻之三」大正八年十月二十二日の条に「小品花火を脱　浄寫す」とあり、「花火」の最終稿はこの日に完成した。ただし、本文末尾に「（大正八年七月稿）」とあるように「腹案」は同年七月一日に固まっていた。同日の「日記」に次の記述がある。

七月朔。独逸降伏平和条約調印紀年の祝日なりとやら。工場銀行皆業を休みたり。路地裏も家毎に国旗を出したり。日比谷近辺にて頻に花火を打揚る響聞ゆ。路地の人々皆家を空しくして遊びに出掛けしものと覚しく、四鄰昼の中よりいつに似ず静にて、涼風の簾を動す音のみ耳立ちて聞ゆ。終日糊を煮て押入の壁を貼りつゝ、祭の夜とでも題すべき小品文の腹案をなす。明治廿三年頃憲法発布祭日の追憶より、近くは韓国併合の祝日、また御大典の夜の賑など思出るがまゝに之を書きつゞらば、余なる一個の逸民と時代一般との対照もおのづから隠約の間に現し来ることを得べし。（傍線筆者）

「花火」がほぼ「腹案」どおりに執筆されたことは、右掲の傍線部分が実作の冒頭段落にそのまま流入し、二重傍線部の事象も後段に登場することからも明らかだろう（ただし、「独逸降伏平和条約調印紀念の祭日」は「東京市欧洲戦争講和記念祭の当日」に改稿）。

次に見るとおり「花火」には実に多くの社会事象が登場する。それらすべてを以下に列記してみたい（各項目の番号は筆者）。

（1）憲法発布の祝賀祭（新しい祭の第一歩）／（2）大津事件（露西亜皇太子の刺傷）／（3）日清戦争開始の号外（私が十六の年）／（4）馬関（下関）条約の締結／（5）遼東半島問題（悲憤の声）／（6）奠都三十年祭（上野）／（7）日露戦争開戦／（8）市民の焼き打ち、巡査が市民を斬る／（9）市ヶ谷通りの囚人馬車（大逆事件）／（10）ドレフュー（ドレフュース）事件／（11）国民新聞社焼き打ち事件／（12）大正天皇即位式の祝賀祭（芸者の犠牲）／（13）米価騰貴の騒動（東京の米騒動）／（14）欧洲休戦記念の祝日

「小品」には不釣り合いな数の政治的・社会的事象が詰め込まれていることがわかる。これは「日記」にあるように「逸民」たる「余」と「時代一般」との「対照」を鮮明にするための、ひいては日本の近代化に懐疑的な「余」の〈違和感〉を「隠約の間に現」すための戦略と思われる。「余」があえて「一個の逸民」を名乗るのも、不本意な近代化に対する屈折したあてこすりであろう。荷風の批判意識は、日本の近代化と無関係な外国の事象、すなわち(10)の「ドレフュー(ドレフュース)事件」への言及にも端的である。これは(9)の慶応義塾通勤の途次に見かけた「囚人馬車」からの連想で、事件名は伏されたものの、「大逆事件」の被告たちの護送風景である。荷風はその抑制した描写のあとを次のように続ける。

わたしはこれまで見聞した世上の事件の中で、この折ほど云うに云われない厭な心持のした事はなかった。わたしは文学者たる以上この思想問題について黙していてはならない。小説家ゾラはドレフュー事件について正義を叫んだため国外に亡命したではないか。しかしわたしは世の文学者と共に何も言わなかった。わたしは何となく良心の苦痛に堪えられぬような気がした。わたしは自ら文学者たる事について甚しき羞恥を感じた。以来わたしは自分の芸術の品位を江戸戯作者のなした程度まで引下げるに如くはないと思案した。

荷風論でも論議を呼ぶ一節だが、治安当局から危険視されかねぬこの一節のために、彼は目くらましとして日本近代史の社会的事象をわざと数多く並べたてたのではないだろうか。そして、あまたの社会的事象の中でも名を伏せた「大逆事件」こそが日本近代化の本質を露呈する最大の汚点なのだ、と。「小品」とはいえ、「花火」は荷風一個の立ち位置にとどまらず、日本の近代化の暗部をも「隠約の間」に物語る一編であった。

「花火」の文中、日本の近代化と無縁の「ドレフュー事件」と「ゾラ」の名は、唐突なだけにかえって目につきやすい。そして、その二つが想起させるのは〈フランス〉である。冒頭の大正八年七月一日の「講和記念祭」は、第一次世界大戦平和条約調印の記念行事で、三日前、六月二八日に締結されたヴェルサイユ講和条約の祝賀である。「ヴェルサイユ」は条約締結の調印場所であるヴェルサイユ宮殿にちなんでおり、これも〈フランス〉を想起させる。〈フランス〉は、荷風にとって曾《そう》遊の地であり、発禁処分を受けた「ふらんす物語」[17]の素材であり、前出の「仏蘭西留学の頃」の舞台でもある。また、ドレフュース事件で被告擁護の立場から作家ゾラが闘った祖国の名でもある。つまり、東京の路地裏で吐露された「花火」の感懐は、はるか海の向こうの〈フランス〉を惹起する呼び水でもあった。一方、芥川が荷風の一文で見直したであろう「秋の日本」(「江戸の舞踏会」)の著者ロティもフランス人作家であり、フランス海軍の将校であった。つまり、芥川にとって「花火」は、荷風を介したロティやフランスへの思いを喚起し、構想中の「舞踏会」の創作手法に示唆を与える契機となったのではないだろうか。

6

以上のことから次のように推察できる。まず、荷風の「里昂より」(「解放」大8・6)によってロティを見直した芥川の脳裡にその名が残留する。約半年後の十一月中旬、新年号の原稿に追われて創作の材料を探していた芥川は、ふと思い出してロティの「秋の日本」(「江戸の舞踏会」)を手にとる。そこから「鸚鵡」(「動物園」)のネタを得た芥川は、同じ材源からより本格的な小説(後の「舞踏会」)の想を練り始めた。そのとき、ロティを想起させた荷風の新作「花火」に接し、その題名と象徴的な描写に触発され、まったく逆のかたちの花火を眼目とする新作を着想したのではないだろうか。

荷風の「花火」は、題名とはうらはらに姿の見えない「音」だけの昼間の花火である。国家主導の祝賀行事を喧伝するための花火は「逸民」の「わたし」の心にまったく響かない。「花火」は皮肉に満ちた逆説的な題名で、末尾も次のように結ばれている。

花火は頻に上つてゐる。わたしは刷毛を下に置いて煙草を一服しながら外を見た。夏の日は曇りながら午のまゝに明るい。梅雨晴の静な午後と秋の末の薄く曇つた夕方ほど物思ふによい時はあるまい……。

音だけの空疎な花火が続くなか、煙草を一服つけた「わたし」は、視線を「外」に向けた瞬間、連想は「物思ふによい時」へと飛び、花火の存在は消えてしまう。遠くで空しく響く「花火」とは、おそらく明治維新後に打ち上げられた多くの〈近代化スローガン〉の空疎さを暗示する諷諭であろう。芥川は、この空しい花火を反転し、それとは逆の心に響く美しい花火のシーンを企図したのではあるまいか。つまり、芥川にとって荷風の「花火」は否定媒介的な参照項だったのである。

たとえば、芥川はまず姿の見えない音だけの昼間の花火を、一瞬だが〈夜の闇〉に美しく輝いて見える花火に反転し、これを象徴的な眼目とする。次に、「物思ふによい時」を、「物思」わずにただ心震わす少女の青春のときめきに転じる。さらに、荷風が批判的に並べた近代化の社会的事象をすべて削除し、舞台を鹿鳴館の舞踏会場にだけ限定、政治とは無縁の豪奢な美的空間に集約する。そして、荷風の内心に渦巻くフランスと日本の近代化の落差に対する慨嘆を、少女のまだ見ぬ外国へのほのかな憧憬に転じる。つまり、「舞踏会」の刹那的な美しい花火の世界は、「花火」の空疎な世界を裏返し、明治近代の仄暗い現実を後景に追いやることで成立しているのである。そして、その前提となる出発点は、「江戸の舞踏会」の皮肉なまなざしを優しいまなざしに包まれる〈美しい物語〉へと昇華させることだった。そのため「みやうごにち嬢」らは一人の開化の美少女に変身し、粉本の作者ロティもまた本名のジュリアン・ヴィオに転身しなければならなかった。

だが、「舞踏会」はわずか一週間前後で完成を急がれた。そのため、芥川は、物語の〈種明かし〉をあせり、前半（一）と後日談（二）の整合性を充分に練る余裕がなかった。仮に少女明子と対面する海軍将校が最初から「お菊さん」を書いた有名作家だとすれば、その知名度が雑音を招いて無垢な〈美しい物語〉に罅《ひび》が入る。かといって、ジュリアン・ヴィオの正体が有名作家ピエール・ロティだという〈種〉を秘したままでは、せっかくのアイデアも無駄となり、物語としての面白みも半減する。芥川が同時代評の批判をそのまま容れて「二」を改稿したのは、それが核心をつく指摘であり、「二」が初出稿のままではH老夫人の青春の美しい記憶が色褪せると得心できたからであろう。

一方、有名作家ロティを知らないと語った改稿後の〈無知な〉明子に美をみる読みは、芥川の男性原理のまなざしによる女性蔑視に無自覚な論だとの見解がある。その上で明子の「知らない」という返答を「彼女はすべて承知の上で、白を切っただけ」とする解釈や「青年小説家（若年の男）には及びもつかない、〈老い〉のなかに秘められた〈聡明さ〉」があるとして明子の〈復権〉をうたう論もある。[18] テキストの孕むセクシャリティは確かに重要な問題だが、制作現場から大きく乖離した現代の性的規範をもって百年前のテキストを裁断する読みや論評が果してどこまで適切なものか。フランス語の日常会話やダンスを即席に学ばせられた〈開化の少女〉の「教養」をフランス文学（ロティの素性）にまで拡げ、その「知らない」ことを〈無知〉と断じる見方ともども疑問が残る。舞踏会後の明子の生活がどうあれ、青春の記憶に刻印された舞踏会のパートナーは、他の誰でもなく、素敵な海軍将校ジュリアン・ヴィオその人であればこそ美しい記憶だったのである。

注

(1) 吉田精一『芥川龍之介』(三省堂、昭17・12)や安田保雄・神田由美子らの指摘による。『作品と資料　芥川龍之介』(双文社、昭59・3)三島譲〈出典〉〈解説〉にその具体的な経緯が詳細に述べられている。

(2) 三島由紀夫「解説」(『南京の基督他七篇』角川文庫、昭31・9)

(3) 三好行雄「青春の〈虚無〉——「舞踏会」の世界——」(『芥川龍之介』筑摩書房、昭51・9)は早く大正五年の書簡に見える俳句や短歌から「花火と生の観念形象的な連合は、二十五歳の龍之介にすでに親しい心象風景であった」とする。

(4) ロティの創作活動は、処女作『アジャテ』(一八九七)に始まり、『ロチの結婚』(一八八〇)、『アフリカ騎兵』(一八八一)、『氷島の漁夫』(一八八六)、『お菊さん』(一八八七)、『秋の日本』(一八八九)、『ラムンチョ』(一八九七)、『お梅さんの第三の春』(一九〇五、明38)あたりでほぼ終息している。

(5) 「里昂より」は明治四十一年の書簡だが、この時点での公表は荷風のロティ評価が大正八年時点でも不変であることを示している。

(6) 単行本『百艸』(新潮社、大13・9)で「続野人生計事　十四　長崎」に改題。

(7) 荷風のロティ愛読は継続しており、後掲『断腸亭日記』大正八年三月二十九日の条に「置炬燵してピエールロチの新著　Quelques Aspects du Vertige mondiale を読む。戦時の随筆小品を集めたるものなり」と記し、「花火」浄写の前日(大8・10・21)にも「ロッチの Turquie Agonisante を読む。欧洲基督教諸国の土耳古に対する侵略の非なるを痛歎したるものなり」とある。ただし、いずれも小説ではない。また「仏蘭西現代の小説家」(「秀才文壇」明42・2)や「『フランス物語』の発売禁止」(「読売新聞」明42・4・11)等でもロティの名をあげている。

(8) 神田由美子「芥川龍之介と永井荷風」(「東洋学園大学紀要」1、平5・7)は荷風と芥川の関連を幅広く論じるが、「花火」と「舞踏会」には言及がない。

(9) 『芥川龍之介全集　第二十三巻』(岩波書店、平10・1)の編集に従う。

(10) 全集(注9)の「後記」は『手帳3』の「メモと関わる作品を挙げ」ているが、なぜか〈ピエルロチ〉と関わる

「舞踏会」や「動物園」への言及がない。

(11) 佐佐木茂索宛書簡(大8・11・18)に「SSSへ小品動物園を送つた軽佻浮薄なものにつき君の如き博雅の君子はなる可く見ないやうにしてくれ給へ」とある。

(12) 「舞踏会」が12月17日前後の脱稿ならばほぼ一ヵ月後の完成。前掲注(15)参照。

(13) 芥川は大正八年二月二十七日の夕方、赤坂三河屋で開かれた「改造」発刊披露会に出席しており(全集第二十四巻「年譜」)、同誌掲載作を未読とは思えない。

(14) 全集「人名索引」には23度もその名が見え、関心の高さが窺える。

(15) 三好氏(前掲注(3)参照)は水森亀之助宛書簡(大8・12・18)の「新潮の原稿」を「舞踏会」と見、急な発熱で「昨晩も半枚書いて見た」がいったん断念し、難行苦行のすえ完成したとする。だが、前日の小島政二郎宛書簡(大8・12・17)では「今日で新年号の文債償却できる筈です」と脱稿を匂わせており、新たに「半枚書いて見た」原稿が「舞踏会」とは考えにくい。水森書簡の「原稿」は別件ではないか。

(16) 明治四十二(一九〇九)年、三月二十五日、『あめりか物語』の続編として刊行予定(博文館)の『ふらんす物語』が発禁処分を受けた。同年三月二十九日付「内務省告示第36号」が風俗壊乱の理由で「発売頒布禁止及刻版竝印本差押ノ処分」を告知している。

(17) 前者は平野芳信「芥川龍之介論『舞踏会』論」(「山口大學文學会誌」45、平6・10)、後者は宮坂覺「芥川龍之介『舞踏会』再編」(「玉藻」36、平12・1)。

第四部

「片山広子拾遺年譜」に寄せて——文学的まなざしと『翡翠』前後の活動を軸に

1　芥川龍之介の中の片山広子

文学者としての「片山広子」は、明治後期に佐佐木信綱門下（「心の花」）の閨秀歌人として歌壇に頭角をあらわし、大正五年に刊行された歌集『翡翠』によって〈歌人〉としての地歩を固めたが、大正期半ばからは「松村みね子」の名でアイルランド文学の〈翻訳家〉に変貌し、歌人としての活動を休止する。やがて、昭和初年代に入ると、〈翻訳家〉としての活動も停止し、いわゆる沈黙期に入る。しかし、昭和九年頃には、再び〈歌人〉に立ち戻り、随筆なども手掛ける一方、最晩年に至るまで歌作りを続けている。（なお、彼女の全般的な生涯の概略は後述の「片山広子（松村みね子）」の項を参照されたい）。

歌人「片山広子」と翻訳家「松村みね子」——一身にして二つの顔を持つこの女性の名は、芥川龍之介の名前とともに想起されることが少なくない。たとえば、よく知られているように彼女は後掲の芥川の旋頭歌「越しびと」や「相聞」に歌われた女性として、また、「或阿呆の一生」三十七章に登場する「才力の上にも格闘できる女」のモデルとされ、さらに短編「三つのなぜ」の「シバの女王」の原型とも目されている。以下はいずれも周知の文献だが、後述の展開の必要上、そうした彼女の存在を投影したと見られる芥川作品の関連部分をまとめて見直しておきたい。

越びと　旋頭歌二十五首

一

あぶら火のひかり見つつもこころ悲しも、／み雪ふる越路のひとの年ほぎのふみ。
むらぎものわがこころ知る人の恋しも。／み雪ふる越路のひとはわがこころ知る。
現し身を歎けるふみの稀になりつつ、／み雪ふる越路のひとも老いむとすあはれ。

二

たまきはるわが現し身ぞおのづからなる。／赤らひく肌をわれの思はずと言はめや。
君をあとに君がまな子は出でて行きぬ。／たはやすく少女ごころとわれは見がたし。
言にいふにたへめやこころ下に息づき、／君が瞳をまともに見たり、鳶いろの瞳を。

（以下略）

相聞　一

あひ見ざりせばなかなかに／そらに忘れてやまんとや。／
野べのけむりも一すぢに／立ちての後はかなしとよ。

相聞　二

風にまひたるすげ笠の／なにかは路に落ちざらん。／
わが名はいかで惜しむべき。／惜しむは君が名のみとよ。

相聞　三

また立ちかへる水無月の／歎きを誰にかたるべき。

沙羅のみづ枝に花さけば、／かなしき人の目ぞ見ゆる。

或阿呆の一生

三十七　越し人

彼は彼と才力の上にも格闘出來る女に遭遇した。が、「越し人」等の抒情詩を作り、僅かにこの危機を脱出した、それは何か木の幹に凍つた、かがやかしい雪を落すやうに切ない心もちのするものだつた。

風にまひたるすげ笠の
なにかは路に落ちざらん
わが名はいかで惜しむべき
惜しむは君が名のみとよ。

三つのなぜ

二　なぜソロモンはシバの女王とたつた一度しか会はなかつたか？

シバの女王は美人ではなかつた。のみならず彼よりも年をとつてゐた。しかし珍しい才女だつた。ソロモンはかの女と問答をするたびに彼の心の飛躍するのを感じた。

（以下略）

右の旋頭歌「越しびと」や「相聞」「三つのなぜ」等に見える記述は、「或阿呆の一生」（三十七　越し人）を参照項とすれば、それらが同一人物（片山広子）をめぐる言及であることは芥川研究ではすでに定説となっている。そうした言及の背景として、当時の広子への芥川の執心ぶりがうかがえる芥川書簡（関連部分の抜粋）も見ておきたい。

⑴ 室生犀星宛絵葉書（大13・7・28、軽井沢から）

この里にも鮎はあるゆゑ賜ぶとならば茶うけに食はん菓子を賜びたまへ／左団次はことしは來ねど住吉の松村みね子はきのう來にけり

七月二十八日

二伸　クチナシの句ウマイナアと思ひましたボクにはとても出來ない

⑵ 芥川文宛絵葉書（大13・8・13、軽井沢から）

同じ宿に原善一郎もゐる。片山廣子女史もゐる

⑶ 室生犀星宛写真裏（大13・8・19、軽井沢から）

けふ片山さんと『つるや』主人と追分へ行つた非常に落ちついた村だつた北国街道と東山路との分れる所へ來たら美しい虹が出た

⑷ 室生犀星宛書簡（大13・8・26、軽井沢から）

追分近く仮宿と云ふ所に坪一圓五十銭の地所あり林間の地にて、もしよければ山梔子夫人も買ふよし僕も買ふ氣なり君は如何（中略）その外は何やら分からぬ愁心あり

⑸ 室生犀星宛書簡（大13・10・12、田端から）

片山さんへは訪問する機会を得ない胃病になつたり食道癌の叔父に死なれたり、蕭条と暮してゐる

⑹ 小穴隆一宛書簡（大14・8・25、軽井沢から）

軽井沢はすでに人稀に、秋冷の気動き旅情を催さしむる事多く候。室井も今日帰る筈、片山女史も二三日中に帰

る筈。

（7）室生犀星宛書簡（大14・8・31、軽井沢から）

三好（達治：筆者注）さんはあしたかへる。片山さんも二十七日か八日にかへつた。

（8）室生犀星宛書簡（大15・7・14、鵠沼から）

軽井沢へ行つたら、片山さんや何かによろしく。それから奥さんもお大事に。

右の書簡（4）の「山梔子《くちなし》夫人」は片山広子を指す仲間内の符牒で、犀星の「クチナシの句」（1）もそれを意識してのものであることも明らかである。なお、（1）の戯歌らしき中に「住吉の松村みね子」とあるのは、大阪の住吉が「松村」の歌枕であることにちなむ。また、（4）の広子が当地の土地を購入するので「僕も買ふ氣なり」と述べていることや、後段の「愁心」はかつて恋情を募らせた秀しげ子を「愁人」と呼んだように、芥川の広子に対する恋情をうかがわせる。書簡におけるこうした頻繁な言及や（4）の内容などは、広子に対する芥川の抑えがたい心情がうかがえ、深い関係へと踏み込む〈危うさ〉さえはらんでいる感も強い。そのため「抒情詩を作り、僅かにこの危機を脱出した」（「或阿呆の一生」三十七）との表現になったのであろうという見解も定着している。ちなみに上記では略したが、旋頭歌「越びと」第「二」連の第九首目「うつけたるこころをもちて街ながめをり。／日ざかりの馬糞にひかる蝶のしづけさ。」に呼応する形で広子もまた「日の照りの一めんにおもし路のうへの馬糞にうごく青き蝶のむれ」（『野に住みて』「軽井沢にありて」大14～昭20）と詠んでおり、彼女もまた避暑地で過ごした芥川との日々に想いを馳せていた様子がうかがえる。いずれにせよ芥川による上掲の言説や二人の呼応が、片山広子もしくは松村みね子という女性のイメージを育む大きな源泉になったのは確かだろう。

2　堀作品の中の片山広子

芥川作品に見える片山広子のイメージや二人の関係は、やがて堀辰雄の小説によってさらに補強されてゆく。「聖家族」中の未亡人・細木夫人（芥川は九鬼）や「ルウベンスの偽画」の夫人、さらに「楡の家」の作家・森（芥川）と交流をもつ母なる人物などである。

堀は、室生犀星の紹介で大正十三年から芥川に師事し始め、当時まだ一高生だった年少（十二歳下）の文学青年の才能を芥川は愛でた。堀もまた大正十三年から十五年までの夏を軽井沢で過ごしており、彼は芥川と広子の交流の目撃者であった。なかでも大正十四年夏の芥川と片山広子親子らの交流を作品化した「ルウベンスの偽画」の前半（「山繭」昭2・2）は、芥川もその原稿の下読みを引き受けている。同年（昭2）の七月、私淑し傾倒していた芥川の自殺に衝撃を受けた堀は、のちに東京帝国大学国文科の卒業論文として「芥川龍之介論」（昭4）を書いている。芥川は「軽井沢日記」（「随筆」大13・9）をはじめ、「萩原朔太郎君」（「近代風景」昭1・1）や「僕の友だち二三人」（「文章倶楽部」昭2・5）などの随想の中で堀の名をあげ、さらに堀以外の知己宛書簡でも彼の名を引き合いに出し、その親密さをうかがわせている。

小説家・堀の眼に、片山広子や芥川のイメージおよび二人の関係性はどのように映じていたのか、それを堀作品によって再確認しておきたい。まず、決定稿「ルウベンスの偽画」（「作品」創刊号、昭5・5）には以下のような描写が見られる。

そのとき二人は、露臺の上からあたかも天使のやうに、彼等の方を見下ろしてゐる彼女の母に氣がついた。

二人は思はず顔をあからめながら、それをまぶしさうに見上げた。（以下略）／それから後は淺間山の麓のグリイン・ホテルに着くまで、ずつと夫人の引きしまつた指とふつくらした指をかはるがわる眺めてゐた。沈黙がそれを彼に許した。（以下略）／夫人の「それだけだつたの？」を彼はお茶をのんでゐる間や歸途の自動車の中で、しきりに思ひ出した。その聲には夫人の無邪氣な笑ひがふくまれてゐるやうでもあつた。また、やさしい皮肉のやうでもあつた。それからまた、何でも無いやうでもあつた。……（以下略）

文中の「母」すなわち「夫人」が片山広子、「彼女」すなわち作中の娘は長女の総子（宗瑛）がモデルであるとされている。（「宗瑛」については後述の「片山総子（宗瑛）」の項を参照されたい）。

次に、冒頭に「死があたかも一つの季節を開いたかのようだった」との印象的な一行を据え、芥川の葬儀シーンから始まる「聖家族」（「改造」昭5・11）には次のような一節が見られる。

さういふ硝子窓の一つのなかに、一人の貴婦人らしいのが、目を閉ぢたきり、頭を重たさうにクッションに凭せながら、死人のやうになつてゐるのを見ると、／「あれは誰だらう？」／さう人々は囁き合つた。／それは細木と云ふ未亡人だつた。（以下略）／數年前のことだつた。軽井沢のマンペイ・ホテルで偶然、彼女は九鬼に出會つたことがあつた。（以下略）／或る晩、彼の夢のなかで、九鬼が大きな畫集を彼に渡した。そのなかの一枚の畫をさしつけながら、／「この画を知つてゐるか？」／「ラファエロの聖家族でせう」／と彼は氣まり悪さうに答へた。それがどうやら自分の賣りとばした畫らしい氣がしたのだ。「もう一度よく見てみたまへ」と九鬼が言つた。／そこで彼はもう一ぺんその畫を見直した。すると、どうもラファエロの筆に似てはゐるが、その畫のなかの聖母の顔は細木夫人のやうでもあるし、幼児それは絹子のやうでもあるので、へんな氣がしながら、なほよく他の天使たちを見やるとしてゐると、／「わからないのかい？」と九鬼は皮肉な笑ひ方で（以下略）／ところが、九鬼の死によつて自分の母があまり悲しさうにしてゐるのを、最初はただ思ひがけなく思つてゐたに過ぎなかつたが、いつかその母の女らしい感情が彼女の中にまだ眠つてゐたある層をめざめさせた。（中略）それからといふもの、彼女は知らず識らず自分の母の眼を通して物事を見るやうな傾向に傾いて行きつつあつた。そして、彼女はいつしか自分の母の眼を通して扁理を見つめだした。もつと正確に言ふならば、彼の中に、母が見てゐるやうに、裏がへしにした九鬼を。（以下略）／細木夫人は、しかし次の瞬間、自分のなかに長い事眠つてゐた女らしい感情が、再び目ざめだしたやうに感じた。九鬼の死後、彼女の苦しんでゐた様子が、絹子の中にそれまで眠つてゐた女らしい感情を喚び起したのとまつたく同じ心理作用が、今度は、その反作用ででもあるかのやうに起こつたのだ。（以下略）

文中の「九鬼」が我鬼を別号のひとつとした芥川を、「細木夫人」で「母」とされる人物が片山広子を、娘の「絹子」が総子をモデルにしていると見てよいだろう。当時の堀はまだ芥川の自殺の衝撃を脱しきれず、それゆえ近くで見た芥川晩年の恋のドラマを引きずり、総子に想いを寄せていたこともあって、それこそが小説の最も身近な素材だったと思われる。もう一作、「楡の家」第二部（「文学界」昭16・9）の描写を抜粋してみたい。

私たちが其處にぼんやり立つたまま、気持よささうにつめたい風に吹かれてゐると、（中略）一すぢの虹がほのかに見えだした。／「まあ奇麗な虹だこと……」思はずさう口に出しながら私はパラソルのなかからそれを見上げてゐた。森さんも私のそばに立つたまま、まぶしさうにその虹を見上げてゐた。（以下略）

この一節は前掲犀星宛書簡（3）に見える、芥川が広子と『つるや』の主人と同行して追分へ出掛けた折、「北国街道と東山道との分れる処へ來たら美しい虹が出た」という話をおそらく芥川から聞かされたことを踏まえての描写である可能性が高い。また、同作中の森（芥川）の手紙に次のような描写がある。

先日はいろいろ有難うございました。

O村は私もたいへん好きになりました。私もああいふところに隠遁できたらと柄にもないことまで考へてゐます。然しこの頃の氣もちは却つて再び二十四五になつたやうな、何やら訣の分らぬ興奮を感じてゐる位です。殊にあの村はづれで御一緒に美しい虹を仰いだときは、本當にこれまで何やら行き詰まつてゐたやうで暗澹としてゐた私の氣もちも急に開けだしたやうな氣がしました。これは全くあなたのお陰だと思つて居ります。あの折、私は或る自叙伝風な小説のヒントまで得ました。

右の手紙の前半は、前掲犀星宛書簡（3）や（4）の追分近くの仮宿の林間地をめぐって「山梔子夫人も買ふよし僕も買ふ氣なり」の挿話をふまえるものであろう。また、文中の「自叙伝風な小説」とは「大導寺信輔の半生」をさすと思われる。というのも、あとの箇所に「その冬になつてから、私は或る雑誌に森さんの『半生』といふ小説を讀んだ。これがあのO村で暗示を得たと仰しやつてゐた作品なのであらうと思はれた」という描写があるためである。さらにその後には以下のやうな描写もある。

初めてのお手紙を下さつた。（中略）それに何か雑誌の切り抜きのやうなものを同封されてゐた。何氣なくそれを披いてみると、それは或る年上の女に與へられた一聯の戀愛詩のやうなものであつた。（中略）ふと最後の一節――「いかで惜しむほどのわが身かは。ただ憂ふ、君が名の……」といふ句を口すんでゐるうち、これはひよつとすると私に宛てられたものかも知れないと思ひ出した。（以下略）

この描写のように「森」こと芥川が実際に「雑誌の切り抜き」を封入した書簡を広子に送ったかどうかは別としても、この一節が前掲「或阿呆の一生」の「三十七　越し人」をふまえた描写であるのは明らかだろう。

足早に、ここまで芥川の作品や書簡に描かれた片山広子像や堀作品の中で描かれた彼女のイメージの一端を見てきた。それらを要約すると、彼女は博識を誇る芥川でさえもその豊かな教養に一目を置かざるを得ない存在で、かつ気品のある落ち着いた年上の女性であり、その符牒からすれば寡黙であるものの、知的かつ優雅で貞淑な未亡人、ということになるのだろうか。それゆえ堀辰雄の避暑地を舞台とするモダンで審美的かつ繊細な物語の登場人物にもふさわしい女性ということになる。そして、これらの言及を見るかぎり、もっぱら芥川が思いを寄せ、彼からアプローチしたという印象が強いのであるが、果たしてそうなのだろうか。

3　吉田精一と藤田福夫の言及および「片山広子拾遺年譜」

片山広子のイメージあるいは芥川との関係に一石を投じたのは、芥川研究の基礎を築いた吉田精一の言及である。吉田氏は「芥川龍之介の恋人」（『歴史と人物』中央公論社、昭46・11、ただし『芥川龍之介Ⅱ』桜楓社、昭56・1による）の中で「そういう言い方を許されるとすれば」と断りつつも、「さそいかけたのは彼女の方からであった」と従来の見方に異を唱えている。吉田氏が入手した芥川宛片山広子の書簡約二十通（同書「あとがき」）のうち、大正十三年九月五日付け書簡によれば、広子は「二十三日におわかれする時にもう当分あるひは永久におめにかゝる折がないだらうと思ひました。（中略）それでたいへんおなごりをしくおもひました。（中略）ふいとあなたの事を考へて」などと記し、最後に「わたくしたちはおつきあいができないものでせうか……あなたは今まで女と話をして倦怠を感じなかつたことはないとおっしゃいましたが……」と結んでいる、という。[1] 吉田氏は「芥川が彼女に対してとくべつな気もちをうちあけたわけではないというのに、これらのことばの中には、そこはかとない恋情に似た匂いが立ちこめているといえないであろうか」と述べている。広子が芥川に宛てた他の書簡（大14・6・1、大14・6・24など）も紹介しつつ、二人の関係が必ずしも芥川からの一方的な片思いではなく、広子の側にも相当の思いを吐露するアプローチがあったことを明らかにし、彼女の内部に秘められた情熱的な側面に新たな光を当てている。

従来の見方と異なるこうした言及が一方にあるものの、それでも芥川や堀の描いた彼女のイメージには依然として根強いものがあるようだ。いうならば、有名な男性作家（側）のまなざしを基軸とする支配的・専制的な〈女への視線〉によって構成され、固定化された視覚が紡ぎ出すところのイメージである。問題なのは、それがひいては「片山広子＝松村みね子」その人への多様なアプローチを阻害する要因ともなっていることである。

事実、その堅固なイメージが流布し浸透しているのとはうらはらに、彼女の言説それ自体や彼女の文学活動に対する直接的な言及に着目されることは多くなく、まず彼女自身に即してその映像を再構成してみること、そうした再構成の場に「片山広子＝松村みね子」その人を据えてみることが必要なのではないだろうか。

もちろん、先述のような片山広子に対する根深い文学的イメージとは別に、地道な作業を積み重ね、明治・大正・昭和の三代にわたる彼女の「実像」をまとめたものに藤田福夫の著書『近代歌人の研究――歌風・風土・結社』（笠間書院、昭58・3）がある。そこに収録された「片山廣子年譜」は、「生活事項」「文学活動」「関連事項」の三段で構成され、細字で組まれた全6頁にわたる労作であり、広子の足跡や一連の仕事のエッセンスがこの「年譜」に集約されている。近年に至るまで、芥川の特集などで時々見られる片山広子に関する概説的な解説等は、ほとんど藤田氏の一連の成果に負うところが大きいといっても過言ではない（筆者も例外ではない）[3]。

今回、こうした吉田氏、森本氏ならびに藤田氏の労作に導かれつつも、筆者はそれ以外の片山広子に関する消息を散見することができた。後掲の「片山広子拾遺年譜」は、藤田氏の「年譜」や伝記研究に出て来ない、もしくは明記されていない「片山広子＝松村みね子」関連の記事を拾遺したものであり、さらに後年の秋谷美保子編『片山廣子全歌集』（後掲）とも照合した結果を「著作リスト」「消息」「評および言及」といった、三項目にまとめたものである。ただし、主として雑誌「心の花」と「短歌研究」を中心に、その周辺をわずかにあさっただけであり、全く未完成のものであるが、向後の成果に資する一助となればと考えた。

ともあれ、先に見たような固定化されたイメージの呪縛を脱し、「片山広子」その人を見ようとする試みとして、まずこうした迂遠な作業の積み重ねから始めたい。というのも、片山広子の著作は、その知名度にもかかわらず、彼女の代表的な歌集『翡翠《かわせみ》』（竹柏会出版、大5・3）も『野に住みて』（第二書房、昭29・1）も、さらには第三回エッセイストクラブ賞を受賞した随筆集『燈火節《キャンドルマス》』（暮らしの手帖社、昭28・8）も容易に入手しがたいといった状況であり（現在は新装版で復刻されつつある）、こうした事情もあってこのようなリストアップを試みたのである。

さて、後掲の「片山広子拾遺年譜」について一言添えたい。冒頭近くの「著作リスト」前半部分に並ぶのは、いずれも「心の花」の「文題」に応じた〈美文〉もしくは〈雅文〉ともいうべき文章である。藤田氏の労作に徴してみても、彼女が「心の花」の前身「いさゝ川」の研究会に参加するのが明治二十九年の暮れ、同誌には数首の歌を発表したほか、雅文を一篇発表し、明治三十一年二月の「心の花」創刊号からは、毎月のように「文題」に応じた美文を発表している。「著作リスト」に続いて掲げた二篇は「新体詩」である。明治三十二年八月にも彼女は「川にのぞみて」と題する新体詩を発表しており、この時期、定型的な〈短歌〉の発表はそれほど多数ではなく、彼女のエネルギーもむしろ短歌以外の美文もしくは雅文に多く注がれていたといえるようだ。

たとえば、「評および言及」冒頭の「雑誌評判録」（「こゝろの華」明34・3）の一節で言及された「片山女史の才筆、ハイカラ詩人をグットと云はせる物凄さ」は、十一篇の「雅文」ないしは「美文」をさす批評であり、四点目の上田敏の語る評（「こゝろの華」明35・9）の「羨むべき才筆」や「明暢の文」もその美文ないしは雅文をさしている。さらに、松本信夫（「こゝろの華」明38・1）にも「女史の文」という表現が見え、KT生（田山花袋か。筆者注）（「文章世界」明39・7）の評にも「片山廣子のすぐれた和文」という言及などが見える。

つまり、「片山広子もしくは松村みね子」の〈出発〉は、美文家・新体詩人・歌人の混淆として、要約すればジャンル的には未分化の〈文章家〉として出発したといえないだろうか。彼女は歌人から翻訳家への一筋道を決して直線的に進んだわけではなく、彼女の文学的道程もそれほど単純なものではなかったように思える。そうした未分化の文章家として出発した片山広子が、徐々に自身の文筆活動を「歌人」としての活動に集中させ、やがて歌集『翡翠』の歌人として歌壇に確固たる地歩を占めることになる。

4 『翡翠』以前の文学活動から

ここで、歌集『翡翠』を刊行する直前の広子について少々眺めておきたい。

大正二年から三年にかけて「心の花」同人の女性を中心とした片山広子自身が発足を提案した会がある。その関連記事が「不盡《ふじん》研究會記事」であるが、婦人の意とともに女性歌人の地位向上をめざす不断の盡力の意も兼ね合わせた名称だと思われる。同会の活動を伝える記事からは片山広子のさまざまな側面がうかがえてくる。

まず「不盡研究會記事」（「心の花」大2・9）で、直子（小林直子）の歌「わが命あらむ際は忘れえぬ長き恨とのこる悲しさ」に対し、「悲しさといはれねば悲しい心が出ますまい」と述べる広子の一口批評はなかなか手厳しく、

「悲しさ」というストレートな表現にもたれかかる修辞の緩みを衝いて容赦がない。柳子（山川柳子）の歌「砂の上に長う引きたるわが影やくび振りてみてをかしうなりぬ」に対して、「下の句気に入りました。ほんとに首を振つて御覧になつた經驗がおありなのでせうか」と、どこか経験主義的な実感を重んじる姿勢を見せ、八代子（大村八代子）の歌「世と闘ふ力も今は失せ果てぬ弱きむくろをいかにすべしや」に向かっては、「女には世と闘うなぞはじめからないかと思ふ」とややニヒルで保守的な感想、あるいは諦めに似た思いをもらしている感がある。

次に「不盡研究會記事」（「心の花」大3・6）では、勇子の歌の「世に馴れし三十女も夕月の淡き光に君おもふとき」に「君おもふ時といふのは本當に思つて居ないのかも知れません」と「君おもふとき」の一句に実感の乏しさを嗅ぎ取り、また、自作「ふと思ふ其日その時何事もいはず別れず我が賢さを」について、「理性の勝つた歌か、理性でおさえつけた歌か」との批評に対しては、冷然と「研究會のための歌」と切り捨てるクールさも持ち合わせている。そうかと思うと、「不盡研究會詠草」（「心の花」大3・8）では、中村文子の歌「一人々々行水させて寝つかせて静になればねぶたうなりぬ」に対して「此の下句を讀むと涙がこぼれる様に思ひます」と涙もろい母親の顔を見せ、平凡な日常との結び付きに近い歌作に対して、歌作への評価はあえてせず、日常の中で子育てに奮闘する母親業へのエールともとれる評価を行う。また、山尾末子の歌「いとほしみ靜に投げし我夢の行方ににじむ暁の雨」には、「何ともいへない美しい歌、敬服、下句も美しう御座います」と将来めざすべき「美しい歌」と、その抒情的な審美性を高く評価している。さらに、「不盡研究會詠草」（「心の花」大3・10）では、大村八代子の歌の下句に関して「実際に藍の香が匂ふのでせうか」と述べ、大澤國子の歌について「併しこれは其の淋しい気分と若い気分とが交つて、一つの気分ではなく色々と動くのであらうと思ひます」と評し、理詰めのリアリストらしい側面も見せている。

一連の皮肉めいた評や子育て中の女性への労いを優先させた無批判に近い心情評や審美性の強い歌を好む傾向に

あることなど、多彩な幅を示す広子のコトバ（講評）と、女性のために女性だけの短歌研究会を実践した活動（力）と、その多様性や落差についての分析は、今後の課題としたい。身内の歌に対する広子の振幅の大きい反応は、後述するように彼女の歌作りにおける過渡的状況を反映するものであるかも知れず、同時に、生身の女性としての〈揺れ〉もしくは〈多様さ〉をあらわすものなのかもしれない。

こうした振幅の大きさは、広子自身の反応だけでなく、逆に周囲の広子に対する視線の中にも含まれている。たとえば、「歌人片山広子」の評価を決定づけたとされる『翡翠』は、従来、この歌集自体や歌人としての片山広子その人を評価するというよりも、先に見た芥川の言及や堀作品中の広子像を前提とし、そこから醸し出される特有のイメージに包まれたまま、〈歌人〉や歌集の評価も、もっぱらそのイメージの一環に属する漠とした印象論が継承されてきたといってもいいのではないだろうか。

周知の芥川による『翡翠』の書評（ほぼ紹介にすぎないものだが）で、彼はその一文「『翡翠』片山広子氏著」の中で、歌集の中に「過去を代表する」歌と「未来を暗示する」歌の二種を見いだし、その〈後者〉すなわち未来へ向かおうとする歌々が「表現の形式内容」ともに「まだ幼稚」でありながら、「易きを去つて難きについた」意欲を買うとしている。後年の芥川が軽井沢で彼女と出会い、その慕情のもとに晩年の作品や抒情詩の中で描かれた彼女のイメージに較べると、意外なほど冷静な評価だといってよいだろう。逆にいえば、こうした冷静な評価が晩年の芥川の言及や堀作品の描写がふくらませたイメージの影に隠れてむしろ見えにくくなっている可能性もある。

5　歌集『翡翠』

たとえば、いくつかの『翡翠』評を眺めてみると、芥川の書評のほかにも「心の花」同人たちのさまざまな批評がある（以下すべて「心の花」大5・6、『翡翠』批評号）。まず丘草太郎「憎まれ口を」は、歌集『翡翠』が「新しい方面に向かうターニング・ポイント」にある作だが「不幸にして」「まだ新しく生まれた」「自分の行く先」が「はっきりと示されてはいない」と断じ、「事象ないし心象をありのままに表現する」という方法への「変化」がかえって「作者その人の個性」を失わせたと厳しく批判している。次に久保正夫「翡翠をよみて」も、まずこの歌集に「シンパセティックにな」れないとした上で「ナイーブなリアリズム」を「目的」としながら「それがきわめて部分的に小さくせまく力よわく現れてゐるのみで」「迫る力や食い入つてくるやうな真実さ」に欠けるとし、「サゲイシアスなところ、ウイットのひらめき、そして女性的な抑制と」「害のない程度の感情を遊ばせてそれを見てゐる」「限界」の中の「心の動き」でしかないとして、その「なまぬる」さを批判している。久保謙「『翡翠』を読んで感じた事」は、この歌集に「深いところがな」く「物足りな」いのは、「小さい自己に対する誇り」が「広い愛の世界に入ることを妨げてゐる」からで「深く徹して悩み喜」ぶことがないために、「理想を追う努力に弱いところがあ」ると批判している。江島京子「翡翠を讀んで」は、「さわやかな初秋から秋の最中に入ろうとする」感じがあるとし、「幽艶靜寂」な「奥深い情趣」を読み、「辞句の豊富と技巧の精錬」を見ているが、それは「情熱」の「峠をこして」「かえり見たき歌」であって「かなしい女の道」を感じさせるけれども、かつての歌ほど人々を「ふるわしません」と結論づける。白蓮の「待ち遠しかつた歌集」は、「憎い程」の「才」や「小気味よさ」、また「人の心の両面が気持ちよく巧みに歌われた」とも述べるが、一方で「上すべり」や「二度見るといやにな」るとも語り、玉虫色とはいえ、さほど高い評価を与えているとはいえない。

歌集『翡翠』にとっては、おおむね辛口の批評がみてとれる。しばらくのちには、後発組の同人、たとえば、浅山尚（「心の花」大6・4、「松浦潟より（『翡翠』）評」）は、「（略）『翡翠』の著者は恐ろしく頭のはつきりした方で（中略）歌には中年の人でなければわからぬやうな歌で、（中略）よく噛みこなさなければ眞實《ほんとう》の味ひがわからぬやうな歌」といった好意的な評も受けている。芥川も含めた丘草太郎・久保正夫・久保謙ら男性による批評の多くがその過渡的状態の不徹底さをあげるのに対し、江島京子や白蓮ら女性による批評も総じて得点が低いにもかかわらず、「かなしい女の道」や「弱い女」「女は魔物」といった、一般的な女性観を滑り込ませながら、どこかに同性としての我が身の物悲しさを投影させる批評ともなっている。

近代短歌がひとつの文学ジャンルとして発展途上にあり、そうした文学形式の過程において作品の評価を問う論理と、我が身の身体や生理のまといつく私的な状況の吐露として問う論理と、いささか図式的に過ぎるかも知れないが、男性による〈女への視線〉と女性による〈女の視線〉との断層が、ここにもかすかながら見て取ることができるように思われる。ともあれ、歌集『翡翠』に対するこうした厳しい評価が、広子をおのずと歌の世界から遠ざけてゆく要因になったことは推測に難くない。もしかすると、それ以前に広子自身が〈歌〉という文学ジャンルそのものに飽き足らないものを感じていた可能性もあり、それは先に見た美文や雅文への取り組みが暗示しているところかもしれない。

おわりに

これまで見てきた幾つかの観点からひとつ言えることがあるとすれば、当時の片山広子が、芥川や堀らの描くような優雅なイメージの女性とも異なり、身内（同人）の作品には時には冷酷なまでの批評を浴びせ、また、その逆にみずからも批判を浴びる生々しい歌壇の一隅にあって、女性たちだけによる新たな〈歌〉の創出にも骨身を削っていたという事実である。

いずれにせよ、「片山広子」は間もなく「松村みね子」に名前を変え、歌人から翻訳家へと転身する。その翻訳の評判（評価）についても、幾つか拾うことができた。森林太郎（森鷗外）「松村夫人に」（「心の花」大4・8）、上田敏「松村夫人の飜譯」（「心の花」大4・10）、佐々木雪子「西片町より」（「心の花」大6・4）、坪内逍遙「『いたづらもの』のはじめに」（「心の花」大6・7）などで、いずれも外国文学と翻訳に造詣の深い、錚々たる大家たちが太鼓判を押しているところを見ると、彼女の訳文の質の高さのほどがうかがえてくる。

その一方、再び繰り返せば、歌集『翡翠』の評判が必ずしも芳しくなかったとはいえ、それでもなぜ彼女が〈歌〉というジャンルに別れを告げ、戯曲や小説の翻訳世界へと赴いたのか、その転換の内実は簡明ではないと思われる。ただ、概括的に見れば、『藤村詩集』の序で「ついに新しき詩歌の時は来りぬ」と謳い上げた島崎藤村が明治四十年代を前にして、「破戒」という小説にその表現方法を転じたこと、雑誌「心の花」が文壇における中核的位置から徐々に周縁へと影をひそめ始め、雑誌「明星」もまた小説や戯曲・翻訳などに多くのページを割いた雑誌「スバル」にその席を譲っていった状況、あるいは、夏目漱石にも俳体詩や美文に力を注いだ時期はあったがやがて小説家に転じたこと、さらには大正文学の担い手となった多くの小説家たちが演劇（ドラマ）に熱をあげ、一度ならず戯曲に手を染めたことなどが思い浮かんでくる。つまり、複雑化する近代精神の成熟過程は、短歌や詩などの短詩形文学では掬い取れなくなり、いわばヌエのように何でも飲み込む〈小説〉という形式にその中心的地位を譲りつつあったといえよう。広子の短歌からの撤退もそうした時代の空気を読む（察知する）ところがあったのかもしれない。だとするならば、美文や雅文などジャンルの未分化な文章家として出発し、一時は閨秀歌人として名を成し、やがてアイルランド文学の戯曲や小説の翻訳家として名訳をうたわれた「片山広子＝松村みね子」の文学的生涯は、日本近代文学におけるさまざまなジャンル交替のうねりを、身をもって体現した貴重な証言のひとつだったのかもしれない。そしてまた、そうしたうねりの中で一度は遠ざかりながら再び戻っていった〈歌〉の場所、その「昭和の女歌」というものについても、広子の個人的な心境の変化とともに、多角的な視点から再考してみる必要があると考えている。[3]

注

（1）吉田精一氏蔵書簡の原物を確認できないまま発表を行ったが、当日の発表（一九九八年度昭和文学会秋季大会「特集昭和のおんな歌」での発表、一九九八・十一・七、於奈良大学）で書簡について池内輝雄氏より種々御教示をいただきました。池内氏によると、現在この書簡の原物は確認できない状況にあるとされる。

（2）藤田氏の著書以後、清部千鶴子『片山広子――孤高の歌人』（短歌新聞社、平9・7）。秋谷美保子編『片山廣子全歌集』（現代短歌社、平24・4）。谷口桂子『越し人　芥川龍之介最後の恋人』（小学館、平29・7）などがある。その他、清水麻利子、古谷智子らの研究が継続中だが、詳細は略す。

（3）新聞や雑誌等や書名の引用は原文のまま旧字の「廣子」としたが、ほかは新字の「広子」に改めたことをお断りしておく。

片山広子拾遺年譜

凡例

［◆］……現在までに未紹介の片山廣子の著作・未紹介の彼女への評や言及・未紹介の彼女の消息を示す。

［◇］……藤田福夫氏により指摘済みのものであるが、未紹介の部分や題字および年月日など原物と異同があるものを示す。

［☆］……「著作リスト」中、秋谷美保子編『片山廣子全歌集』（現代短歌社、平24・4）の年譜に文題等の記載はあるが、原文の掲出がないものを示す。


◉片山広子消息（但し、明治三十二年以降）

◇明治三十二年四月六日、濱町日本橋倶樂部にて社友八十余名が来会の「第一回竹柏會大會」に参加。大会記事（「竹柏會の記（上）（下）」）を担当する。〔「心の花」（二巻四号）大11・4「「竹柏會大會記録　自明治三十二年四月至大正十一年四月」による〕

◆「會員消息」去月八日第十三回野遊會を粕壁に催し、（中略）因に第一回よりの荒ましを擧ぐれば　第一回　杉田記事　大塚楠緒子君　第二回　大宮記事　石榑千亦君　第三回　多摩川記事　片山廣子君（以下、略）（注：「長き一日」明治三十三年十一月を指す）〔「こゝろの華」（八巻三号）明37・6〕

◆吉田二郎氏は五月七日遠逝十日品川東海寺に葬儀を營ま

れ候氏はもと米國にて總領事などを務められ晩年官を退きてよりは専ら身を閑静の地に置かれたりしを猶天壽にやと哀悼に堪へず候氏は會員片山廣子ぬしの父君に候〔「こゝろの華」（九巻六号）明38・6「消息」〕

◆前號に掲げたる外に（中略）片山廣子ぬしは鎌倉に、（中略）あるいは避暑あるは歸省各信を寄せられ候〔「こゝろの華」（九巻九号）明38・9「消息」〕

◆（略）思へば七年の昔、野遊會をこの多摩川のほとりに催しゝ折は、清泉、順、千亦、昌綱、廣子、柳枝子ぬし、雪子とわれと八人なりしを、今日は、順ぬし昌綱の二人はさはりありて來らず、清泉ぬしは沼津に、廣子ぬしは大森に、柳枝子ぬしは和泉の國に移り住みて、共に來しはたゞ千亦ぬしの一人あるのみ。〔「こゝろの華」（九巻十二号）明38・12「多摩川」竹柏會同人〕

◆（略）大森に着く。此處にて女の君一人加はりて八人となるべきかと思ひつゝ見めぐらせば、走りよりて文さゝぐる者あり。そは廣子の君の御使にて、共に行き難きよし記し給へるなりけり。行き給はずとも、處がら文得たる嬉し。紅梅の枝に、結び文などしておこせ給ひたらむは一層嬉しかりぬべし。〔「こゝろの華」（十巻三号）明39・3「矢口池上」竹柏會同人〕

◆「竹柏會第九回大會の記」白岩つや子
（略）小花の君新井の君楠緒子の君廣子の君柳枝子の君照子の君達など一つまとゐになりて樂しげにはた面白げに語り居ます言のな、一つ一つ歌になり、文になりけむを、承らざりしは口惜かりき。〔「こゝろの華」（十巻五号）明39・5〕

◆「或は避暑の為め或は帰省の為各地に旅行せられし人々の内二十三を擧げ候へば（中略）片山廣子ぬしは鎌倉に」〔「こゝろの華」（十巻八号）明39・8「消息」〕

◆「左の諸子は當日障りありてはた遠隔の地にありて會費を寄贈せられたり」とし、名前記載あり。〔「こゝろの華」（十一巻五号）明40・5「竹柏會大會記事」〕

◆明治四十一年四月十二日、「第十一回竹柏會大會」参会および寄付金を「金五圓」寄贈。（「こゝろの華」（十二巻五号）明41・5「竹柏會大會報告」）

◆明治四十一年八月、鎌倉へ避暑。「鎌倉なる片山廣子」（「心の花」（十二巻九号）明41・9「消息」）

◆明治四十二年四月十八日、日本橋倶樂部にて「第十二回竹柏會大會」に参会。（「心の花」（十四《ママ》巻五号）明42・5「竹柏會大會報告」）

◆明治四十二年八月「片山廣子ぬし山川柳子ぬしは鎌倉へ旅行せられ各々歌絵葉書など寄せられ候」（「心の花」（十三巻九号）明42・9「消息」）

◆明治四十三年四月十七日、日比谷公園前華族會舘にて「第十三回竹柏會大會」参会およびちまき寄贈、大会記事執筆担当。（「心の花」（十二巻五号）明43・5「竹柏會大會報告」）

◆明治四十三年五月十八日、竹柏会同人らと蒲田に集う。（「心の花」（十四巻八号）明43・8）

◆「源氏合」竹柏會同人（竹柏園主人）

「菖蒲を見ながら毎月の婦人研究會を開きたいと、大森の片山さんから手紙があつたのは、六月半の事。（中略）人々と共に新橋にあつまつたのは七月十八日の午前九時（以下、略）」（「心の花」（十四巻八号）明43・8）

◆明治四十三年八月「鎌倉へ　片山廣子ぬし」（「心の花」（十四巻九号）明43・9「消息」）

◆明治四十三年十月十五日、「婦人研究會例會」に出席。竹柏園にて十一名参加。（「心の花」（十四巻十一号）明43・11）

◆明治四十三年十一月十九日、雑司ヶ谷にて竹柏会同人十二名らとともに大塚楠緒子の霊前に墓参。山茶花一対を同人らと植樹。（「心の花」（十四巻十二号）明43・12「消息」）

◆明治四十四年一月十一日、神田錦町三河屋にて「新年發會」に出席。〔「心の花」（十五巻三号）明44・3〕

◆明治四十四年一月十一日の「新年發會」にて、福引き景品に廣子の歌を錦絵に掲げたものあり。〔「心の花」（十五巻三号）、前出同じ〕

◆明治四十四年二月一日、「婦人研究會例會」に出席。〔「心の花」（十五巻三号）、前出同じ〕

◆明治四十四年五月十六日、日本橋倶樂部にて「第十四回竹柏會大會」に参会およびちまき持参。明治四十四年二月十一日の佐佐木信綱文学博士授与祝いに記念品贈呈賛同者名記載。〔「心の花」（十五巻五号）明44・5「竹柏會大會報告」〕

◆明治四十四年十二月十一日、神田錦町三河屋にて「竹柏會納会」に参会。（注：婦人研究会は同月九日に行われているが、参加は不明。）〔「心の花」（十五巻一号）明45・1「ともし火のもと」佐々木雪子〕

◆明治四十五年四月十四日、日本橋倶樂部にて（第十五回）竹柏会大会に参会。〔「心の花」（十六巻五号）明45・5「竹柏會大會報告」および「竹柏會大會記事」山川柳子〕

◆明治四十五年六月二十九日、婦人研究会を竹柏園にて開催。「課題「千」「葉」「新」の歌に就き批評」とある。参加は不明。〔「心の花」（十六巻八号）明45・8「消息」〕

◆大正元年九月、「片山廣子ぬしは鎌倉へ」避暑、竹柏園に旅信を寄せる。〔「心の花」（十六巻十号）大元・10「消息」〕

◆大正二年一月十一日、神田錦町河岸三河屋にて新年發會参会、兼題披講後の競点選者となる。〔「心の花」（十七巻二号）大2・2「消息」〕

◆大正二年四月十五日、夫人研究会を竹柏園に開会「例の批評に賑はひ候」とある。参加は不明。

◆大正二年五月二十日、浅草公園地内傳法院にて戸田茂睡の建碑も兼ねた（第十六回）竹柏会大会に参会およびちまき

持参。（「心の花」（十七巻二号）大2・6「竹柏會大會報告」）
◆大正二年八月避暑。「鎌倉　片山廣子」（「心の花」（十七巻九号）大2・9「消息」）
◆大正二年九月二十九日、「不盡研究會」に歌作および評者として出席。同人新井洸太郎の序文有り。（「心の花」（十七巻十一号）大2・11「消息」）
◆大正二年十二月七日、中野保善寺にて八木善文追悼会に列席。（「心の花」（十八巻一号）大3・1「消息」）
◆「西片町より」佐々木雪子（「心の花」（十八巻二号）大3・2）
◆大正三年五月六日、竹柏園にて婦人研究会に歌作および評者として出席参加。（「心の花」（十八巻六号）大3・6「不盡研究會の日」中村文子）
◆大正三年六月二十五日、竹柏園にて婦人研究会に歌作および評者として出席参加。（「心の花」（十八巻八号）大3・8「不盡研究會の日」中村文子）
◆大正三年八月避暑。「軽井沢　片山廣子」（「心の花」（十八巻九号）大3・9「消息」）
◆「西片町より」佐々木雪子（「心の花」（十八巻十号）大3・10）
典拠（注：田中栄三）
◆佐々木雪子「西片町より」の「芝居」中に、「舞臺協會のハウプトマンの芝居は（中略）お連れの片山夫人と顔を見合わせて（以下略）」とある。（「心の花」（十八巻十二号）大3・2）（注：田中栄三『明治大正新劇史資料』によれば、『舞台協会　第二回公演　大正三年十月十六日より五日間午後六時開演　有楽座』（二）『馭者ヘンシエル』五幕ゲルハルト・ハウプトマン作　秦豊吉訳」とあるので、当該公演期間中に佐々木雪子らと赴いたと思われる。）
◆「彼方へ」浦野ふみ子の会報記より、大正三年十月二十二日、竹柏園にて婦人研究会に歌作および評者として出席

参加が判明。〔「心の花」（十八巻十二号）大3・12〕

◆大正四年一月十一日、神田錦町三河屋にて竹柏園新年発会に参加。〔「心の花」（十九巻二号）大4・2「發會の日」中村文子〕

◆大正四年八月、鎌倉に避暑。〔「心の花」（十九巻九号）大4・9「消息」「鎌倉　片山廣子」〕

◆大正五年一月十一日、神田錦町河岸三河屋にて新年發會参会。〔「心の花」（二十巻二号）大5・2「西片町より（初春）」佐々木雪子〕

◆「紅梅咲く日」佐々木雪子（注：松村みね子の翻訳に関して、佐々木信綱と坪内逍遙との間で会話がなされたこと記述あり。）〔「心の花」（二十巻三号）大5・3「西片町より」〕

◆大正五年三月十二日、深川公園地内八幡神社参集所にて、三浦守治と大澤國子の追悼会に列席。〔「心の花」（二十巻四号）大5・4〕

◆大正五年三月二十九日、竹柏園野遊會へ娘聡子を連れ参加。〔「心の花」（二十巻五号）大5・5「洗足の池」竹柏會同人〕

◆大正五年五月二十六日、日本橋倶樂部にて第十八回竹柏会大会に夫片山貞二郎病気のため参会せず、ちまきを寄贈。但し、来会者名に「片山ふさ子」と娘の名が記載。廣子の名代か。なお、今大会では、歌集「翡翠」と白岩艶子歌集「白楊」を大会来会者に限り記念品として贈呈した模様。〔「心の花」（二十巻五号）大5・5「竹柏會大會報告」および「春の日のまとゐ」高桑文子〕

◆「ちまきやの羊かん」「静かな雨の日」佐々木雪子〔「心の花」（二十巻六号）大5・6「西片町より」〕

◆大正五年八月避暑。「輕井澤　片山廣子」〔「心の花」（二十巻九号）大5・9「消息」〕

◆「よろこび」佐佐木雪子〔「心の花」（二十巻十二号）大5・12「西片町より」〕

◆「よろこびの一」佐佐木雪子「片山さんの翡翠（中略）と次々に出版された。（中略）夫と共に自分が」までが見せ消ちの形になっているが、彼女の名が見えるため、消息として掲出した。〔「心の花」（二十一巻一号）大6・1「西片町より」〕

◆大正六年一月十四日、神田区錦町河岸三河屋にて男女会員七十名に及ぶ「新年發會」参会、兼題「梅」披講後の競点選者となる。〔「心の花」（二十一巻二号）大6・2〕

◆「つつじの色」佐佐木雪子〔「心の花」（二十一巻三号）大6・3「西片町より」〕

◆大正六年四月十五日午後正一時より、上野公園美術學校内美術倶樂部にて第十九回竹柏会大会に参会、人形焼持参。当日の兼題は「春日」。〔「心の花」（二十一巻五号）大6・5「竹柏會大會報告」および「春の日のつどひ」武井大助〕

◆「金曜日の夕」佐佐木雪子「輕澤《ママ》井より土産にたまひしテーブルクロス」の礼を記す〔「心の花」（二十一巻七号）大6・7「西片町より」〕

◆「感謝」佐佐木雪子〔「心の花」（二十二《ママ》巻十号）大6・10「西片町より」〕（注：同年七月大病を患った雪子の娘綱子への廣子の見舞いに対する礼状であろうと推測される）

◆大正六年九月二十四日、鶴見花香苑にて、佐佐木信綱の学士院賞受賞祝も兼ねた竹柏園秋の野遊会に参加。「秋の野遊會」篠崎正「茶室めいた離れの中に一日こもつて勉強したいと片山さんは仰しやつた」とある。〔「心の花」（二十一巻十一号）〕大6・11

◆「去月中旅行信を寄せられたるは左の諸氏に候」の一人に「輕井澤　片山廣子」とある。〔「心の花」二十一巻十二号、大6・12「消息・新刊紹介」〕

◆「海邊にある某夫人に」佐佐木雪子〔「心の花」（二十二巻一号）大7・1「西片町より」〕

◆大正七年四月十四日、百九十七名が集う日本橋倶樂部にて催された第二十回竹柏会大会に人形焼を寄贈。ただし、参加者名簿には姓名の記載がない。一方で、大会報告を兼ねた「西片町より（春の日）」では、「さては大森から」とあり、参会したと推測できる。（「心の花」（二十二巻五号）大7・5「竹柏會大會報告」）

◆「海の遠音」佐佐木雪子（「心の花」（二十二巻九号）大7・9「材木座より」）

◆「報告」に「寄贈本號發刊費の中へ左の通寄贈せられり」とあり、「五圓　松村みね子」と記載あり。（「心の花」二十二巻十一号、大7・11「報告」）

◆「心の花二百五十號の回顧」石榑千亦（「心の花」（二十三巻二号）大8・2）

◆大正八年四月旅行。「箱根　片山廣子」（「心の花」（二十三巻五号）大8・5「消息」）

◆大正八年四月十三日、「麹町區有樂町一丁目一番地地帝國鐵道協會」にて、第二十一回竹柏会大会に参会、「餘興費の一部」を寄贈。（「心の花」（二十三巻五号）大8・5「竹柏會大會報告」）

◆大正八年七月〜八月中、「輕井澤片山廣子」。（「心の花」（二十三巻八・九号）大8・8、9「消息」）

◆大正八年十一月十六日、日本橋倶樂部にて石榑千亦夫妻銀婚式祝賀会が催される。当日欠席。「石榑千亦祝賀會記念品費寄贈芳名録」に「金五圓」の項目に名前が記載され、翌月号の「来會せられずして會費を送られたる諸氏」に記載されており、祝賀会には欠席であった。（「心の花」（二《マ》四《マ》巻十一号二十三巻十二号）大8・11「消息」）

◆「片山廣子ぬし夫貞次郎氏は去月十四日病気遂に起たず遠逝さられ十七日青山齊場に於て葬儀執行の上染井の□域に埋葬いたされ候氏は法科の大學を卒へ大蔵省へ出仕し後日本銀行に轉じ現に其理事たりし人氏はその専門の財政家として卓絶せられしのみならず趣味廣くかつて本誌上にひなぶりを寄せられ異彩を放ちたる事ありき芳紀僅に五十に

して不幸に接す痛惜眞に堪へざるものに候並に哀悼の意を表し候」〔「心の花」（二十四巻四号）大9・4「消息」〕

◆大正九年八月七月二十七日から八月七日頃まで御殿場に滞在。（注：御殿場に訪れた佐佐木雪子に宛てた書簡風日記）〔「心の花」（二十四巻九号）大9・9「御殿場より」片山廣子〕

◆大正十年四月十日、「麹町區帝國鐵道協會」にて催された「第二十三回竹柏會大會」に参会。〔典拠「心の花」（二十五巻五号）大10・5「竹柏會大會報告」〕

◆大正十一年四月八日、「神田區一ツ橋外如水會」にて催された「第二十四回竹柏會大會」に参加および金品寄贈。〔「心の花」（二十六巻四号）大11・4「竹柏會大會報告」〕

◆大正十一年九月、輕井澤に避暑。竹柏園宛てに「旅行信を寄せ」る。〔「心の花」（二十六巻十号）大11・10〕

◆「小川町の思ひ出」里井柳枝子（注：竹柏園初期勉強会および第一回玉川野遊会回想記）

◆「三百號のおもひで」竹柏園主人〔「心の花」三百号記念号（二十七巻四号）大12・4〕

◆「心の花三百號をよみて」奥村岸子〔「心の花」（二十七巻五号）大12・5〕

◆「心の花」三百号祝賀として一口「金三圓」からの寄付、五口に応じている。〔「心の花」（二十七巻七号）大12・7「心の花三百號記念寄附金報告第三回（大正十二年六月十六日迄に受領濟の分）」〕

◆「片山廣子ぬしのシング戯曲全集は新潮社にて刊行發售せられた」〔「心の花」（二十七巻九号）大12・9〕

◆竹柏会同人新井洸遺族に「一金貳拾圓」を寄せる。〔「心の花」（三十巻八号）大15・8「新井洸氏遺族へ御同情金（第六回報告）」〕

◆「松村みね子夫人は女人藝術創刊號に野にゐる牝豚を寄せられた」〔「心の花」（三十二巻八号）昭3・8〕

◆昭和四年二月七日、「東京會館」に於て九條武子追悼会の参列。〔「心の花」（三十三巻三号）昭4・3〕

◆昭和四年二月二十一日、「電氣倶楽部」に於て上京した竹柏会同人齊藤瀏の歌集「霧華」出版記念会に参加。〔「心の花」（三十三巻四号）昭4・4「消息」〕

◆昭和五年十一月十六日、竹柏会同人中村徳重郎の招きで同人「廿人近く」（廣子含む）が練馬の同氏宅に集う。〔「心の花」（三十五巻一号）昭6・1「時雨のお庭」津輕てる〕

◆昭和六年四月二十四日、「新橋東洋軒」に於て、竹柏会同人山下陸奥の歌集「春」出版記念会に出席。〔「心の花」（三十五巻六号）昭6・6『春』出版記念會の記」齊藤史〕

◆佐佐木信綱還暦記念集出版に際し、記念歌集編纂委員および発起者として加わる。〔「心の花」（三十五巻十二号）昭6・10、6・12「竹柏園先生還暦記念歌集」〕

◆佐佐木信綱還暦記念品贈呈の醵金者に姓名記載あり。〔「心の花」（三十六巻四号）昭7・4「佐佐木博士還暦記念會醵金寄贈者芳名（昭和七年三月十日到着の分まで）」〕

◆昭和七年六月五日、「麹町區三年町華族會舘」に於て佐佐木信綱還暦記念会に出席。〔「心の花」（三十六巻七号）昭7・7「祝賀會出席諸氏」〕

◆「石榑千亦先生揮毫頒布會」に賛員として明記。〔「心の花」（三十七巻四号・五月）昭8・4、8・5〕

◆昭和八年六月一日、「東京會舘」に於て竹柏会同人藤田富子のための「藤のうら葉」の会が催され出席。〔「心の花」（三十七巻七月）昭8・7「消息」〕

◆昭和八年七月二五日、「レストランツクバ」に於て竹柏会同人石榑千亦子息茂のためのロンドンより帰朝歓迎会に発起人として参会。〔「心の花」（三十七巻九月）昭8・9「五島茂氏夫妻観迎會の記」栗原潔子〕

◆昭和八年九月頃、輕井澤に避暑、竹柏園に旅信を寄せる。

〔「心の花」（三十七巻十月）昭８・10「消息」「輕井澤　片山ひろ《ママ》子」〕

◆「片山廣子夫人の長女總子嬢は山田新一郎氏の男なる山田秀三氏とめでたく結婚せられた」〔「心の花」（三十八巻六月）昭９・６〕

◆昭和九年五月十四日、「大阪倶樂部」に於て催された下村海南第三歌集「白雲集」出版記念会に出席。〔「心の花」（三十八巻八月）昭９・８〕

◆昭和九年九月頃、輕井澤に避暑、竹柏園に旅信を寄せる。〔「心の花」（三十八巻十月）昭９・10「消息」「輕井澤　片山ひろ子（ママ）」〕

◆「『心の花』昭和十年度」課題および選者発表。一覧に姓名記載。六月号の課題選者担当となる。〔「心の花」（三十八巻十一月）昭９・11〕

◆昭和十年八月末頃、津輕てる・藤瀬秀子らと共に軽井沢にある佐佐木信綱の別荘「槻澤山荘」を訪ねる。〔「心の花」（三十九巻十月）昭10・10「山荘集誌二（あけび）」津輕照子「消息　輕井澤片山廣子」、前出同上〕

◆「お祭り」佐佐木雪子〔「心の花」（四十巻八月）昭11・8「西片町より」〕

◆昭和十一年八月二十九日、「日比谷山水樓」に於て竹柏会同人五島美代子歌集「暖流」出版記念会に出席。〔「心の花」（四十巻十月）昭11・10「『暖流』出版記念會」伊藤嘉夫〕

◆昭和十一年九月、軽井沢に避暑、竹柏園に旅信を寄せる。〔「心の花」（四十巻十月）昭11・10〕

◆「心の花」読者に向けての「謹賀新年」挨拶頁（同人十五名記載）に廣子の名と住居地「東京市大森區新井宿三ノ十三五十二　片山廣子」が記される。〔「心の花」（四十一巻一月）昭12・1〕

◆佐佐木信綱の文化勲章を記念し「書庫萬葉藏の為めに古書購入の資の一部に當つべく記念金品」を贈呈するため竹柏会は「佐佐木博士祝賀會」を設け、発起人の一人となり、記念品費に五口（壱拾圓）応じている。〔「心の花」（四十一巻七月）昭12・7〕

◆昭和十二年八月二十一日、竹柏会同人朝吹いそ子別荘宅にて「竹柏會小集」が催され参加。〔「心の花」（四十一巻十月）昭12・10「輕井澤小集の記」竹柏会同人〕

◆「新萬葉集巻二作者氏名」欄に記載あり。〔「短歌研究」昭13・4〕

◆「心の花」十月号収載歌「千束」のうち一首、脱字訂正箇所掲載される。〔「心の花」（四十二巻十二月）昭13・12「東西南北」〕

◆昭和十四年四月二十一日、「神田一ツ橋學士會館」に於て「藤波會」が催され出席する。詠草互評の模様が記載されている。〔「心の花」（四十三巻六月）昭14・6「藤波會記要」宇野榮三〕

◆昭和十四年七月五日、「神田一ツ橋學士會館」に於て「藤波會」が催され出席する。詠草互評の模様が記載されている。〔「心の花」（四十三巻九月）昭14・9「藤波會記要」宇野榮三〕

◆昭和十四年九月頃、軽井沢へ避暑、竹柏園に旅信を寄せる。〔「心の花」（四十三巻十月）昭14・10「消息」〕

◆昭和十四年九月十九日、「神田一ツ橋學士會館」に於て「藤波會」が催され出席する。詠草互評の模様が記載されている。〔「心の花」（四十三巻十二月）昭14・12「藤波會の記」〕

◆五〇〇号刊行を記念し編輯発行人である石榑千亦に対し功労感謝の醵金、金三口（九圓）に応じる。〔「心の花」（四十四巻二月）昭15・2「石榑千亦君功勞感謝に就いて」「石榑氏功勞感謝醵金芳名」〕

◆昭和十七年五月二四日、「軍人會舘」に於いて「第一回帝國藝術院賞」を受けた川田順の祝賀会に出席。〔「心の花」（四十六巻七月）昭7・7月「川田順氏祝賀會の記」阿部光子「懺悔録」川田順〕

◆昭和十七年八月二十六日、「青山齊場」に於いて石榑千亦の告別式に列席、また逝去に際し竹柏園に見舞金を贈呈する。〔「心の花」（四十六巻九月十二月）昭17・9「消息」同年十二月「石榑千亦追悼録」〕

◇「片山廣子ぬしは下高井戸に（中略）疎開せられたり」〔「心の花」（四十八巻十月）昭19・10「消息」〕

◆佐佐木信綱喜寿祝賀会の発起人の一人となる。〔「心の花」（五十二巻四月）昭23・4〕

◇昭和二十三年六月六日、「丸ノ内保険協會講堂（有樂町驛附近）」に於いて「佐佐木博士祝賀記念會」に出席。〔「心の花」（五十二巻五《ママ》月六月）昭23・5、6「竹柏會大會」大村千代子」〔「心の花」（五十二巻六月）昭和二十三年六月「竹柏園先生喜壽祝賀會の記」村田邦夫「祝賀會竟宴の記」伊藤嘉夫「お祝いの日」阿部光子「祝賀會來會芳名録」「賀品贈呈芳名録」〕

◇「片山廣子ぬしの歌集『野に住みて』は本年度の藝術院賞の候補に擧げられた。」〔「心の花」（五十九巻五月）昭30・5「消息（一）」〕

◇「片山廣子さんの『燈火節』に對し第三回エッセイスト・クラブ賞がおくられた。まことに喜びに堪へない」〔「心の花」（五十九巻七月）昭30・7「消息」〕

◆「片山廣子氏は日本歌人クラブの名譽會員に推薦された」〔「心の花」（六十巻七月）昭31・7「消息」〕

◆「片山廣子ぬしは三月十九日永眠せられた。謹みて哀悼しまつる。君は竹柏會の最も古い同人の一人であるから、諸家に請うた追悼の文詞を本號の終に掲げて君を忍ぶ思ひ草とした」〔「心の花」（六十一巻五月）昭32・5「消息」〕

◉片山広子著作（但し、明治三十一年以降）

◆「歌題『野春風』吉田廣子

糸遊の亂る、見れば長閑なる春の野邊にも風はあり凫」

☆「文題『歌會に人を誘ふ消息』（坂正臣選）『天』位入賞
東京市麹町區永田町二丁目　吉田廣子」

御いたつきもはや名残ならせたまひて御垣の内のそゞろありきもせさせたまふと承るなんいともうれしきげにかう空のけしきものどかになりもてきぬれば野山にあくがれたまはんも近きほどにこうそれとはことなりたるかたなれどあすは師の君の家の歌會の日に侍るをふりはへておぼしたゝせたまはずやさらば師の君をはじめ参らせたれも〳〵いかにめづらしがりよろこびたまはん兼題は野春風ときゝはべりいかでその風を志るべに人の心の花をもたづね見んと思ひたまふるをもろともにとの仰言のうけたまはらまほしうかうおどろかしまゐらするになんかしこ〔「こゝろの華」（一巻二号）明31・3〕

☆◇「文題『閑居時鳥をきく』板正臣先生選『地』入賞
東京市麹町區永田町二丁目　吉田廣子」（注：藤田著には「時鳥をきく」とある。）

市中を遠くへだゝりたる住居こそ、花ちりたる後は、あまりなるまで、のどかなれ。けふも日ぐらし、机に向ひゐて、書よむ事にもやう〳〵うみはてぬるに、すこしはし近ういで、見れば、夕ぐれの空は、霧も霞もへだてずながら、ものあはれに、うちくもりて、五月雨も今かふりいでんとすらんと思ふに、時鳥いとほのかにないて、すぎゆく。心もあくがるゝやうに覺えて、うちきくに、雲にや入りし。卯花の垣にや隠れし。また音もせず。風ひやゝかにふいて、前栽のわかばほのかにうちそよぎ、たちばなのそこはかとなくかをり來るも、たゞならぬ夕のさまなり

◆（評　筆づかひかいなでならず）〔「こゝろの華」（一巻四号）明治31・5〕

◇藤田著では「漂流の人」とあるが、「漂流人」とある。
〔「こゝろの華」（一巻五号）明31・6、「詞海（文章）」によ

る」

☆◇「文題『樹蔭讀書』（坂正臣選）『地』入賞　東京市麹町區永田町二丁目　吉田廣子」

人志らぬ秋の隠れどころを見いでし心地して、暗く涼しき森の木蔭に一人書をよむたのしさ。風身にしむばかり吹きて、手にふれ紙の折々かへるも、葉守の神の御こゝろにやあらむ。木草のたえずそよぐ音なひ、蝉の聲、すべて此世の中とも覺えず、心もすみゆくまゝに、清き泉はわがよむ書の中よりもわきいづるやうにて、くめども〳〵つきせず。心の塵も今何處にか流れいにけむ。あはれなつ知らぬすさびや。あはれなつしらぬ木蔭や。斧の柄はまことにこそくたいつべかりけれ。

◆（評　清泉書中より涌き塵心洗ひ去らる、雅趣掬すべし）

「「こゝろの華」（一巻七号《ママ》）明31・9」

◆「文苑」中に一種

わふづゝのひかりあふぎて祈る我が心をそらに志ろしめすらん「「こころの華」（一巻七号《ママ》）前出同じ」」

◇「文題『筆』（樅の舍選）『天』位入賞　東京市麹町區永田町二丁目　吉田廣子」（本文略）

☆◆（評　こたびはいつよりもあまたのふみのあつまりて筆の功績を前後左右よりもめた、へられとり〳〵にめづらしけれどこの一篇のあるが中にすぐれたるはけだし筆の精霊のみづからほこりたるが故にやあらんさるにても精霊をしてかくまで遺漏なくわが徳を臚列せしめかくまで緻密にわが功を誇張せしめたるぬしは男にやあらん女にやあらんさうじみを一目見まほしくこそ）「「こゝろの華」（一巻九号）明31・10」

☆◆「源氏物語研究會」吉田ひろ子「「こゝろの華」（二巻一号）明32・1「詞林欄」」（長文ゆえ本文は略す）

☆◆新體詩二篇「星」「鶴」片山廣子

「星」

大空にかゞやける星　その數は幾千萬か
各々に名ありと聞けど　我知らず知らむともせず
風もなく澄渡りたる　夕暮の青黒き空に
二つ三つ光や輝く　やがて又七つ六つ八つ

日はくれて夕やけ残り　夜は暗くなりまさりつゝ
空の色こくなるまゝに　星の數かぎりなく見ゆ

空の色こくなるまゝに　天の高さ限りなく見ゆ
天の深さ限りなく見ゆ　天の廣さ限りなく見ゆ

限りなき大空の上に　輝ける星のひかりは
白露も其所《そこ》より降るか　ひとしづく落つるかと見ゆ
近き星その光こく　遠き星その色うすし
近くして何十萬里　遠ければ幾千億里
極みなき宇宙のうちに　かゝりたる各々の星
いづれも日地球月也と　或博士我にかたりぬ
奥深き學の道は　いかならん我は知らねど
我が身には數々の星　我友と思はるゝなり
朝まだき牛逐ふ童　夕まぐれ歸る賤の男
闇の夜に波路こぐ海人　何れか星を友とはせざる

よる深く草木ねむり　星のいろ増し光る
夜深く萬籟たえて　星の色ひとりさえたり

限りなく廣き宇宙に　哀れなる小さき身
石に似て命なき世に　獨なる力なきわれ

大空をのぞみ見れば　數知らず輝ける星
かの星ぞわがいのちなる　かの星ぞ我望みなる

「鶴」

日は西山にうすづきて　夕は海のあなたより
いつしか陸を蔽ひ來ぬ　限りも見えぬ大海原
越えて來りし鶴一羽　漸くこゝにつきにけり
今宵一夜を何處にて　羽打ちやすめあかさんか
森は鴉に拒まれむ　數は雀ぞやどりたる
村のはずれの一本の　杉に□宵をあかさんか
高き梢は風あらく　低き梢は人近し
二度三度木をめぐり　二聲三聲なきつゞけ

鶴はかなたに飛び去りぬ　今宵いづこに宿るらん
（「こゝろの華」（三巻九号）明33・9「文苑欄」）

☆◆「那木の下枝（其三）」片山廣子（「こゝろの華」（三巻十号）明33・10「文苑欄」）（長文ゆえ本文は略す）（注：目次には、「那木の下枝（其四）」とあるが、前号には、橘糸重子「那木の下枝（其二）」とある。）

◆「竹柏園歌會」兼題「雪」にて一首（明治三十三年納會神田錦町三河屋於）

北の風長城を超て吹くれば志なの大野に雪滿つらんか
廣子

（「こゝろの華」（四巻一号）明34・1「歌會欄」）

◆「竹柏園歌會」兼題「新年」にて一首（明治三十四年一月十一日新年發會神田錦町三河屋於）

一きれの餅を三切にきりわけて親子三人としを迎へぬ
廣子

（「こゝろの華」（四巻二号）明治34・2「歌會欄」）

◆「竹柏園歌會」兼題「雪」にて一首（明治三十四年十二月十一日納會）

はてもなき空ゆく雲我も又行先しらぬ旅の身にして
片山廣子

（「こゝろの華」（六巻一号）明36・1「歌會欄」）

（注：藤田氏の著書には「そなれ松」（雅文）とあるが、片山廣子のそれは「そなれ松に」とある。『そなれ松』（博文館）は、佐佐木信綱と印東昌綱の合同歌集。）

◆過日は御作磯馴松御送輿被下、御厚意謝上候。（中略）なほかへすかへすも御身御大事に遊ばされ度ねんじ上候。先日の御返事ながら右申上度。かしこ。片山廣子。昌綱君御もと。（「こゝろの華」（六巻五号）明36・5「雁のゆきゝ」竹柏會同人）

☆◆「聲なき星」

南より北吹きとほす大寺のひろ間ひらきて書をよむかな
わらくづの散り浮かびたるさゞれ水しをにの花の蔭をゆくかな
まむしゐる山田のあぜの草かるとかりてすてたる姫百合の

花
露しげき花野の虫は花蔭に御空の星と何かたるらむ
きくまゝに胸の思もやすまりてやみ夜あまねき雨の音かな
わか草の若かりし世の物思ひ思ひいづれば胸もゆるかな
心老い身はおとろへし今にして君にはあはむもやさしからずや
世にふれどあるかひもなし人の親の女を生むは罪にあらずや
のちの世は蝶ともならぬ塵ともあれ物おもふ人と又はうまれじ
人しにていくさ勝ちけむ海の上も此秋風は吹きて來つらむ
散りて後花の行くべき國ならむ光やさしく小さなる星
花の上に露多きかな夜もすがら聲なき星の涙おちけむ
折りてこし野路の秋草みちの邊のふる塚の上に手向けてぞ行く

「染井に詣でて」
いかばかり人の涙のかゝるらむ染井の野邊は草青きかな
まつるべき子等ことごとく旅にありて花の香もなき御墓さびしも

〔「こゝろの華」（八《ママ》巻六号）明37・9〕
◆限なく遠きみ空の秩父山雲かと問ひし古里の道
越後屋や阿賀の川邊の朝月夜朝たつ父を送りける哉
秋の霄東坡の文をひもときてあこも行末かゝれとぞ祈る
富士見ゆる夕日の岡にきゝし哉谷の木間の鶯の聲
鴨遊ぶ御堀の浪にうつりけり雲なき空の春の日の影
一ひらの雲の行へを見送りて流のはてにゆく心かな
西東遠く霞める田の中を笠二つゆく夕ぐれの雨
恐ろしき姫すみしてふ舘あとの廣き茅原につ花ぬく子ら
君すまずひんがしの對山吹の花に歌よむ上達部かな
手すさびにいろはとかきし古里のせとの白壁猶のこるらむ
はたちにて母めしましゝはれ小袖ぬひ改むる秋の夜の雨
落椿しとねに敷きて小雀のなきからうめし古里の庭
あらびたる人の心もなだむめく神よりうけしちいさなる君
あやまらすすぐなる道にちびけと神のたまひし小さなる人
身一つのちさき憂に追はれて世をも人をも忘れつる哉
墓原に新墓一つ見出して野菊たむけぬ野路の歸りを
霧の夜を矢口に急ぐ武者十騎駒の音遠く西に消ゆく
思ふどち駱駝にのりて一度はナイル川邊の昔をはゞや

あたゝかきシリヤの野邊の春の花神の代のごと今もさくらむ
南なるろしや山國たをやめは多くいづてふ行かせ殿ばら
北風にそりはしらするろしや人雪より外の花見るらめや
夕嵐寒くふくらむあかね色のみ空の下の枯草の岡（汽車の中にて）
おつる葉の音もきこゆる山かげ祖師の御墓に秋の日さしぬ（池上にて）〔「こゝろの華」（十巻三号）明39・3「竹柏會詠草（其二）」竹柏會同人〕

☆◆「わすれ草」十二首〔「こゝろの華」（十巻四号）明39・4〕

梅かをる垣根ゆかしもその昔信乃すみしてふ大塚の里
打絶えて戀るゝまでになりし人春風ふけばまたれぬるかな
鈴が森浪よる磯の老松に荷馬つなぎてたばこのむ人
椿散るうしろの藪にきこゆなり世はなほ春の鶯の聲
にごりたる思ひは持たじわが胸にやどれる人の影もくもらむ
いにしへの書にのみ見て今の世にありがたかりし君が心や
ましし世にこのみ給ひし竹の子の煮もさゝげぬ御佛のまへ
夕風に栗の花散る細流れめだかかぞふる姉とおとうと
かへるかりわが古郷にことづてよ身はまさきくて心病めりと
右は■ひだり廣野の別れみち別れし二人わすれ草つむ
たばこ吸ふ翁のせなに菜の畑に七つさがりの春日うらゝに
かれ草にわが草まじる畑道梅見がへりの女づれかな

◇「朝月夜」十首〔竹柏會同人合同歌集『あけぼの』明39・6 修文館、藤田著には書名のみがあり、廣子の歌の題名なし。〕

◆あけぼの早速拝見致し候花鳥のあやいろいろに美しき中にあらたへの手織衣いかに見ぐるしく候はんかと唯それのみのを一つの疵に覺え候（片山廣子）〔「こゝろの華」（十巻八号）明39・8「歌集あけぼのにつきて（一）」〕

◆片山廣子ぬしより
としを經てさかゆる園のわか草に霜ふらむとはおもはざりしを〔「こゝろの華」（十一巻二号）明40・2（注：佐佐木雪子「うつせみ」子清綱の死を悼んで）〕

◆課題「竹」一首〔「心の華」（十四巻一号）明43・1〕

晝暗き大竹籔のひまもりてか黒き土にはるの日うごく

◆課題「松」一首〔「心の花」（十四巻二号）明43・2〕

松一本餘り變らで猶立ちぬ我背とすみし初めての家に

◆課題「海」一首〔「心の花」（十五巻一号）明44・1〕

誰が魂ぞ月暈くらき春の夜の波より波に人をよぶこゑ

◆課題「朝」一首〔「心の花」（十五巻二号）明44・2〕

こぞの今日は茲に在し朝霜の跡墓無も往し人はや

◆課題「梅」一首〔「心の花」（十七巻二号）大2・2〕

梅さきぬ只二つ三つ小さなる我樂みの其數ばかり

◆「不盡研究會記事」（竹柏園に開會、歌作ならびに評者として出席。三首自選歌）〔「心の花」（十七巻九号）大2・9〕

（長文のため、略す）

◆「不盡研究會記事」（竹柏園に開會、歌作ならびに評者として出席。二首自選歌）〔「心の花」（十七巻十一号）大2・11〕（長文のため、略す）

◆八木善文追悼会に列席、二首詠む。〔「心の花」（十八巻一号）大3・1「消息」〕

紅葉ちる柏木の里の今日の群にせめて今日のみ歸りまさなむ

いとほのに寂う君が笑ますらむ夕の月に浮ぶおもかげ

◆「不盡研究會記事」（竹柏園に開會、歌作ならびに評者として出席。三首自選歌）〔「心の花」（十八巻六号）大3・1〕

（長文のため、略す）

◆「不盡研究會記事」（竹柏園に開會、歌作ならびに評者として出席。三首自選歌）〔「心の花」（十八巻八号）大3・8〕

（長文のため、略す）

◆「不盡研究會記事」（竹柏園に開會、歌作ならびに評者として出席。二首自選歌）〔「心の花」（十八巻十号）大3・10〕

（長文のため、略す）

◆「不盡研究會記事」（竹柏園に開會、歌作ならびに評者と

して出席。二首自選歌）〔「心の花」（十八巻十二号）大3・12〕（長文のため、略す）

◆「三浦博士をおもふ」一首（注：前首）「大澤國子ぬしをおもふ」一首（注：後首）〔「心の花」（二十巻四号）大5・4〕

春の日はけふも照るらむ聖なす君隠れゐし神田の町に

いつまでか君をまつべき春の日の暖き日の我らの中に

◆「私の考へついたこと」（片山廣子による『藤むすめ』歌評）（長文のため、略す）

〔「心の花」（二十巻十一号）大5・11〕

◆課題「梅」一首〔「心の花」（二十一巻二号）大6・2〕

武蔵　　片山廣子

紅梅よいとらうたけれ若き日の袖に縫はせし花ならなくに

◆「浅間野」十二首〔「心の花」（二十二巻一号）大7・1〕

「淺間野」片山廣子

落葉松《からまつ》は枯れそめにけりきいろなる葉の上に見る山のうすぐも（矢野夫人と信濃に遊びける折）

落葉松の葉の海なせる山峡を幾めぐりめぐりめぐり山いよ〳〵深う

静かなり早瀬の石ももみぢ葉もひえ〴〵として秋を吸ひたり

しみじみと我が眼に木々の色ぞ映る散らずあれ散らずあれまたも見む日まで

ぽつぽつと汽笛の鳴ればみやまどり呼ぶかとおもふ峰より峰に

眼も遠く野鴨とぶなり高原の楢の葉もみぢ明日か散りそめむ

淺間野の茅がや黄ばめば大ぞらも近う寄るかなさむき雲垂れ

うらがれの淺間の牧の野うしどもこのうすら日にせなかほすなり

吾妻の野秋日をぬくみして草しきてこの黄いろ野の眞中にすわる

そら遠き大野の中にむらさきの毒草の花しみじみと見る

かみつけの草津を出でし旅人等もみぢ背負ひて馬にゆられ來る

また來んとちかひの言葉人もなき大野の中にのこし來にけり

◆「生命の杖」〔「心の花」（二十二巻六号）大7・6「大村八代子歌集『山彦』批評」〕

（略）この落葉杖の歌を心の花叢書の中に並べ得たことはわたくしどものよろこびである。

海ぞひを杖なくて吾子はあゆみけりさめにしのちもうれしきゆめかな

眞情のみち溢れたかなしい優しい歌である。萬葉歌人の歌と並べても遜色はあるまいと思はれる（中略）作者は絶望の中にかなしみと愛に　へながらもなほ希望を捨てずにゐる（以下、略）

◆「同人二十五人集」十首〔「心の花」（二十三巻二号）大8・2〕（注：既発表歌の同人自選歌特集）片山廣子

やはらかき涙ながれてしらぬまに遠世の我歸り來りし

生死《いきしに》をたやすきことに思ひしはかろきこころのわかき日のゆめ

星を見る心しみじみかなしみつ物たらぬかな何とは知らず

をさなごと我との心ひとところに寄りて夕べの星見たりけり

うらがれの淺間の牧の野うしどもこのうすら月せなかほすなり

わがやまひ大かた癒えしこの秋のそらわたる鳥汝を見るもうれし

ゆすぶるゝぺんぺんぐさの根のあたり虫とびはねてつゆけかりけり

はらはらと葉の落つる時ほのあかき木の間の夕日しづかなるかな

一すぢの我が落髪を手にとれば小蛇の如く尾をまきにけり

つばきの花多く落ちたるわが庭の春日の中にとびきたる鳥

◆「東西南北」片山廣子（注：関東大震災後の竹柏園宛て書簡）〔「心の花」（二十七巻十号）大12・10〕松村みね子夫人より

この秋はゆつくり本をよんで、勉強して見ようと思つてをりましたことも、ただそのあとのほんの僅かの日のことで、毎日毎日このごろは着物を出して包んであげたり、行李をしまつたり、そんなことばかりいたしてをります。何時になりましたらこの地震のわざはひからのがれて、ほんとに静かになりますことやら、ゆきたいところへもゆかれず、見たいものも見ず、これからは靜かにしてゐられると思ひましたことは、思ひちがひでございました。輕井澤から輕便に乘つて、上州の方までまゐりました日のことなども、いつか書きたいとはおもつてをりましたが、あまりにあはい記憶で、まるでわかい時のゆめのやうな氣もいたします。

◆フィオナ・マクラウド「海豹」翻訳末尾に、「翡翠」収載歌中の五首を掲出。〔「心の花」（二十八巻十二号）大13・12〕

女なれば夫も我が子もことごとく身を飾るべき珠と思ひぬ
ちいさなる人形國の客人に小猫もまじり叱られにけり
さまざまの形の石は水仙のかげなる水に沈みてありけり
ふと行きて歸らぬ人よたなそこを滑りて消えし玉ならなくに
かへらめや花よみがへる後の世も君に與へしわが若き日は

☆◆フィオナ・マクラウド「琴」翻訳末尾に、「翡翠」収載歌中の五首を掲出。〔「心の花」（二十九巻二号）大14・2〕

足柄や谷我の山邊に冬ごもる寂しき人にわた贈らばや
さがみなる清き早瀬の音も添へてやまめ送ると文おこせり
炭の香や雲ゐるをぢの山陰の畑をおもふ靜かなるひる
銀の糸一筋はしる野の上のあかねの雲に散るわたり鳥
枯木原落葉うごかす水色の朝ぞらひくく遠山は浮く

◆「九條武子夫人哀悼篇」四首〔「心の花」（三十二巻三号）昭3・3〕片山ひろ《ママ》子

うつし身にいまだおはししをりをりのさびしきおん眼をいまおもひいづ
眉ながらうつしくしき人にやどりたるまぶしきたまよいよいづ方に今は
をみなのみ知るとおほせみしみこころをほのかに知りてなつかしみたる
春の日のこのあめつちにましろなる一つの花は散りにけるかな

◆佐佐木信綱・佐佐木雪子合著「竹柏漫筆」の序文を担当。

〔「心の花」（三十三巻六号）昭4・6広告欄〕（長文のため、略す）

◆高桑文子歌集「ながれ木」批評〔「心の花」（三十四巻四号）昭5・4〕

◆「新□百人一首歌歌留多」（詩歌堂牡丹園　昭和七年一月）〔「心の花」（三十六巻一号）昭7・1（書籍刊行宣伝の歌人一覧に名前）〕

◆戸澤錦子歌集「桂華集」批評〔「心の花」（三十六巻三号）昭7・3〕「戸澤様に」片山廣子

（略）あなたの靜かな半生の大うつしのやうなものですね、そして、ほのかな和らかい色からだんだん輝きをましてやがて眞白な光を放つ最後の三首まで來て、讀者らはつつましく頭を下げずにはゐられません。（以下、略）

◆「猫」九首
〔「短歌研究」（第一巻第二号）昭7・11〕

猫はこどもをつれ庭をなきあるく三びきのきいろい子ねこら く

人のゐない椅子のかげ壁にゆがむ赤いかさのあかりほのぐらく

かぜの日の歩廊のみづのみ場にひと屈みおとをさせて水をのむ

ちひさいきのこが光るながあめの露つめたい芝のなかにひるがほをとらうとすればかすかな葉ずれ遠くからものの這ふおと

はだかの子供ら川原に相撲とるすなの上にほそい影をもつて

りすが飛ぶ尾がはしる栗の木のえだに木々の葉みなうごいて

あめふりそそぐ舗道の水にほのかなひるまのひかりうごく

碓氷にのぼり
ひるがみなり山たににこだましていま火をつつむ雲うごく

◆「麻布～ふるき麻布を」六首〔「短歌研究」（第二巻第一号）昭8・1「大東京競詠短歌（二）」〕

ふるき麻布を

六本木おほ木のいてふ葉をふらすその横みちをわれゆきにけり

兵營のかこひのそとのうら路をとんぼ飛ぶ日に歩みけるかも
日が窪のまちをゆくときしろつつじ日ぐれの土手に咲けるみにけり
いひぐらといふ名のもとをいぶかしみ旅びとさびてこの街をゆく
あめりかの大使の家に灯のみゆる靈南坂をよるくだりつつ

◆「桑〜ひととせ夏をはるころ友達三人山麓の村にあそびぬ、その日記」九首〔「短歌研究」（第二巻第四号）昭8・4〕

ゆくへなく淺間はくもり桑そだつ山のはたけにうすぎり迷ふ
路のうへ人影あらぬ農村のはづれの家にしろき山羊ゐる
灰いろに荒野の空氣かげりつつこの霧ぞらはわれらにちかく
日傘さし淺間のありど見てあれば雲きり捲きてつちに這ひくる
死ぬことをたはむれごとに言ふひともここはさびしとただ言へるかも
鶏《とり》なけばたそがれめくも淺間嶺のふもとの村は四方にきりふる
かぜおこり山野を吹けりとほぞらの山みえそめてほのかなる虹
蓼科《たてしな》よおなじ友だちうちつれてふたたびなれを見む日もあらば
桑生ふるこの山畑に來しことをながき形見にせむとおもへり

◆「桃畑〜ひさしく行かざりし極楽寺にゆき」九首〔「短歌研究」（第二巻第十二号）昭8・12〕

極樂寺秋陽みちたる谷ゆけばわが親たちがすむかと思ふ
やがてわれら住まむとおもひし谷あひはさやけき秋の日和なるかな
かりそめにわがおとなへば谷の家のおくふかき土間に人はありけり
日あたりによめな咲きたる岩山のいづれのくまか雀とびたる
樹々うもれかぜ立ちさわぐすすき山けものの通るみちを見にけり

秋の日のわが山畑のすすき山すすきの中に稲荷あるなり

谷かこむ山の樹すがしわれやがてここに住まむと人は言ひしも

柿あかし海かぜのくるこの谷にわがうつそみを老いゆかしめば

いちめんに雑草《ざつそう》ひかり桃ばたの桃の木いまはすがれたるかも

◆藤瀬秀子歌集「槻の下蔭」評〔「心の花」（三十七巻十二月）昭8・12〕

「静かなる美しさ」

御歌集頂戴いたし、この夏前より伺つてをりました事の實現を、誠にうれしくぞんじました。

大島の三原のやまは春の雪しろきが上にけぶりただよふのお歌など萬葉をおもはせるゆたかな調のものと拜見いたしました。また「うらやまに雉子のひな……」「日だまりの谷戸の麦の芽……」など、静かなうつくしさはしみじみと心のうるほふのを感じました。いつか御めもじの折を得て御禮申上げたく存じます。

◆課題「朝」の選者として、同人歌二十二首選出。〔「心の花」（三十九巻六月）昭10・6〕

◆「アイルランド民謡雑感」（注：随筆）〔「短歌研究」（第四巻第十二号）昭10・12〕（前文長文のため、略す）

◆「水の江瀧子に」八首〔「短歌研究」（第五巻第三号）昭11・3〕（長文のため、略す）

ほほえまる男のなかのをとこよりなほ美しくわらひたまへば

水の江のをとめをどればはるかなる遥かなる日のかへりくるかな

かぎりなくさやかなるもの強きものさびしきもののこもるほほえみ

くろき髪うなじにさわぎ木の靴のつま音さやにをどるよきみは

春の夜に素脚をあげてソロモンのむすめらもかく踊りけるらし

名のみしるモンテカルロもエヂプトも君をどるところはわが國とおもふ

うたふ聲うづまく色彩《いろ》のかさなりて夢はしづかに生れいでたる
この人のをゆびをかざるエメラルド贈らむほどのよきをとこあれ

◇「鎌倉郡本郷村をすぎ《ママ》横濱にゆける日」六首〔「心の花」(四十巻十一月)昭11・11〕

◇「輕井澤釜の澤附近」五首〔「心の花」(四十巻十二月)昭11・12〕

☆◆「冬」七首〔「短歌研究」(第六巻第三号)昭12・3〕
けさの玉子いろうつくしと思ひたりそとははげしく氷雨ふるあさ
林檎の汁のどをとほりてつめたけれいそがしからむ日の朝にのむ
わが母のやせて小さくなりたまへばながきいのちも悲しくおもふ
わが意識《たま》のうごきにぶらずあらむ日も何時までとかぞへあわただしわれは
老いゆかば染井の墓地のくさとりせむと人にも言ひしその老は來る
雨のふる夜中の家に母と子がいひ爭へり爐の火をへだてて
横濱にて
暗くなる山手の坂をおりくれば路のうへにさす花屋のあかり

☆◆安田勝子歌集「山原」評〔「心の花」(四十一巻十一月)昭12・11〕

　秋らしくなつてまゐりました。先頃はお手紙いたゞき「山原」をお贈り下さいましてありがとう存じました。深くお心のこもりましたお歌を拝見いたし、心の底までしみじみとうるほひを感じさせて頂きました事、御禮申し上ます。「かの山原に霜到る日を」といふ「龍膽」の中のおうたをくり返して、自分のみました山原の秋や冬のすがたを考へながらこのお返事を認めてをります。

◇『新萬葉集　巻二』三十首〔無題二首、「人なくなりしのちに」三首、「長尾峠にて」二首、「輕井澤なる野澤原に住みて」一首、「信濃追分にあそびて」四首、「六里が原にて」八首、「病める友に」一首、「鎌倉極樂寺にて」二首、「輕井澤にありて」六首「横濱の外人墓地にて」一首〕〔改造社　昭13・2〕

◇「金の十字～昭和十三年二月十一日間島小夜子君にはかに病あらたまり永眠さる」〔「心の花」（四十二巻三月）昭13・3〕

◆「富岡俊子様を」二首〔「心の花」（四十二巻三月）昭13・3「富岡俊子ぬし追悼録」〕

◆「雨～輕井澤愛宕の奥に堀辰雄氏を訪ねて」七首〔「短歌研究」（第七巻第九号）昭13・9〕

◆無題一首〔「心の花」（四十三巻六月）昭14・6「藤波會記要」宇野榮三〕

☆◆「母」十二首〔「心の花」（四十三巻七月）昭14・7〕

むさし野の大きなる家にうまれ出でて母はともしく老いたまひけり

みいくさのわかき勇士ら大陸に死にゆく時をわが母も眠りぬ

はなれ住みて母もむすめも老いぬれば記憶うすらぎぬ共にありし日の

赤坂の春本の別荘をおもひいづ母若くしてわれらと住みしするどくありし昔の母のひらめきを見つとおもひしが別れなりける

また行きてわれ見しものはうつそみの寝息ひそかなるわが母なりし

お骨おくれし暫らくのひま聖職《ひじり》らは白衣をたれて樹の間をあるく

母のゐるましろき壺を土ふかく納めて心やすらかなりぬ

母の墓成るをまちつつ老いし子ら風吹く樹かげに並びをりけり

うつそみに思ひしことの數々もかくて消えゆく母よわすれたまへ

かずならぬわが生命さへ母のために一つの樹かげつくりしと思はむ

朝によひに母のためにもいのりしがわが祈りけふより短かくならむ

◆辛島菊子歌集「千代見草」評〔「心の花」（四十三巻八月）昭14・8〕

かねてより伺つてをりました御歌集を頂戴いたし、あつくあつく御禮申上げます。こんなお見事な御本がおできになり、どんなにかおうれしく、たのしいお氣持でいらせられますこと丶、おさつし申上げ、自分の本のやうな氣がいたしてなでてをりました。今晩からゆつくり拝見させていたゞきたく、とりあへず御禮のみ。

◆無題一首〔「心の花」（四十三巻九月）昭14・9〕

◆石谷兵九郎歌集「朝」評〔「心の花」（四十四巻二月）昭15・2〕

庭の水仙、神參、雀、車中の青年、羊歯などの御作品のなかにことにあたたかくうつくしいものを味はせていただきくり返し拝見いたしました。

☆◆「桃」六首〔「心の花」（四十四巻六月）昭15・6〕

平和の日われに送られし繪はがきのフイヨルドの靑さ今もあをきならむ

富士ある日もふじ見えぬ日もながめつつひとりとなりし友が住む家

緋桃の花こよひの風に散るならむ庭にひろがらむ緋桃の花は

さびしくないと思ふことも一つのまやかしとわれに言ひつつ春の野をゆく

うすあかく桃の花すでに散りそめて桃うまれいでむ野はひろびろし

花よめの前に紅いばらわが前はあやめと黄ろいカアネーヨン

☆◆「輕井澤と砧と」〔「心の花」（四十四巻七月）昭15・7「富岡ふゆの追悼録」〕

冬野さんがK夫人と一しよに輕井澤から歸つて來られたとき、佐佐木先生も偶然同じ車にお乘りあはせになつたといふお話は、いつ伺つた事かはつきり覺えないが、そのあと西片町でお會ひした時、こんど輕井澤に入らしたら私のとこにもいらしつて下さいと言つた。そしたら翌年の夏ほんとに訪ねて下さつてゆつくりお話をした。その秋の「心の花」に輕井澤の美しい歌が澤山おできになつて、私は自分がその歌を作つたやうに樂しかつた。(中略)私の家の嫁となつた人は冬野さんのお姉様やよひさんにいろいろ御指導をうけた人で、縁談が極つた時も冬野さんが一ばん先に知つて悦んで下さつた。祝ひにいらした時には私たちは結婚のことでなく歌のお話をした。(以下、略)◆枡富照子歌集「月鳳里の歌」(注:姓名記載のみ。評はないが手紙は送ったらしい)〔「心の花」(四十五巻六月)昭16・6〕

☆◆「自分のもののやう」〔「心の花」(四十五巻七月)昭16・7「朝吹磯子歌集『環流』批評感想集」〕

過日は「環流」御惠贈下されありがたく御禮申上げます、御出版の事かねて伺つてをりましたので、このうつくしい御本を自分のやうにうれしくながめをりました。そして御一しよに世界の旅をさせて頂くきもちでくり返し拜見させて頂くきもちでくり返し拜見させていただきました。日本の内でさへあまり旅したことがございませんのに米も英もそして北の方の白夜までも見させて頂き心のひろくなるのを感じました。(中略)この御歌集は物語ではなく、實地にお連れになつて下さいました。ある時は實地よりももつとよい、もつと深い色と光を見させて頂き、旅に醉ふやうでございました。(以下、略)

☆◆「『母』の御うた」〔「心の花」(四十五巻十月)昭16・10「竹田寅三歌集『轍』批評集」〕

御歌集「轍」昨夜よりさつそく拜見いたし始めました。「心の花」でずつと御うたを拜見してをりました、が御本におまとめになりましたのをじつにすがしい氣持に拜讀いたしました、ただいま九十頁の「母」の御うたのところまでよんでまゐりました。

ぬばたまの夜とまひるの別目なくなりたまひにし母しかなしも

一昨年母にわかれましたわたくしは時々わが子の顔を見わすれてをりました年よりの眼付きなどおもひ出しまして、このお歌を一しほ深く感じました、今日はもうこの頁で休むことにいたし、すつかり拜見いたしました上にてまた何か申上げさせて頂きます。

◆中村徳重郎歌集「法服四十年」評〔「心の花」(四十六巻一月)昭17・1〕

ひさびさの御ぶさた申上げおゆるし頂きたうぞんじます。

御歌集「法報四十年」をいただき誠にありがたく、たのしく拝見させて頂きました。

一枚の紙を名づけて法といふわれらあまりに搦きものなり

勝つべくして敗けしためしもままありき心重くなりて庭におり立つ

眞向ひて人の語るを耳にしつつ遙かに遠き物おもひをり

うなづき聞き疑ひて開き目つぶれば一筋の道かがやき來たる

陸奥の冬枯山の暮るるなり空一面に雲ひくく垂れて

眞夜中の靜もり深き山にして嶺にも谷にも天狗集へる

　かういふおうたをことに好ましく拝見いたしました。ほんとうに窪田先生のお言葉のやうに一首一首に作者とお近くゐさせて頂きました（以下、略）

◆「新年號巻頭讃歌」一首

東北に子の住む家をみに來ればしろき仔猫が鈴ふりゐたり

〔「心の花」（四十六巻二号）昭17・2〕

☆◆「わかきよりの友小花貞三氏を悼みて」四首〔「心の花」（四十六巻三月）昭17・3「小花清泉追悼集」〕

眠りぬとけふ聞きしよりわが友はわかき姿になりて顯はる

師の御前に若きわれらが夢みしや夢よりも奇しき文學の道

聲たかくあげ旗振る人にあらざりし御柩のなかに古き書を入れよ

長き世を一人生きつつ友を欲しく君訪ひまさばと思ふ日もありし

☆◆「告別式」〔「心の花」（四十六巻十二月）昭17・12「石榑千亦追悼録」〕

　何時どこで石榑さんに初めてお目に懸りましたかはつきり覺えませんが、たぶん小川町の先生のお宅でと思ひます。多摩川の野遊會に御一しよに行きましたことは、よく物忘れする私でも覺えてゐます。その時分まだ三十位のお方でしたのに、私たちはお友達でなく叔父さんみたいに思ひました、そんなに石榑さんはすつかり出來上がつたお方でした。その日に初めてお話もしたやうでした。ビールを樂しさうに上がつてお出ででした。それきり私たちは多人數の竹柏園の中でお目に懸るだけでお互に年をとりました。女は早く年をとりますから、もう石榑さんを叔父さんなぞとは思はなくなり、私のためには叔父さん以上の先輩でした

（中略）その歸りみち考へました、もし自分が先に眠るやうだつたら、きつと石榑さんは私の告別式にいらしつて下さる、もし石榑さんがお先きだつたら、私は必らず告別式にまゐりませうと、一人でさうきめました。人間の世の時間は長いやうな短かいやうな、どつちとも分りませんが、その中で星たちが近い所を行つたり遠いところを行つたりするやうに、近くもなり遠くもなり、私たちは自分の道を歩きました。又もう一度私たちが近くなりました。すくなくとも私が。

それは此春御病氣なされてからの「心の花」のお歌でした。温かい慈愛深いあの毎月のお歌を拜見して私は確かりとお手を握つたやうに感じました。これは申上げませんでも感じて下さいましたでせう。大きく温かく大勢の弟や妹をいつくしむお氣持のなかに、妹の一人の私の心も感じて下さつたでせうと信じます。石榑さんが生きていらつしやる内にこんなにもお近くになることが出來たのを嬉しく思ひ、私はしみじみ涙を流して喜びました。そして告別式に行き、石榑さんがお先でしたね、とお呼びかけしました。

◆「栗」八首〔「心の花」（四十七巻十二月）昭18・12〕

物乏しき秋ともいはじみちのくの鳴子（ルビ：なるご）の山の栗たまひけり

晴れくもる秋日の中に育ちけむ手に載せてみる遠き山の栗

今日もまたわが知らぬ名の島揺りて空に火を投げ撃ちつつあらむ

栗鼠遊ぶ林の中の家のこと子は言ひいでて行けよとすすむ

來む春も生きてあらむと頼籟みつつわれ小松菜と蕪の種子まく

わが死ぬはいつかと思ふ心湧きこのごろぞ呼ぶ眠りし人らを

惑ふわれに一つの示教《をしへ》たまひけるある日の友よ香たてまつる

ひたむきにその折々に苦しみしわれをあはれと今おもふなり

◆「街の湯」五首（注：夫の想詠一首有り）〔「短歌研究」（十三巻三号）昭19・3〕

くれそめて街湯《まちゆ》の窓のあかり明し入聲こもり湯を浴びる音

湯氣こもる大き浴槽《ゆぶね》に浸りゐて無心に人の裸體を見つつ

吾もまた湯氣にかこまれ身を洗ふ裸體むらがる街湯《まちゆ》のすみに
春の夜の雨もきこえしわが家の一人の浴槽《ゆぶね》戀ふるともなく
いにしへの病者を洗ひたまひけむ大き湯殿をふと思ひたる

◆「疎開の家～三月二十日わが大森の家強制疎開となりぬ、三十餘年住みふりし家なり」九首〔「短歌研究」（十四巻四号）昭20・4〕

「疎開の家」

人げ遠き野の風物に交りゐて生き殘らばとわれは恐るる
この里は犬すくなしとふと思ふ犬らもすでに捧げられしを
わが母も老いたまひぬと子が言ひし歎息（ルビ：なげき）の言葉人づてに聞き
わが友ら四方の縣《あがた》に散りて住めどけふは皆きかむ大空の戰ひを

「三月二十日わが大森の家強制疎開となりぬ…」

苺白く花さける日に出でて來しわが古き家くずさるるなり
家倒され砂煙捲く庭に立ち在りし日に生きたるわれ思ひつつ
疎開家《こわれや》の瓦の山を人踏むに我もふみ歩くわが家の瓦を
家壞され樹々のみ春めく古庭にゆふ鶯が鳴きて休める
街《まち》ゆけば家々すでに倒されて黄塵のなかに瓦斯のにほひ充つ

◆「過ぎたるもの」七首〔「短歌研究」（十五巻七号）昭21・7〕

春深く畑にも野にも菜はそだちわれらの食もやや裕かなる
火をのがれ春閑かなる家むらよ八重の櫻も今をさかりに
飯のほかに魚のほかにも世の中に欲しきものあり心くるしむ
たたかひに敗れしもののみじめさをわれ今更に嘆きいはめや
明日を恐れわれを危ぶむ心もたば生《いのち》の重荷負ひがたからむ
息靜かに明日くるものを待ちてみむ麥すでに伸び穗にいでむとす
もろもろの悲しき事もあやまちも過ぎたるものは過ぎ去らしめむ

☆◆「いたち」五首〔「心の花」（五十一巻一月）昭22・1〕

山茶花の白き花散る朝庭をわが見るとしらずいたちが通る

うつくしき茶色のけものすくすくと枯芝庭を野にむきて行く

風もなく秋日みなぎる芝庭にいたち出で來ぬ野のにほひすも

鼬など秋日に歩くわが庭は古きむさし野の茅原なりけむ

麥の芽も寸ほど伸びて日に青しまだ霜ふらぬ秋のむさし野

☆◆「明けくれに」六首〔「心の花」（五十一巻四月）昭22・4「二十人集」〕

雪のこる畑の前方（ルビ：さき）の竹やぶも黄ばみひかりて春のいろなる

雪のこる麥生にそひて路ゆけばみち行くわれもすがしと思ふ

ただ暫しと京濱の家に別れ来て野はらの風にも霜にも馴れぬ

人よりもすこし多くのいもなど食べ寒き野原にいつまでか住まむ

野の家になほ幾たびも冬來たり心こごえてわれは死なむか

長かりしわが世の日數限りあれば會はまくほしも野の明けくれに

☆◆「ひばりの歌〜大伴家持の歌よみかへす折ありて」十二首〔「心の花」（五十一巻六月）昭22・6「三人集」〕

むかし人詠みける春の歌の中にひばりの歌をうつくしと思ふ

みかづきのうら若かりし歌びとの最初《はじめ》の歌も花のにほひす

なき父のいよよ戀しくしらぬひの筑紫の梅の歌を讀みかへす

春の苑くれなゐ深き桃の花の木かげの人は花よりもにほふ

フランスの詩人《うたびと》の如きほこり持ち政治する間に歌作りせし

紀の女郎《をとめ》小鹿とよびしわかき子は幾つもの歌に映されてゐる

射水河あさ漕ぐ船の船うたを舘《やかた》にひとり守《かみ》がききゐし

家まもる都のひとに贈るべく百《もも》の眞珠も欲しとぞ詠みし

鳴きとよむ雉子《きぎす》の聲をききながら朝がすむ山をみてゐたりけり

大伴のつよく清《さや》けき氏の名にくもりあらすなと常いのりつつ

みちのくに金花《くがね》さくといはひける聖武の御代の日本の春

家持ら生きてありけるその世には愉しみて歌を詠みしやうなり

◆「青海の波」一首（注：竹柏会同人落合裏次作「御前崎百首」に対する礼状と感想と歌一首）〔「心の花」（五十一巻八月）昭22・8〕

「御前崎百首」ありがたく拝見いたしました。竹柏園のたくさんのお弟子の中ではるばる先生のお供をなさいましたこと、お羨しく存じあげました。（中略）前に先生の白羽の磯のお歌を「心の花」で拝見しました時も、武蔵野の平野に住むわたくしの心に、遠州のすさまじい波の音がきこえたのでございました。片山廣子。落合　次様。

古のすがたのままによせ返る青海の波を見ていましけむ

☆◆「『わが文わが歌』を讀みて」〔「心の花」（五十一巻九月）昭22・9〕

（略）人も國も變りはてた今日の時代にもう一度このお作をよみ返してもその昔と同じやうな感激を感じます。（中略）混沌とした歌の世界に迷ふ私たちが遠くから眺め得るしづかな北斗の星の光でございませう。（中略）ただあまりに豊かな言葉の知識に壓されて何處かに安易なものが見えるやうな感じがいたします。それは私が長いあひだ大和の風光に大きな夢を持ちつづけてをりますための嫉妬心のうごきかとも思はれます、さうでございましたらお許しを願ひます。（中略）私もかうやつてをります内に涸れた心に生命がよみがえり歌がまた詠めるかもしれません。こんな失禮な手紙を差上げますことをおゆるし下さいまし。七月十六日　ひろ子　佐佐木先生

◆「旅びとの心」〔『佐佐木信綱研究』千日書房〕⇒現物未確認〔「心の花」（五十二巻五月）昭23・5〕

現物未確認

☆◆「ある日」一首〔「心の花」（五十三巻二月）昭24・2「二十二人集」〕

ひ惑ふといふにあらねど何か思ひただ長々と林檎の皮むく

☆◆「冬の日ざし」十二首〔「心の花」（五十三巻三月）昭24・3「三十人集」〕

わが部屋にかすかに林檎の香りして内にも外《と》にも黄昏深む

窮乏の中に死ぬもの多くあり吾はも生きてまづしさに向ふ

星のごと遠世に息吹くわが夢は生《いのち》を超えていや清明《さやか》なれ

眠り深きむかし人らの中にゆかむ君と吾なりけふ見て別る

る
ひとり生きて呆けたる吾や夫も子も歴史の如く遠さかりつつ
人は死ぬ國も死ぬべき運命《さだめ》ならば運命《さだめ》のままに堕ち行くならむ
空ひくく暴風の雲ぞ捲きおこる海《わた》の潮あひのわれらの小島
日本よにごらずあれと祈りつつ畑のみちを選挙場にゆく
うづ實遠き御代より伝へ來てきのふは在りし今日は亡びぬ
珍らしく山手電車の腰掛にびろうど張れるをわが撫でてみる
埼玉の粒そろひたる小豆などけふは煮るなり節分も來る
一ぱいの玉露は甘くみづみづし冬の日ざしの庭を見てゐる

☆◆「春の日々」九首〔「心の花」（五十三巻六月）昭24・6「二十九人集」〕
春雨は夕ぐれかけて晴れむとす無花果の若菜しづくを落し
雨やみてほのかに霧ふるくもり日に四方の花々さき沈みたり
大宮のうらの杉山鳥とびぬ一もと櫻しろく散りつつ
白々と柳の芽ぐむ徑にいづれは向うの丘の花は疲れたる
門のこり竹垣めぐる麥畑にぼたんざくらのつぼみが赤く
わが子あらず四年を經たる坂の家の花盛りなり別れにと來し
そら豆も苺も花もつ菜園にとら毛の猫か草とあそべる
おもき机せおひて母は子と行けり母も子も何かほほゑみ頬ゑみ
店のほこり百萬圓の犬といふ茶いろの犬が跳びはしる朝

☆◆「九・十月號から」（注：前号および前々号に掲載短歌同人二十人らを評する）〔「心の花」（五十三巻十二月）昭24・12〕（長文のため、略す）

☆◇「いちごの花、松山の話など」（注：随筆であるが六首を収載する）一枚の紙幣を持ちてけふを過ぎ心しぼみぬ吾をわらふわれや〔「心の花」（五十四巻一月）昭25・1〕
風立ちてまだ春わかきわが庭にいちごは白き花もちてゐる
つる伸びていちごは花をもちそめぬ蓬にまじる赤きそのつる

昭和十九年、私は殆ど一生といってもよいほど長く住み馴れた大森の家を引拂つて、濱田山に疎開しようとしてゐた。いちごの花を見ても名殘惜しく、何時またこの家に歸つて來られるかと夢想もできない未來に心を走らせてみたりした。井の頭線濱田山はむさし野の野はらにつながる農村であつたが、今はもう村といふ字はつかないで、杉並區下高井戸といふ町でもない村でもない呼び名であつた。（中略）遠くにふるさとを持たない私はここに自分一人の家をもつことにして、麥の黄ろい六月越して來たのであつた。

　人げとほき野の風物に交りゐて生き殘らばとわれは恐るる

（中略）過去はすべて悪夢のやうに過ぎて遠いものとなつたが、ただ現實に殘るのは、一人の男の子を死なせ、大森の家が取り拂はれて歸る家がなくなつたことである。しかしこの小さな家でも、あることは幸福であつた。（中略）

大宮のうらの杉山鳥とびぬ一もと櫻白く散りつつ

しろじろと柳の芽ぶく徑に出づれば向うの丘の花は疲れたり

　時々の歌を日記の代りに詠んで置きたいと思つてはゐても、その日その日が忙しい。

一枚の紙幣を持ちてけふを過ぎ心しぼみぬ吾をわらふわれや

◆「十一月號から」（注：同人短歌十人を評釈する）（「心の花」（五十四巻一月）昭25・1」（長文のため、略す）

◆「十二月號から」（注：同人短歌十人を評釈する）（「心の花」（五十四巻二月）昭25・2」（長文のため、略す）

◆（「女人短歌」（巻二号）昭25・2」

◆「一首鑑賞」（注：三月号収載歌、林大の評釈する）（「心の花」（五十四巻六月）昭25・6」

みちのくに旅ゆきし日のおもひでは島々うかび青ひかる波

大野はら千歳の驛にわが待てば林檎をのせて青森の汽車

本によみてわが親しみしみちのくなり野に人あらず山々もみぢす

柿の實か柿のくち葉かよく見えぬしげみの小路すぎて訪なふ

夕ぞらいちめんに赤く霜ふくむ空氣のなかの野はくれてゆく

月がしろく霜も真白き庭に向くがらす戸の家に今ははや寝む
けふよりぞ大寒といふに空青し風をききつつ熱き茶をのむ
ひとりゐてトーストたべるわが姿ひとよ見るなと思ひつつをかし
老いてのちはたらくことを教へられかくて生きむと心熱く思ふ
竹藪ははや色かはる春の色か青くきいろく遠い竹やぶ
きさらぎの麥生に向ふ窓よりぞはるけきものが眼に映りくる
われひとり時のうごきに遠くゐてまぼろしがゐがく忘れたる顔

◆「春の色」十二首

老いてのちはたらくことを教へられかくて生きむと心熱く思ふ
われひとり時のうごきに遠くゐてまぼろしがゐがく忘れたる顔

〔「短歌研究」（八《ママ》巻三《ママ》号）昭26・4〕

☆◇「をんどり」十二首

ほのぼのと亡き子を思ひ堀辰雄のあたらしき本けふは讀みゐる
追分のなぞへの家に君が見る遠山々は空より青からむ
無花果の葉影うごかぬ日ざかりにわが心ふいに曇りゆきたり
いてふの樹の青き毛虫が落ちきたるわづらはしさも夏の風物
洗面器バケツも並べ雨もりの部屋に本よむ氣をくさらすな
芝に交る雑草のしげりすざまじくわが部屋のそとは青き七月
守宮は手をもてつかまり王の室《いへ》にをると書《ふみ》にありけり熱き國ならむ
よわりはてすべてのものうくなりし時涼風ふきてわれを生かしぬ
外苑にクローバの花しろく咲けりベンチの男われをじろりと見る
うすぐらき蒼古の空氣にとりまかれ苦しくなればわれは野に出づ
をさなごの母が放せるにはとりら草間のしろく夕べの散歩

す
めざめゐて夜あけの鶏の聲をきくただ一羽鳴けるさびしきをんどり〔「短歌研究」（八《ママ》巻七《ママ》号）昭26・8〕

◆「天使」十二首

雨くらく秋初めての寒さなりみちのくの山に雪ふるといふ
あめつちの秋深くなる朝なあさな枯れゆく骨の一點いたむ
十一月はこべも今は枯れむとす鶏《とり》ら忍べよ百日の冬
心あわていくばくの金欲しと思ふわが一生の最後の日のため
國追はれ大河のほとり迷ひゆく苦難の民の心にもなる
としつきを默して過ぎしまづしさよなづみ果てては誇りともなる
丘にのぼり田におりてわが散歩せし馬込もけふは秋日好からむ
追はれるやうなせはしき夢をみてゐたり覺めて深夜の靜かさを恐る
まつすぐに素朴にいつも生きて來し吾をみじめに思ふことあり
君みづから自らのためも計りませと言はむと思ひぬ天使に向ひ
けふ在りて明日もあらむとたのみつつ夢おほく生み愉しきごとし
よき歌の一つを欲しくわがいのち長くもがなとこの頃ぞ祈る
〔「短歌研究」（九《ママ》巻二《ママ》号）昭27・2のち、『野に住みて』所収〕

◆「三月號合評」〔「心の花」（五十六巻五月）昭27・5〕
（長文のため、略す）

☆◆「井伊文子さんの『浄命』について」〔「心の花」（五十六巻九月）昭27・9〕

　琉球王家の姫君尚文子さんと佐佐木先生の本郷のお宅でお會いしてから、もう十餘年の月日が過ぎた。中城《なかぐすく》さうしを出版されるより前の事で、文子さんはそのとき黄色の地にみどりの細い格子と黒のかすりが見える琉球紬の袷を着ていらしつた。その黄いろの袷を私は今もおもひ出す。

　その後、井伊家の人となられ、日本が戰争をして私たちはあちこち疎開して歩き、それきりお會ひすることもなかつたが、「心の花」に御病気の歌が時々みえて、井伊さんはお悪いのだなと思つた。昨年七月、歌集「浄命」を頂いて、ましろい本の中の眞白い歌を拜見すると、すざまじい氣魄に觸れて高い山の頂上ちかい雪や氷をあふぎみるやうに感じた。（以下、略す）

◆「暗殺者」十二首

柳の木ひさしくわれは見ざりしとすこしゆれゐる木蔭に寄りぬ
自轉車に何かけものの肢をのせ日のしろき道路走りゆきたり
水道路すでに秋なる日光に半裸の子らがバケツを下げて
いくつもの灌木のかげ路に落ちけふよさよならとかなかなの聲
芝のうへを蜥蜴がはしる身のひかり爬虫なかまの美しきもの
佐渡の海の光るをみつつ文かくとわれにゆかりの一人のむすめ
午後の電車の白衣の人に一枚の紙幣を上げてわが心すなほなり
一さつの本欲しけれどけふ吾の買ひ來りしは口に入る物
植民地のおもて通りを散歩して花屋の窓の花見つつ行く
厠の汲取人になることもにつぽん人の一つの仕事
つれづれといふ言葉いまは忘れられ競技のごとく今日も走りぬ
書齋にシャロット・コルデーの繪を掛けて父はゆるしけむ美しき暗殺者を

〔「短歌研究」（九《ママ》巻十《ママ》号）昭27・10〕

◆「古き歌十首」（昭和二十年二十八年）〔「短歌研究」（十一《ママ》巻一《ママ》号）昭29・1「戦後代表作品集」自選十首〕

雑誌「短歌研究」前出掲載歌「をんどり」、「天使」および「暗殺者」からの自選歌十首の構成である。

◉片山広子評および言及（但し、明治三十四年以降）

◆「雑誌評判録」感寸先生『竹柏園集』

三階總出賑かのとなり、立おヤマなる大塚、片山女史の才筆、ハイカラ詩人をグット云はせたる物凄さは、女權の伸張喜ぶべきとなり、清泉の新體詩さらさらと輕く、川田君の短歌、井關女史のと並んで、竹柏園を代表するに足る、只憾むらくは男薫の一向文章の上に賑はざりし事なり、此集遂に女芝居たるを免かれず〔「こゝろの華」（四巻三号）明34・3〕

◆（M）「竹柏園集第一編を讀む（上）」川田順

片山君のにてよろしきは、

いかにせん夫が羽織のほころびの、
知らずしてすぎこし方も今みれば、
人の手にとらんとすればきえにけり、
すもゝさく垣の内外にかたらひし、

終の歌は、うつくしき中に情ありていとよし。予はかゝる歌をこのむ。

うぶすなの杜のこかげに送るかな、

歌かな。いろ〳〵に聯想を起すと、いよ〳〵感深くおぼゆるなり。同じくは耳なき人に告げんより、同感々々。片山君のには悪き歌なきを、只ひとつ

風あら〳〵星の光すご□かゝる夜に、

かゝる歌は、これと云ふ理屈はなけれど、たゞ何となく予のすかぬ歌なり。〔「こゝろの華」（四巻四号）明34・4〕

◆（M）「竹柏園集をよみて」清水寅治

片山君いかにせん夫が羽織のほころびの風あらく星の光すごし〔「こゝろの華」（四巻四号）明34・4〕

◆（M）「竹柏園集を讀みて～みおつくし」上田敏

片山夫人は、羨むべき才筆を持たせ給へり明暢の文にし

て、而も粗歯の瑕なく、いかにもさばけたる風情ありながら輕薄に陥らぬこそめでたけれ。第一集に収めたる作に據りても、英文よく讀み給ふならむと察せる、に、『遠き國なる友の許に』の中に、『ロモラ』『ジエン、エイア』などの字あり、又自ら思想の排列（ママ）に西文の面影みえて、『女学士』『　の内』の筆法、観察、たゞ皮相なる今様の流行にもあらぬが如し。眞の熱烈なる愛執を描きたりとは、言ひ難けれど、かの世故を歴て全く俗化する以前今の若き人などが夢むる戀愛の消息をほのめかしたる。作者はその背後にありて、笑ひ給ふか、憐み給ふか。〔「こゝろの華」（五巻九号）明35・9〕

◆（M）「三十七年の心の花誌上に於ける女作家」松本信夫

片山廣子女史。吾人が女史の作物に多とするところは、美文でも短歌でも必ずえも言はぬ可憐なる情緒の含まれて居ることである。吾か『心の花』の女作家中、抒情的の詩人としては、吾人はひそかに女史を推して居るのである。見よ、女史が美文の『あづま』でも『わか葉』でも、『つちけぶり』でも、『秋の日』でも皆優しき過去の思出か或は深き女性的同情かを含んで居つて楚々人を動かすではないか。優しき情感と深き思想とを堪へたる女史の短歌の中では、左の數首の如き最も女史の特色を發揮して居ること、と思ふ。　末知らぬ野みち山みちいづれにか神のめすらむ方に行かばや　はれもなきみ空行く雲をりをりは長き旅路にたゆみはてずや　忘れんと思ふに消ゆる思かはいきの限りは君を思はむ　わか草の若かりし世の物思ひ思ひいづれば胸もゆるかな人或いは女史の文の餘りに擬古に過ぎ餘りに濃厚に過ぎて居るといふものがある、女史の文或は、この誘を免れぬかも知れないが、併し萬事つゝましく更にハイカラ臭味のなき思想を持てる女史に取りては此文體は却て適當して居るのであろう。〔「こゝろの華」（九巻一号）明38・1〕

◆「巖手日報」記者小笠原迷宮

此姫の夫となるよりあれ馬にのりてゆかむと人申しける（片山廣子）

◆「土陽新聞」佐佐木信綱の（第十巻第一號のはしめ《ママ》に）（略）片山廣子（天つ國）等あり〔「こゝろの華」「（本誌に封する）新聞の批評」（十巻三号）明39・3〕

◆「文章世界」（KT）（略）片山廣子女史のすぐれた和文を作らるゝことは昔から知つて居りましたが、其歌にもすぐれたのが多い。「小春日を山路の花」「水なくて萎るゝ鉢の」「わがせこが病を得つる」など皆な面白く感じました。中でも「髪たちて男さひして酒のみてわが思ふこと言はんとぞ思ふ」など女性の歌として一層面白く思ひました。

◆「報知新聞」竹柏園の俊秀十二人の近時の作短歌新體詩を佐佐木信綱氏の選ばれたるものなり。其作者は川田順石榑千亦村岡典嗣片山廣子橘糸重子大塚楠緒子等とす。〔「こゝろの華」（十巻八号）明39・8「歌集あけぼのにつきて（二）」〕

◆「あけぼのを讀みて」斉藤信策による片山廣子と橘糸重子の二人を比較検討、四頁に渡る批評（藤田氏はこれを参照?）（長文のため、本文は略す）〔「こゝろの華」（十巻九号）明39・9〕

◆「東北新聞」吉野甫
川田順、片山廣子の作には見るべきもののなきに非ずですが、まァ勝れて居るのは橘糸重子のでせう。

◆「帝國文學」片山廣子女史の「朝月夜」橘糸重子「にげゆくかげ」など、夫々におもしろく、

◆「明星」与謝野寛片山廣子氏に二十二首、（略）取り出でて新しき所見えねど、その感情も詩調も、確かに一歩歌の境地に入れり。小栗風葉女性の御方々の想像こそとりどりに面白く存じ候へこの姫の夫となるより荒馬に乗りて行かむと人申しけるこの姫は小生の知れる方にも御一人有之思はず微笑れ候先は御禮旁早々〔「こゝろの華」（十巻九号）明39・9「歌集あけぼのにつきて（二）」〕

◆「葉書文學」十二名の社友名の内に掲げられ、名前記載のみ

◆「早稲田文學」名前と一首記載
小川町五十《ごとう》の宵のにぎはひに思はず見つるそのかみの人

◆「東亜の光」（略）閨秀歌人は、片山廣子、橘糸重子、井關照子、（略）失禮ながらどういふものか、男方の方が拙い歌計りだ。閨秀殊に井關照子さんの短歌と來ては、我輩敬服の外はない。片山さんも頗る縦横の詩才に見えるが、典禮秀雅の點は井關さんに一歩を讓らねばなるまい（略）
（片山氏）妻と二人黄金かぞへて喜ぶやあたらますらを老

いはてにけるまつはれる　の葉ちらば木枯のいよいよ寒く松を吹くらむ池上や千部經よむ春卯月霞む野路ゆく人のむれかなさらに深き谷になけんとしばし我をさゝへし手にもすがりつる哉〔「こゝろの華」（十巻十号）明39・10「歌集あけぼのにつきて（三）」〕

◆「毒舌」大佛七面鳥・坐頭猩猩（注：前号「朝空」五十首について辛口批評）（長文のため本文、略す）〔「こゝろの華」（十巻十二号）明39・12〕

◆「毒舌」大佛七面鳥・坐頭猩猩（注：前号「八日月」二十首について好意的批評）（長文のため本文、略す）〔「こゝろの華」（十一巻二号）明40・2〕

◆「養花談」ウエルガーデン長井金風〔「こゝろの華」（十二巻二号）明41・2〕（注：前年11月の「霜月日記」内に描出するコスモス、花の形容の説明）

◆「東京朝日新聞（志月二十三日）」および「朝場重三氏の書状」歌集玉琴収載歌批評〔「こゝろの華」（十二巻五号）明41・5〕

◆「萬朝報」「東亜新報（義郎氏）」「中央新聞」「帝國文學」〔「こゝ《マ》ろ《マ》の華」（十二巻六号）明41・6「歌集玉琴批評集（一）」〕

◆「私選十首（本誌七月號）」無一物庵（七月「野の花」九首より批評）

◆◎「玉琴をよむ（三）」近藤昌後（「玉琴」収載歌の三七首を批評。橘糸重子の歌と比較検討。長文のため、一部抜粋）

わが戀は月すむ空にうく雲のさす方あらずさす人もなし

この歌を橘さんの

必死にてうつろとなりしわが身なり今更何の音をかたつべき

の歌と對照すると、お二人の異つた點も見えて、非常に興味がある。（以下略）（注：橘糸重子の評のなかに同氏の次の一文がある）橘氏の作は、片山氏に比較すると、取材の範圍が狭いのは惜むべきであるが、（以下略）〔「心の花」（十二巻九号）明41・9〕

◆「懐しい十三年前」愛讀者某〔「心の花」（十三巻十二号）明42・12〕

◆「私選十首（新年號）」無一文庵

片山廣子女史

夫と子にさゝげはてぬるわか《ママ》身にもなほのこるかな少女の心

　麓中責めて射洞された詩箭は、女子の急所に的中して居る、川田氏のと相並んで抒情詩の双璧千載不磨の大文字であらう（以下略）〔「心の花」（十四巻二号）明43・2〕

◆「私選十首（三月號）」無一文庵〔「心の花」（十四巻四号）明43・4〕

◆「私選十首」無一文庵

片山廣子女史

一すじの我が落髪を手にとれば小蛇の如も尾をまきにけり

髪の歌も随分と見たが斬様な奇抜な悲痛な執念深いのに接したのははじめてた、我が知れる隈において空前だ、恐らく絶後であらう〔「心の花」（十四巻七号）明43・7〕

◆「私選十首」無一文庵〔「心の花」（十四巻十一号）明43・11〕

◆「玉琴十首選」選者（イロハ順）井出祐一郎・今田十五郎・石井田清之・井上淡星・稲葉源治・原春子・林譲・長田三保二・川田順・金井荘陽・加藤順三・吉田嫁村・高橋刀畔・高安やす子（他二十六名）〔「心の花」（十四巻十二号）明43・12〕（注『玉琴』を「心の花」古参歌人らが評す。内、廣子もその一人。）

◆「鵙が音」竹柏會同人〔「心の花」（十五巻十二号）明44・12〕

◆「そぞろごと」北國の人（注：先月「ひそめるもの」について「玉琴」と比較評釈。）〔「心の花」（十六巻五号）明45・5〕

◆「妄想多謝」小花清泉〔「心の花」（十七巻二号）大2・

2〕

◆「心の花八月號を讀む」かもめ生（同年7月8月、筆名松村みね子での「奥さんの日記」について評価）〔「心の花」（十七巻九号）大2・9〕

◆「『心の花』五月號批評」原田謙次（『暗の精』批評）〔「心の花」（十八巻六号）大3・6〕

◆國安佐保子（同人書簡感想）〔「心の花」（十八巻十一号）大3・11〕

◆「京都より」竹友藻風（十一月号「タゴールの詩」評）〔「心の花」（十八巻十二号）大3・12〕

◆「『谷のかげ』と『船長ブラスバオンドの改宗』と」岡田八千代〔「心の花」（十九巻九号）大4・9〕

◆「船長ブの改宗」夏目漱石〔「心の花」（十九巻十号）大4・10〕

◆「シヨオ劇の飜譯について（特に松村みね子女史に）」石本笙〔「心の花」（十九巻十二号）大4・12〕

◆「奈智山の麓より」奥村岸子（歌集「翡翠」評）〔「心の花」（二十巻六号）大5・6〕

◆「『翡翠』を半讀みさして」谷本富、「臺灣より歸りて」建部遯吾、「三百首側面觀」小花清泉、「『翡翠』を讀んで感じた事」久保譲、「翡翠をよみて」久保正夫、「翡翠を誦んで」澤弌、「憎まれ口を」丘草太郎、「待遠しいかつた歌集」百蓮、「鎌倉から歸る日」山川柳子、「清く高き歌」小林直、「翡翠を讀んで」江島京子、「強い共鳴」中原潔子、「ふぢ子さまへ」佐竹京子、「アルゼンチンより」石井忠吉、「ねむり藥」新井洸〔「心の花」（二十巻六号）大5・6〕

◆「とらはれざる歌」芳翠生、「西の都より」新村出〔「心の花」（二十巻七号）大5・7〕

◆「心の花一月號の短歌を見て」竹尾ちよ〔「心の花」（二十一巻二号）大6・2〕

◆「京都より」原口愛子（前年十一月「櫛」感想）〔「心の花」（二十一巻三号）大6・3〕

◆「西片町より（つつじの花の色）」佐佐木雪子〔「心の花」（二十一巻三号）大6・3〕

◆「松浦潟より」浅山尚（「翡翠」評、「翡翠を讀んで」杉山萠圓）〔「心の花」（二十一巻四号）大6・4〕

◆「西片町より（春の光）」佐佐木雪子（片山廣子の翻訳姿勢評）〔「心の花」（二十一巻四号）大6・4〕

◆「西片町より（金曜日の夕）」佐佐木雪子（『いたづらもの』翻訳評）〔「心の花」（二十一巻六号）大6・6〕

◇「『いたづらもの』のはじめに」坪内逍遙、「鹿児島から」吹田順助、「いたづらもの」建部遯吾、「『いたづらもの』の讀者に」秋田雨雀、「松村みつ《ママ》子様に」藁谷みか子〔「心の花」（二十一巻七号）大正六（十九十七）年七月〕

◆「シングの傑作」出野彰夫〔「心の花」（二十一巻八号）大6・8〕

◆「神奈川より」三宅千代子「思つたま、を」外山たか子（『いたづらもの』感想）〔「心の花」（二十一巻八号）大6・8〕

◆「西片町より（海の風）」佐佐木雪子〔「心の花」（二十一巻九号）大6・9〕

◆「消息」「輕井澤　片山廣子」〔「心の花」（二十一巻十二号）大6・12〕

◆「ハウトン公の詩」小花清泉〔「心の花」（二十二巻二号）大7・2〕

◆「出版前」川田順〔「心の花」（二十二巻三号）大7・3〕

（略）「翡翠」の歌は心にくきまで落付いて居る。枯淡である。々熱した心を歌つて居るが其表面は常に青淵の如く沈んでゐる。

心狂ひ君を思ひしその日すら我が身一つをつひに捨てえず

斯ういふ人である。片山夫人は到底主観に没頭して短歌を作つてゐる人で無い。ショーやシングの戯曲に興味を持つのは當然である。遂には此等の戯曲家の紹介者、翻譯者たるに満足せず、自己の創作に進むべきは君の為めに豫言し得る。君は畢竟客観詩人である。（以下、略）

◆「歌になるまで」下村宏〔「心の花」（二十二巻八号）大7・8〕

◆「片山夫人の歌に就て」朝場重三（注：夫貞次郎の死を詠った「生死」（大正九年八月）についての評）〔「心の花」（二四巻八号）大9・8〕

◆「上田敏博士と共に、博士も、松村夫人の譯に就いては、推奨の詞をしばしば洩らされたことであつた」（注：鷗外評「松村夫人に」十九巻八号）〔「心の花」（二十六巻八号）大11・8「森博士と心の花」佐佐木信綱〕

◆「十月えらみ」新井洸、山上和三、石榑茂（注：先月号「輕井澤にありて」評）〔「心の花」（二十六巻十一号）大11・11〕

◆「『日中』（片山廣子氏）（三田文學八月號収載）をよむ」石榑茂〔「心の花」（三十巻九号）大15・9「最近の感想」〕

◆「若菜集を讀みて」宮本秋光（注：先月号竹柏會同人短歌集より犀東鳩の歌評の際、廣子の歌を掲げ評する。）〔「心の花」（三十一巻六号）昭2・6〕

◆「『竹柏漫筆』に接して」小花清泉（注：先月号に松村みね子筆名で寄せた「『西片町より』のはじめに」に若干触れた竹柏会回想記）〔「心の花」（三十二巻八号）昭3・8〕

◆「『西片町より』を讀みて」津輕てる（注：先月号に松村みね子筆名で寄せた「『西片町より』のはじめに」に触れた竹柏会回想記）〔「心の花」（三十二巻九号）昭3・9〕

◆「昭和五年の春を迎へて」佐佐木信綱（注：竹柏会同人婦人らの歌集に言及）〔「心の花」（三十四巻一号）昭5・1〕

◆「順ちゃんから川田さんまで」里井柳枝子（注：竹柏会同人らの回想録）〔「心の花」（三十四巻三号）昭5・3〕

◆「西片町より（身も心も）」佐佐木雪子（注：「身はすこやかに心やありと」廣子の歌を引用し、自身の心境を綴る）〔「心の花」（三十四巻七号）昭5・7〕

◆「歌に對する予の信念」佐佐木信綱（注：異色特色ある歌人として竹柏会同人らの名列挙。）〔「心の花」（三十五巻八号）昭6・8〕

◆「桂華集の作者に」熊田昭子〔「心の花」（三十六巻四号）昭7・4〕

◆「お祝いとお禮の言葉を」小金井素子（佐佐木信綱還暦記念会挨拶の席上にて廣子の名を挙げる。）

◆「小川町時代の追憶」川田順〔「心の花」（三十六巻七号）昭7・7〕

◆「奥村ぬしを迎へて」里井柳枝（注：回想録）〔「心の花」（三十六巻九号）昭7・9〕

◆「藤のうら葉の會」山川柳子〔「心の花」（三十七巻七月）昭8・7〕

◆「片山廣子氏」今井邦子（注：「現代短歌全集」収載歌および「短歌研究」収載歌「猫」批評）〔「短歌研究」（二巻八号）昭8・8「現代女流歌人評」〕

◆「盲録」石榑千亦（注：五島茂歓迎会の記）〔「心の花」（三十七巻九月）昭和八（十九三三）年九月〕

◆「心の花大阪大會の記」石榑茂〔「心の花」（三十八巻六月）昭9・6〕

◆「西片町より（樂々園のつどひ）」佐佐木雪子（注：回想録）〔「心の花」（三十八巻十二月）昭9・12〕

◆「なつかしむ日」橘糸重（注：印東昌綱第二歌集「家」評中の回想録）

◆「『明治文學の片影』を讀みて」小花清泉〔「心の花」（三十九巻一月）昭10・1〕

◆「西片町より（橘さん）」佐佐木雪子〔「心の花」（三十九巻九月）昭10・9〕

◆「川田氏外三氏」五島美代子〔「心の花」（四十巻二月）昭11・2〕

◆「西片町より（友まつ雪）」佐佐木雪子〔「心の花」（四十巻三月）昭11・3〕

◆「畏友木下利玄」平田松堂〔「心の花」（四十巻七月）昭11・7〕

◆「軽井沢釜の澤附近（心の花）片山廣子」今井邦子（注：四十巻十二月収載歌）〔「短歌研究」（第六巻第一号）昭12・3「前月歌壇作品評」〕

◆「『心の花』第一巻を顧る」石榑千亦〔「心の花」（四十一巻一月）昭12・1〕

◆「四先生の作品」古谷雲歩〔「心の花」（四十一巻三月）昭12・3〕

◆「奥村刀自をお迎へして」高桑文子

◆「奥村岸子さんを迎へて～たどる年月」山川柳子

◆「佐佐木先生のことども」川田順（回想録）〔「心の花」（四十一巻六月）昭12・6〕

◆「私の雑録斷片」小花清泉〔「心の花」（四十一巻七月）昭和十二（十九三七）年七月〕

◆「陽春集の中から」尾野康憲〔「心の花」（四十二巻二月）昭13・2〕

◆「新萬葉集と心の花同人」佐佐木信綱〔「心の花」（四十二巻四月）昭13・4〕

◆「小川町の思ひ出」橘糸重〔「心の花」（四十二巻六月）

昭13・6）

◆「みだれごころ」佐佐木雪子（「心の花」（四十二巻六月）昭13・6「西片町より」）

◆「蝉の音」佐佐木雪子（「心の花」（四十二巻九月）昭13・9「西片町より」）

◆「藝術と生活の融合～新萬葉集巻二の感想」九鬼周造（「短歌研究」（七巻四号）昭13・4）

◆「前月歌壇作品評」阿部靜枝（注：「心の花」（四十二巻）七月収載歌「市街」批評）（「短歌研究」（七巻八号）昭13・8）

◆「星野温泉と富岡」佐佐木雪子（「心の花」（四十二巻十一月）昭13・11「西片町より」）

◆「心の花一月號から」尾野康憲（「心の花」（四十三巻二月）昭14・2）

◆「藤波會記要」宇野榮三（「心の花」（四十三巻六月）昭14・6）

◆「『竹柏の葉會』記事」佐佐木治綱

☆◆「五月竹柏の葉會詠草」笹川花子選出（注：四十三巻五月収載歌「庭」より一首を互評）（「心の花」（四十三巻七月）昭14・7）

◆「藤波會記要」宇野榮三

◆「『竹柏の葉會』記事」佐佐木治綱

◆「七月竹柏の葉會詠草」三角いく代選出（注：四十三巻七月収載歌「母」より一首を互評）（「心の花」（四十三巻九月）昭14・9）

◆「藤波會の記」（注：四十三巻十月収載歌「八月」より一首を互評）（「心の花」（四十三巻十二月）昭14・12）

◆「各誌寸評」谷馨（「短歌研究」（第八巻第五号）昭14・5）

◆「明治大正の歌人群像」片桐顕智〔「短歌研究」（八巻七号）昭14・7〕

◆「各誌寸評～七月號の歌誌」水谷静子〔「短歌研究」（八巻八号）昭14・8〕

◆「心の花」伊藤嘉夫〔「短歌研究」（八巻十二号）昭14・12〕

◆「萬感群がり臻る」石榑千亦〔「心の花」五百号記念（四十四巻一月）昭15・1〕

◆「諸家近詠の鑑賞」柴生田稔〔「短歌研究」（九巻十一号）昭15・11〕

◆「諸家近詠の鑑賞」谷鼎〔「短歌研究」（十巻八号）昭16・8〕

◆「そのかみ」佐佐木雪子〔「心の花」（四十六巻一月）昭17・1「西片町より」〕

◆「新年號巻頭讃歌」古谷雲歩（注：前号「胡桃」収載歌一首掲出）〔「心の花」（四十六巻二月）昭17・2〕

◆「思ひ出すままに」山川柳子〔「心の花」（四十六巻三月）昭17・3「小花清泉追悼集」〕

◆「二十三年」佐佐木雪子〔「心の花」（四十六巻五月）昭17・5「西片町より」〕

◆「懺悔録」川田順

◆「白衣勇士諸士の歌會第百回記念會の記」三角いく代〔「心の花」（四十六巻七月）昭17・7〕

◆「夕げのつどひ」佐佐木雪子〔「心の花」（四十六巻十二月）昭17・12「西片町より」〕

◆「お手紙」佐佐木雪子〔「心の花」（四十七巻三月）昭18・3「西片町より」〕

◆「歌壇創作合評」（前田夕暮・木俣修・渡邊順三・早川幾

忠・中島哀浪）〔「短歌研究」（十五巻七八号）昭21・7〕
◆「四月十三日の日記」佐佐木雪子〔「心の花」（五十一巻六月）昭22・6〕
◆「六月號七月號より」中山昭彦（六月号「ひばりの歌」一首批評）〔「心の花」（五十一巻十月）昭22・10〕
◆「一月號私抄」伊藤嘉夫〔「心の花」（五十二巻四月）昭23・4〕
◆「藤波會の思ひ出」藤田富子
◆「大會の思出」高桑文子〔「心の花」（五十二巻九月）昭23・9〕
◆「心の花六百號に題す」佐佐木信綱〔「心の花」（五十二巻十月）昭23・10〕
◆「佐佐木信綱先生（續）」〔「心の花」（五十二巻十二月）昭23・12〕
◆「六百號を迎へて」佐佐木治綱
◆「追憶」佐佐木信綱〔「心の花」（五十三巻一月）昭24・1〕
◆「凌寒荘推參記」川田順〔「心の花」（五十三巻六月）昭24・6「二十九人集」〕
◆「親しみ深い御肖像」枡富照子〔「心の花」（五十四巻七月）昭25・7〕
◆「ぱろめて」〔「心の花」五月號）匿名批評〔「短歌研究」（八《ママ》巻七《ママ》号）昭26・8〕
◆「竹柏會大會にて」佐佐木信綱〔「心の花」（五十六巻十二月）昭27・12〕
◆「思ひ出」藁谷みか子〔「心の花」（五十七巻三月）昭28・3〕
◆「おもひ草評釋（六）」川田順〔「心の花」（五十七巻七月）

昭28・7〕
◆「かうもり・すし・りんご」村田邦夫
◆『野に住みて』諸家推薦の言葉」（室生犀星・北見志保子・日夏耿之助・宮柊二・川田順）〔「心の花」（五十七巻十二月）昭28・12〕
◆「昔のこと」村岡花子（注：佐佐木信綱より廣子を紹介され英文学の指導を受けた女性）〔「心の花」（五十八巻一月）昭29・1〕
◆「發會の日」里井柳枝〔「心の花」（五十八巻三月）昭29・3〕
◆同じ女流歌人で竹柏會の片山廣子氏はかつて松村みね子の筆名で愛蘭文學を飜譯した作家だが、ここ二年越し病床にある。氏の病愁を慰めるために、栗原潔子氏ほか佐佐木信綱、川田順、川端康成氏の賛助による歌集「野に住みて」が二月上旬出版され美しい短歌愛が各方面から注目された。〔「短歌研究」（一一《ママ》巻三《ママ》号）昭29・3「歌壇NEWS～関東～東京の異色出版」〕
◆「二つの歌集」村田邦夫〔「心の花」（五十八巻五月）昭29・5〕
◆「八月の花〝ひるがほ〟」村田邦夫（注：目次下段巻頭コラムに村田邦夫のエッセイと「野に住みて」収載歌二首掲出する）〔「心の花」（五十八巻八月）昭29・8〕
◆「竹柏會女歌人の歌集」栗原潔子〔「心の花」（五十九巻一月）昭30・1〕
◆「竹柏會の人々」小畑竹塹（注：廣子の近況）〔「心の花」（五十九巻二月）昭30・2〕
◆「戦後十年」成宮學
◆中村琢郎〔「珊瑚礁」四月号〕〔「心の花」（五十九巻五月）昭30・5〕
◆「凌寒荘の半日」下村海南〔「心の花」（六十巻三月）昭

31・3〕
◆「片山廣子の人と仕事」栗原潔子
◆「七百といふ數字」山川柳子
◆「小川町時代の方々」牧田君代
◆「那木の葉蔭に」栗原潔子・遠山光榮（対談）〔「心の花」七百号記念（六十一巻一月）昭32・1〕
☆◆「追慕の歌三首」新村出、「松村みね子さん」福原麟太郎、「松村さんと愛蘭土文學」燕石猷、「廣子さんを憶ふ」佐佐木信綱、「片山さんの業績」長壽吉、「三月二十二日」川田順、「片山さんを憶ふ」前川佐美雄、「片山廣子夫人をいたむ」久松潜一、「片山廣子さんのこと」橘糸重子、「あの別れが」津輕照子、「片山さんのこと」安藤寛、「無口な藝術家」阿部光子、「饗宴のりんごの歌」朝吹磯子、「心に残る詞」石井千明、「告別」栗原潔子、「静かな御面ざし」里井柳枝、「初秋のやうに」佐佐木由幾、「翡翠」島綾野、「味噌つころがし」遠山光榮、「大森と北鎌倉」朝永綱子、「『野に住みて』の味はひ」中田敏子、「幻影」原口喜美子、「心うつ評言」藤田富子、「野をゆきて」枡富照子、「微笑」牧田君代、「片山廣子さん」真銅美恵子、「電車の中」三宅千代、「花かげの人」三角いく代、「旅にして」村田邦夫、「翡翠」山川一郎、「斷片」山川柳子、「おそき霜」渡邊とめ子、「人生のこと」五島美代子、「戦争以後の歌一つ」木尾悦子、「獨特な風韻」佐佐木治綱〔「心の花」（六十一巻五月）昭32・5「片山廣子追悼録」〕
◆「理知と狂熱～片山廣子さんのこと」川田順〔「短歌研究」（十四《ママ》巻五《ママ》号）昭32・5〕

片山広子（松村みね子）　かたやま・ひろこ　まつむら・みねこ　（明11・2・10～昭32・3・19〈1878～1957〉）

歌人、翻訳家（筆名は松村みね子）。ニューヨーク領事も務めた外交官吉田二郎（埼玉県大里郡奈良村出身）の長女として明治十一年に東京麻布三河台で生まれる。妹次子、弟精一、東作らがいる。七歳から十七歳（予科三年、本科五年、高等科二年）にかけてキリスト教精神に基づく東洋英和女学校に学ぶ。明治二十九年、十八歳ごろから佐佐木信綱に師事し、「いさゝ川」（「心の花」の前身）や「心の花」誌上に投稿歌が掲載され始め、やがて閨秀歌人として歌壇に頭角をあらわす。竹柏会の歌文集『竹柏園集』（博文館、明34・2／35・5）や『曙』（修文館、明39・6）、『玉川集』（修文館、明39・11）、『玉琴』（明41・4、春陽堂）などにも多くの歌が掲載された。明治三十二年五月、大蔵省勤務のち日本銀行理事となる片山貞次郎と結婚、一男一女がある。長男達吉（明33・6・22生）は、吉村鉄太郎の筆名で横光利一らと雑誌「文学」を創刊、「山繭」「四季」にも評論を発表したが、昭和二十年三月に心臓衰弱のうえ急性肺炎により急死。長女総子（明40・8・2生）も、兄の影響から宗瑛の名で短編小説を発表した。広子は明治三十年代には雅文を「心の花」誌上に発表していたが、三十年代末頃からもっぱら歌作に専念、四十年代にはその歌が巻頭近くに掲載されるなど、歌壇での地歩を確立した。この時期から大正初年にかけて作品数が最も多い。大正五年三月、第一歌集『翡翠《かわせみ》』（竹柏会出版部）を刊行、初期の歌を省いた三〇〇首が収められている。『翡翠』は、当時流行の自然主義ふうの写生的歌風にありがちな類型性や懐疑的な沈鬱さと異なり、知的な明快さで内面を凝視する心理詠や孤高の気品を漂わせる点に特色がある。書名は「よろこびかのぞみか我にふと来る翡翠の羽のかろきはばたき」によったものと思われる。前川佐美雄が『翡翠』を「全く文字通り礫の中の『翡翠』の玉であり、濁流の上の翡翠の鳥」（「心の花」昭32・5）と評価する。また、第四次「新思潮」（大5・6）で、芥川龍之介が「一歩を在来の境地を離れ」（佐佐木信綱の序）た「幼稚」さを指摘しつつも「易きを去つて難きに就」き「他の心の花叢書と撰を異にする」ところを評価し、型に収まらず流派を超えたその歌風にいち早く注目している。『翡翠』刊行前年（大4・2）より次第に歌作から遠ざかり、父の職業による家庭環境も影響したのか鈴木大拙夫人ビアトリスの指導のもとにアイルランド文学に親しみ始め、女学校時代の英文学的教養も手伝い、松村みね子の筆名で翻訳活動に移った。シングの戯曲『いたづらもの』（大6・6、岡田三鈴）や『ダンセニイ戯曲全集』（警醒社書店、大10・11）、『シング戯曲全集』（大12・7、新潮社）など数多くの翻訳を手掛けた。森鷗外は、「原本を読んだ時と同じ面白さを感じた」（「心の花」大4・8）と称揚し、上田敏は「原曲の選択といひ、翻訳の後に潜む非凡の読書力といひ、（中略）ダゴアの叙情詩抄を見て更に敬服の度を加へた」（「心の花」大4・10）と賛嘆し、坪内逍遥は、「原書を早読しました時には、半分疑問のまゝで通過しました箇所も此お訳を引合わせて、自然はつきりと解読」（「心の花」大6・7）できたと褒め、ほかに市河三喜、菊池寛、福田麟太郎らも原文の雅致をよく把握した翻訳を高く評価している。世に先駆けてアイルランド文学を紹介し、新劇公演用の戯曲翻訳に努めるなどこれらの分野に果たした廣子の功績は大きい。大正九年三月、夫貞次郎死去。夫の死に際し「生も死も神のままにとのたまひしなほいかばかり祈りたまひし」（「心の花」大7・9）など多少の歌作はあったが、昭和十年頃までの約二十年間は作歌活動を休止、翻訳活動が中心だった。大正十三年および十四年の夏、軽井沢で芥川や堀辰雄らと出会う。軽井沢には大正五年前後から頻繁に避暑に赴き、昭和六年十二月には軽井沢高瀬（通称愛宕山）に別荘を買いもとめ、堀辰雄もしばしば訪れた。昭和十年、「心の花」の課題選者となったことが契機となり、十一年十月以降、隔月に作品を寄せ、歌作に復帰する。大正十四年以後から昭和二十七年までの歌四八五首をまとめた第二歌集『野に住みて』（第二書房、昭29・1）が、昭和三十年の芸術院賞候補となった。久松潜一は、「技術を越えた作」（「心の花」昭29・10）と称揚し、宮柊二は、「豊かなまぎれもない美しい精神の歌」（「心の花」昭28・12「推薦のことば」）と共感し、日夏耿之介は「清癖幽聳で（中略）歌商人どもと鋭く対立して来られ（中略）現代純粋短歌の芸術の高さを示す」と称賛し、川田順は「竹柏園出身だが、一流一派を超えた存在」と称賛する。『野に住みて』は、慎ましい日常生活の中で静かに自足した自己を客観視する自然詠が多く平安な老境が率直に謳われている。「をんどり」と題された歌群に「ほのぼのと亡き子を思ひ堀辰雄のあたらしき本けふは読みゐる」（昭24〜27「秋も冬も」）や「雨」と題して「昭和十三年六月、軽井沢愛宕の奥に堀辰雄氏を訪ふ」との詞書きをもつ七首の歌もある。晩年の老境にあって過去の回想やつつましい日常を描いた小文四十八編からなる随筆集『燈火節《キャンドルマス》』（暮らしの手帖社、昭29・9・6）で第三回エッセイスト・クラブ賞を受賞する。死後、未発表作品『砂漠』一七〇首が「短歌」（昭34・9）に掲載された。

　堀辰雄は、前述の通り大正十三年および十四年の夏、軽井沢「つるや」旅館に滞在中の廣子に芥川龍之介らと共に出会った。彼女の姿は、芥川の書簡中に「山梔子《クチナシ》夫人」と呼ばれ「何やらわからぬ愁心」（大13・8・26室生犀星宛）を抱かせる人物として言及され、短編「三つのなぜ」（「サンデー毎日」昭2・4）の「シバの女王」や「或阿呆の一生」（三十七章）に登場する「才力の上にも格闘できる女」のモデルとして、さらに旋頭歌「越し人」（「明星」大14・3）や「相聞」（未定稿「一・二」大14・1、「三」大14・4）などの抒情詩を作ることで芥川が恋に堕ちるのを脱した相手として知られる。彼女の人物像は、堀の「聖家族」（「改造」昭5・11）の作家九鬼の葬儀を混雑で断念した細木夫人や「物語の女」（「文藝春秋」昭和9・10。のち改作して「楡の家」の一部）に登場する母と娘に廣子母娘のイメージが投影されているとされる。「聖家族」では「貴婦人」である未亡人（細木夫人）が廣子、九鬼が芥川、河野扁理が堀に擬せられており、「ルーベンスの偽画」の「天使のやうに（中略）見下ろ」す夫人、「楡の家」の作家森（芥川）と交流をはかる母なる人物が廣子だとされる。たとえば、後者では「森さんが私にお求めになつたのは、（中略）年上の女性としてのお話し相手でした。（中略）話し相手でも、あの方が私にどこまでも一個の女性としての相手を望まれてゐたのがいけなかつた」と描写し、前者（「聖家族」）では二人の関係を「この人もまた九鬼を愛していたのに違いない、九鬼がこの人を愛していたように。と扁理は考えた。（中略）しかしこの人もまた自分で相手につけた傷のために苦しんでい」たと懊悩する夫人が描かれる。こうした避暑地を舞台とする堀文学の審美的で絵画的な小説における繊細な物語りにふさわしいイメージは、博識を誇る芥川にしてその豊かな教養に一目を置かざるを得ない女性、芥川の方から想いを寄せた落ち着いた年上の未亡人像を、さらに寡黙で知的でかつ優雅で貞淑な未亡人としての片山廣子（松村みね子）像を補完した。だが、吉田精一（『芥川龍之介Ⅱ』桜楓社、昭56・11）は、芥川全集の編集者でもあった堀辰雄が「手紙や詩歌のみを材料として、芥川の側からの、彼女に対する一方的な恋心と解釈し」ていたのではないか、廣子もまた確かな恋情を芥川宛の書簡に伝えているとし、「さそいかけたのは彼女の方からであった」と所蔵書簡の一部を紹介している。芥川と堀辰雄をなかだちした室生犀星の回想（「詩人・堀辰雄」『黒髪の書』新潮社、昭30・2）には「片山ひろ子を好いてゐた堀は、片山ひろ子さんの名をいつも平假名でかいてゐる時のやうに、か、た、や、ま、さんと呼び、かとたとの間にみじかいあまつたれた時間を置いて、呼んでゐた」と証言しているが、堀自身にも「異國の文學にのみ心を奪はれて居つた」当時の自分に「松村みね子」が「更級日記」という「古い押し花のにほひのする奥ゆかしい日記」を紹介してくれ、「そのかすかな枯れたやうな匂の中から突然ひとりの古い日本の女の姿が鮮やかな心像として浮んで來だした。それは私にとつて大切な一瞬であつた。（中略）その生き方の素直さといふものを（みね子が）教へてくれた」との回想がある。堀の好意は廣子のみならず娘総子にも向けられたらしく、この母子への慕情が堀文学に落とした影はきわめて色濃い。

〔文献〕藤田福夫『近代歌人の研究――歌風・風土・結社――』（笠間書院、昭58・3）、清部千鶴子『片山廣子――孤高の歌人』（短歌新聞社、平9・7）、秋谷美保子編『片山廣子全歌集』（現代短歌社、平24・4）。谷口桂子『越し人　芥川龍之介最後の恋人』（小学館、平29・7）など。

片山総子（宗暎）　かたやまふさこ（そうえい）　〈明40・8・2～昭57・10・27〈1907～1982〉〉

小説家。筆名は宗瑛。父片山貞次郎・母片山広子の第二子長女として東京府荏原郡入新井村大字不入斗一五〇一番地に生まれる。本籍地は、新潟県中蒲原郡早通村大字茅野山二一八二番地だが、これは父の原籍地によると思われる。父貞次郎は日本銀行理事をつとめ、母片山廣子は歌集『翡翠』『野に住みて』の歌人、またアイルランド文学の翻訳者「松村みね子」、さらには随筆集『燈火節』のエッセイストとして知られる。総子は、幼稚園から大学まで現・聖心女子学院に学ぶ。兄達吉は、一高・東大法科卒、第百銀行（昭和十八年、三菱銀行に吸収合併）に勤め、堀辰雄の学友でもあり、「吉村鉄太郎」の筆名で高踏的な評論を多く書いた。

片山一家が軽井沢へ避暑へゆくようになったのはいつ頃からか正確には不明だが、大正三年の夏にはすでに赴いており、大正五年、八年、父没後にも十一年、十三年、十四年、さらに昭和八年から十一年にかけて、また昭和十四年にも軽井沢へ出掛けた消息がある（「心の花」ほか）のをみると、ほぼ毎年のように軽井沢に出掛けていた可能性が高い。事実、母広子の回想にも「わかい時から旅行の味を知らずに、鎌倉と軽井沢に子供たちの夏休みの七月八月を過ごすだけ」と語られている（「東北の家」『燈火節』暮らしの手帖、昭29・9）。したがって、総子も結婚する（昭和九年）まではこの避暑に同行していたと思われる。

大正十二年八月、堀辰雄は室生犀星に伴われて初めて信州軽井沢に赴き、ハイカラな雰囲気と高原の爽やかさに魅入られた。その二ケ月後、震災で金沢への一時帰郷を決意した犀星は、堀を芥川に紹介する。翌大正十三年夏、堀は金沢に犀星を訪ね、帰路、軽井沢に立ち寄り、犀星と芥川を訪ねる。大正十四年の夏、堀はまたもや軽井沢を訪れ、六月九日からほぼ三カ月間滞在した。この三度目の軽井沢訪問で、堀は芥川らを介して知り合った片山広子（松村みね子）一家と親しく交わり、娘総子（当時十八歳）とも一段と面識を深めたらしい。堀は、母広子によって西洋文学にのみ向いていたが眼を日本の古典とくに「更級日記」に開かれ、「或日そのかすかな枯れたやうな匂の中から突然ひとりの古い日本の女の姿が一つの鮮やかな心像として浮んで来た」(「姥捨記」)と述べ、また「父への手紙」の中に「『ルウベンスの偽画』はこの夏のことを取材して美化して小説化したもの」と記すなど、広子と総子の片山母子の存在がいかに堀文学に深い影を落としたかを物語る。

大正十三年十二月、慶応系の雑誌「青銅時代」(大13・1創刊)から一高系のメンバーが分離して雑誌「山繭」が創刊された。この「山繭」に堀辰雄らとともに参加していた兄達吉(吉村鉄太郎)に影響されてか、やがて総子も創作の筆をとるようになった。彼女は「山繭」に、中国を舞台に骸骨となった胡生と蟹との対話を散文詩ふうに描いた「胡生の出発」(昭3・4)、天空を舞台に架空の大きな鳥トイトイフウと龍の争いやその他の動物の関係を幻想的な童話ふうに描いた「トイトイフウは戦はない」(昭3・5)、諏訪の森の雄狐の視点から人間世界の残虐さを描いた「狐」(昭3・10)など、やや観念的だが幻想性豊かな虚構の世界を矢継ぎ早に発表する。「狐」について吉村(兄)は「野蛮人の好きな宗瑛氏は又狐を好む。但この狐は大変な哲学者だ。斬られた華魁の墓の前で思索する。それから斬つた大名の行列を岡の上から眺める。ここで何うかいへばこの狐は立派に、ラフオンテーヌの中へ這入れるのだが、宗瑛氏は黙らせて了つた。氏は狐よりもつと強情だ」と評している。一方、文藝春秋社から刊行されていた雑誌「創作月刊」にも「空の下に遊ぶ獣の子たち」(昭3・9)を発表、プリミティブな根源的な生命力を描く。この作品についても吉村は「書き出し」がやや不満としつつも「烈しい日光と、原始の鬱蒼と、その下に動く筋肉とを描いた。それは我々がまだ獣だつた時分のことだ。/氏ははつきり見つめる、死んだばかりの肉を無心にしやぶる子供、それを眺める主人公、ひき倒された彼の上に輝く青空、棍棒の音までも。/凡てが強い、太い線で出てゐる」(「失踪する読者」「創作月刊」昭3・10)とその力強いまなざしを評価している。

雑誌「山繭」は昭和四年二月号をもって終刊するが、この同人たちが中心となり、昭和四年十月、雑誌「文学」

が創刊された。編集同人は犬養健・川端康成・横光利一・永井達男・深田久弥・堀辰雄、そして兄吉村鉄太郎を加えた七人であった。宗暎は、ここでもおそらく兄との関係からいくつかの作品を発表している。川船の仕事に生活をかける孤児の骨太な自意識を写し出した「プロテウスの倒影」を「文学」第二号（昭4・11）に、随筆「ペルシアの繪畫」を「文学」（昭5・2）に、小説「天の人形」を第六号（昭5・3）にそれぞれ発表した。なお、この間、昭和四年十二月、「芸術派の十字軍」を標榜する反マルクス主義文学をうたう「十三人倶楽部」が結成され、翌昭和五年四月十三日にはこれを母胎とする「新興芸術倶楽部」の第一回総会が開かれ、出席者三十二名のうちに堀や兄とともに宗暎の名も見える。ほかに「エレフアンタの修道僧」（「1929」昭4・12）や「荒磯」（「新潮」昭7・3）、「幻影」（「小説」昭7・5）などがある。

これらの作品を堀辰雄は、「宗瑛の作品について」（「文学」昭5・1）で次のように論ずる。まず、「狐」「空の下に遊ぶ獣の子たち」など以前の作品も「ラフオンテエヌ風な、気軽な気むづかしさ、機嫌のいい不機嫌に充ちた、すこぶるユニイクな作品」で「非常に感心」したが、「エレフアンタの修道僧」はそれらを超えた未知の世界に自分を引きずりこむ「感動を與へ」る作品だと評価、次に「プロテウスの倒影」をその両者の間に立つ「脱皮期の作品」として位置づけ、「一心に見えない水底を」「凝視」する主人公の行為が、実は「人間の意識下への凝視だつた」とし、それが「エレフアンタの修道僧」でより具現化されたとし、「ヂエムス・ヂヨイスの方法」を「実によく自分自身のものにし」た結果だとする。ただし、それは「模倣」ではなく、以前の「空の下に遊ぶ獣の子たち」に内在したのと「同質の、乾いた（俗衆によつて傷つけられない彼の心臓の硬度を示す）、そして奔放と云つていい位の、強い詩」だと称揚している。さらに「バラバラに解体されてゐる」文体に注意を促し、それは「破壊のためにした破壊」つまり「ダダとは全く異ふ」もので、「作者の意企した」「人間の意識下をそつくりそのまま、生々と表現するためには」是非とも「必要」な「解体」であり、この文体ほど「われわれ人間の意識下を明瞭に表現したものはあるまい」として、「僕がいまこの宗瑛の作品を、こんなにも強くアンダラインするのは、それに諸君の注意を向けさせたいがためだ」と強く推奨する。

昭和三年から七年、ごく短期間ではあるが、女流作家宗瑛は、舞台を日本の現実から遠く離れた異郷や歴史的時代さらには天空にもとめ、近代人の脆弱さを超えた野性や感性に着目、多彩な想像力によって非日常の世界を創出して特異な光彩を放った。しかし、昭和九年五月（「心の花」昭9・6「消息」）、兄・龍吉の友人でもありのちに内閣東北局長となった山田秀三（山田新一郎の息子）と結婚した（婚姻届は十月十日）のを契機に筆を折り、その後は文壇の表舞台から姿を消す。昭和十六年夏、仙台鉱山監督局長となった夫秀三とともに任地仙台に転居する。のちに母広子は娘総子の嫁ぎ先へ珍しく旅をするのだと語っている（前出『燈火節』）。

池内輝雄によれば、堀辰雄の葛巻義敏宛書簡（昭6・8・28）の裏面に「信州軽井沢六五一　片山方　堀辰雄」とあり、堀が療養と避暑を兼ねて軽井沢の片山広子の別荘に「八月中下旬から八月二十八日」まで滞在していたらしく、その親密さに注目している。上記の「ルウベンスの偽画」にかかわる「父への手紙」や、「聖家族」および「物語の女」などを考察する上で片山広子・総子の母子の存在は無視し得ない。ちなみに「堀と色々あつた宗瑛」（福田清人「『文学』発行の頃」復刻版「文学」、昭45・6）「堀君と宗瑛さんとは仲がよかった」、「堀君が私に夕食をおごってくれた」「その席に宗瑛さんがいた」（深田久弥「編集同人のこと」同）という証言や、「まつたく想像にすぎないが」宗瑛という「文学志望の女性が彼（堀）の『愛』の対象だつた」（谷田昌平『現代作家論全集9　堀辰雄』五月書房、昭33・7）とする見解もある。

〔文献〕藤田福夫『近代歌人の研究――歌風・風土・結社――』（笠間書院、昭58・3）、池内輝雄「堀辰雄の書簡一通及び宗瑛の写真など」（「大妻国文」15号、昭59・3）、川村湊『物語の女　宗瑛を探して』（講談社、平17・6）など。

あとがき

一般に研究書の出版とは、著者の積み上げてきた研究成果を眼を通しやすい一冊の本という姿にして学界に資するためのものだと思われます。それは、いわば、研究者としてのアイデンティティともいえるもので、斯界の片隅に生きる私にも課せられた責務の一つです。しかし、私の場合、このささやかな書物の出版は、研究者としての存在理由というよりも太宰治ではないのですが「恥の多い生涯」を物語るもののようにも感じられます。

二十五年前のことです。近畿大学文芸学部の大学院一期生として日本文学専攻修士課程に入学しました。文芸評論家の高橋英夫先生が指導教授として懇切丁寧に御指導下さったのですが、肝心の修士論文のテーマに目処が立たず、袋小路に入っていました。そんな折、中古文学研究が御専門の小川幸三先生が相談に乗って下さり、当時は教養部所属で、大学院を兼担されていた浅野洋先生の名を挙げられ、「彼なら、きっと良いサジェッスションをしてくれるよ」と。そこで浅野研究室を恐る恐る訪ねました。「小川先生の御紹介で」と申し上げますと、用向きを尋ねられ、修論のテーマに迷っている旨を伝えると、卒論を持って来るようにと指示され、翌週、持参しました。すると、先生はパラパラめくりつつ小首を傾げながら、少し沈黙なさった後、「僕の専門は一応芥川だけど、芥川文学の研究は三好（行雄）さんをはじめ多士済々だ、そこに割って入るのは中々難しい。君は、倉橋由美子を卒論に採り上げたぐらいだから、女性の問題について関心があるのだろう。君自身女性だし、芥川周辺の女性たち、たとえば浮気相手の人妻〈秀しげ子〉だが、その名は知られているけれど実態はほぼ不明だ。彼女について調べてみるのはどうだろう？芥川の人生にも文学にも相当影響のあった存在だしね」と仰言ったのです。詳細は省きますが、それが私の研究生活の出発点となりました。最初は気の進まない作業でしたが、調べてゆきますとこれまで未詳の彼女の短歌が次々と見つかり、いつしか夢中になっていました。一時は「これが文学研究なのだろうか?」の疑問も湧き、その思いを伝えますと「なに、今、カッコ良く見える〈論〉でも、十年もすれば古びて大抵は消えてゆく。それよりは〈事実〉さ、事実は長く残る」と笑顔で応じられました。研究のイロハも何も分からない私には、当時の浅野先生の真意も理解できぬまま、ともかく目前の次々と見つかる面白さに駆られていました。近畿大学大学院では、ほかにも古代朝鮮史研究者の木下礼仁先生や、のちに日本大学に移られた万葉集の研究者・梶川信行先生から専門を超えて研究への姿勢を種々教わりました。

それから約二十年後、川西政明氏の『新日本文壇史』第一巻（岩波書店）の冒頭近く、芥川と秀しげ子に関する項目に拙論が取り上げられているのを知り〈事実は残る〉という言葉を深く実感したのでした。

ともあれ、この小著に辿り着くまでには右記の先生方以外にも、実に多くの方々に非常に御世話になりました。奈良大学では、私に大学院への進学を勧めて下さり、のちに神戸市立外国語大学の非常勤も紹介下さった和田博文先生、また、人間性を見通す懇篤な推薦状の中に教師の学生に接する範を示され、私の教員としての在り方の原点となった浅田隆先生、その後、立命館大学大学院博士課程に進学、助手なども勤めたのち、大学を離れて高等学校の教員となり、多忙のため研究から遠ざかりつつありました。そんな私に研究職としての教歴をと最初に非常勤に招いて下さった名古屋短期大学の故芹澤光興先生、また、常に私の身を気に掛けて下さいました実践女子短期大学の小林修先生や八木書店の滝口富夫氏、いずれの皆様からも身に余る厚遇を戴きました。

やがて、本学教職教育部の石川俊一先生と高名な詩人で文芸学部教員の以倉紘平先生より国語科教育法の非常勤にと声が掛かり、その後、お二人は私の講義ぶりをこっそり覗かれて専任採用を決断なさったのだと、のちに聞かされました。現在も文芸学部の佐藤秀明先生には学会活動や研究について何かと相談に乗って戴いております。

本書は「恥」の上塗りとなる小著で、身の縮む思いが募るばかりですが、この「あとがき」を通して御世話になりました多くの方々に謝意の一端を述べることができたことだけは嬉しく感じています。そして、〈噂の女〉たちの生きてきた人生をわずかなりとも明らかにできたことにも。さらに、我がままな私の生き方を黙って見守ってくれた両親にも。

最後になりましたが、拙著の刊行を辛抱強く待ってくださり、このような無謀な出版を温かく御快諾下さった翰林書房の今井肇氏と静江氏に心より深謝申し上げる次第です。

二〇一九年五月十二日

中田　睦美

初出一覧

第一部

女性のまなざし、女性へのまなざし――「秋」とセルロイドの窓
（『芥川龍之介を学ぶ人のために』世界思想社、平成12年3月20日）

王朝世界へのオマージュ――「六の宮の姫君」管見
（「国語国文研究と教育」福岡大学紀要、第44号、平成18年3月15日）

「お富の貞操」への道程――〈貞操〉のゆくえ
（「文学・芸術・文化」近畿大学文芸学論集、第30巻2号、平成31年3月）

第二部

秀しげ子のためにⅠ――芥川龍之介との邂逅以前
（「論究日本文学」立命館大学文学部紀要、第65号、平成8年12月）

秀しげ子のためにⅡ――〈噂〉の女の足跡
（「論究日本文学」立命館大学文学部紀要、第68号、平成10年5月）

秀しげ子の著作

文学作品に描かれた〈秀しげ子〉像
（「文学・芸術・文化」近畿大学文芸学論集、第19巻第2号、平成31年3月）

第三部

「蜘蛛の糸」管見――童話と小説の間
（書き下ろし。修士論文の礎稿を全面的に改稿）

「或敵討の話」試論　（「文学・芸術・文化」近畿大学文芸学論集、第22巻第1号、平成22年9月）

『舞踏会』の制作現場　（「文学・芸術・文化」近畿大学文芸学論集、第22巻第2号、平成23年3月）

（書き下ろし）

第四部

女の視線／女への視線——片山広子をめぐって　（書き下ろし）

片山広子拾遺集

（書き下ろし。平成十年度昭和文学会秋季大会「特集　昭和のおんな歌」における口頭発表資料を大幅に補訂）

片山広子（松村みね子）／片山総子（宗瑛）

（竹内清己編『堀辰雄事典』人名編「片山広子」「片山総子」執筆担当。平成13年11月）

【著者略歴】
中田　睦美（なかた・むつみ）
昭和42（1967）年生まれ。立命館大学大学院文学研究科日本文学専攻博士後期課程全単位取得、退学。現・近畿大学教職教育部准教授。
主な著作に、共著として『芥川龍之介を学ぶ人のために』（世界思想社、平成12年３月）、『古代の幻――日本近代文学の〈奈良〉』（世界思想社、平成13年4月）、『文学でたどる――世界遺産・奈良』（平成14年１月）。論文に、「『羅生門』のゆくえ―国語教材と文学テクストの間―」（近畿大学「教育論叢」第20巻第2号、平成21年３月）、「梶井基次郎『檸檬』のゆくえ―副教材のために―」（近畿大学「教育論叢」第21巻２号、平成22年２月）、「『山月記』の伏流水―虎と人間のゆくえ―」（近畿大学「教育論叢」平成27年11月）、「『こゝろ』のゆくえ―文学的教材の問題提起的なアクティブラーニングの試み―」（近畿大学「教育論叢」第29巻3号、平成30年3月）。ほかに教職関係の論等。

芥川龍之介の文学と〈噂〉の女たち
秀しげ子を中心に

発行日	2019年７月20日　初版第一刷
著　者	中田睦美
発行人	今井　肇
発行所	翰林書房
	〒151-0071 東京都渋谷区本町1-4-16
	電 話　(03) 6276-0633
	FAX　(03) 6276-0634
	http://www.kanrin.co.jp/
	Eメール●Kanrin@nifty.com
装　釘	須藤康子＋島津デザイン事務所
印刷・製本	メデューム

落丁・乱丁本はお取替えいたします

ISBN978-4-87737-445-7